前言

清初詞學，突過元明，高才輩出，並軌揚芬，呈現復興氣象。

據南京大學全清詞編纂研究室粗略的統計，僅順治、康熙兩朝的詞人，便逾兩千家，詞作在五萬首以上，可見其興盛發達之一斑。

在這兩千多家詞人中，朱彝尊可謂翹楚。杜詔《彈指詞序》說：「竹垞神明乎姜、史，刻削雋永，本朝作者雖多，莫有過焉者。」王初桐《小嫏嬛詞話》卷三則推崇爲「五百年來第一人」。晚清詞論家况周頤在其《蕙風詞話》卷五中說：「或問國初詞人當以誰氏爲冠？再三審度，舉金風亭長對。」雖不無過譽之虞，亦可覘其詞壇之地位。

一

朱彝尊字錫鬯，號竹垞，晚號金風亭長，又號小長蘆釣魚師，因排行第十，又自稱布衣朱十，浙江秀水（今嘉興市）人。生於明思宗崇禎二年（一六二九）。曾祖國祚曾官光宗朝户部尚書兼武英殿大學士加少傅，但到彝尊出生時，家道已開始中落。崇禎十三年（一六四〇）浙東西大旱，饑民相食，他家也到了「貧至絶粒」的境地。傳説彝尊讀書里中時，曾與周篔、王翃、沈進、李良年兄弟等爲詩課，家僅有一布袍，遇會則付質庫，得錢爲集飲之資，嗣由其婦以紡織贖出，率以爲常（見楊謙《竹垞年譜》）。可見他的青少年時期是在貧困中度過的。

明清易代之際，首先是農民起義席卷全國，繼之滿族鐵騎由北而南，抗清鬬争連綿不斷，民族矛盾急劇上升。由明末發展起來的士大夫結社活動，入清以後，也從過去的干預朝政，朋黨之争，轉向反清復明。名爲以文會友，實乃聯絡抗清。順治七年（一六五〇）嘉興南湖的十郡大社，集會時連舟數百艘，聲勢浩大，連知名度很高的吴偉業都到場了，彝尊也隨着小叔朱茂晭參與盛會。這次大會雖没有什麽實際成效，但朱彝尊却看到了江南廣大士子思念前朝的普遍心理，增强了他的抗清意識。是時彝尊早已放棄了舉業，盤據在胸中的只有恢復大業，於是便去山陰，聯絡祁理孫、祁班孫兄弟，也就是以殉明節而著稱的祁彪佳的兩個兒子。當時，祁氏兄弟正聯絡同志，共圖起事，却因同夥魏耕入獄，事泄遭厄，朱彝尊也因此逃匿，蟄居永嘉，直至事解返里。

壯年的朱彝尊，開始了他一生中最有意義的遠游時期。《静惕堂詞序》説：

彝尊憶壯日從（曹溶）先生南游嶺表，西北至雲中，酒闌燈灺，往往以小令慢詞更迭唱和，有井水處，輒爲銀箏檀板所歌。

又《紅鹽詞序》説：

予糊口四方，多與箏人酒徒相狎，情見乎詞，後之覽者，且以爲快意之作，而孰知短衣塵垢，棲棲北風雨雪之間，其羈愁潦倒，未有甚於今日者耶！」這就將自己的生活、創作以及内心痛楚和盤托出了。

他從二十八歲游嶺南始，先後出雲朔、泛滄海、走京華、客濟南，歷時二十餘年，足迹遍及今天的華北、華東、華南地區，馳逐車塵，目擊民生疾苦，飽嘗世態炎涼，情鬱於中，輒發爲歌詩。同時，也游覽名勝，憑弔古迹，蒐考遺聞，參徵經史，儲積資料，爲後來著書立説打下基礎。而在思想上，儒家的入世觀，日益萌動，他在《弔李陵文》中説：「賈生（誼）之才，文帝不善用，爲世所惜；若武帝之於（李）陵，用違其才，殆又甚焉。」從而慨嘆「才子不遇於世」，無異夫子自道，可見其用世之志。

康熙十七年（一六七八）彝尊五十歲，應博學鴻詞舉，後授翰林院檢討，充明史纂修官，升日講起居注官，典江南鄉試，入直南書房，賜第黄花門，殊受恩寵。二十三年（一六八四）却因携帶僕人私入内府鈔録經進書，被劾降級，徙居古藤書屋。二十九年（一六九〇）補原官，後二年復以事被黜免，遂告老歸里，結束了宦海生涯。餘年則以課孫著書自娱，編《經義考》三百卷、《明詩綜》一百卷、《曝書亭集》八十卷等，康熙四十八年（一七〇九）辭世。

綜觀朱彝尊的一生，其所經歷的幾個階段，也是同時代大多數知識分子普遍循行的軌轍。初起清兵入關，血腥的屠殺和殘酷的鎮壓，激起强烈的民族抗争意識；隨着清朝統治的鞏固和加强，勢去時非，鬭志逐漸消弭，轉而追求功名富貴；經過官場的角逐，復驚怖於迭興的文字獄，於是退處書齋，埋首於古籍的考索編纂。他在《書花間集後》中説：「《花間集》十卷，蜀衛尉少卿趙弘祚（按當爲趙崇祚）編，作者凡十七人（按今本凡十八家）。蜀之士大夫外有仕石晋者，有仕南唐南漢者……選者不以境外爲嫌，人亦不之罪，可見當日文網之疏矣。」是針對當時文網之密的慨嘆，其心態不難感知。

二

彝尊以學富才高、文備衆體著稱，李元度撰《事略》云：「時王漁洋工詩而疏於文，汪苕文工文而疏於詩，閻百詩、毛西河工考證而詩文皆次乘，獨先生兼有諸公之勝。」（《國朝先正事略》卷三十九）這是事實。然而，真正超越他們的還是詞。所舉四人中，汪苕文、閻百詩不以詞名。漁洋能詞，且早享盛名，惜乎神龍見首不見尾，後來不作了。毛奇齡追步《花間》，《續修四庫全書填詞提要》譏爲「纖巧」、「淺薄」。總不若彝尊標舉醇雅，開一代詞風的影響深遠。

以下，試對現存朱彝尊的幾個詞集，分别略加評介。

他在《書東田詞卷後》説：「予少日不喜作詞，中年始爲之，爲之不已且好之。」所謂

「少日不喜作」，不等於説不作，不過是不像中年那樣「好之」而已。《眉匠詞》一卷，五十六首，據況蕙風説，即爲朱氏少作。我們同意況氏的判斷，因爲這些作品，尚未脱摹擬窠臼，語病、失律、故意作態，時有所見，内容更是貧弱。昔人嘗有「悔其少作」之説，這應當是彝尊晚年編集不加收録的原因。然而，它却爲詞學研究者提供了珍貴的資料。借此可以窺見彝尊作詞的發展過程和當時詞壇風尚之一斑。

《眉匠詞》短調大都學唐五代，長調大都學南宋；前者是雲間派的嗣響，後者是新闢的蹊徑。

今上海市松江地區，古稱雲間，明末其地陳子龍、宋徵輿、李雯、吴騏、計南陽等大批知名之士，不滿明代一些詞人宗尚《草堂詩餘》，追求尖新儇巧的作風，而改學南唐北宋，能於「繁促之中，尚存高渾」（陳子龍《幽蘭草題詞》）。後繼者如蔣平階、周積賢等人，益形淩厲，直説「五季猶有唐風，入宋便開元曲」（沈億年《支機集·凡例》）。從而摒棄宋調，直追《花間》。雲間與秀水，地近咫尺，少年朱彝尊的詞學起步不能不受其影響，《眉匠詞》中的短調，就是這短暫歷史的脚印。

雲間詞人專意於小令，長調創制極少，不足以開拓境域，朱彝尊則通過自己的探索，找到了學南宋的路子，我們不妨讀一讀《法曲獻仙音》的下片：

擬延佇。領詩情、煙鐘津鼓。奈笠澤閒鷗，唤人東渡。一笛葦花風，便吹送、客程幾許。水驛燈昏，怕江猿、啼盡愁苦。任幽恨、散入淡雲空渚。

通過眼前景物，將倦客的歸思，婉轉含蓄地傳出，結以迷離之境。這與南宋詞人姜夔的風格，所謂「不惟清空，又且騷雅」（張炎語）是很相近的。彝尊的長調，一開始走的便是姜（夔）張（炎）的路子。

《江湖載酒集》，命名取杜牧《遣懷》詩「落拓江湖載酒行」，其中固多表現狎邪冶游之作，趣味庸俗，殊不足取；然而，並存集中的登臨懷古、客游酬贈之作，則充分體現了作者的才思和風貌。

在懷古諸作中，作者通過歷史的畫廊，抒發了前朝覆滅的感慨，追憶殉國英雄的業績，寄托了自己的故國之思。如《風蝶令·石城懷古》、《百字令·度居庸關》、《水龍吟·謁張子房祠》、《滿江紅·吴大帝廟》等均爲代表作。

它們是《曝書亭詞集》中的精品，大都寫得兀傲蒼凉，慷慨悲壯，却又不涉及叫囂，不流於散漫，與一味以豪放見長的陳維崧相比，似乎更深沉一些，可惜的是數量不多。

朱彝尊飢驅萬里，浪游四方，其客居詠懷和投贈之作，在本集中所占分量較重，也更能體現其醇雅的特色。如《菩薩蠻·登雲中清朔樓》、《摸魚子·寄龔蘅圃》諸闋，情深意長，自然瀏亮，有不期然而然之妙。

《静志居琴趣》一卷是别開生面之作。其有關詞之本事，歷來衆説紛紜，有謂「羌無故實」，「未必真有所指」（丁紹儀《聽秋聲館詞話》卷二）；有謂「蓋真有本事」，「皆《風懷》注脚也」（冒廣生《小三吾亭詞話》卷三）。見仁見智，各言其是。

彝尊的妻妹名壽常，字静志，貌美善書，彝尊曾與之相戀。詩集中的《風懷二百韻》及《静志居琴趣》詞，都是爲她而作的。

明至清初，艷詞泛濫，大量充塞着的是酒樓歌榭的狎妓之作，輕薄粗鄙，虚情假意。間有閨闈情事，亦不免「第言姚冶，易近纖佻；兼寫幽貞，又病迂腐」（陳廷焯《白雨齋詞話》卷六）。但在朱彝尊筆下，却出現了端莊嫻静的窈窕淑女，心心相印的愛情描寫，這就將所謂艷科升華到高尚的情操的表現，展現出新的光彩。正如李符《江湖載酒集序》中説的「集中雖多艷曲，然皆一歸雅正，不若屯田樂章徒以香澤爲工者」。

這一時期的情詞，絶大多數是單篇，互不關聯。《静志居琴趣》一卷八十三首，却是圍繞一人一事而寫。錢斐仲《雨花庵詞話》説：「迷離惝恍，若近若遠，若隱若現，此善言情者也。若忒煞頭頭尾尾道來，不爲合作。」優點固如是言，其所謂「頭頭尾尾道來」的缺點，却正是此卷的最大特色。雖然其中有難言之隱，不得不亂以他詞，然細按之，脉絡仍隱約可見。至於《洞仙歌》十七闋，則「是計其始終，而歷叙悲歡離合之情」（陳廷焯《白雨齋詞話》卷三），可謂創體。後來雖有董以寧因眷一婢而作《東坡引》十章，趙文哲因戀一姝而作《祝英臺近》八章等，但格調稍遜，均不能與朱媲美。

明至清初之艷詞，設色雖濃，造境却淺。《静志居琴趣》却獨具風韻，給當時詞壇，吹進一股清新淡雅的幽香，沁人心脾。所以陳廷焯《白雨齋詞話》卷三説：「吾於竹垞，獨取其艷體。」

這一卷詞與《曝書亭集》中的《風懷二百韻》確實是同一題材的不同文學樣式。朱彝尊自己説：「蓋感知己之深，不禁長言之也。」（《静志居詩話》）《静志居琴趣》也同樣是深懷知己之作。丁紹儀《聽秋聲館詞話》卷二引翁方綱説：「太史欲删未忍，至繞几回旋，終夜不寐。」可以想見其思想鬬争的激烈。然而朱彝尊自己曾説：「寧可不食兩廡冷猪肉，不删《風懷二百韻》！」那末他之終不忍删《静志居琴趣》也就不言而喻了。

《茶煙閣體物集》是詠物詞。詠物之作的較高境界，在於借物寓情，而非斤斤於刻畫某一事物的本身。從南宋發展起來的詠物詞，多數是寄寓作者的身世之感或家國之憂的。因憤慨於楊璉真伽發掘宋帝后諸陵的暴行，宋末遺民唐珏、林景熙等人，借詠物小題以寫滄桑之痛的《樂府補題》，就是這一題材的突出代表。

據毛奇齡《鷄園詞序》説：「《花間》、《草堂》，各不相掩，其後迦陵陳君，偏欲取南渡以後，元明以前，與竹垞朱君，作《樂府補題》諸倡和，而詞體遂變。」可知朱彝尊寫詠物詞是從效法《樂府補題》入手的。集中有《天香·龍涎香》、《水龍吟·白蓮》、《臺城路·蟬》、《桂枝香·蟹》、《摸魚子·蓴》等，均爲《樂府補題》舊題的仿作。細繹詞意，這些作品並没有較爲明確的言外寄托，基本上局限於所詠之物本身，「縱極工巧，終無關風雅」（陳廷焯《白雨齋詞話》卷三）。時際明清易代，與宋末唐珏等所處時代類似的朱彝尊，其所詠物背離了宋元之際的優秀傳統，很令人失望。

其他題目，除少數如《長亭怨慢·雁》一闋，被陳廷焯譽爲「以淒切之情，發哀婉之調，既悲涼，又忠厚，是竹垞直逼玉田之作」（《白雨齋詞話》卷三）外，絶大多數均無寄意，而以細緻地描摹物態取勝，總以侔色揣稱爲能事，以致被評家譏諷爲「方物略」，「群芳譜」（謝章鋌《賭棋山莊詞話》續編二）。其中刺取典實，夸富矜多的《雪獅兒·詠猫》四首，則不僅是「爲有苗氏作世譜」（謝章鋌《賭棋山莊詞話》卷九）的獺祭之作，且開浙西詞派狂徵僻典的弊端。《沁園春·擬艷》十二首，分别詠額、鼻、耳、齒、肩、臂、掌、乳、膽、腸、背、膝等，前人譽爲「靖節《閑情》之遺」（王初桐《小嫏嬛詞話》卷三），那不過暴露了評論者自己庸俗無聊的低級趣味而已。

《蕃錦集》一百多首詞，是集唐人詩句所成。集句之風雖始於宋代的王安石和蘇軾，也只是偶一爲之，不像朱氏這樣競奇鬬妍，沾沾自喜。儘管陳廷焯在《白雨齋詞話》卷十中説它是「脱口而出，運用自如，無湊泊之痕，有生動之趣，出古人之右」。謝章鋌在《賭棋山莊詞話》卷十二中説它是「神工鬼斧」，「真絶唱哉」！但實際上不過是「佳則僅一斑斕衣，不佳且百補破衲耳」（《遠志齋詞衷》引賀裳説）。更重要的是文學作品中的生活氣息，時代脉搏，都由於只能借用成句，不能自出心裁而受到極大的限制，充其量不過是一種高級的文學游戲而已。

綜觀《曝書亭詞集》，正如盧前《望江南》所題：「《蕃錦》《茶煙》無足取，《静居》《載酒》未容詞」（《清名家詞》後附）。在那階級鬭争和民族鬭争交織激化，「兵氣漲乎雲霄，刀瘢留於草木」的時刻，朱彝尊却不敢將親身經歷在詞中反映，懾伏於異族的統治，違心地低徊於文字游戲之中，是有愧於時代和人民，也有愧於同調和自己的，這不能歸咎於詞這種文學樣式的局限，却與他的文學主張有密切的關係，雖然並非全部的或根本的原因。

三

《曝書亭詞》雖然在内容上有着如上所指陳的根本性的缺陷，但在藝術上則句琢字煉，歸於醇雅，在清初詞壇，一新面目，領袖群芳，獲得了交口稱贊。而朱彝尊所提倡的理論及實踐，也導致了詞壇風尚的改變，進而形成浙西詞派，使他在清前期處於一尊的地位。

朱氏詞論的核心就是標舉「醇雅」。他説：

念倚聲雖小道，當其爲之，必崇爾雅，斥淫哇。（《静惕堂詞序》）

蓋昔賢論詞，必出於雅正，是故曾慥録《雅詞》，鮦陽居士輯《復雅》也。（《群雅集序》）

蓋詞以雅爲尚。（《樂府雅詞跋》）

言情之作，易流於穢，北宋人選詞，多以雅爲目。（《詞綜發凡》）

周公謹《絶妙好詞》選本雖未全醇，然中多俊語，方諸《草堂》所録，雅俗殊分。（《書絶妙好詞後》）

由上可見，他從詞的基本要求、歷史傳統，直至樹立風標，都在反復闡明詞以醇雅爲尚。風格的形成，不但基於作者的個性，也有賴於從歷史上已積澱的傳統汲取營養。朱彝尊就是通過宗法南宋、推尊姜張的途徑，密切結合自己的個性，從而使自己的作品臻於醇雅的。按他自己的話説，這是「涉大水獲舟梁之術」。

朱彝尊推尊姜夔，認爲「填詞最雅無過石帚」（《詞綜發凡》），「詞莫善於姜夔」（《黑蝶齋詞序》），如張輯、盧祖皋、史達祖、吴文英、蔣捷、王沂孫、周密、陳允平、張翥、楊基等，這些由南宋至明的有成就的詞人，只是「具夔之一體」（《黑蝶齋詞序》）而已。在他的心目中，姜夔儼然是詞中的杜甫了。然而在實踐中他却更喜歡追步張炎，所謂「不師秦七，不師黄九，倚新聲、玉田差近」（《解珮令·自題詞集》）。認爲張炎「足與白石老仙相鼓吹」（《山中白雲序》）。姜張並稱，是歷來所公認的，所以彝尊及其追隨者，就必然推尊姜張了。

怎樣學習姜張呢？彝尊未道其詳，只是在《孟彦林詞序》中籠統地説：「綺靡矣而不戾乎情，鏤琢矣而不傷乎氣，然後足與古人方駕。」這些話雖極圓通，却難以捉摸。與他聲氣相通的汪森則説得比較明白，《詞綜序》説：「字琢句煉，歸於醇雅。」這是他們從創作實踐中體察有得之言。

次則宗法南宋。如説：

> 世人言詞，必稱北宋。然詞至南宋始極其工，至宋季而始極其變。（《詞綜發凡》）
>
> 竊謂南唐北宋，惟小令爲工，若慢詞，至南宋始極其變。（《書東田詞卷後》）
>
> 予嘗持論，謂小令當法汴京以前，慢詞則取諸南渡。（《水村琴趣序》）

從詞學史上來看，南唐北宋以小令爲主，短小雋美，渾然天成。慢詞雖出現於北宋，到南宋纔取得長足發展，講求章法的開合變化，彝尊所謂的「變」，即指技法上的變化，這是符合實際的。但他所指，與内容並無關，這是要説明白的。

從上面可以看出，欲臻醇雅，其法有二：一、字琢句煉，但要「鏤琢矣而不傷乎氣」；二、章法上「極其變」，但要「綺靡矣而不戾乎情」。前人最善於此的莫過於南宋的姜張，這就是宗法南宋，推尊姜張，標舉醇雅的真諦。

在詞學史上，揭舉雅正並非自朱彝尊始，早在北宋，李清照在其《詞論》中便强調高雅典重。張炎的清空騷雅説，更爲朱氏所本。給朱氏直接影響的是邑人曹溶。曹溶於詞求雅正，不主議論，不求淹博，不尚麗藻，不矜小慧，反對「造詞過壯」、「辯言過理」，認爲

「豪曠不冒蘇辛，穢褻不落周柳者，詞之大家」（以上均見其《古今詞話序》）。這樣，就確如朱氏所云：「吾最愛姜史，君亦厭辛劉。」（《水調歌頭・送鈕玉樵宰項城》）

汪森論彝尊所選《詞綜》，「庶幾一洗《草堂》之陋，而倚聲者知所宗矣」（《詞綜序》）。是就其實績而言的。它最終廓清了《草堂詩餘》的不良影響，結束了詞壇的歧見，走上一統的醇雅之路。

朱彝尊努力鼓吹自己的詞學主張，寫序作跋，諛揚同調；編輯《詞綜》，示人典範，從而得到廣泛的響應，最後連陳維崧也「謂爲篤論」（《書東田詞卷後》）。然而「錫山顧典籍（貞觀）不以爲然」（《水村琴趣序》），納蘭亦鄙薄《詞綜》，譏爲「黃茅白葦」（《與梁藥亭書》），可見當時意見並不完全一致。不過詞風消長變化的趨勢，絕不因反對者的説長道短而中止。彝尊的醇雅説，既投合當時一般文士的思想藝術情趣，又順應特定歷史時期統治者的需要，因而天下嚮風，勢在必然，在詞史上開闢了一個新時期。

以前論者指出朱氏輯《詞綜》，隱然有開立宗派之意。焦循《雕菰樓詞話》説：「近世朱彝尊《詞綜》，規步草窗，學者不復周覽全集，而宋詞遂爲朱氏之詞矣。」況周頤説：「《歷朝詞綜》一書，以輕清婉麗爲主旨，遂開浙派之先河。凡所撰録古昔名人之作，往往非其旨者。」（《詞學講義》）確實道出了朱氏用心之所在。

但建立詞派若僅限於地域觀念，對於這個流派的發展是不利的。康熙十六年（一六七七）龔翔麟編《浙西六家詞》時，陳維崧在《序》中除了點明浙西詞派的地理和風格因素外，還特別提出：「倘僅專言浙西，諸公固是無雙；如其旁及江東，作者何妨有七。」這不能僅僅視爲非浙西人的陳維崧要求入派，重要的是浙西詞派在新形勢面前將如何邁步，以求得更大發展。後來朱彝尊在《魚計莊詞序》中說：「在昔鄱陽姜石帚，弁陽周草窗，西秦張玉田，咸非浙産，然言浙詞者必稱焉；是則浙詞之盛，亦由僑居者爲之助。猶夫豫章詩派不必皆江西人，亦取其同調焉耳矣。」跳出狹隘的地域圈子，以同調相求，這是壯大浙西詞派的重大步驟。

浙西詞派的發展是與後繼者的努力分不開的。經過李良年、李符、汪森、沈皞日、沈岸登等的勤奮耕耘，又經過厲鶚、張奕樞、王昶等的澆灌嫁接，浙西詞派於是籠罩詞壇，風靡天下。

然而，朱氏的詞論體系是不完善的。

首先，他對詞這種文學樣式的認識是意欲尊之，實則卑之。請看下面的幾段引文：

《南風》之詩，《五子之歌》，此長短句所由昉也。（《水村琴趣序》）

（詞）極其能事，亦足以宣昭六義，鼓吹元音。（《静惕堂詞序》）

詞雖小道，昔之通儒鉅公往往爲之。（《紅鹽詞序》）

通過詩詞的淵源同、功用同、作者同，以争得詩詞的地位應相同，就算達到了尊體的目的。

稍加分析，就可發現這種攀附的類比是可笑的。首先，詞之起源與音樂有關，是在隋唐燕樂的基礎上産生的，絶不是因長短參差的句式就「自有詩而長短句即寓焉」（汪森《詞綜序》）。若言詩詞同源，應以生活爲源，纔有活潑的生命，纔有獨立之地位。形式上的比附，又不切合詞體實際，毋庸稱道。第二，尊體説是建立在卑薄詞體的基礎上的，謂「極其能事」，「亦足宣昭六義」，不是理直氣壯的推崇，而是低人一等的曲附，呈現出自相矛盾的尷尬相。

其次，醇雅説欠透徹，不足以擔負清詞發展的使命。朱氏雖不厭其煩地鼓吹醇雅，然而醇雅之界義始終語焉不詳。直至厲鶚在《群雅詞集序》中道出「風之所由美，頌之所由成」，纔浮光掠影地初見端倪。何況朱氏之「術」，置立意於不講，只著眼於字琢句煉和技法之變，可謂舍本逐末。所以謝章鋌在《賭棋山莊詞話》卷十一中批評浙派之後繼者説：「則亦姜史之皮毛，周張之枝葉而已。雖不纖靡，亦且浮膩；雖不叫囂，亦且薄弱。」道路愈走愈窄，終趨没落。由於偏舉醇雅，無形中限制了詞的職能。略後於朱彝尊的陳聶恒，在其《論詞絶句》中説：「敢言豪氣全無與，詩論天然非所宜。千古風流歸藴藉，此中安用莽男兒。」直欲將豪放派開除出詞的領域，這就是康熙後期詞壇崇尚浙派，過求醇雅的流弊。這對於詞境的開拓，風格的多樣化，以及多彩地反映現實生活，都是有害無益的。

陳匪石《舊時月色齋詞譚》説：「清代之詞派，浙西、常州而已。」就其大概而言，亦不爲太過。凡治清代詞學者，首當重視之。新中國成立以來，對於常州詞派之研究，較爲重視，對浙西詞派之研究，則剛剛起步。

四

資料是研究工作的基本要素。

朱彝尊的詞集，長期以來較爲通行的是《四部叢刊》本，這是據朱氏生前删定的《曝書亭集》影印的，其第二十四至第三十卷爲詞。朱氏詞的輯佚工作，經朱墨林、馮登府、孫福清、翁之潤、葉德輝等先後拾補，或附刊於他集，或單册另行，頗爲可觀。然三百年來，從未合刊問世，欲覓一單行足本之《曝書亭詞集》而不可得，誠爲憾事。頃從臺灣輾轉郵來《眉匠詞》抄本，此爲彝尊少作，生前未刊，罕爲人知，急爲迻録，冀公諸同好，故萌發輯編一足本《曝書亭詞集》之初念。在浙江古籍出版社和南京大學全清詞編纂研究室的大力支持和熱心幫助下，開始了朱詞的輯校工作。除復按前賢輯補之什外，又稽查彝尊交游者之詞集，旁及類書方志等，續有所得，彙爲一集，庶幾成爲《曝書亭集》問世至今最爲全備之足本。

底本依次採用：臺灣「中圖館」藏三餘讀書齋抄本《眉匠詞》一卷，收詞五十六首。康熙五十三年（一七一四）原刻本《曝書亭集》卷二十四至卷三十，共七卷，計《江湖載酒集》三卷，二百十首；《静志居琴趣》一卷，八十三首；《茶煙閣體物集》二卷，百十四首；《蕃錦集》二卷，百〇九首，合計五百十六首。光緒二十二年（一八九六）常熟翁氏刊《曝書亭詞拾遺》三卷，收詞七十七首（原爲九十三首，删去散曲十六首）。末增新輯《曝書亭詞補拾》一卷，計詞十一首。總計十二卷，收詞六百六十首。較原刻《曝書亭集》多收一百四十四首。

《曝書亭集》翻刻甚多，偶有異同，大多爲手民誤植，不足據信，故入校各本以其具有代表性的選集爲主，尤以清初諸選本爲多。參校本多至三十餘種，即使不入校，亦作記録備查。校文只將校字平列，一般不作判釋，以利讀者見仁見智。

每首詞後列參考資料，録昔賢評議，包括本事、章句、鑒賞、詮釋等，以佐讀者品評。

本書附録有五：（一）本傳。鑒於朱氏爲人所熟知，又有楊謙編纂之《竹垞年譜》在，故只録入《清史稿》本傳及《國朝耆獻類徵》收録之有關材料。（二）序跋題記。以見諸刻之版本流傳情況及對朱氏作品之認識。（三）《曝書亭詞手稿》原目及校勘記。長沙葉德輝氏所發現之手稿與諸刻本大異，入校易致淆亂，爲醒目計，另作附録。（四）詞評參考資料。（五）校讀記。凡參校諸本及校輯情況，作簡略紹介。

清代詞學批評之風甚盛，尤以詞話衆多著稱。與朱彝尊同時的便有沈謙的《填詞雜説》、李漁的《窺詞管見》、毛奇齡的《西河詞話》、賀裳的《皺水軒詞荃》、張星耀的《詞論》、王又華的《古今詞論》、徐嗜鳳的《緑蔭軒詞話》、劉體仁的《七頌堂詞繹》、鄒祇謨的《遠志齋詞衷》、王士禛的《花草蒙拾》、董以寧的《蓉渡詞話》、彭孫遹的《金粟詞話》、徐釚的《詞苑叢談》、《南州草堂詞話》、沈雄的《古今詞話》、《柳塘詞話》等，或因枝以振葉，或沿波而討源，或創説以開宗，或博採而立言，琳琅滿目，彬彬大盛。唯浙西詞派無專著問世，誠咄咄怪事。或謂李良年有《詞壇紀事》、《詞家辨證》二書，見載於《學海類編》，唐圭璋先生已指出，此乃書賈以射利爲目的，割裂《詞苑叢談》原文，混淆目次，假托李氏之作。當在摒棄之列。後代評家間有引述彝尊論詞之言，則冠之曰：《曝書亭詞話》，查無是書；其所引述則見之於《静志居詩話》或序跋題辭。有鑒於此，援昔賢例，蒐集朱氏有關詞學理論及批評之論述，彙編而成《曝書亭詞話》。

評點亦爲重要之文學批評。然清初之評點多染標榜之習，或徒貢諛詞，或泛述交情，往往言不涉義，名不副實，後人多鄙薄之。彝尊亦曾爲沈朝初《洪崖詞》、丁煒《紫雲詞》等評點，披沙揀金，偶見精語，因散見多本，一時採輯不易，容他日續爲鈔撮。

限於見聞，舛誤難免，敬請方家賜正。

屈興國　袁李來　一九八六年十二月於南京大學

朱彝尊詞集目録

眉匠詞

江湖載酒集

靜志居琴趣

茶煙閣體物集

蕃錦集

曝書亭詞集拾遺

曝書亭詞集補拾

眉匠詞

憶秦娥

寒側側。江南江北花時節。花時節。長干新月，照人離別。　玉驄嘶去春風陌。十年秋燕天涯客。天涯客。柳邊曉角，雁邊殘雪。

【評】

蹊徑尚熟。

上片：真所謂「正始遺音」也。

下片：南唐風格，正始遺音。

浣溪沙

夜冷青苔濕地衣。坐看蝴蝶作團飛。踏香尋上最高枝。　月靜簾空無夢到，露寒風細隔花知。此時攜手說相思。

【評】

蝴蝶團飛接在夜冷青苔之下，似是語病，當改首句。

下片：風趣情味都佳。

前調

江上啼鴉夕照殘。燈痕澹處小長干。霜天吹笛一樓寒。　暗柳疏疏人語歇，好風細細苧衣單。不如歸去卧屏山。

【評】上下片末句：君從何處覿得此無人態。

前調

兩點眉痕鏡裏山。玉人消息得來難。一春心事畫中間。　芳草漸隨新夢遠，好花長與舊歡殘。晨香夕佩太闌干。

前調

水院無人寫玉箏。一階杏粉散香塵。翠簾風隔墮釵聲。　紅日窗西春睡重，綠楊門外曉寒深。起來花底數流鶯。

前調

一片青帘酒榭東。花陰流出水溶溶。短長亭上過春風。　歌扇影搖香月白，鈿車聲起暗塵紅。相逢可惜太匆匆。

【評】彈丸脱手，乃於淺處得深。

前調

楊柳風低拂翠眉。釵樓眠重覺來遲。隔簾春入燕先知。　小夢緑尋香霧濕，好花紅護嫩寒歸。煙痕飛起一絲絲。

【評】「隔簾春入燕先知」句：有語病否？得無太作意耶？

清平樂

紅欄七尺。柳絮堆成雪。斜倚熏爐屏外立。看遍吴山山色。　眉尖鎮日長青。可憐家住春城。屋角花濃花淡，門前潮落潮生。

【評】吴山二字尚嫌未俊。於無聊中寫出濃至，所謂人間斷腸句也。

前調

鴛央眠盡。湖水如圓鏡。笑入荷花風不定。畫槳劃開萍影。短簫吹過紅橋。柳陰陰處煙高。歸去輕衫半濕，横塘暮雨蕭蕭。

前調

篆煙飛盡。香減春衫褪。坐久玉人鈿雀冷。柳外風吹鬟影。迢迢青粉墻高。隔墻幾點櫻桃。可惜今年花下，更無人伴吹簫。

前調

垂珠斗帳。風小紅羅颺。一帶疏窗西北向。月在丁香樹上。博山爐起煙絲。醉扶金谷人歸。倚到闌干露下，春寒翠袖先知。

【評】

此與後《憶王孫》並以月在句擅場，幾於張先三影矣。
末句：微妙乃爾。

前調

濕雲如夢。水榭輕寒送。坐雨畫屏秋氣重。風起苧衣微動。　錦筵銀燭無光。照人別淚成雙。一曲鈿箏彈盡，雁聲今夜初長。

祝英臺近

蜀箋紅，湘酒碧，蘭燼夜燈落。風約簾鈎，秋色動羅幕。可憐花氣漸涼，茶煙欲歇，有人倚、暮寒池閣。　舞衣薄。記得抱月飄雲，腰態瘦如削。塵散歌樓，冷落舊弦索。幾番燕燕歸遲，綠陰似雨，負攜手、小窗佳約。

東風第一枝

樓陰月淡，巷曲花深，燈火夜闌，酒懷如許

火樹藏橋，香塵拂馬，愔愔巷陌春霽。聲聲私祝東風，扶住俊游濃醉。杏花影裏，拚立盡、空濛□地。奈沈沈、蓮漏如年，隔院玉笙初起。　漫吟遍、酒香紅被，空惹着、一襟芳思。自憐歌散旗亭，又趁燈疏柳市。釵樓信杳，問簾隙、玉人歸未。願將心、寄與冰蜍，照到畫屏山底。

【評】寫來如畫，訴來如話，清空極矣。

綺羅香　題梨花白燕小幀

春色閑階，暮寒虛閣，幾片縞雲橫白。兩兩輕衫，夢到隔花無迹。弄一雙、銀剪參差，落數點、冷香狼藉。逗初三、新月黃黃，瑶臺相伴浸幽魄。　繡簾垂處護影，還被春風墮粉，畫簷飄入。寒食沈沈，絮語晚煙坊陌。休認道、歸到江南，舊紅樓、未消殘雪。怕枝頭、驚起雙眠，踏花涼露濕。

霓裳中序第一　憶冷翠亭梅

東風又怨別。雙槳遲歸湖上客。問訊瑶華信息。有疏雨破暝，翠禽啼夕。長亭路隔。盼暗雲愁思如織。屏山外，冷香一夜，吹夢渺江北。　休説。剪燈時節。定孤負何郎彩筆。春歸無奈浪迹。帽影銜花，驢背吟雪。市橋還望極。更忍聽、憑欄玉笛。天寒迥，美人林下，怎與等攀摘。

法曲獻仙音

波暗籠沙，月斜分岸，樹色沈沈遥浦。一葉輕舟，半汀涼夢，孤篷又吟疏雨。正倦客停歸纜，相思楚天曙。　擬延佇。領詩情、煙鐘津鼓。奈笠澤、閑鷗唤人東渡。一笛葦花風，便吹送、客程幾許。水驛燈昏，怕江猿，啼盡怨苦。任幽恨散入，淡雲空渚。

【評】

佳處南宋人尚不能到，竟是白石老仙。

南鄉子

春水渌，白蘋香。蘭橈夢渡弄珠江。江上青山連夕照。愁芳草。日暮鷓鴣啼未了。

前調

樓北角，是銀河。碧天新月上簾波。簾裏不知霜有信。羊燈近。照見玉容生酒暈。

前調

風不定，雨初晴。水窗纔試苧衣輕。眉月照人攜手處。吹簫去。飛絮落花江上路。

前調

暮色閒門。桃花春水浸籬根。門外漁舟燃楚竹。南浦曲。月照一江帆影緑。

桂殿秋

花淡薄，月溟濛。春衫剪後落燈風。市橋西去聞長笛，人在天寒畫閣中。

齊天樂　丁酉莫春，重過曉春塢，花枝照人，鶯聲滿樹，風景絶似舊游，而扇影歌喉一時都盡，拈長短句題之西窗

闌干三面垂楊裏，風吹一簾春色。摘葉聽鶯，銜香識燕，又到看花時節。簫聲巷陌。漫問訊牆東，洗紅消息。喚起新愁，斷腸人對畫屏立。　輕衫淚淹幾疊。翠樽難共款，孤負芳夕。酒市燈疏，歌樓塵静，前度俊游消歇。來朝寒食。算誰倚春煙，伴人吹笛。尋夢無踪，冷香雙袖濕。

玲瓏四犯

春到江南，笑愁卧何郎，吟興岑寂。濁酒消寒，今夜夜堂無月。依約夢裏疏香，又喚我、孤

舟蕩雪。正隔溪、一路飛花，相送横橋畫楫。　水村竹外濛濛白。笛聲長、飛雲初碧。花邊留鶴邀吟伴，舊事東風曾識。今日索醉山樓，無奈賦情人别。只最高枝上，雙翠羽，仍呼客。

水龍吟　聞雁

柳邊一片秋陰，和煙吹落江城裏。風高月淡，天空雲薄，雁程迢遞。幾陣驚寒，萬山松外，莫鐘初起。想蘆汀夜度，相呼伴侣，排人字，殘星底。　惆悵吴頭楚尾。到江南、稻粱空計。愁長無奈，草枯木落，晚秋天氣。破夢哀弦，嘯霜殘角，催成離思。怕故鄉有客，尺書望斷，在衡陽地。

【評】辛蘇體何嘗不佳，惜以元人手筆爲之，氣骨似稍遜耳。

玉樓春

春城一帶垂楊暝。淡日輕雲晴不定。杏花風細雨絲絲，隔水人家寒食近。　歸來朝朝傳芳訊。斗帳熏爐銀葉潤。今年春事去年心，飛絮多情上簾影。

前調

衣香人影匆匆去。流水短亭何處路。春帆斜挂月痕歸，宿鳥暗啼燈火曙。謝娘眉嫵嬌如許。只在傾脂湖畔住。簫聲吹落碧雲東，散作曉寒風一縷。

曲游春　開仲詞來，約嬉春之游，調此却寄

曉起窗紗拓，看花梢日影，移過櫺眼。摇動疏香，恰秋千索底，又逢歸燕。小步青苔院。趁吟客、青衫初剪。奈江南，消盡殘寒，詩夢酒懷都懶。　眼見。垂楊幾綫。任月地攜歌，箏坐題扇。春色閒庭，算最宜消受，茗煙香篆。游侣歸來晚。想橋畔，荼蘼開遍。舊日花下人家，畫樓不遠。

南歌子

北里聞歌地，東風落絮天。酒香如霧燭花偏。爲我多情重上琵琶弦。　月墮懷中白，珠擎掌上圓。小紅私語報屏前。説道醉中休負夜如年。

減字木蘭花

歌塵繞地，宛轉紅樓春夢裏。柳暗如煙，小玉開屏對曉寒。　荼蘼花早，一晌嫩晴天色好。新試羅衣。不耐東風盡日吹。

前調

秦淮小住，桃葉桃根家甚處。雨霽江天，秋在寒沙落雁邊。　俊游漸老，欲採蘋花貽遠道。拾蕊吹簫，夢倚芙容第一橋。

菩薩蠻

闌干横處鶯聲急，峭風吹淺櫻桃色。寒到玉樓邊，月高人未眠。　繡衾金縷鳳，中有江南夢。夜夜夢歡時，天涯歡不知。

【評】温飛卿、韋端己猶在人間。

前調

通波亭帶紅橋路，天涯倦旅愁延伫。溪外有人家，來禽一樹花。　花西簾對捲，小立東風淺。門巷夕陽低，銜泥雙燕歸。

【評】供奉「暝色高樓」一句，已成千古絶唱，得此有嗣音矣。弦外得奇，環中得趣。

前調

秋風吹滿溪橋路，吟鞭倦指題詩處。煙寺隔疏鐘，斜陽雁背紅。　沈沈天似水，今夜新涼起。金翠鏡中寒，苧蘿無數山。

前調

鷓鴣啼緑湘南草，人家處處湔裙早。柳色暝如秋，燕歸江上樓。　畫船愁問渡，夢繞揚州路。春雨碧瀟瀟，晚寒過謝橋。

前調

愁紅一夜飛無力，東園芳草青如織。留燕説春愁，春陰濃似秋。　重重金屈戍，門掩漸黄月。單枕晚來寒，燈痕和夢圓。

滿庭芳

風約春聲，雲連暝色，江帆盡落平沙。參差十里，看殺露桃花。流出粉香甚處，溪橋畔、緑水人家。垂楊暗，重門如掩，門外是天涯。　空嗟。花易別，斷腸風景，真類如邪。漸柔波送槳，岸曲林斜。知是何人鬢影，朦朧隔、淡月窗紗。漁燈黑，依依愁對，煙際數昏鴉。

謁金門

風側側。昨夜黄梅雨急。簾外曉寒吹易入。燕巢花氣濕。　睡起唾絨無力。一晌嫩晴天色。淡緑紗紋香不隔。日高窗影直。

前調

柳邊月。照見淚痕雙靨。紅燭坐消人語歇。愁長無處説。　孤擁翠衾幾疊。睡醒羅衫又濕。馬滑霜濃留不得。曉鐘催夢別。

翠樓吟　賦簾

却月春屏，障雲金屋，冰綃六尺偷剪。參差垂繡户，稱斜押幾雙銀蒜。燒燈庭院。蕩一片湘紋，無風似捲。花陰淺。夜凉吹入，粉香千點。　人倦。倚暖闌干，便晚寒幾陣，難侵裙茜。小樓春色裏，定妨却銜泥歸燕。韓郎幽怨。甚一縷沈煙，相思隔斷。攜團扇。那回曾記，暗窺嬌面。

【評】□秋從會稽相國公子扇頭見户部□主事廷慶詠簾詞四首，記其一聯曰：「搴來湘水波三折，捲起揚州月二分。」真是絕唱。聞主事爲條山高足，風調亦宛似老□也。附記於此。

疏影　水仙花

楚天霽雨。有冷香似雪，吹墮江浦。客裏逢人，過盡朝寒，粉痕偷浣芳露。湘妃滴破冰綃淚，空幾度、淩波無語。又月中、環佩歸來，午夜寄愁何處。　漫倚東風淺笑，天涯春正遠，幽思誰侶。相約黃昏，小簟疏簾，掩映風鬟無數。畫屏人去留殘夢，任化作、香雲千縷。奈醒時、瘦影和煙，凉入隔花窗户。

【評】

此真白石、玉田矣。

賣花聲　琴心閣録别

一剪峭風吹。寒透銖衣。玉人酒色上顔遲。扶起半身香月影，摇動薔薇。深坐勸芳巵。今夜花時。春纖猶得醉中攜。明日鏡奩凉似水，空照相思。

臨江仙

隔水濛濛細雨，繞樓短短垂楊。春寒過盡鬱金堂。珍珠簾對捲，簾下試新妝。金鈿雙安翡翠，羅裙宜帖鴛央。風摇衣影步生香。舞隨飛燕後，夢着落花旁。

【評】

小山佳處。

前調

暗水似隨鏡濕，晚凉都傍衣生。小樓今夜起秋聲。星光釵外動，月艷臉邊横。設果亭中私語，結璘案下低盟。佩聲燭影已三更。沈香煙底坐，雙髻笑吹笙。

【評】前《清平樂》一首是斷腸句，此《臨江仙》二首是銷魂句也。

前調

水影半横池閣，秋聲多聚窗櫺。無人庭院月朧明。海棠花色，昨夜嫩寒生。　　静數年時幽約，吹簫臺畔相尋。疏香澹澹護簾陰。筝低風細，紅燭暗銀屏。

【評】此首可不存。

風流子

南樓聞早雁，人無夢、月白酒醒時。記垂柳畫欄，玉釵斜墮，笑桃深巷，春馬驕嘶。奈如今，餘香銷鈿枕，殘恨語琴絲。風入翠屏，燭昏羅帳，中人秋氣，似客離思。　　迢迢天涯遠，花開盡、又早换遍綃衣。休問弄珠江北，拾翠橋西。怕别後淚多，易淹俊眼，新來鏡暗，難畫眉。待倩蓮東雙鯉，傳信前溪。

百字令　夢游西湖

空堂人悄，正天寒倚醉，擁衾無語。夢裏西泠今夜月，喚我湖邊飛渡。兩槳萍香，六橋花影，舊日尋詩路。年華易失，數株官柳如故。　徙倚學士堤邊，似曾相識，有沙頭鷗鷺。相伴畫船風際笛，吹入水雲深處。樹踏昏鴉，漁奴倦網，竹外寒燈聚。無情梵磬，幾聲催我歸去。

【評】

擬删。

南宋風貌，亦擅草堂之勝，存之，以見作者之無所不有。

一剪梅

複帳紅羅四角寬。枕是雙鴛。被是雙鸞。玉人曉起畫眉難。臂上香寒。衫上風寒。　下九初三嬉戲天。撲蝶花間。拜月堂前。羅敷十六是同年。坐處聯肩。行處隨肩。

朝中措

得憐堂後見伊時。眠重出來遲。額上雙鬟未合，踏梯拗折花枝。　簸錢年紀，築毬踪迹，一味嬌癡。生小未知別苦，問郎何物相思。

【評】
佻妙不可言。

夜合花

霧曉花濛，煙長柳暝，春陰時候江南。鈿車過處，旗亭怕指青帘。社前節雨廉纖，蕩柔波、催送歸帆。把離樽畔，東風淚點，彈與春衫。　別來誰寄瑶緘。但有釧銷腕暈，月瘦眉尖。畫羅裙上，如何未繡鶼鶼。人如夢，燕歸簾。是年時、同續香奩。奈飄零久，照人無寐，一樹冰蟾。

【評】
風姿獨絶。

昭君怨

初日畫眉窗裏。照到屏山近底。人立曉寒中。燕邊風。　眼見柳緜無數。遮斷玉驄來路。柳處是春聲。一雙鶯。

生查子

一枕緑窗眠，幽夢初驚絶。何處是秋聲，盡繞梧桐葉。　　揺落正逢秋，又是傷離別。誰見雁鴻來，畫樓風與月。

憶王孫

空庭夜色酒醒時。柳上昏鴉不住啼。私語憑肩手重攜。粉墻低。月在秋千畫索西。

【評】

玉梅花下交三九，不得專美於前矣。

末句：近以此句入《緑春詞》。

前調

梨棠花謝絮濛濛。一徑青苔襯落紅。亞字闌干東又東。晚來風。畫閣春寒細雨中。

羅敷艷歌

繡牀花落春緜凍，纖手呵時。料量腰支。剪出醒紅膩碧衣。　　針箱寄遠人何處，夢一絲絲。不到天涯，除是南樓風月知。

如夢令

芳草南園正齊。蝴蝶西家亂飛。已是落花時，樓上東風暗吹。且歸。且歸。換了香羅袂衣。

江湖載酒集

玉臨錦西采

霜天曉角　早秋放鶴洲池上作

青桐垂乳。容易凝珠露。一縷金風飄落，添幾點、豆花雨。　簾户翦燈語。草蟲飛不去。坐愛水亭香氣，是藕葉、最多處。

【校】

見《瑶華集》卷二，《國朝詞選補鈔》，《昭代詞選》卷十三，《國朝詞綜》卷八，《曝書亭詞注》卷一，《雲韶集》卷十五，《清名家詞》，《清十一家詞鈔》卷三。

【參考資料】

《雲韶集》卷十五：只寫本地風光，不言情而情自勝，可與知者道耳。

高陽臺　並序

吴江葉元禮少日過流虹橋，有女子在樓上見而慕之，竟至病死。氣方絶，適元禮復過其門，女之母以女臨終之言告葉，葉入哭，女目始瞑。友人爲作傳，余記以詞。

橋影流虹，湖光映雪，翠簾不卷春深。一寸横波，斷腸人在樓陰。游絲不繫羊車住，倩何人、傳語青禽。最難禁、倚遍雕闌，夢遍羅衾。　重來已是朝雲散，悵明珠佩冷，紫玉煙沈。前度桃花，依然開滿江潯。鍾情怕到相思路，盼長堤、草盡紅心。動愁吟、碧落黄泉，兩處難尋。

【校】

見《國朝詞選補鈔》、《昭代詞選》卷十四，《國朝詞綜》卷八，《曝書亭詞注》卷一，《詞略》四，《雲韶集》卷十五，《詞則·別調集》卷三，《篋中詞》二，《笠澤詞徵卷》二十六，《清名家詞》，《清十一家詞鈔》卷三，《全清詞鈔》卷五。

開滿：《昭代詞選》、《篋中詞》均作「開遍」。

【參考資料】

《雲韶集》卷十五：情關一座，誰能跳出。低徊欲絶。「人面不知何處去，桃花依舊笑春風」，亦此意也。

《詞則·別調集》卷三：淒警絶世。

《篋中詞》二：遺山、松雪所不能爲。（按此評梁令嫻移入《藝蘅館詞選》丁卷，漏一「能」字。）

《清詞玉屑》卷七：竹垞《高陽臺》詞云云，爲吴江葉元禮記事而作也。元禮少日過虹橋，有女子在樓上見而慕之，竟至病死。氣方絶，元禮復過其門，女之母以女臨終言告之，遂入哭，女目始瞑。時人有爲作傳者，是猶之崔護桃花故事也。又宜良嚴秋槎廷申有《摸魚兒》詞追詠，序謂元禮漁洋弟子，少美丰姿，過平望酒家，有女感病死，漁洋記以詩。宫子行得其稿，裝册藏之，且以葉事繪圖索題，其詞云：「剪吴江、晴波三里，飛鴻照影曾度。江樓舊日温存月，半被春愁圍住。春也去。只門外、桃花記得郎前度。垂虹暮雨。恨鴛槳摇澌，鶯簾織夢，忘却往時路。　懨懨病，一霎離魂倩女。斷腸鴛牒難注。宛君去後江楓盡，誰寄返生詞譜。蘊玉處。剩一片斜陽，冷到相思土。」漁洋斷句有：「平望春山，明湖秋水，略解此情緒。」後來追賦其事者尚復不少。

柳梢青

和沈山子西湖後游之作

障羞羅扇。花時猶記，者邊曾見。曲録闌干，玲瓏窗户，也都尋遍。　兩峯依舊青青，但不比、眉梢平遠。第一難忘，重來崔護，去年人面。

【校】

見《浙西六家詞》本《江湖載酒集》卷二，《梅里詞緒》，《曝書亭詞注》卷一，《清名家詞》。

附《六家詞》本作：障羞羅扇。花時誰説，鎮長相見。亭子湖心，人家渡口，也都尋遍。　兩岸依舊青青，但不比、眉梢平遠。落日重樓，春風小榼，去年人面。

清平樂　秋夜宿燈公山房

秋林風絳。鍾乳霜初降。應有愁猿來聽講。吠犬寥寥深巷。　明星無數茅檐。披衣轉覺寒添。不是山中無酒，何妨一醉陶潛。

【校】

見《曝書亭詞注》卷一，《清名家詞》。

憶王孫

黃蘆紅蓼白蘋洲。一水東西南北流。舊日秋娘尚在不。石橋頭。柳外斜陽花外樓。

【校】

見《瑤華集》卷一，《梅里詞緒》，《曝書亭詞注》卷一，《清名家詞》。

副題：《梅里詞緒》作「經舊游」。

前調 夜泛鑒湖

天邊新月兩頭纖。鏡裏晴山萬點尖。小棹烏篷不用簾。夜厭厭。漸覺微風衣上添。

【校】

見《瑶華集》卷一，《曝書亭詞注》卷一，《清名家詞》。

晴山：《瑶華集》作「青山」。

生查子

雙眉澹遠山，一髻簪寒玉。鉛粉幾曾施，最好新妝束。　江月去茫茫，不照春船宿。空有酒如泉，難聽琵琶曲。

【校】

見《曝書亭詞注》卷一，《清名家詞》。

醉太平 題姜開先贈歌者李郎秦樓月詞

支郎眼黄。何郎粉香。尊前一曲迴腸。愛秦樓月凉。　公羊穀梁。鄭清之《送新薑》詩，公羊穀梁，並出一人之手，其姓則姜。蓋四字反切，皆姜字。鄱陽栝蒼。詞人試數諸姜。梅山姜特立，栝蒼人。算堯章擅場。

【校】

見《曝書亭詞注》卷一，《清名家詞》。

【參考資料】

《賭棋山莊詞話》卷十二：運用典切，知倚聲端須博覽。昔稼軒能學《内傳》，易安能用《世説》，以此視之，何多讓也。

《清詞玉屑》卷八：會稽姜開先贈歌者李郎《秦樓月》云：「天下李。一般柯葉分仙李。分仙李。東西南祖，故家苗裔。　漢時有個延年李。唐時有個龜年李。龜年李。崔九堂前，岐王宅裏。」竹垞見之，拈《醉太平》書後云云，亦專用姜姓故事報之，時人服其典切。

女冠子

鶯筐軟語。小店槐陰無暑。索寒漿。一笑千金值，雙蛾半額長。　愛他黄竹子，織就女兒箱。那得銀釭下，卷衣裳。

【校】

見《瑶華集》卷二，《曝書亭詞注》卷一，《清名家詞》。

副題：《瑶華集》作「小店」。

望湘人

愛蘭風兩岸，梅月半牆，浣紗溪上曾住。步障教移，燭花漸灺，依約斜窺簾户。虎僕毫尖，麋丸墨淡，倩題詩句。記恁時、卓女含情，比我相如詞賦。　愁思孤帆朝暮。奈雙魚消息，未傳幽素。到香徑重尋，祇有碧桃千樹。晚緜撲柳，晴絲卷燕，儘自飛來飛去。渾不見、人面重門，虛憶畫中眉嫵。

【校】

見《浙西六家詞》本《江湖載酒集》卷三，《曝書亭詞注》卷一，《清名家詞》。

思越人

小門關，深徑轉，昔年曾醉秦樓。笑撚畫裙青案底，教擡纖手藏鈎。　臨行指我相尋路。鏡湖一曲西去。繞遍湖塘烏柏樹。知他門掩何處。

【校】

見《瑶華集》卷四，《曝書亭詞注》卷一，《清名家詞》。

副題：《瑶華集》作「無題」。

探春令

萑苻夜火，那年屋角，伴人驚走。對銀灣、脈脈含情久。不道是、相逢驟。　露華如雨凝高柳。滴單衣凉透。到歸來、始悔輕分手。已許我、攙羅袖。

【校】

見《曝書亭詞注》卷一，《清名家詞》。

桂殿秋

思往事，渡江干。青蛾低映越山看。共眠一舸聽秋雨，小簟輕衾各自寒。

【校】

見《百名家詞鈔》本《江湖載酒集》，《浙西六家詞》本《江湖載酒集》卷一，《瑶華集》卷一，《亦園詞選》卷一，《歷朝詞選》卷一，《昭代詞選》卷十三，《國朝詞雅》卷六，《國朝詞綜》卷八，《曝書亭詞注》卷一，《雲韶集》卷十五，《篋中詞》二，《清名家詞》，《全清詞鈔》卷五。

副題：《瑶華集》作「無題」；《亦園詞選》作「有憶」；《歷朝詞選》作「秋懷」。

【參考資料】

《聽秋聲館詞話》卷二：史梅溪《燕歸梁》云：「獨卧秋香桂未香。怕雨點飄凉。玉人只在楚雲旁。也著淚，過昏黄。　西風今夜梧桐冷，斷無夢，到鴛鴦。秋鉦二十五聲長。請各自，耐思量。」竹垞太史仿其意而變其辭爲《桂殿秋》云云，較梅溪詞尤含意無盡。

《雲韶集》卷十五：真唐人化境。余嘗謂長調以南宋爲宗，小令則以五代、北宋爲宗，然不至於唐不止也。

《篋中詞》二：單詞小令，近世名家復振五代、北宋之緒。（按此評梁令嫻移入《藝蘅館詞選》丁卷。）

《蕙風詞話》卷五：或問國初詞人當以誰氏爲冠？再三審度，舉金風亭長對。問佳構奚若？舉《擣練子》云云。

《清詞玉屑》卷八：袁湘湄工詩畫，嘗爲蘭村作《倉山月話圖》者也。有姬三多，姓柳，家金陵。初爲夫人媵婢，及笄遣歸，湘湄意不能忘。後赴白門，遇姬，尚未嫁，喜甚。有「晚花含蕊待春深」之句。又賦《浪淘沙》云：「迷路得花看。暫解雕鞍。繅絲門巷雨漫漫。借問小姑團扇上，可畫乘鸞。　山果配蔬盤。菰脆梅酸。隔窗燈影夜闌干。閑煞半牀青綺被，各自宵寒。」蓋襲用竹垞「小簟輕衾各自寒」句意也。

更漏子　吴江秋泛

欐頭船，菱葉港。十里冷楓門巷。江八測，柳千條。赤闌第四橋。　煮鱸香，聽鴨語。莫恨舟師催去。空翠淡，夕陽孤。飛帆度石湖。

【校】

見《浙西六家詞》本《江湖載酒集》卷二，《國朝詞選補鈔》，《國朝詞綜》卷八，《曝書亭詞注》卷一，《清名家詞》，《笠澤詞徵》卷二十六。

欐頭：《六家詞》本作「鴨頭」。

采桑子　梧宫詠古

何年越客千絲網，網住西施。看殺吴兒。貯館娃宫得幾時。　離筵白紵歌纔罷，抛了西施。遠去黄池。冷笑夫夫真箇癡。

【校】

見《曝書亭詞注》卷一，《清名家詞》。

滿江紅　金山寺

巨石孤根，作去聲弄出、寒潮嗚咽。映焦山遠樹，蒜山晴雪。水品中泠誰載取，鐘聲兩岸何曾歇。試層層、路轉妙高臺，簾齊揭。　哀笛響，風鳴葉。樓船靜，沙沈鐵。望揚州一片，海雲明滅。浪裏江豚空自舞，天邊塞雁飛相接。把題詩、張祜問山僧，猶能說。

【校】

見《曝書亭詞注》卷一，《清名家詞》。

前調　吴大帝廟

玉座苔衣，拜遺像，紫髯如乍。想當日、周郎陸弟，一時聲價。乞食肯從張子布，舉杯但屬甘興霸。看尋常、談笑敵曹劉，分區夏。　南北限，長江跨。樓櫓動，降旗詐。嘆六朝割據，後來誰亞。原廟尚存龍虎地，春秋未輟鷄豚社。剩山圍、衰草女墻空，寒潮打。

【校】

見《國朝詞選補鈔》，《昭代詞選》卷十四，《國朝詞綜》卷八，《曝書亭詞注》卷一，《詞略》四，《雲韶集》卷十五，《詞則·放歌集》卷三，《清名家詞》，《全清詞鈔》卷五。

如乍：《國朝詞綜》作「如昨」。
衰草：《曝書亭詞拾遺·志異》作「秋草」。

【參考資料】

《雲韶集》卷十五：通首氣魄悲壯，無一弱筆，乃至無一弱字，真神絶之技。沈雄悲壯。
《詞則·放歌集》卷三：氣象雄傑。

風蝶令 石城懷古

青蓋三杯酒，黄旗一片帆。空餘神識斷碑鑱。借問横江鐵鎖是誰監。　花雨高臺冷，臙脂辱井緘。夕陽留與蔣山銜。猶戀風香閣畔舊松杉。

【校】

見《百名家詞鈔》本《江湖載酒集》，《浙西六家詞》本《江湖載酒集》卷一，《瑶華集》卷四，《昭代詞選》卷十四，《國朝詞綜》卷八，《曝書亭詞注》卷一，《詞略》四，《雲韶集》卷十五，《詞則·放歌集》卷三，《清名家詞》。
詞調：《瑶華集》、《昭代詞選》作「南歌子」。

【參考資料】

《雲韶集》卷十五：中有感慨，風流悲壯。
《詞則·放歌集》卷三：風流悲壯。

賣花聲 雨花臺

衰柳白門灣。潮打城還。小長干接大長干。歌板酒旗零落盡，剩有漁竿。　秋草六朝寒。花雨空壇。更無人處一憑欄。燕子斜陽來又去，如此江山。

【校】

見《百名家詞鈔》本《江湖載酒集》，《浙西六家詞》本《江湖載酒集》卷一，《瑶華集》卷四，《國朝詞選補鈔》，《古今詞選》卷二，《梅里詞緒》，《昭代詞選》卷十三，《國朝詞雅》卷六，《國朝詞綜》卷八，《曝書亭詞注》卷一，《詞略》四，《雲韶集》卷十五，《詞則・大雅集》卷五，《篋中詞》二，《詞莂》，《清名家詞》，《清十一家詞鈔》卷三，《藝蘅館詞選》丁卷，《全清詞鈔》卷五。

詞調：《瑶華集》、《古今詞選》作「浪淘沙」；《國朝詞選補鈔》、《昭代詞選》作「浪淘沙令」。

城還：《古今詞選》作「城邊」。

【參考資料】

《雲韶集》卷十五：氣韻沈雄，却不涉叫囂，不流散漫，出蘇、辛之口。結得妙，妙在其味不盡。

《篋中詞》二：聲可裂竹。（按此評梁令嫻移録於《藝蘅館詞選》丁卷。）

喝火令

豆蔻薰香匼，檳榔潤小唇。丫蘭斜插暈妝新。輸與金錢多少，看取浣紗人。　無意曾窺宋，多愁易感甄。畫樓蠻蠟射南鄰。那不當窗，那不卷簾頻。那不收燈時候，月底踏芳塵。

【校】

見《百名家詞鈔》本《江湖載酒集》，《浙西六家詞》本《江湖載酒集》卷二，《曝書亭詞注》卷一，《昭代詞選》卷十三，《清名家詞》。

浣紗人：《百名家詞鈔》本作「浣花人」。

時候：《昭代詞選》作「時節」。

菩薩蠻　東莞書所見

佛桑花謝蕉心重。牆陰浪蹙沙文擁。何處采珠還。素馨添兩鬟。　生香藏肘後。瑣細兼紅豆。一唱摸魚聲。都來月下聽。

【校】

見《曝書亭詞注》卷一，《清名家詞》。

一唱：《曝書亭詞拾遺·志異》作「聞唱」。

東坡引

纖羅輕似葛。遥山横似抹。樽前衹見銀河闊。何人花底活。　雲鬟愁髀，玉釵休拔。更纖手、檀槽撥。月斜聽到歌聲滑。六幺花十八。六幺花十八。

【校】

見《曝書亭詞注》卷一，《清名家詞》。

酷相思　阻風湖口

社鼓神鴉天外樹。見渺沙、江流去。向晚來、石尤君莫渡。大姑也、留人住。小姑也、留人住。　杜宇催歸朝復暮。轉把歸期誤。儘燈火、孤篷愁幾許。風急也、聲聲雨。風定也、聲聲雨。

【校】

見《浙西六家詞》本《江湖載酒集》卷一，《今詞苑》卷二，《今詞初集》卷上，《瑶華集》卷六，《國朝詞選補鈔》，《國朝詞綜》卷八，《曝書亭詞注》卷一，《昭代詞選》卷十三，《詞略》四，《雲韶集》卷十五，《清名家詞》。

副題：《今詞初集》題作「湖口」；《今詞苑》作「風阻湖口」。

渺沙：《六家詞》本、《瑶華集》、《昭代詞選》均作「渺渺」。

轉把：《昭代詞選》作「却轉把」，增一「却」字。

【參考資料】

《雲韶集》卷十五：如見如畫，自然合拍。

《賭棋山莊詞話》卷十：明社將屋，青樓女子獨多倜儻不群。顧眉生見竹垞《酷相思》詞：「風急也、聲聲雨。風定也、聲聲雨。」傾奩以千金贈之。

好事近 效朱希真漁父詞

新月下瓜洲，重露漸成涓滴。船尾漁燈紅逗，映蕭蕭蘆荻。　偶然鼓枻度金山，夜久梵鐘寂。一縷潮痕催送，報隔江風笛。

【校】

見《百名家詞鈔》本《江湖載酒集》，《浙西六家詞》本《江湖載酒集》卷二，《歷朝詞選》卷四，《曝書亭詞注》卷一，《雲韶集》卷十五，《清名家詞》。

瓜洲：《百名家詞鈔》本、《歷朝詞選》本作「孤洲」。

重露：《百名家詞鈔》本、《六家詞》本作「重霧」。

【參考資料】

《雲韶集》卷十五：小令亦有如許氣骨，此美成、白石化境也。

洞仙歌 吴江曉發

澄湖澹月，響漁榔無數。一霎通波撥柔櫓。過垂虹亭畔，語鴨橋邊，籬根綻、點點牽牛花吐。　紅樓思此際，謝女檀郎，幾處殘燈在窗户。隨分且欹眠，枕上吴歌，聲未了、夢輕重作去聲。也儘勝、鞭絲亂山中，聽風鐸郎當，馬頭衝霧。

【校】

見《百名家詞鈔》本《江湖載酒集》，《浙西六家詞》本《江湖載酒集》卷一，《國朝詞雅》卷六，《曝書亭詞注》卷一，《笠澤詞徵》卷二十六，《清名家詞》，《全清詞鈔》卷五。

副題：《百名家詞鈔》本、《六家詞》本、《國朝詞雅》本均作「早發」。

澄湖：《百名家詞鈔》本、《國朝詞雅》均作「重湖」。

垂虹亭：《百名家詞鈔》本、《國朝詞雅》均作「香鱸亭」。

有有令　計甫草索贈吴僮時來

樽前須記。記取小名兒，時來方見你。年便周三五，看秀靨、依然媚。是天生付與騷人，苦吟不足，添他憔悴。　南北相攜萬里。且緩作、五湖歸計。鎮日牋裁藤角，洗硯收龍尾。鈔詩更會人意。問伊故里。可有個、延年女弟。

【校】

見《曝書亭詞注》卷一，《笠澤詞徵》卷二十六，《清名家詞》。

【參考資料】

《賭棋山莊詞話》卷二：竹垞有小史吴時來，計甫草索之，竹垞答以《有有令》，代州伎白狗，竹垞與之狎，晨訪不值，投以《步蟾宫》詞，又伎席《玉樓春》云云，循誦數詞，令人失笑，竹垞真無賴哉，兩廡豚蹄，宜不能换《風懷二百韻》也。

南樓令

春水到門長。春蕪繞徑香。好花枝、未隔東墻。來往花陰仙犬熟，已無意、吠劉郎。舊事費迴腸。支機片石旁。便金梭、投也何妨。暗悔當時真箇錯，無一語、但形相。

【校】

見《百名家詞鈔》本《江湖載酒集》，《浙西六家詞》本《江湖載酒集》卷二，《昭代詞選》卷十三，《曝書亭詞注》卷一，《詞則·閑情集》卷四，《清名家詞》。

詞調：《百名家詞鈔》本作「唐多令」。

【參考資料】

《詞則·閑情集》卷四：屏去浮艷，其情乃真。

明月引

小紅樓上有紅妝。是蕭娘。是韋娘。聞説他家慣自畫眉長。扇又遠遮簾又下，暗塵起，紫騮嘶，向夕陽。夕陽夕陽斷人腸。柳半塘。花半牆。數也數也，數不盡、塘上鴛鴦。偏我相思，人到獨眠牀。若遣个人偷嫁我，搽兩槳，打春潮，送故鄉。

【校】

見《百名家詞鈔》本《江湖載酒集》，《浙西六家詞》本《江湖載酒集》卷二，《國朝詞選補鈔》，《曝書亭詞注》卷一，《昭代詞選》卷十四，《清名家詞》。

詞調：《百名家詞鈔》本作「明月影」；《國朝詞選補鈔》、《昭代詞選》作「江城梅花引」，《曝書亭詞注》亦云爲又一體。

副題：《百名家詞鈔》本作「遠望」。

遠遮：《百名家詞鈔》本作「薄遮」。

向夕陽：《百名家詞鈔》本作「斷斜陽」。

塘上：《百名家詞鈔》本作「波面」。

到獨眠：《六家詞》本作「獨到眠」。

蝶戀花

碧浪湖寬天水接。郭外晴嵐，佛髻三雲疊。纔見黄花開穩貼。一般也有悠揚蝶。何處飛來江上楫。妹是桃根，姊定名桃葉。賦就閑情添口業。砑羅却羡湘裙褶。

【校】

見《曝書亭詞注》卷一，《清名家詞》。

按《曝書亭詞拾遺·志異》上片作：「露井梨花香覆雪。雲護珠簾，簾浸玲瓏月。乍暖乍寒愁思結。春心輕似東風蝶。」誤。此已作另首，載《曝書亭詞拾遺》集中。

玉樓春

舊游聽説臨邛路。罏畔燒春誇卓女。不同新寡更風流，斷續巫山朝暮雨。　遥峯眉樣應如故。只有琴心難寄與。從前翻恨是相逢，剛道勝常看又去。

【校】

見《曝書亭詞注》卷一，《詞則・閑情集》卷四，《清名家詞》。

【參考資料】

《詞則・閑情集》卷四：善用翻筆，情節自深。

殢人嬌　贈女郎細細

絶小唇朱，無多眉翠。算舞腰、楚宫有幾。犀心一綫，柳條通體。比燕燕蟲蟲，也還纖媚。　易露簾前，最宜懷裏。借片石、迷藏花底。一分難減，千絲得繫。待社日歸來，與伊相對。用東方生細君語也。

【校】

見《浙西六家詞》本《江湖載酒集》卷一，《古今詞選》卷四，《曝書亭詞注》卷一，《清名家詞》。

似孃兒

鏡約總難諧。十年事、雨絶雲乖。苧蘿未嫁西施日，蘭橈曾並，畫樓曾共，香徑曾偕。明白逗春懷。纖纖步、引上重階。小屏風對鴛鴦浴，無言半晌，替他整髻，翻溜金釵。

【校】

見《曝書亭詞注》卷一，《清名家詞》。

玉抱肚

橋頭官渡。沙頭煙樹。放歸船碧浪湖中，短篷同聽疏雨。恨參差朔雁，何苦又、慘澹江天叫秋暮。城隅漸近，隱隱梵鼓。臨當去、重去聲分付。　少别經年，相逢地、單衫佇立，知誰畫眉嫵。好春兒、過了都無緒。好夢兒、作去聲成都無據。限仙源、百尺紅牆，翠禽小小不度。斷魂難訴。　從今憶、舊事淒涼尚堪賦。但只怕你，朱顏在、也非故。水又遥、山又阻。便成都，染就牋十樣，也寫不盡相思苦。

【校】

見《浙西六家詞》本《江湖載酒集》卷三，《瑶華集》卷二十，《國朝詞雅》卷六，《曝書亭詞注》卷一，《詞則·閑情集》卷四，《清名家詞》。

副題：《瑶華集》、《六家詞》本作「感舊」。

何苦又：《瑶華集》作「又何苦」。

作成：《瑶華集》作「做了」。

便成都染就幾十樣也寫不盡相思苦：《瑶華集》作「玉鞭長縱鞭白馬嘶不到這門前路」。

【參考資料】

《詞則·閑情集》卷四：情景雙寫。後二段措語未高，情則深絶。

梅花引

蘇小小墓

小谿澄。小橋横。小小墳前松柏聲。碧雲停。碧雲停。凝想往時，香車油壁輕。　谿流飛遍紅襟鳥。橋頭生遍紅心草。雨初晴。雨初晴。寒食落花，青驄不忍行。

【校】

見《浙西六家詞》本《江湖載酒集》卷二，《國朝詞選補鈔》，《曝書亭詞注》卷一，《昭代詞選》卷十三，《清名家詞》，《全清詞鈔》卷五。

【參考資料】

《清詞玉屑》卷七：蘇小，錢唐人，其墓在西湖，宜也。乃嘉興亦有蘇小墓，其地名賢娼衖，衖後有小溪，墓在溪畔，高丈許，爲民居廛宇所蔽，必假道人家乃得見之。墓前隸書蘇小小墓碑，光緒丙申所立。若度橋隔溪岸望之，則見香墳蓬顆在數樹之下，風景幽絶。朱竹垞《蘇小小墓》詞云云，即詠嘉興所見也。西泠艷迹，久傳千載，此或好事者附會爲之。然塞上明妃之冢，幾處青蕪；吴中陸放之阡，一抔幻迹。古來附會者多矣，並存其説可也。或謂五代時別有名妓亦名蘇小，俟考。

沙塞子

白頭無賴到西泠。浮小艇、愛問南屏。依舊是、風荷十里，浴鳥沙汀。　酒徒一半已凋零。重過處、酒幔猶青。有多少、酒罏舊事，訴與誰聽。

【校】

見《浙西六家詞》本《江湖載酒集》卷二，《曝書亭詞注》卷一，《清名家詞》。

舊事：《六家詞》本作「往事」。

訴與：《六家詞》本作「説與」。

惜分釵

雲鬟膩。眉峯細。小脣秀靨天然媚。比紅兒。更風姿。一捻何人，得似腰支。師師。　李波妹。桃根姊。橫波微露千金意。玉交巵。乍同持。漏鼓無聲，未是歸時。遲遲。

【校】

見《曝書亭詞注》卷一，《清名家詞》。

百字令　富春道中

柁樓侵曉，望樟亭木末，霧收川浄。誰把錢塘犀弩射，衝落驚濤千頃。霸業孫郎，高風嚴子，畢竟論誰勝。西臺寂寞，更何人掃巖磴。　最愛躑躅花繁，畫眉嘑處，高下穿紅影。十載重來頭已白，愁對清江如鏡。沙際鷺鷥，門前烏桕，引我移家興。罛師漁父，結鄰儘許相並。

【校】

見《曝書亭詞注》卷一，《清名家詞》。

秋霽　嚴子陵釣臺

七里灘光，見擁樹歸雲，石壁銜照。漁火猶存，羊裘未敝，只合此中垂釣。客星曾老。算來無過煙波好。況有個、偕隱市門，仙女定娟妙。子陵，梅福女婿。　當此更想、去國參軍，參軍，謂謝皋羽。白楊悲風、應化朱鳥。《西臺慟哭記》有「化爲朱鳥兮將安居」之歌。翠微深、鷺鷥飛處，半林茅屋掩秋草。歷歷柁樓人影小。水遠山遠，君看滿眼江山，幾人流涕，把莓苔掃。

【校】

見《浙西六家詞》本《江湖載酒集》卷一，《今詞初集》卷上，《瑶華集》卷十五，《國朝詞選補鈔》，《昭代詞選》

卷十四，《國朝詞雅》卷六，《國朝詞綜》卷八，《曝書亭詞注》卷一，《雲韶集》卷十五，《詞則·大雅集》卷五，《清十一家詞鈔》卷三，《清名家詞》。

嚴子陵：《今詞初集》作「嚴陵」。

【參考資料】

《雲韶集》卷十五：作嚴陵詩詞不可勝數，或流板腐，或涉輕佻，或不免粗魯，絶少合者。此作只寫高隱，不涉光武事迹，眼界自高。

《天風閣學詞日記》：此首「況有」以下律疏。「個」字應叶。「隱」字豆。此調不如樊榭《百字令》。

祝英臺近　任城登李太白酒樓

女墻低，官柳暮。俯首眺齊魯。冷綴苔錢，斷碣眠方礎。最憐酒釅花濃，好春閑度。更誰解、金魚换取。　啓塵户。遥見十里帆檣，催人動津鼓。翠杓多情，容我醉方去。待他明月高時，臨風歌處。也未許、此翁千古。

【校】

見《國朝詞選補鈔》，《昭代詞選》卷十三，《國朝詞綜》卷八，《曝書亭詞注》卷一，《雲韶集》卷十五，《清名家詞》。

眠：《國朝詞綜》作「卧」。

【參考資料】

《雲韶集》卷十五：感慨斯人。惟先生方許與太白代興，非言誇也。

百字令　度居庸關

崇墉積翠，望關門一綫，似懸檐溜。瘦馬登登愁徑滑，何況新霜時候。畫鼓無聲，朱旗卷盡，惟剩蕭蕭柳。薄寒漸甚，征袍明日添又。　誰放十萬黄巾，丸泥不閉，直入車箱口。十二園陵風雨暗，響遍哀鴻離獸。舊事驚心，長途望眼，寂寞閒亭堠。當年鎖鑰，董龍真是鷄狗。

【校】

見《浙西六家詞》本《江湖載酒集》卷三，《國朝詞選補鈔》，《昭代詞選》卷十四，《國朝詞綜》卷八，《曝書亭詞注》卷一，《雲韶集》卷十五，《詞則·放歌集》卷三，《篋中詞》二，《詞菊》，《清十一家詞鈔》卷三，《清名家詞》，《全清詞鈔》卷五。

詞調：《昭代詞選》作「念奴嬌」。

【參考資料】

《靈芬館詞話》卷二：直欲平視辛劉，自出機杼。

《雲韶集》卷十五：寫曉起度關，畫所不到。上半寫景，以下必須弔古。議論縱橫，慨當以慷。

《詞則·放歌集》卷三：旅行如畫。上半寫景，下段弔古，議論縱橫，目無餘子。

《篋中詞》二：意深。

前調　爲曹使君題江南春思圖

平林縹緲，望江南春色，依依堪戀。二水三山愁未了，猶有參差宫殿。十四樓空，斜陽細柳，繫馬誰家院。傷心王謝，舊來惟剩雙燕。　最憶一曲秦淮，浮橋斷板，卷飛花如霰。目極寒雲千萬里，吹起驚沙人面。記取扁舟，挂帆歸去，料得長相見。新愁幾許，六朝芳草吟遍。

【校】

見《浙西六家詞》本《江湖載酒集》卷三，《曝書亭詞注》卷一，《篋中詞》二，《清名家詞》。

菩薩蠻　登雲中清朔樓

夕陽一半樽前落。月明又上闌干角。邊馬盡歸心，鄉思深不深。　小樓家萬里。也有愁人倚。望斷尺書傳。雁飛秋滿天。

【校】

見《今詞初集》卷上，《清平初選》卷二，《古今詞匯三編》卷三，《梅里詞緒》，《昭代詞選》卷十三，《曝書亭詞注》卷一，《清十一家詞鈔》卷三，《清名家詞》。

柳梢青 應州客感

金鳳城偏。沙攢細草，柳擘晴縣。九十春來，連宵雁底，幾日花前。 禁他塞北風煙。虛想像、湖南扣舷。夢裏頻歸，愁邊易醉，不似當年。

【校】

見《百名家詞鈔》本《江湖載酒集》，《浙西六家詞》本《江湖載酒集》卷二，《國朝詞選補鈔》，《國朝詞綜》卷八，《曝書亭詞注》卷一，《清名家詞》。

城偏：《百名家詞鈔》本作「城邊」。

塞北：《百名家詞鈔》本、《六家詞》本作「北塞」。

湖南扣舷：《百名家詞鈔》本作「南湖扣船」；《六家詞》本作「南湖扣舷」。

多麗 送王懷仁謫官西安經歷

滿長亭、落葉西風殘日。綰青絲、勸斟別酒，一杯知共何夕。且踟躕、路歧執手，莫愁他、急管橫笛。五斗猶分，雙凫自在，此行千里，更須努力。到廳事、藥囊丹竈，清晝甚閑適。争誇道、參軍未老，幕府長揖。 有高捧、金人露掌，削成玉女峯色。好清秋、樂游原上，遠勝沙南戰雲黑。北斗秦城，西京漢苑，登樓王粲幾殊昔。灞橋外、也應尋遍，風雪定相憶。看來歲、芳樹隴頭，寄我消息。

【校】

見《瑤華集》卷二十，《曝書亭詞注》卷一，《清名家詞》。

題注：《瑤華集》於調下注：「聶冠卿體。」

上行杯

朝雨渭城歌罷。柳煙深，杏花開乍。細草無邊青滿野。又早夕陽西下。南浦送君斟玉斝。駐馬。珍重意，莫辭把。

【校】

見《曝書亭詞注》卷一，《清名家詞》。

清平樂　馬邑道中

客何爲者。日日風塵惹。燕子春來秋又社。萬事不如歸也。家書字字行行。秋深只道還鄉。不信行人更遠，黄沙白草茫茫。

【校】

見《曝書亭詞注》卷一，《清名家詞》。

采桑子　雲州書感

炎風匹馬黄塵裏，又盼清秋。涼月南樓。到得秋來總是愁。去年一丈天山雪，凍鵲枝頭。暢好春游。到得春來衹是愁。

【校】

見《浙西六家詞》本《江湖載酒集》卷二，《昭代詞選》卷十三，《曝書亭詞注》卷一，《清名家詞》。

凍鵲：《六家詞》本作「凍雀」。

消息　度雁門關

千里重關，憑誰踏遍，雁銜蘆處。亂水滹沱，層霄冰雪，鳥道連勾注。畫角吹愁，黄沙拂面，猶有行人來去。問長途、斜陽瘦馬，又穿入離亭樹。猿臂將軍，鵶兒節度，説盡英雄難據。竊國真王，論功醉尉，世事都如許。有限春衣，無多山店，酹酒徒成虚語。垂楊老、東風不管，雨絲煙絮。

【校】

見《今詞苑》卷三，《今詞初集》卷上，《古今詞匯三編》卷八，《百名家詞鈔》本《江湖載酒集》，《浙西六家詞》本《江湖載酒集》卷三，《瑶華集》卷十五，《東白堂詞選》卷十二，《國朝詞選補鈔》，《古今詞選》卷九，《昭代詞選》

卷十四，《國朝詞雅》卷六，《國朝詞綜》卷八，《曝書亭詞注》卷一，《詞略》四，《雲韶集》卷十五，《詞則·放歌集》卷三，《清十一家詞鈔》卷三，《清名家詞》，《全清詞鈔》卷五。

詞調：《瑶華集》、《古今詞選》、《昭代詞選》均作「永遇樂」。

詞題：《今詞初集》、《詞匯三編》作「過雁門關」。

憑誰：《今詞初集》、《詞匯三編》作「誰教」。

猶有：《瑶華集》作「猶自」。

問長途：《詞匯三編》「問」作「嘆」。

春衣：《瑶華集》作「春光」；《今詞苑》作「春花」。

【參考資料】

《雲韶集》卷十五：淋淋漓漓，以弔古之情寫旅人眼中之景，無一字不精神。只「有限」、「無多」四字中，有多少感慨！

《詞則·放歌集》卷三：以弔古之筆，寫旅行之景，無一字不精神。筆致灑脱可喜。

滿庭芳　李晉王墓下作

獨眼龍飛，鵶兒軍至，百戰真是英雄。沙陀去後，席卷定河東。多少義兒子將，千人敵、一一論功。争誇道、生來亞子，信不媿而翁。　前驅囊矢日，三垂岡上，置酒臨風。嘆緑衣天下，回首成空。冷落珠襦散盡，殘碑斷、不辨魚蟲。西林外、哀湍斜照，法鼓影堂中。

【校】

見《瑶華集》卷十，《今詞苑》卷三，《今詞初集》卷上，《國朝詞綜》卷八，《曝書亭詞注》卷一，《昭代詞選》卷十四，《雲韶集》卷十五，《詞則・放歌集》卷三，《清名家詞》。

百戰真是英雄：《昭代詞選》作「百戰將真是英雄」。

鵶兒軍至：《今詞苑》作「火頭馬弁」。

子將：《今詞苑》作「帳下」。

囊矢日：《瑶華集》作：「囊矢罷日」。

散盡：《昭代詞選》作「散後」。

殘碑斷：《瑶華集》作「殘碑在」。

後片：《今詞苑》作：「前驅囊矢罷，緑韝天下，傅粉吟紅。把神州百二，回首成空。冷落金鳧玉雁，殘碑盡、不辨魚蟲。西林外、哀湍斜日，法鼓影堂中。」

【參考資料】

《靈芬館詞話》卷二：激昂慷慨，迦陵爲最，竹垞亦時用其體。如《居庸關》、《李晋王墓》諸作，直欲平視辛劉，自出機杼。集有送曹（倦圃）詩長篇，亦極悲壯，所謂「忽作邊秋出塞聲，江楓岸柳紛紛落」者是也。

《雲韶集》卷十五：魄力雄大。其氣有若長虹。無限嘆息，深惜唐室終亡，司馬温公入寇梁之書，令人髮指。

《詞則・放歌集》卷三：嘆息唐室終亡，無窮惋惜。温公寇梁之書，令人髮指。

花發沁園春　王湛求方伯招同惲含萬、姚注若、周雪客諸子飲郝園

蠟屐山遥，浮觴谿遠，愛他三徑幽獨。斜陽滿地，苔色侵階，人影一庭空緑。名花杜曲。開

未了、秋林書屋。最好是、竹裏行厨，教添沙際棋局。近識風流地主，把葡萄深杯，百罰金谷。接羅倒矣，絳炬燒殘，仰見月華如燭。高城漏促。還問取、勝游須續。休嘲我、馬上乘船，玉鞭歸也相逐。

【校】

見《曝書亭詞注》卷一，《清名家詞》。

夏初臨　天龍寺是高歡避暑宫舊址

賀六渾來，主三軍隊，壺關王氣曾分。人説當年，離宫築向雲根。燒煙一片氤氳。想香姜、古瓦猶存。琵琶何處，聽殘勑勒，消盡英魂。霜鷹自去，青雀空飛，畫樓十二，冰井無痕。春風裊娜，依然芳草羅裙。驅馬斜陽，到鳴鐘、佛火黄昏。伴殘僧、千山萬山，凉月松門。

【校】

見《浙西六家詞》本《江湖載酒集》卷三，《瑶華集》卷十一，《今詞苑》卷三，《今詞初集》卷上，《國朝詞選補鈔》，《古今詞選》卷六，《東白堂詞選》卷十一，《國朝詞雅》卷六，《國朝詞綜》卷八，《曝書亭詞注》卷一，《詞蒴》，《清十一家詞鈔》卷三，《清名家詞》，《全清詞鈔》卷五。

副題：《東白堂詞選》作「感懷」；《古今詞選》副題無「是」字。

燒煙：《今詞初集》作「晚煙」。

想香姜古瓦猶存：《瑶華集》、《今詞苑》、《今詞初集》、《東白堂詞選》均作「想團焦石壘猶存」。
冰井：《瑶華集》、《今詞苑》、《今詞初集》、《東白堂詞選》均作「金粉」。
斜陽：《國朝詞綜》作「斜曛」。

晝夜樂 贈伎蠟兒

花鬚未受金鈴護。被游蜂、銜將去。縱輸蜜勺濃甜，也儘不辛不苦。自是嫌他無味誤。翠濤開、甕頭香聚。三晋釀酒，多以蠟封甕口。纔得近儂脣，把春情黏住。冰紘打就繁絲縷。愛泠泠、風前語。同心燭下貪歡，惜别淚珠難數。砑就紅牋私印少，撥蟲魚、小名添注。秦漢銅章，皆撥蠟鑄就。積多少相思，一丸書寄與。

【校】

見《浙西六家詞》本《江湖載酒集》卷一，《國朝詞雅》卷六，《曝書亭詞注》卷一，《清名家詞》。
打就：《六家詞》本作「捻潤」。
私印少：《國朝詞雅》作「私印小」。
添注：《六家詞》本作「添鑄」。

燕山亭 清明日王湛求方伯招同劉津逮、趙秋水、毛子霞、孔子威飲金粟園杏花下

鐘鼓新晴，立馬斜陽，滿樹臙脂透。深映短牆，曲護危闌，更綴數行風柳。燕外游絲，惹多

少、粉香紅溜。依舊。正一笑花前，去年時候。况值寒食佳辰，問挑菜何人，鬬鷄曾否。春衫試罷，玉笛吹殘，須盡百壺清酒。剛得黃昏，又疏影、月明如晝。搔首。想來歲、故園渡口。

【校】

見《瑶華集》卷十一，《曝書亭詞注》卷一，《清名家詞》。

臙脂透：《瑶華集》作「臙脂勻透」。

太常引　題姜夫人淑齋詩卷

三真六草寫朝雲，幾股玉釵分。髣髴衛夫人。問何似、當年右軍。鬱金堂上，青綾帳外，小字訝初聞。門掩謝池春。定書遍、雙鬟練裙。

【校】

見《曝書亭詞注》卷一，《清名家詞》。

詩卷：《曝書亭詞拾遺·志異》作「書卷」。

蘭陵王　過晉藩舊邸

馬蹄捷。遥望參差雉堞。斜陽外、芳草斷垣，朱邸猶存舊城闕。平臺歌吹絶。禁得。黃鸝調舌。妝樓畔、煙柳數株，時見柔條路人折。　閑尋老翁説。記帶指黃河，圭翦桐葉。霓旌千騎春山列。任桂樹招隱，雁池斟酒，回眸琴瑟看盡滅。問誰是豪傑。　明月。最悽切。聽短笛飄零，哀角嗚咽。葳蕤不閉窗紗裂。有藥鼎霜碓，畫廊塵屧。罘罳深鎖，兔苑冷，一片雪。

【校】

見《浙西六家詞》本《江湖載酒集》卷三，《瑤華集》卷十九，《國朝詞雅》卷六，《曝書亭詞注》卷一，《清名家詞》。

副題：《瑤華集》作「過晋邸」。

圭翦：《瑤華集》作「圭折」。

斟酒：《六家詞》本作「斟酌」。

兔苑冷：《六家詞》本作「兔苑里」。

河傳　送米紫來入燕

南陌。歸客。紫騮驕。水驛山椒。路遥。落花如雨煙外飄。河橋。折殘揚柳條。　別酒西堂官燭短。紅玉盌。醉也休辭滿。漏聲催。且徘徊。一杯。勸君更一杯。

【校】

見《浙西六家詞》本《江湖載酒集》卷二，《國朝詞選補鈔》，《古今詞選》卷十三，《梅里詞緒》，《曝書亭詞注》卷一，《昭代詞選》卷十三，《篋中詞》二，《清名家詞》，《清十一家詞鈔》卷三。

紫騮驕：《古今詞選》、《昭代詞選》作「紫騮嬌」。

【參考資料】

《篋中詞》二：漸近自然。

風蝶令　送霍二還曲梁

南浦山無數，東城月乍懸。離堂箏語燭花偏。愁殺斜飛金雁十三絃。　漳水流殘雪，叢臺散曉煙。酒家疏雨杏花天。繫馬紅樓深處阿誰邊。

【校】

見《曝書亭詞注》卷一，《清名家詞》。

蝶戀花　重游晉祠題壁

十里浮嵐山近遠。小雨初收，最喜春沙軟。又是天涯芳草遍。年年汾水看歸雁。　繫馬青松猶在眼。勝地重來，暗記韶華變。依舊紛紛涼月滿。照人獨上溪橋畔。

【校】

見《浙西六家詞》本《江湖載酒集》卷二，《曝書亭詞注》卷一，《昭代詞選》卷十三，《清名家詞》，《清十一家詞鈔》卷三，《全清詞鈔》卷五。

釵頭鳳 逢吕二梅

紅亭右。清溪口。門前總是春楊柳。當壚語。遮人住。玉鞭墮也，酒錢抛與。數。數。數。横波溜。深杯又。意中盟誓卿知否。同心苣。相思樹。雙飛蝴蝶，鎮長一處。許。許。許。

【校】

見《浙西六家詞》本《江湖載酒集》卷一，《曝書亭詞注》卷一，《清名家詞》。

畫堂春 徐溝道上作

東城朝日亂啼鴉。雨晴芳草天涯。輕塵初碾一痕沙。何處香車。 春水青羅帶緩，春山碧玉簪斜。春風依舊小桃花。花外誰家。

【校】

見《百名家詞鈔》本《江湖載酒集》，《浙西六家詞》本《江湖載酒集》卷二，《國朝詞雅》卷六，《曝書亭詞注》卷一，《歷朝詞選》卷五，《雲韶集》卷十五，《清名家詞》。

春山：《百名家詞鈔》本、《國朝詞雅》作「春衫」。

副題：《歷朝詞選》作「春游」。

【參考資料】

《雲韶集》卷十五：秀煉。語不深而情却一往。

桃源憶故人　祁縣登樓作

高樓百尺誰家院。靜鎖葳蕤春晚。可惜鰕鬚簾卷。只是無人盼。　登樓搔首斜陽滿。風起落花如霰。可惜鵝兒酒煖。祇是無人勸。

【校】

見《百名家詞鈔》本《江湖載酒集》，《浙西六家詞》本《江湖載酒集》卷一，《曝書亭詞注》卷一，《昭代詞選》卷十三，《清名家詞》本。

太常引　寄吕二梅

美人曾寄翠琅玕。無計報青鸞。日暮碧雲寒。却似隔、千山萬山。　幾回明月，一聲玉笛，消息隴頭難。小鳳綰雙鬟。又何處、春風畫欄。

【校】

見《曝書亭詞注》卷一，《昭代詞選》卷十三，《清名家詞》。

步蟾宫　代州伎有小字白狗者，晨往曲中訪之不值，戲投以詞

疏簾日影纔鋪地。却早被、金鈴喚起。朝雲一片出巫山，盼不到、黄牛峽裏。　仙源乍入重門閉。任閒殺、桃花春水。劉郎去了阮郎歸，算只有、相如伴你。

【校】

見《曝書亭詞注》卷一，《亦園詞選》卷四，《昭代詞選》卷十三，《清名家詞》。

【參考資料】

《詞苑叢談·品藻三》：朱錫鬯在代州與妓白狗者狎。一日晚，往訪之不值，戲投一詞云云，蓋《步蟾宫》調也。錫鬯天才踔厲，詩文膾炙海内，填詞與柳七、黄九争勝。葉元禮嘗作駢體文序之，綴以絶句云：「鴛鴦湖口推朱十，代北汶西詞客哀。弄墨偶然工小令，人間腸斷賀方回。」

《清詞玉屑》卷七：（竹垞）贈妓詞，如餅兒、蠟兒、張綺綺、張伴月，不可殫紀。在代州日，嘗與妓白狗狎，一日晚往訪之不值，投《步蟾宫詞》云云，竟切其名，調侃入妙。

青門引　别晁静憐

賦别江淹，多情杜牧，朝來遠送，一杯千里。廣武城邊，雁門關外，行遍板橋沙市。且與同，今夕玉山頹，羅裙重倚。月斜箏柱，淚消蠟照，風鳴窗紙。　盼取桑乾河水。悵不斷柔情，縈迴難似。巫峽雲歸，章臺柳暗，應記曾分瓜字。縱有相思句，怕飛來、塞鴻迢遞。

自今贏得，春游詩卷，頻題黄四。靜憐行四。

【校】

見《今詞苑》卷□，《曝書亭詞注》卷一，《昭代詞選》卷十四，《清名家詞》。

【參考資料】

《賭棋山莊詞話》卷二：靜憐姓晁，竹垞之所最眷者。集中别靜憐有《青門引》，憶靜憐有《金縷曲》，七夕懷靜憐有《尉遲杯》。《玉娥郎》，明武宗遺曲，《金鰲退食記》所謂：「御製四景玉娥郎者。」郎，一作兒。靜憐最善此調。

一斛珠　贈伎餅兒

肌香冰雪。生成命薄愁重疊。近人三五圓時月。弱似春緜，束晳《餅賦》：弱似春綿，百如秋練。瑩比玉盤潔。　温柔休把紅綾涅。唐聞喜宴賜進士，紅綾餅各一枚。翻來覆去轉心熱。多少垂涎恁時節。束晳《餅賦》又云：行人垂涎於下風。風韻他年，留待夜深説。吴筠《餅説》：夔夔曉風，凄凄夜冷，臣當此景，惟能説餅。

【校】

見《曝書亭詞注》卷一，《清名家詞》。

【參考資料】

《靈芬館詞話》卷二：以人名字隱寓詞中，始于少游之「一鈎斜月帶三星」、「小樓連苑横空」。無名氏之「夢也有頭無尾」，雖游戲筆墨，亦有天然妙合之趣。竹垞之贈伎狗兒、餅兒等詞皆入妙。

蘇幕遮　別王千之

朔雲垂，霜雁過。上苑秋深，一帶寒煙鎖。數盡歸期猶未果。無事長安，空把征衫涴。折黄花，傾白墮。又是驪歌，送客旗亭左。我淚別君君別我。莫灑臨岐，留作相思可。

【校】

見《昭代詞選》卷十三，《曝書亭詞注》卷一，《清名家詞》。

南樓令　倩人寄静憐札

瓦市寒雲凉。封書遠寄將。小樓前、一樹垂楊。縹緲試聽樓上曲，催短拍、玉娥郎。雙袖越羅香。人同錦瑟長。愛秋花、慣插釵梁。行四曲中人定識，只莫問、謝三娘。謝三娘不識四字，宋時謡也。

【校】

見《浙西六家詞》本《江湖載酒集》卷二，《梅里詞緒》，《昭代詞選》卷十三，《曝書亭詞注》卷一，《清名家詞》。

秋花：《昭代詞選》作「秋光」。

人定：《六家詞》本作「應盡」。

【參考資料】

《梅里詞緒》：六十字中，居處性情，形相意態，一齊模到，直可抵一幅《行樂圖》，非舌有靈機，安能達此。

《賭棋山莊詞話》卷二：比之「小樓連苑」，「一鈎斜月」，使君英雄，何讓秦七。

醉春風　送陸集生孝廉還華亭

文采機雲後。當代論耆舊。橫汾千里自西來，驟。驟。驟。把袂中秋。銜杯幾日，送歸重九。

素業清江口。丙舍今存否。蓴鱸忽動故園情，又。又。又。瘦馬秋塵，亂山落日，板橋疏柳。

【校】

見《浙西六家詞》本《江湖載酒集》卷二，《曝書亭詞注》卷一，《清名家詞》。

最高樓　登慈仁寺毘盧閣

登珠閣，落日在檐楹。鐘鼓報新晴。玉驄嘶罷飛塵起，皂雕没處冷雲平。且銷憂，千里目，異鄉情。

望不盡、軍都關一面。流不盡、桑乾河一綫。南北路，短長亭。寒沙莫辨蘆花白，秋霜未脆柳條青。步踟躕，松陰轉，月華生。

【校】

見《昭代詞選》卷十三，《曝書亭詞注》卷一，《清名家詞》。

金明池 燕臺懷古，和申隨叔翰林

西苑妝樓，南城獵騎，幾處笳吹蘆葉。孤鳥外、生煙夕照，對千里萬里積雪。更誰來、擊筑高陽，但滿眼、花豹明駝相接。剩野火樓桑，秋塵石鼓，陌上行人空説。 戰鬭漁陽何曾歇。笑古往今來，浪傳豪傑。緑頭鴨、悲吟乍了，白翎雀、醉歌還闋。數燕雲、十六神州，有多少、園陵頹垣斷碣。正石馬嘶殘，金仙淚盡，古水荒溝寒月。

【校】

見《浙西六家詞》本《江湖載酒集》卷三，《瑶華集》卷十九，《國朝詞選補鈔》，《昭代詞選》卷十四，《曝書亭詞注》卷一，《清名家詞》，《全清詞鈔》卷五。

燕臺懷古：《瑶華集》作「燕京歲暮懷古」。

野火：《六家詞》本作「夜火」。

飛雪滿群山 燕京歲暮作

椎髻鴻妻，蓬頭霸子，故園消息誰傳。雪花如手，同雲萬里，幾回搔首茫然。黑貂裘敝矣，況兼東郭先生履穿。一點孤燭，兩行鄉淚，惟有影相憐。 豈不念、飛帆歸浙水，嘆舊游零落，無異天邊。竹林長笛，鴒原宿草，又誰勸酒壚前。薄游成久客，惹霜鬢，愁添去年。

更無人問，長安市上空醉眠。

【校】

見《昭代詞選》卷十四，《曝書亭詞注》卷一，《清名家詞》。

孤燭：《昭代詞選》作「孤燈」。

滿江紅　贈吴佩遠

蕪没田園，都不戀、五湖鰕菜。長只是、簫吹市上，劍歌天外。千里曾經龍戰地，頻年偶住雞鳴埭。正昭王臺畔酒人稀，逢君在。　窮巷隔，無車蓋。當暑静，弛巾帶。向招提偶坐，盡還瀟灑。作賦最須憐趙壹，時吴江趙山子在坐，有贈吴子詩甚工。鼓刀應許同朱亥。問白頭如雪幾時歸，銜杯再。

【校】

見《昭代詞選》卷十三，《曝書亭詞注》卷一，《笠澤詞徵》卷二十六，《清名家詞》。

鳳凰臺上憶吹簫　和梁尚書傷逝作

寶鏡塵昏，綵雲天遠，燕飛不到釵頭。悵花封錦誥，書拆銀鈎。多少吟牋筆陣，鉛華謝、一夕都收。傷心是、啼蛄吊月，長簟驚秋。　今休。他生未卜，問碧落茫茫，何處堪留。剩無情哀雁，偏度妝樓。只有安仁能誄。看遺挂、那忍回眸。持籌慣、凝思五曹，難算新愁。

【校】

見《曝書亭詞注》卷一，《清名家詞》。

一夕都收：《曝書亭詞拾遺・志異》作「一夕都休」。

五曹：《曝書亭詞拾遺・志異》作「這番」。

鎮西　送陳六謙之官安邑

雪晴鳷鵲，正酸風交射。河橋外、雁壺重瀉。沈吟者。計郵籤此去，娘子關西，春光滿野。琴堂到時元夜。蘭燭灺。玉鈎山翠繞，晝簾靜也。料哦松、合多亭榭。堪游冶。笑丞哉何負，紙尾交箝，龍蛇恣寫。須添墨池官舍。

【校】

見《瑶華集》卷八，《昭代詞選》卷十三，《曝書亭詞注》卷一，《清名家詞》。

副題：《瑶華集》作「送陳六謙之任安邑丞」。

詞調：《昭代詞選》作「小鎮西犯」。

游冶：《曝書亭詞注》誤作「游治」。

紙尾交箝：《曝書亭詞拾遺・志異》作「紙尾教指」。

意難忘

金犢香車。問禿襟小袖，上苑誰家。粉匀全露頸，雲膩細飄花。柳陰重，石橋斜。春水浸芹芽。想薄寒、曾傾醽醅，臉暈朝霞。　高城容易天涯。有氍毹氈帳，自在藏他。錦韉馱叱撥，紅燭理琵琶。須記取、畫蟬紗。展挂玉鴉叉。更教添、一群蕃馬，細草平沙。

【校】

見《百名家詞》本《江湖載酒集》，《浙西六家詞》本《江湖載酒集》卷三，《古今詞選》卷五，《國朝詞雅》卷六，《曝書亭詞注》卷一，《清名家詞》。

八歸　丁未燕京除夕，同表兄舟石、家兄夏士守歲作

爐存炭獸，香浮樽蟻，天涯又記除日。尋思四十明朝是，轉覺客懷難遣，歲去堪惜。旅館亂山殘雪夜，幸款語、相逢兹夕。試屈指、二十年來，幾度在鄉國。　南粵東甌西晋，而今漂泊，漫索長安杯炙。何甥謝舅，周郎陸弟，舊事淒凉空憶。且呼童秉燭，好把新詞共題壁。笑諸兄、興還不淺，爛醉狂歌，看余鬢翻白。

【校】

見《浙西六家詞》本《江湖載酒集》卷三，《昭代詞選》卷十四，《曝書亭詞注》卷一，《清名家詞》。

除日：《昭代詞選》作「除夕」。

紅娘子 正月十三日夜，同毛子霞、張登子集王湛求方伯齋中

桑落甘如蔗。齊向樽中瀉。北斗春迴，西堂燭膩，沈沈此夜。喚薛家車子近前歌，勝名倡謇姐。 纔把鄉愁卸。又早春愁惹。繞陌香塵，横汾花月，東風臺榭。莫匆匆上馬且銜杯，任鈿車歸也。是日立春。

【校】

見《曝書亭詞注》卷一，《清名家詞》。

桑落：《曝書亭詞拾遺·志異》作「渌酒」。

燭膩：《曝書亭詞拾遺·志異》作「燭滿」。

喚薛家車子近前歌：《曝書亭拾遺·志異》作「撥銀箏細唱落梅詞」。

名倡：《曝書亭詞拾遺·志異》作「韓娥」。

臺城路 十四夜

層城已下葳蕤鎖，華堂更浮春酌。水浸銀屏，花移火樹，人在瑶天笙鶴。微風繡幕。看蛺蝶翻飛，鳳凰飄落。八尺輕容，美人無數卷珠箔。 銅盤翠煙籠霧。有水荇掩映，畫闌紅藥。明月難留，春宵易曉，只合人生行樂。箏琶閒作。任笑舞燈前，緑窗齊拓。問夜何其，

拚醉歸似昨。

【校】

見《曝書亭詞注》卷一，《清名家詞》。

副題：《曝書亭詞拾遺·志異》作「正月十四夜太原燕集」。

春從天上來 元夕

好月初升。見翠霧霏霏，霜色稜稜。博山香滿，不夜珠澄。連夕有酒如澠。况星橋開鎖，細翦就湘綺吴綾。碧瓏玲。有冰荷卷葉，馬乳垂藤。江鄉故人堪憶，嘆雁後花前，幾度愁凝。錦字應挑，紫姑空卜，歸夢萬里難憑。想年來憔悴，拋雲髻、緑髮鬅鬙。曲闌憑。向小窗深處，一點篝燈。

【校】

見《昭代詞選》卷十四，《國朝詞雅》卷六，《曝書亭詞注》卷一，《清名家詞》。

翠霧：《國朝詞雅》作「翠靄」。

瓏玲：《國朝詞雅》作「玲瓏」。

想年來：《國朝詞雅》作「把年來」。

南歌子　贈伎張綺綺

酒釃金船勸，衣香石葉熏。猶恐未消魂。喚伊歌一曲，月中聞。時伎宋玉環吹笙和之。

【校】

見《曝書亭詞注》卷一，《清名家詞》。

虞美人　寒食太原道中

去年寒食横汾曲，曉雨平蕪緑。今年寒食尚横汾。又聽餳簫吹入杏花村。　古今多少横汾客。飲馬臺駘澤。并州雖好不如歸。輸與一雙新燕舊巢飛。

【校】

見《國朝詞雅》卷六，《曝書亭詞注》卷一，《清名家詞》。

平蕪緑：《曝書亭詞拾遺·志異》作「春蕪緑」。

又聽餳簫吹入杏花村：《曝書亭詞拾遺·志異》作「茅屋杏花斜映碧峯雲」。

飲馬：《曝書亭詞拾遺·志異》作「驅馬」。

輸與一雙新燕舊巢飛：《曝書亭詞拾遺·志異》作「夢繞江南煙月一帆飛」。

以上《江湖載酒集》卷上

木蘭花慢　上元

今年風月好，正雪霽、鳳城時。把魚鑰都開，鈿車溢巷，火樹交枝。參差。鬧蛾歌後，聽笛家、齊和落梅詞。翠幌低懸罘罳，紅樓不閉葳蕤。　蛾眉。簾卷再休垂。衆裏被人窺。乍含羞一晌，眼波又擲，鬟影相隨。腰肢。風前轉側，却憑肩、回睇似沈思。料是金釵溜也，不知兜上鞵兒。

【校】

見《百名家詞鈔》本《江湖載酒集》，《浙西六家詞》本《江湖載酒集》卷三，《古今詞選》卷八，《歷朝詞選》卷十一，《曝書亭詞注》卷二，《雲韶集》卷十五，《詞則·閑情集》卷四，《清名家詞》。

笛家：《百名家詞鈔》本作「留家」。

【參考資料】

《雲韶集》卷十五：上半寫上元燈景如火如荼，下半寫觀燈美人如畫如見，自是絶唱。一句一意，一字一轉，千古艷詞，于此已極，非細讀領會不來。結二語尤妙。

《詞則·閑情集》卷四：一句一意，描寫入微，畫亦不能到。

買馬索　送崔二再游黔中，兼訊李斯年

玉驄嘶，須把青絲買他住。燕歌易酒，莫辭今夕離亭聚。浮雲一望，綠波千里，滿目銷魂江

淹賦。計落花時節黄陵，楚竹湘煙響柔櫓。　行旅。羅施天末，木瓜金筑，且伴參軍作蠻語。亂水孤舟逢人少，惟有冷猿昏雨。南尋李白，問訊何如。爲報頻年相思苦。道故人、别來詩卷，總是人間斷腸句。

【校】

見《浙西六家詞》本《江湖載酒集》卷一，《瑶華集》卷十五，《今詞初集》卷上，《古今詞匯三編》卷八，《國朝詞雅》卷六，《曝書亭詞注》卷二，《清名家詞》。

送崔二再游黔中：《瑶華集》、《詞匯三编》均作「送游人南游」；《六家詞》本「崔二」作「崔魯瞻」。

今夕：《六家詞》本作「今日」。

何如：《詞匯三编》作「如何」。

沁園春　送葉元禮之真州

游子何之，迤邐雷塘，二十四橋。正梅花如雪，煙籠寒水，垂楊拂地，雨漲春條。江左文章，竹西歌吹，麗句争傳勝六朝。褰簾處，報玉驄到也，紅袖齊招。　當年瓜步停橈。有桃葉桃根送晚潮。悵荆雲隔浦，難邀夢雨，秦樓按曲，曾聽吹簫。舊事堪尋，長牋得寄，便欲從君訪翠翹。沈吟久，怕重來不見，見又魂消。

【校】

見《浙西六家詞》本《江湖載酒集》卷三，《古今詞選》卷十一，《梅里詞緒》，《昭代詞選》卷十四，《曝書亭詞注》

卷二，《清名家詞》，《笠澤詞徵》卷二十六。

雷塘：《六家詞》本、《古今詞選》均作「横塘」。

褰簾：《昭代詞選》作「搴簾」。

秦樓：《曝書亭詞拾遺·志異》作「秦臺」。

【參考資料】

《詞徵》卷六：容若《太常引》詞云：「夢也不分别，又何必、催教夢醒。」竹垞《沁園春》詞云：「沈吟久，怕重來不見，見也魂銷。」二詞纏綿往復，郭子玄何必減庾子嵩。

宣清 送米紫來之官建昌

别酒初醒，曉月猶懸，天街鼕鼕畫鼓。滿汀洲、柳惲白蘋，灑船窗、孫楚零雨。昌邑城邊，宫亭湖畔，南州欒土。且攜將，法曹詩、風流香令同賦。紫來以司李改補。記九疊芙蓉，五峯瀑布，當年曾望處。想廳事花陰，疏簾乍卷，向畫中看，小米雲山無數。載鳴琴，臨流喚渡。任優閒、寄情毫素。長安布衣，判留滯經春，盼仙鳧、一雙飛度。

【校】

見《百名家詞鈔》本《江湖載酒集》，《浙西六家詞》本《江湖載酒集》卷三，《瑶華集》卷十七，《曝書亭詞注》卷一，《清名家詞》。

欒土：《瑶華集》誤作「欒上」。

湖畔：《百名家詞鈔》本、《六家詞》本作「湖上」。

賣花聲

背郭鵲山村。客舍雲根。落花時節正銷魂。又是東風吹雨過，燈火黄昏。　獨自引清樽。鄉思誰論。聲聲滴滴夜深聞。夢到江南煙水闊，小艇柴門。

【校】

見《浙西六家詞》本《江湖載酒集》卷二，《梅里詞緒》，《昭代詞選》卷十三，《曝書亭詞注》卷二，《清名家詞》。

詞調：《昭代詞選》作「浪淘沙令」。

背郭鵲：《六家詞》本、《草堂嗣響》作「華不注」。

【參考資料】

《小娜嬛詞話》卷三：《浪淘沙》首句，《浙西六家詞》及《草堂嗣響》皆作「華不注」，《曝書亭集》乃改「背郭鵲山村」，豈前此未見《盦山集》耶？

菩薩蠻

夕陰秋遠樓邊笛。笛邊樓遠秋陰夕。磯斷緑楊垂。垂楊緑斷磯。　霧深疑細雨。雨細疑深霧。門掩乍黄昏。昏黄乍掩門。

【校】

見《曝書亭詞注》卷二，《詞則·别調集》卷三，《清名家詞》。

副題：《曝書亭詞拾遺·志異》作「長山客山回文」。

【參考資料】

《詞則·别調集》卷三：回文體最不易傳，且無韻味，故僅收竹垞此篇。

青玉案　臨淄道上

清秋滿目臨淄水。一半是、牛山淚。此地從來多古意。王侯無數，殘碑破冢，禾黍西風裏。青州從事須沈醉。稷下雄談且休矣。回首吴關二千里。分明記得，先生彈鋏，也説歸來是。

【校】

見《瑶華集》卷七，《昭代詞選》卷十三，《曝書亭詞注》卷二，《清名家詞》。

轉應曲　安丘客舍對雨

秋雨。秋雨。一半回風吹去。晚凉依舊庭隅。此夜愁人睡無。無睡。無睡。紅蠟也飄秋淚。

【校】

見《浙西六家詞》本《江湖載酒集》卷二，《昭代詞選》卷十三，《曝書亭詞注》卷二，《清名家詞》。

柳梢青　馬上望瑯琊山

遵海南耶。我行山路，朝儛非耶。遥望秦臺，東觀出日，即此山耶。　崖光一綫雲耶。青未了，松耶柏耶。獨鳥來時，連峯斷處，雙髻人耶。

【校】

見《浙西六家詞》本《江湖載酒集》卷二，《曝書亭詞注》卷二，《詞則·别調集》卷三，《清名家詞》。

【參考資料】

《詞則·别調集》卷三：全用耶字韻，妙有靈光縹緲之致。

點絳唇　濟南九日，兒子南還，賦此

開遍黄花，年年九日他鄉度。闌風長雨。那有登高處。　西北南東，衹送歸人去。呼兒語。暫同緑醑。誦我悲秋句。

【校】

見《曝書亭詞注》卷二，《清名家詞》。

念奴嬌　壽劉宣人編修，用劉氏事

張南周北，繪。正金華歸沐，孝綽。青藜然遍。向。詩膽如天誰得似，叉。五字長城堪羡。長卿。

海内觥觥，翊。雒中雅雅，釋宏演。洵美升堂彦。楨。公非公是，才華兄弟齊擅。敞、攽。試擬天半朱霞，訏。雲中白鶴，歆。未比文心遠。勰。自有寒山叢桂在，安。那問仙源深淺。遴之。乘月登樓，琨。閉關頌酒，伶。初度書皇覽。劭。荊州相倚，依然舊日王粲。表。

【校】

見《昭代詞選》卷十四，《曝書亭詞注》卷二，《清名家詞》。

詞調：原作「六幺令」，誤，《曝書亭詞注》及《曝書亭集外詞》作「百字令」，今據《昭代詞選》改。

霜天曉角　晚次東阿

鞭影匆匆。又銅城驛東。過雨碧羅天淨，纔八月，響初鴻。　微風何寺鐘。夕曛嵐翠重。十里魚山斷處，留一抹，棗林紅。

【校】

見《百名家詞鈔》本《江湖載酒集》，《浙西六家詞》本《江湖載酒集》卷一，《國朝詞選補鈔》，《曝書亭詞注》卷二，《國朝詞綜》卷八，《詞略》四，《清名家詞》。

初鴻：《百名家詞鈔》本作「初鳴」。

何寺：《百名家詞鈔》本、《六家詞》本作「何處」。

塞孤　高唐道中曉行作

五更風，一剪蘆簾啓，挂壁燈飄紅穗。仰視昴車星瑣碎。穿曲巷，嘶輕騎。松門掩、木魚聲，草火濕、秋螢尾。愛涓涓響，橋下流水。莫辨斷塔稜，亂結啼鵶隊。月影潛消衣袂。幾處炊煙茅店起，葭露白，籬花翠。日已上、最高樓，霞又散、無邊綺。未輸他、斗帳人睡。

【校】

曲巷：《國朝詞雅》作「曲港」。見《百名家詞鈔》本《江湖載酒集》、《浙西六家詞》本《江湖載酒集》卷一，《國朝詞雅》卷六，《曝書亭詞注》卷二，《清名家詞》。

莫辨：《百名家詞鈔》本、《六家詞》本均作「難認」。

瑤花慢　寄酬陸我謀表叔

由拳城北，童稚情親，記數陪裙屐。兵戈轉眼，三十霜、一水蒹葭人隔。沙隄盡改，算往事、都成陳迹。剩白雞、夢後荒墩，朱雀橋邊斜日。　寸心忽憶離居，荷千里題書，似親顏色。齊紈皎潔，詩句好、髣髴玉谿風格。一彈三嘆，勝鼓却、朱絃瑤瑟。但相逢蒼雁頳鱗，報我春鵝秋蟀。

【校】

見《曝書亭詞注》卷二，《清名家詞》。

采桑子　寄贈史雲臣

梅谿樂府真同調，把袂偏遲。曾寄相思。載酒江湖杜牧之。　緇塵不到橫塘路，穩卧山茨。醉詠新詞。春雨梨花燕子時。

【校】

見《曝書亭詞注》卷二，《清名家詞》。

真珠簾　寄陸郡守兄孝山

離居消息沈雙鯉。料因是、地闊天長難寄。見説訟庭閒，但逍遥文史。小小谿亭移岸北，摇白羽、風蓮秋水。猶記。聽子規落月，夜闌同醉。　嶺表十四年來，伴參軍蠻語，也應憔悴。不見璽書增，老潁川循吏。且飲修仁江上水，莫便作、匆匆歸計。差喜。有西窗剪燭，故園兄弟。謂次友、融谷也。

【校】

見《昭代詞選》卷十四，《曝書亭詞注》卷二，《清名家詞》。

清平樂　送沈融谷再游南雄

京華嬾住。又向雄州去。匹馬遥尋桃葉渡。穩送輕帆柔櫓。　朔雲南雪冬春。雁書欲寄無因。共惜行人路遠，不知身是行人。

【校】

見《浙西六家詞》本《江湖載酒集》卷二，《瑶華集》卷三，《曝書亭詞注》卷二，《清名家詞》。

無因：《六家詞》本、《瑶華集》均作「誰因」。

瑶臺聚八仙　題錢舍人望廬集句詩

苦憶丁香，花發後、潞水歸計初諧。秋帆一葉，放溜直渡清淮。蟹舍蓴鄉能幾日，又誰知樂事全乖。暗塵埋。紬兒卷幔，燕也分釵。　堪憐此日騎省，寫哀思不住，總爲情差。皮日休詩：五更看月是情差。人已驂鸞，尚教營奠營齋。元稹《遣悲懷》詩：今日俸錢過十萬，與君營奠復營齋。青天碧海夜夜，算明月、何從更墮懷。燈前淚滴，秋風長簟，暮雨空階。

【校】

見《曝書亭詞注》卷二，《清名家詞》。

點絳脣　九日同顧寧人、陸翼王登孫氏石臺，賦呈退翁少宰

花徑登臺，舊時此地重陽宴。天涯相見。最喜翁猶健。　望極疏林，瑟瑟金風翦。憑闌遍。夕陽一片。送盡南飛雁。

【校】

見《曝書亭詞注》卷二，《清名家詞》。

百字令　偶憶

横街南巷，記鈿車小小，翠簾徐揭。绿酒分曹人散後，心事低徊潛説。蓮子湖頭，枇杷花下，綰就同心結。明珠未斛，朔風千里催別。　同是淪落天涯，青青柳色，争忍先攀折。紅浪香温圍夜玉，墮我懷中明月。暮雨空歸，秋河不動，虬箭丁丁咽。十年一夢，鬢絲今已如雪。

【校】

見《浙西六家詞》本《江湖載酒集》卷三，《昭代詞選》卷十四，《曝書亭詞注》卷二，《詞則·閑情集》卷四，《篋中詞》二，《清名家詞》，《清十一家詞鈔》卷三。

詞調：《昭代詞選》作「念奴嬌」。

徐揭：《篋中詞》作「齊揭」。

【參考資料】

《詞則·閑情集》卷四：情不必深，詞却沈著，詞勝情亦勝也。

《篋中詞》二：有潛氣内轉之妙。

訴衷情

記得鉤簾深夜起，小庭中。人不語，豆葉響秋蟲。月底粉光融。弓弓。鎖蓮雙瓣紅。滿衣風。

【校】

見《瑶華集》卷一，《曝書亭詞注》卷二，《清名家詞》。

副題：《瑶華集》作「記得」。

邁陂塘　題其年填詞圖

擅詞場、飛揚跋扈，前身可是青兕。風煙一壑家陽羨，最好竹山鄉里。攜硯几。坐罨畫溪陰，裊裊珠藤翠。人生快意。但紫筍烹泉，銀箏侑酒，此外總閑事。　空中語，想出空中姝麗。圖來菱角雙髻。樂章琴趣三千調，作者古今能幾。團扇底。也直得、樽前記曲呼娘子。旗亭藥市。聽江北江南，歌塵到處，柳下井華水。

【校】

見《浙西六家詞》本《江湖載酒集》卷三，《瑶華集》卷十九，《國朝詞選補鈔》，《國朝詞綜》卷八，《昭代詞選》卷十四，《曝書亭詞注》卷二，《詞略》四，《雲韶集》卷十五，《詞則・放歌集》卷三，《清名家詞》，《全清詞鈔》卷五。

詞調：《六家詞》本、《昭代詞選》作「摸魚子」。

副題：《瑶華集》作「題其年填詞圖小像」。

詞場：《瑶華集》作「詞壇」。

【參考資料】

《靈芬館詞話》卷一：迦陵詞伉爽之氣，清麗之才，自是詞壇飛將，竹垞所謂「前身定自青兕」，非妄譽也。

《雲韶集》卷十五：將其年一身心事繪出，不獨深得其詞之妙也。因空悟色，朱、陳二公同一用意，相知之深，兩人有心相印者。竹垞《題其年詞》與《自題詞集》，皆同一道破空中幻想，非實有燕釵蟬鬢也。朱、陳相交最深，其詞分道揚鑣，一時瑜亮，其大旨則一也。

《詞則・放歌集》卷三：竹垞《自題詞集》云「一半是空中傳恨，幾曾圍、燕釵蟬鬢」，《題其年詞》亦云「空中語，想出空中姝麗」，可謂推己及人，其實朱、陳未必真空也。

角招　裂帛湖春游作

冷波濯。城西路、曉來燕子齊掠。龍舟今寂寞。卧柳斷橋，總被藤縛。山雲漠漠。漸作去聲。

弄、春陰如幄。小雨濃煙披薄。知他花外誰家，尚依然亭閣。　佳約。好春過却。輕寒正怯，肯把紗窗拓。海棠開又落。碧草溟濛，東風還作。麴塵猶昨。偏濕了、秋千紅索。料是羞登墻角。試吹動、賣餳簫，應窺著。

【校】

見《浙西六家詞》本《江湖載酒集》卷一，《昭代詞選》卷十四，《曝書亭詞注》卷二，《清名家詞》。

十拍子　上巳逢錢葆馚舍人賦

曉陌重逢嘶騎，秋帆記送歸船。纔到燕臺寒食下，恰值蘭亭禊飲年。和風淡泞天。　燕羽齊侵小院，柳絲乍擘晴緜。試傍玉河堤畔去，定有紅裙水上湔。須攜酒十千。

【校】

見《曝書亭詞注》卷二，《清名家詞》。

玉樓春　伎席

蟲蟲本愛穿花徑。改席迴廊翻道冷。歌時小扇拍猶嫌，醉裹香肩憑未肯。　情知並坐無由並。且喜眉梢遠相映。待他月上燭斜時，壓住影兒應不省。

【校】

見《百名家詞鈔》本《江湖載酒集》，《浙西六家詞》本《江湖載酒集》卷二，《昭代詞選》卷十三，《曝書亭詞注》卷二，《清名家詞》。

並坐：《百名家詞鈔》本作「並生」。

鵲橋仙 席上贈伎張伴月

吴歌白紵，吴衫白紵，只愛吴中梳裹。十年四度到京華，纔一霎、樽前同坐。　秋娘聲價，泰娘聲價，風韻當年須過。迢迢明月碧羅天，誰伴取、張星一箇。

【校】

見《瑶華集》卷五，《曝書亭詞注》卷二，《詞則·閑情集》卷四，《清名家詞》。

【參考資料】

《詞則·閑情集》卷四：純以筆勝。

前調

横汾清濟，十年舊事，祇恨玉鞭歸暮。碧桃先自笑春風，全不待、社公新雨。　章臺穉柳，漢南移種，憐取柔條最苦。游絲無力强夭斜，萬一把、飛花黏住。

【校】

見《瑶華集》卷五，《昭代詞選》卷十三、《國朝詞雅》卷六，《曝書亭詞注》卷二，《清名家詞》。

副題：《昭代詞選》作「席上贈伎張伴月」，誤。

步蟾宮 席上同沈六贈伎

越羅垂地湘裙匝。淺露著、鞵幫紅狹。尋常已是不分明，況一點、紗籠殘蠟。玲瓏骰子拋時霎。遥勸酒、觥船纔壓。月高先自下階行，又何處、爲雲巫峽。

【校】

見《浙西六家詞》本《江湖載酒集》卷二，《昭代詞選》卷十三，《曝書亭詞注》卷二，《清名家詞》。

河傳 題譚天水小像，即送其入閩

嶺外。傾蓋。日招尋。一別愁深至今。木棉花底榕樹陰。獨吟。江潭憔悴心。忽漫相逢燕市酒。嗟未久。萬里仍分手。度吴關。到閩山。艱難。知他別後顔。

【校】

見《曝書亭詞注》卷二，《清名家詞》。

南鄉子

拜客庭陰。眼波容易逗人心。縱得相逢無一語。臨去。鬢滑落花黏不住。

【校】

見《瑶華集》卷一，《浙西六家詞》本《江湖載酒集》卷二，《亦園詞選》卷一，《曝書亭詞注》卷二，《清名家詞》。

副題：《瑶華集》、《亦園詞選》均作「別意」。

一翦梅　題汪季用舍人錦瑟詞

錦瑟新詞鳳閣成。贏得才名。不減詩名。風流異代許誰並。是柳耆卿。是史邦卿。　閒悶閒愁讀罷生。吾亦多情。那得無情。問何人解按銀箏。説與君聽。先與吾聽。

【校】

見《曝書亭詞注》卷二，《清名家詞》。

水調歌頭　得曹秋岳侍郎札却寄

朔雁度紅峴，秋樹冷金臺。故人憐我久滯，隔歲一書來。楓橘山亭應滿，蘁蔗湖田無恙，別業古城隈。范蠡祠東月，恰照小門開。　八行發，三過讀，轉徘徊。栖栖南北何事，瘦馬倦黄埃。行處藤鞵竹傘。坐處蕁羹葛麪，儘可共銜杯。只此辦歸計，歲暮草堂回。

【校】

見《曝書亭詞注》卷二，《清名家詞》。

前調 送諸駿男赴楚撫幕

雲幕近開府，鄂渚舊名邦。游人此去萬里，風動碧油幢。上馬能橫大槊，下馬能書露布，筆陣鼎應扛。記室古來有，意氣爾無雙。瀟瀟雨，聽木葉，泝空江。平沙歷歷，斷雁楚火照船窗。赤壁山前故壘，鸚鵡洲邊秋色，千古怒濤撞。不淺南樓興，誰共倒深缸。

【校】

見《昭代詞選》卷十四，《曝書亭詞注》卷二，《清名家詞》。

前調 送鈕玉樵宰項城

吾最愛姜史，君亦厭辛劉。經過燕市多暇，歌酒互相酬。自向金門索米，君亦牽絲作吏，臨別始添愁。檀板按新曲，此事尚能不。雷封好，項子國，古陳留。江南風景，宛似煙月北揚州。也有疎簾清簟，也許樽前家宴，隨意發清謳。三十六頳鯉，莫忘寄輕郵。

【校】

見《昭代詞選》卷十四，《曝書亭詞注》卷二，《清名家詞》，《笠澤詞徵》卷二十六。

百字令　自題畫像

菰蘆深處，歎斯人枯槁，豈非窮士。賸有虚名身後策，小技文章而已。四十無聞，一丘欲臥，漂泊今如此。田園何在，白頭亂髮垂耳。　空自南走羊城，西窮雁塞，更東浮淄水。一刺懷中磨滅盡，回首風塵燕市。草屩撈蝦，短衣射虎，足了平生事。滔滔天下，不知知己誰是。

【校】

見《今詞初集》卷上，《古今詞匯三編》卷八，《古今詞選》卷七，《詞覯》卷六，《國朝詞選補鈔》，《梅里詞緒》，《昭代詞選》卷十四，《曝書亭詞注》卷二，《雲韶集》卷十五，《詞則·放歌集》卷三，《清名家詞》。

副題：《詞匯三編》作「自題小像」。

剩有：《詞匯三編》作「總有」。

小技文章而已：《詞匯三編》作「聖哲多能猶鄙」。

【參考資料】

《雨村詞話》卷四：余酷愛其自題畫像《百字令》。

《詞則·放歌集》卷三：感慨而不激烈。顧寧人自謂不如竹垞和厚，想見先生氣量。

前調　和韻送曹子顧學士還南溪

十年相別，又相逢、攜手旗亭同入。試話長安歌酒伴，客久鄉音翻澀。正好歸帆，溪南如畫，紅葉新霜濕。衡門深閉，三冬且學龍蟄。　猶剩百八株桑，一千頭橘，酒債還堪給。萬里山川歸腹笥，不用巾箱收拾。三影新詞，八叉麗句，箏雁參差立。衍波題就，白藤閒織書笈。

【校】

見《昭代詞選》卷十四，《曝書亭詞注》卷二，《清名家詞》。

詞調：《昭代詞選》作「念奴嬌」。

百八：《曝書亭詞注》作「八百」。

風中柳　戲題竹垞壁

有竹千竿，寧使食時無肉。也不須更移珍木。北垞也竹。南垞也竹。護吾廬、幾叢寒玉。　晚來月上，對影描他橫幅。賦新詞、竹山竹屋。郫筒一束。筍鞵三伏。竹夫人、醉鄉同宿。竹山，蔣捷詞名。竹屋，高觀國詞名也。

【校】

見《百名家詞鈔》本《江湖載酒集》，《浙西六家詞》本《江湖載酒集》卷二，《昭代詞選》卷十三，《曝書亭詞注》卷二，《清名家詞》。

詞調：《昭代詞選》作「謝池春」。

副題：《百名家詞鈔》本作「自題竹垞壁」。

【參考資料】

《雨村詞話》卷四：竹山，蔣捷詞名；竹屋，高觀國詞名也。法語尤趣，可想竹垞之高風。

長相思　紅橋尋歌者沈西

石橋西。板橋西。遥指平山日未西。舟來蓮葉西。　人東西。水東西。十里歌聲起竹西。西施更在西。

【校】

見《曝書亭詞注》卷二，《清名家詞》。

【參考資料】

《賭棋山莊詞話》卷一：比之「小樓連苑」，「一鈎新月」，使君英雄，何讓秦七。

《詞徵》卷一：福唐體者即獨木橋體也，創自北宋。黄魯直《阮郎歸》用「山」字，辛稼軒《柳梢青》用「難」字，趙惜香《瑞鶴仙》用「也」字，均然。朱錫鬯《長相思》用「西」字，《柳梢青》用「耶」字（馬上望瑯琊山），《行香子》用「娘」字（伎席）……本學宋人。此亦如今體詩之轆轤格、壺盧格，乃偶然托興者，必踵其轍，則爲惡境矣。

蝶戀花　揚州早春同沈覃九賦

十里雷塘歌吹遠。柳巷人家，蘸水鵝黄淺。游子春衣都未换，鈿車早已東城遍。　妝冷罷遮蟬雀扇。最恨微風，不放珠簾卷。斜露翠蛾剛半面，心飛玉燕釵頭顫。

【校】

見《浙西六家詞》本《江湖載酒集》卷二，《昭代詞選》卷十三，《曝書亭詞注》卷二，《篋中詞》二，《清名家詞》，《清十一家詞鈔》卷三。

【參考資料】

《篋中詞》二：吞吐離即。

思佳客

杜牧秋霜染鬢多。樽前無奈紫雲何。春風澹澹三城夜，暮雨瀟瀟一曲歌。　眉解語，眼横波。更看柔弱舞雙鞾。黄姑悔不憐須女，枉自含情盼隔河。

【校】

見《曝書亭詞注》卷二，《詞則·閑情集》卷四，《清名家詞》。

【參考資料】

《詞則·閑情集》卷四：語意凄感。河鼓、黄姑，牽牛也，皆語之轉。見《荆楚歲時記》。

東風齊著力　延平道中

百雉城開，雙龍津合，鐵鎖浮梁。千家斷續，三面水雲鄉。繫纜沙邊且住，纖絺軟、五月猶凉。休催去，泠風閣上，置酒何妨。　巨石擁中央。舟一葉、過時險甚瞿塘。竹鷄啼罷，飛雨暗叢篁。處處水輪山碓，炊煙動、菰米偏香。灘聲急，斷磯青樹，又挂殘陽。

【校】

見《浙西六家詞》本《江湖載酒集》卷三，《清平初選》卷七，《曝書亭詞注》卷二，《清名家詞》。

置酒：《曝書亭詞拾遺·志異》作「對酒」。

江城子 飲道山亭

城隅一徑躡層冥。坐孤亭。啓疎櫺。螺女江昏，風急鯉魚腥。懊惱鷓鴣啼不住，煙雨外，荔支青。　蒼苔乍洗讀遺銘。問山靈。幾人經。喚取深杯，石上挹湘醽。最好紅山橋外月，先爲我，出遥汀。

【校】

見《浙西六家詞》本《江湖載酒集》卷二，《梅里詞緒》，《曝書亭詞注》卷二，《清名家詞》。

南鄉子 游鼓山，題靈源洞壁。相傳五代時，有高僧喝水，水移他處，遂涸

披霧曉同游。竹杖籃輿各自由。翠磴紅亭三十里，淹留。行到松門路轉幽。　僧飯雨初收。風末鐘聲樹杪樓。多事山僧曾喝水，橋頭。只少飛泉一道流。

【校】

見《曝書亭詞注》卷二，《清名家詞》。

副題：《曝書亭詞拾遺·志異》於「壁」下有「洞下向有水」五字。

點絳唇

歸次浦城，寄酬高雲客

幾日銜杯，回眸咫尺榕城阻。齊紈垂露。不寫離情苦。　南浦橋邊，總是銷魂樹。山無數。澀灘柔櫓。惆悵歸時路。

【校】

見《曝書亭詞注》卷二，《清名家詞》。

尉遲杯

七夕懷静憐

吴綾白。偏愛縫、雙袖鵶翎黑。多應北里新妝，怕墮尋常標格。微風簾額。看露葉、中庭盡秋色。記鱗鱗、月底疎雲，曾照勾闌吹笛。　一自細馬馱歸，剩羅帕、當時别淚偷拭。最恨初鴻，銜蘆塞上，不遞愁人消息。枉飛度、河橋山驛。想柳外、高樓長如昔。更何年、並坐穿鍼，六度凄凉今夕。

【校】

見《浙西六家詞》本《江湖載酒集》卷三，《國朝詞雅》卷六，《昭代詞選》卷十四，《曝書亭詞注》卷二，《清名家詞》。

西谿子

那日樽前同坐。剛值上元燈火。引杯深，賭葉子。抛骰子。醉裏交呼小字。舊事暗沉吟，到而今。

【校】

見《曝書亭詞注》卷二，《清名家詞》。

一翦梅

紅蠟子夜琴心調乍翻。放誕文君，多病文園。柔腸繫處酒杯濃，骰子巡抛，射復更番。

連燒花燼繁。斜對雙蛾，暗蹴雙鴛。不應草草放他歸，去便如期，來便空言。

【校】

見《曝書亭詞注》卷二，《詞則·閑情集》卷四，《清名家詞》。

【參考資料】

《詞則·閑情集》卷四：較「來是空言去絶踪」，更婉折。

百字令 元夕和陳山農韻

落梅歌斷，笑六街春静、者番燈夕。猶有蟬紗蘭燭膩，山水米家真蹟。樂府偷聲，故人相見，鳳紙題還濕。深杯莫放，迴腸更話疇昔。　年少金雁箏邊，銅駝巷口，酒力輕寒敵。醉倚紅妝呼小字，忘了天涯爲客。折柳章臺，沉珠漢曲，嬾問閒消息。三分明月，二分偏照頭白。

【校】

見《浙西六家詞》本《江湖載酒集》卷三，《曝書亭詞注》卷二，《清名家詞》。

擊梧桐 送曾道扶歸里

風雪寒如許。偏灑就、宣武門西歸路。況是殘年也，問何事、幾日留君不住。離歌斷續，離亭長短，目送離人此去。瘦馬河橋外，想除夕守歲，題詩何處。　江上梅花，津頭柳色，一葉扁舟淮浦。絶勝陶彭澤，腰未折、早返柴桑衡宇。惆悵孤踪，留滯竹垞，歸夢有、小園獨樹。待明年、南湖秋月，與子同賦。

【校】

見《曝書亭詞注》卷二，《清名家詞》。

秦樓月

風蕭蕭。夕陽古岸盧溝橋。盧溝橋。沙迴小市，柳折長條。　誰家紅袖揚輕綃。暮塵十里車遥遥。車遥遥。銀燈翠被，何處今宵。

【校】

見《曝書亭詞注》卷二，《清名家詞》。

百字令　酬陳緯雲

過江人物，數君家伯氏，辭華無敵。比歲才名驚小謝，聽説尤工詩律。二陸三張，雙丁兩到，聲動長安陌。新詞贈我，居然黄九秦七。　可歎歧路西東，浮雲零雨，别思同蕭瑟。此日高陽逢舊侣，一半酒人非昔。碣石離鴻，香山落葉，風雪重游歷。池塘夢裏，試尋髯也消息。

【校】

見《昭代詞選》卷十四，《曝書亭詞注》卷二，《詞則·别調集》卷三，《清名家詞》。

詞調：《昭代詞選》作「念奴嬌」。

【參考資料】

《詞徵》卷六：陳其年冠而於思，鬚浸淫及顴準，天下學士大夫號爲陳髯。王西樵語子弟曰：吾只覺其嫵媚可愛，以伊胸中有數千卷書耳。朱竹垞詞：「池塘夢裏，試尋髯也消息。」

《詞則・別調集》卷三：緯雲爲迦陵弟。此詞起結皆借迦陵生色，中間舉緯雲處，頗見分寸。《晉書》：「二陸入洛，三張減價。」《梁書・世祖贈溉洽書》曰：「魏世重雙丁，晉朝稱二陸。何如今雨到，復似淩寒竹。」《名家詩鈔小傳》：「其年少清臞，長而於思，學士大夫皆稱爲髯。一時言詩古文詞者必推髯，由是髯之名滿天下。」

輥繡毬　歲除同兒子對雪懷鄉里作

寒雀斂層檐，正萬里、同雲催暮。去年曾記，梅花溪上，童孫喧笑，紛紛團就，玉獅鹽虎。回首亂山如許。對孤燭、異鄉同住。遥憐千里，老妻無恙，竹垞門掩，多應壓遍，小園高樹。

【校】

見《浙西六家詞》本《江湖載酒集》卷二，《百名家詞鈔》本《江湖載酒集》，《曝書亭詞注》卷二，《清名家詞》。

同兒子：《六家詞》本作「同谷兒」。

童孫：《百名家詞鈔》本作「童絲」。

解珮令　自題詞集

十年磨劍，五陵結客，把平生、涕淚都飄盡。老去填詞，一半是、空中傳恨。幾曾圍、燕釵蟬鬢。不師秦七，不師黄九，倚新聲、玉田差近。落拓江湖，且分付、歌筵紅粉。料封侯、白頭無分。

【校】

見《百名家詞鈔》本《江湖載酒集》，《浙西六家詞》本《江湖載酒集》卷一，《國朝詞選補鈔》，《梅里詞緒》，《國朝詞綜》卷八，《曝書亭詞注》卷二，《詞略》四，《雲韶集》卷十五，《詞則·放歌集》卷三，《清名家詞》，《清十一家詞鈔》卷三，《全清詞鈔》卷五。

【參考資料】

《蓮子居詞話》卷二：竹垞自云：「倚新聲、玉田差近。」其實，玉田詞疏，竹垞謹嚴；玉田詞淡，竹垞精緻，殊不相類。竊謂小長蘆撮有南宋人之勝，而其圓轉瀏亮，應得力於樂笑翁耳。

《聽秋聲館詞話》卷二：太史於南北宋詞兼收並採，蔚爲一代詞宗，顧僅以玉田自擬。又云：《解珮令》第三句原作「涕淚都飄盡」，乃沿汲古閣刊晏叔原詞「團扇無緒」，於「緒」上衍一「情」字之誤。《花草粹編》本只四字，宋元各家詞均無作五字句者。

《雲韶集》卷十五：字字精警而夭矯。幻影空花，離騷變相。眼光如炬，不獨秦、黄避席，即玉田亦當却步。

《詞則·放歌集》卷三：不師黄九可也，不師秦七不可也。不知秦七，焉知玉田哉！襲南宋面目，而不得其本原，自以爲姜、史復生，國初諸家，多犯此病，竹垞其首作俑也。

《白雨齋詞話足本校注》卷三：竹垞詞，疏中有密，獨出冠時，微少沈厚之意。其《自題詞集》云：「不師秦七，不師黄九，倚新聲、玉田差近。」夫秦七、黄九，豈可並稱？師玉田不師秦七，所以不能深厚。不知秦七，亦何能知玉田？彼所知者，玉田之表耳！師玉田而不師其沈鬱，是買櫝還珠也。

摸魚子 送魏禹平還魏塘

一身藏、萬人海裏，姓名慵注官簿。秋深門巷堪羅雀，只共酒徒爲伍。君又去。認百疊寒山，似綫鄉關路。冰霜最苦。盼到得江南，平波斷岸，猶及冷楓舞。　竹林伴，依舊攀嵇交呂。笛家琴調簫譜。燕臺縱有尋春約，忍負鏡邊眉嫵。君且住。算我便歸遲，定不過闌暑。高荷大芋。待縛箇茅亭，能來夜話，同聽紙窗雨。

【校】

見《國朝詞選補鈔》，《國朝詞綜》卷八，《曝書亭詞注》卷二，《詞略》四，《雲韶集》卷十五，《詞則・放歌集》卷三，《清名家詞》，《清十一家詞鈔》卷三。

【參考資料】

《雲韶集》卷十五：起筆奇警。筆力雄勁，情詞都妙。情文相生。

《詞則・放歌集》卷三：情文相生。

金縷曲 寄譚七郡丞兄在榆林

一別三重九。歎年來、燕臺寂寞，酒人非舊。遥望秦川邊沙遠，客淚徒盈襟袖。想塞下、秋來風候。白草黄榆天無際，問圖書、何處消閒晝。泉一勺，秫千畝。　同心最苦離居久。

藉雲鴻、題書萬里，往來亭堠。悔不短衣從兄去，獵馬千羣關口。便作使、秦娥行酒。酒後狂呼雙耳熱，更彎弧、射碎轅門柳。窮塞主，可能否。

【校】

見《瑶華集》卷十八，《昭代詞選》卷十四，《曝書亭詞注》卷二，《清名家詞》。

詞調：《瑶華集》作「賀新郎」。

副題：《瑶華集》作「寄友人榆林」。

最苦：《瑶華集》作「最恨」。

前調　寄李武曾在貴竹

誰共金臺醉。記年時、酒徒跋扈，盡呼朱李。上巳浮杯匆匆别，雲散風流天際。報一一、平安書寄。鄴下雙丁齊入座，有多才繡虎稱前輩。交唱和，令公喜。　離羣最易添憔悴。况而今、相如賦賤，鷫鸘都敝。老去沉吟無長策，仰屋著書而已。但疑義、須尋吾子。秋錦堂前凋錦樹，問灌園、何日歸長水。倚閭望，幾年矣。

【校】

見《昭代河選卷》十四，《曝書亭詞注》卷二，《清名家詞》。

前調　同周鄮山、陳胤倩飲嚴太僕齋中，醉賦

滿目悲秋賦。悵征途、衣裘盡典，酒錢難數。賴有城西嚴太僕，肯與荆高爲伍。拚痛飲、忘形爾汝。客罷長齋如泥慣，更孟公、投轄多豪舉。觴百罰，氣如虎。　天涯幾得良宵聚。憶連年、東西吴越，後先齊魯。主便不留賓也宿，何况留賓不去。任醉尉、頻訶歸路。我困欲眠公莫笑，聽街頭、遮莫鼕鼕鼓。還坐起，爲公舞。

【校】

見《昭代詞選》卷十四，《曝書亭詞注》卷二，《清名家詞》。

前調　送陳參議祺公之官廣西

雁塞分襟驟。七年來、關河迢遞，合并難偶。草草殘春相逢乍，通潞亭邊攜手。恨不見、李生良久。天生也。待踐深秋鷄黍約，奈匆匆畫鷁津門口。萬里别，一杯酒。　丹砂此去鄰勾漏。泝蠻江、人家兩岸，緑榕紅豆。才子從軍繇來事，况是黄金懸肘。擁千騎、弓刀前後。聽取連營長短笛，譜武溪、一曲南征又。嶺外嶺，柳州柳。

【校】

見《昭代詞選》卷十四，《曝書亭詞注》卷二，《清名家詞》。

百字令　索曹次岳畫竹垞圖

杜陵老矣，共丹青曹霸，白頭漂泊。花柳春殘都未見，底事燕南棲託。略彴長堤，嘔啞柔櫓，只憶江梆樂。吾廬何處，斜陽芳草村落。　況有蔗芋閒田，竹梧舊徑，客至堪杯酌。試畫三楹茅屋矮，隨意圖書簾幙。峽石東西，横山近遠，密樹遮雲壑。明年歸去，小樓添向牆角。

【校】

見《浙西六家詞》本《江湖載酒集》卷一，《曝書亭詞注》卷二，《清名家詞》。

江梆：《六家詞》本、《曝書亭詞注》均作「江鄉」。

渡江雲　送蔣京少入楚省覲

鼕鼕街鼓歇，驚沙紛卷，白日淡幽州。望疎林郭外，翦翦酸風，觱栗響籬頭。三杯兩琖旗亭酒，怎把人留。看一霎、鞭絲茸帽，驅馬度盧溝。　離愁。萬重煙樹，千疊雲山，縱相思夢有。尋不到、清江古渡，黄鶴空樓。趨庭正值椒花讌，醉春盤、儘許風流。能記憶、買田陽羨人不。

【校】

見《瑶華集》卷十二，《歷朝詞選》卷十一，《昭代詞選》卷十四，《曝書亭詞注》卷二，《雲韶集》卷十五，《詞則・大雅集》卷五，《清名家詞》，《清十一家詞鈔》卷三。

副題：《歷朝詞選》作「送友」。

紛卷：《瑶華集》作「卷雪」。

【參考資料】

《雲韶集》卷十五：「白日澹幽州」五字，直壓千古。筆筆警拔，無一語不曲折深入，氣骨最高，情韻最勝。結筆如此便住，却住。

《詞則・大雅集》卷五：「白日澹幽州」五字千古。亦疏快，亦沈著。

應天長　鄭雲直招飲虎丘酒肆

三山曉徑，七塔夜燈，曾同閶嶠游屐。零雨斷蓬，别後迢迢夢魂隔。西丘寺，一片石。愛緑樹、濃陰攲側。風林杪、未斂斜陽，猶照蟬翼。六載一相逢，杯酒纔持，那知是離席。

不見赤闌橋下，催人有蘭鷁。荆高侶，燕市北。肯忘了、江鄉秋色。紅蓮飯，玉破鱸魚，須待歸客。

【校】

見《浙西六家詞》本《江湖載酒集》卷三，《曝書亭詞注》卷二，《清名家詞》。

點絳唇

小院疎簾，酒邊最憶年時事。箇人纖麗。合喚輕輕字。　墮葉飄花，再見渾無計。蘭燈翳。那回微醉。悔不香肩倚。向子諲有《席上贈輕輕》詞。

【校】

見《曝書亭詞注》卷二，《清名家詞》。

河滿子

羊侃姬名静婉，謝娘婢喚芳姿。最憶紅窗來去慣，塗妝綰髻多時。簾底頻搖扇子。掌中曾拓鞵兒。　萬里猶傳消息，三年偶誤歸期。碧玉無端偷嫁了，空餘方寸相思。輸與廬江小吏，黄蜂粉蝶雄雌。

【校】

見《百名家詞鈔》本《江湖載酒集》，《浙西六家詞》本《江湖載酒集》卷二，《曝書亭詞注》卷二，《清名家詞》。

曾拓：《六家詞》本作「曾托」。

天仙子

鴉翅雙盤垂秀領。翠羅衣薄風難定。全身都被月華窺，天上影。波底映。却似曉妝前後鏡。

【校】

見《浙西六家詞》本《江湖載酒集》卷二，《瑶華集》卷一，《昭代詞選》卷十三，《國朝詞雅》卷二，《曝書亭詞注》卷二，《清名家詞》。

副題：《瑶華集》作「閨情」。

都被：《六家詞》本作「多被」。

十六字令

繁。一樹丁香花壓闌。心憐惜，不向鬢邊看。

【校】

見《曝書亭詞注》卷二，《清名家詞》。

祝英臺近　題汪舍人少壯三好圖

楮先生，劉白墮，此外也無个。減字偷聲，雙調儘教和。囑他小小蟲蟲，輕輕燕燕，都不許、兩眉春鎖。　且深坐。假若閒却芳年，行樂甚時可。暗悔從前，所好未曾果。料難老眼鈔書，迴腸度曲，但餘醞、不妨留我。

【校】

見《浙西六家詞》本《江湖載酒集》卷一，《昭代詞選》卷十三，《曝書亭詞注》卷二，《清名家詞》。

臨江仙　和成容若見寄秋夜詞

倦柳愁荷陂十里，一絲雁絡晴空。酸鶏漸逼小亭中。魚雲難掩月，豆葉易吟風。　才子年來相憶數，經秋離思安窮。新詞題就蜀箋紅。雪兒催未付，先寄玉河東。

【校】

見《曝書亭詞注》卷二，《清名家詞》。

前調　寄酬李十九

問訊謫仙今好在，年來酒債都消。園花閒付僰童澆。題詩過水寺，種秫隔溪橋。　白髮自憐歸未得，生涯老漸蕭條。尺書虛負故人招。秋風茅屋破，梧葉幾回飄。

【校】

見《曝書亭詞注》卷二，《清名家詞》。

前調

藥甲齊開更斂，柳緜欲起還沉。一春閒望費愁吟。酒旗風著力，花事雨驚心。　巷窄猧兒不吠，樓高燕子難尋。熏爐小篆疊重衾。緑陰猶未滿，庭院已深深。

【校】

見《瑶華集》卷五，《國朝詞選補鈔》，《國朝詞綜》卷八，《昭代詞選》卷十三，《曝書亭詞注》卷二，《篋中詞》一，《詞莂》，《清名家詞》，《清十一家詞鈔》卷三。

副題：《瑶華集》作「春閨」。

愁吟：《篋中詞》作「沉吟」。

巷窄：《瑶華集》作「巷小」。

【參考資料】

《篋中詞》二：風諭三昧。

前調　人日訪汪苕文户部，往堯峯山莊不值

苦憶苕華書屋，别來幾度相招。衝泥江郭不辭遥。堯峯春最好，人日酒先挑。　想見青鞵踏處，梅花開遍煙條。東風溪上雪初消。落帆光福市，吹笛虎山橋。

【校】

見《曝書亭詞注》卷二，《清名家詞》。

西地錦　送錢爾載之河中

到此轉愁君去。且踟躕歧路。遥山一抹，初鴻幾點，又踈踈秋雨。　鸛雀樓頭凝竚。定懷

人題句。他鄉歲月，故園燈火，話兩家兒女。

【校】

見《浙西六家詞》本《江湖載酒集》卷二，《曝書亭詞注》卷二，《清名家詞》。

更漏子　送陳山農入閩

鹿溪南，閩嶠路。記我舊曾游處。灘黯淡，石巑岏。兩邊都是山。　渡螺江，尋小艇。崱屴宜登絶頂。長慶寺，足栖遲。須留噉荔支。

【校】

見《曝書亭詞注》卷二，《清名家詞》。

崱屴：原作「萴芀」，非是。據《曝書亭詞注》改。按「萴芀」，讀作側棘，草木類植物名。「崱屴」，讀作仄勒，山峯高聳貌。又《曝書亭詞注》云：「鼓山在福州府城東三十里，最高爲大頂峯，一名崱屴峯。」

醉花間　送王古直還西湖

愁君去。送君去。君去西湖住。小閣鏡中懸，是月初生處。　羅裙芳草渡。一一鳴柔櫓。扶上七香車，長定門前遇。

【校】

見《浙西六家詞》本《江湖載酒集》卷二，《曝書亭詞注》卷二，《詞菿》，《清名家詞》。

浣溪沙

七澤三湘道路重。纖腰來自楚王宮。玉簪無力鬢雲鬆。　妙舞定過張靜婉，小名未記陸龜蒙。惱人臨別始相逢。

【校】

見《曝書亭詞注》卷二，《清名家詞》。

暗香　初夏飲何侍御蕤音古藤書屋

石闌一半。讓酒人占取，斜陽深院。密葉層檐，幾日輕風勝刀翦。靜對芳陰百尺，宛似泊、南湖南岸。只少却、柔櫓嘔啞，遥指點小橋畔。　相見。意款款。任一詠一觴，少長交勸。繁英落遍。涼月紛紛夜零亂。多少長安旅話，算鄉里、同游應罕。催漏鼓、浮鼙落，醉還不管。

【校】

見《浙西六家詞》本《江湖載酒集》卷三，《曝書亭詞注》卷二，《清名家詞》。

副題：《六家詞》本作「初夏同吴岷培、湯公牧、施韓友、譚左羽兄，飲何侍御蕤音古藤書屋」。

宛似泊：《六家詞》本作「宛一似」。
一詠一觴：《曝書亭詞注》作「一觴一詠」。

洞仙歌　送陳康侯入楚

雪晴池館，悵離筵難又。輸與游人鬧煙九。憶横汾策馬，通潞挐舟，都不似、此度匆匆分手。　遥山何限隔，行盡窮沙，盼到青青武昌柳。後夜苦懷人，一紙相思，報碣石、輕鴻能否。算耆舊、襄陽未應稀，知漢上題襟，共誰樽酒。燕人目正月十九日爲煙九，游人争往白雲觀。

【校】

見《浙西六家詞》本《江湖載酒集》卷二，《曝書亭詞注》卷二，《清名家詞》。
此度：《六家詞》本作「此際」。

減蘭　贈程叟

韓昌逝矣。短布單衣逢弟子。返照僧樓。白髮蕭蕭話舊游。　琴箋細譜。流水高山多樂府。他日江關。我亦填詞付汝彈。

【校】

見《曝書亭詞注》卷二，《清名家詞》。

金縷曲　憶静憐

塞土臙脂紫。女牆深、榆飄似莢，柳多於薺。身作紅襟雙語燕，飛入碧窗紗裏。看挂鏡、親盤鴉髻。象篾鰕鬚都不卷，惹犀梳粉拂餘香膩。匀面了，掃眉未。　玉娥遺曲康陵製。換新聲、筝調銀甲，笙調銀字。蝴蝶團圞花底住，分薄西風驚起。夢不到、緑陰青子。白雁横天來又去，盼蕭娘、一紙書難寄。五湖約，十年事。

【校】

見《浙西六家詞》本《江湖載酒集》卷三，《瑶華集》卷十八，《昭代詞選》卷十四，《曝書亭詞注》卷二，《清名家詞》。

詞調：《瑶華集》作「賀新郎」。

詞題：《瑶華集》作「憶伎」。

碧窗紗：《六家詞》本、《瑶華集》作「碧紗窗」。

分薄西風：《瑶華集》作「薄倖西風」。

十年事：《六家詞》本、《瑶華集》均作「十年矣」。

以上《江湖載酒集》卷中

百字令　彭城經漢高祖廟作

歌風亭長，剩三楹遺廟，斷垣摧棟。芒碭雲霾銷已盡，惟見馬頭山擁。逐鹿人亡，斬蛇溝冷，一片閒丘隴。綵幡斜挂，緑楊絲裹飄動。　贏得割據羣雄，六朝五季，各自誇龍種。魂魄千秋還此地，人彘野鷄誰共。社古枌榆，村遥巫覡，孰管神迎送。行人憑弔，看來終勝劉仲。

【校】

見《瑶華集》卷十二，《國朝詞選補鈔》，《昭代詞選》卷十四，《曝書亭詞注》卷三，《清名家詞》。

還此地：《瑶華集》作「還在此」。

水龍吟　謁張子房祠

當年博浪金椎，惜乎不中秦皇帝。咸陽大索，下邳亡命，全身非易。縱漢當興，使韓成在，肯臣劉季。算論功三傑，封留萬户，都未是，平生意。　遺廟彭城舊里。有蒼苔、斷碑横地。千盤驛路，滿山楓葉，一灣河水。滄海人歸，圯橋石杳，古牆空閉。悵蕭蕭白髮，經過擎涕，向斜陽裏。

【校】

見《瑶華集》卷十三，《梅里詞緒》，《曝書亭詞注》卷三，《詞則·放歌集》卷三，《篋中詞》卷二，《詞莂》，《清名家詞》，《全清詞鈔》卷五。

成在：《瑶華集》、《詞菊》作「仍在」。

封留：《詞菊》作「封侯」。

舊里：《篋中詞》作「故里」。

楓葉：《曝書亭詞拾遺・志異》作「風葉」。

【參考資料】

《詞則・放歌集》卷三：誠如先生言，何以阻立六國後耶！余嘗謂：子房漢之功臣，非韓之忠臣也。未遇黄石公以前，發於血性，成就未可限量；一遇黄石後，純用譎詐，殊乖於正，而尤謬在薦四皓一事，則亦並不得爲漢之忠臣矣。但就詞讀詞，筆力自是高絶。

《篋中詞》二：何堪使洪、吴輩聞之。

江南好

江南好，舊事試重論。平底畫船桃葉渡，小樓疎雨杏花村。何處不消魂。

【校】

見《曝書亭詞注》卷三，《清名家詞》。

金縷曲 初夏

誰在紗窗語。是梁間、雙燕多愁，惜春歸去。早有田田青荷葉，占斷板橋西路。聽半部、新添蛙鼓。小白蔫紅都不見，但愔愔門巷吹香絮。緑陰重，已如許。 花源豈是重來誤。尚依然、倚杏雕闌，笑桃朱户。隔院鞦韆看盡拆，過了幾番疎雨。知永日、簸錢何處。午夢初回人定倦，料無心肯到閒庭宇。空搔首，獨延佇。

【校】

見《浙西六家詞》本《江湖載酒集》卷三，《瑶華集》卷十八，《國朝詞綜》卷八，《國朝詞雅》卷六，《曝書亭詞注》卷三，《詞略》四，《雲韶集》卷十五，《詞則·閑情集》卷四，《篋中詞》二，《詞蓟》，《清名家詞》，《清十一家詞鈔》卷三，《全清詞鈔》卷五。

詞調：《瑶華集》作「賀新郎」。

盡拆：《國朝詞綜》、《篋中詞》作「盡折」。

【參考資料】

《雲韶集》卷十五：去華存實，此詞家老境，非聖手不能。春去奈何！情詞兼勝。

《詞則·閑情集》卷四：後半言情，前半寫景，濃淡各極其致。不作艷語，去華存實，情更深，味更濃。

《篋中詞》二：人才進退，知已難尋，所感甚深。

邁陂塘 答沈融谷，即送其游皖口

記分襟、秋河射角，相逢今已春序。草芽香徑看猶淺，早有落梅無數。桃葉渡。指鴈齒橋西，舊是中山墅。留君且住。喚紅友傳杯，青猿翦燭，伴我夜深語。 勞生事，白髮蕭閒未許。軟塵翻又催去。鍾山照眼青青在，雲壑笑人何苦。攜手步。那得共、春潮皖口揚舲度。沉吟歸路。算二頃湖田，一絲釣艇，肯負綠蓑雨。

【校】

見《國朝詞選補鈔》，《國朝詞綜》卷八，《曝書亭詞注》卷三，《詞略》四，《雲韶集》卷十五，《詞則·別調集》卷三，《清名家詞》，《清十一家詞鈔》卷三。

詞調：《六家詞》本作「摸魚子」。

【參考資料】

《雲韶集》卷十五：字字高雅。

《詞則·別調集》卷三。筆情瀟灑，亦婉折有致。

前調　用前韻題查韜荒詞集

對層檐、沈沈春酌，驚心屢換時序。浮萍踪迹如相避，飛夢天涯難數。芳草渡。尋不到、斷橋曲港龍山墅。白門此住。望塔火林梢，江樓隔底，莫共小窗語。

新詞好，沈鮑同時矜許。朗吟且漫攜去。別裁懊惱迴腸曲，轉覺良工心苦。邀笛步。試喚取雙鬟，綽板樽前度。迢迢紫路。計秋水艫杳，歸期未晚，同聽豆花雨。

【校】

見《浙西六家詞》本《江湖載酒集》卷三，《國朝詞選補鈔》，《國朝詞綜》卷八，《昭代詞選》卷十四，《曝書亭詞注》卷三，《雲韶集》卷十五，《詞則・别調集》卷三，《清名家詞》。

鱸杳：《六家詞》本、《國朝詞綜》、《昭代詞選》均作「鱸香」。

【參考資料】

《雲韶集》卷十五：竹垞詞，無論自作及題他人詞集，俱是一團感喟，却只不露。其詞温厚和平，其意則看破紅塵，不如歸去。讀者試於言外求之，其一唱三嘆之神，至今猶在人耳。

前調 題顧茂倫雪灘濯足圖。圖爲松陵女子沈闕闕所繡

更無須、調鉛吮粉，神針繡出天巧。江村自是科頭慣，不用雨巾風帽。木葉少。向獨樹、疎陰添箇漁童小。三高絶倒。笑淺菊莎邊，閒鷗磯畔，千載有同調。　蓬門在深徑，客來頻掃。東籬頗厭枯槁。香山詩卷牛腰重，六十平頭未老。貧也好。那似我、黄塵六月長安道。秋風舉櫂。問斜日鱸香，卜鄰定許，歸計已先料。

【校】

見《浙西六家詞》本《江湖載酒集》卷三，《古今詞匯三編》卷八，《國朝詞選補鈔》，《國朝詞綜》卷八，《昭代詞選》卷十四，《曝書亭詞注》卷三，《雲韶集》卷十五，《清名家詞》，《笠澤詞徵》卷二十六。

詞調：《詞匯三編》、《六家詞》本作「摸魚子」。

詞題：《詞匯三編》作「題墨繡濯足圖爲顧茂倫」。

枯槁：《詞匯三編》作「枯槁」。

舉棹：《詞匯三編》作「急棹」。

艫香：《詞匯三編》作「艫鄉」。

【參考資料】

《雲韶集》卷十五：畫境，令我神往。一冷一熱，言中有味，令讀者涵詠不盡。

前調　自桃葉渡泛舟，暮抵浦口，雨宿村店，漫賦

憶歸時、白門楊柳，吹花糝滿香徑。重來化作青萍子，宛似客游無定。呼小艇。擬有分、桃根桃葉行相並。雲廊藻井。枉費却臨流，紅闌千百，不見玉人凭。西郊路，十里柔波如鏡。石城高下殘景。江豚多事頻吹浪，只怕落潮風猛。斜又整。信一葉舟輕，幾幅蒲帆逞。人家煙暝。傍急雨長蘆，昏鐘古岸，漁火隔牕冷。

【校】

見《浙西六家詞》本《江湖載酒集》卷三，《瑤華集》卷十九，《國朝詞綜》卷八，《曝書亭詞注》卷三，《清名家詞》。

詞調：《六家詞》本、《瑤華集》均作「摸魚子」。

青萍子：《瑤華集》作「青萍葉」。

古岸：《瑤華集》作「石岸」。

蝶戀花　送惠硯溪歸吳

人柳初眠嘶別騎。麥尾杯乾，送客還吳市。春水一灣雙塔寺。中庭盡種相思子。　俊侶銅

駝游倦矣。我亦扁舟，早晚成歸計。試唤紅兒來樹底。翻香小令樽前記。

【校】

見《曝書亭詞注》卷三，《清名家詞》。

前調　同繆天自再過柯翰周園亭

壓水藤牆攲石塢。猶記霜深，短櫂經過處。獨木小橋秋葉舞，倦紅不掃門前路。　勝侶重攜穿竹語。添結茅亭，心許沙鷗住。日瞑澄煙吹不去。夜凉滴作高梧露。

【校】

見《浙西六家詞》本《江湖載酒集》卷二，《曝書亭詞注》卷三，《清名家詞》。

柳梢青　題戴上舍惟意所擬圖

一道清谿。露花開到，紅板橋西。不借輾輕，無弦琴矮，没骨山低。　石屏詩句堪題。休閒了、秋容滿堤。坐裹吟邊，三升畫榼，兩個黄鸝。

【校】

見《浙西六家詞》本《江湖載酒集》卷三，《曝書亭詞注》卷三，《清名家詞》。

摸魚子　題李武曾灌園圖

護笆籬、幾層茅屋，爲園期占三畝。蘆簾紙閣安排易，更要藥爐茶臼。谿雨後。須記取，上番移竹春栽柳。扁舟計就。算夜韭辰瓜，白鹽赤米，一飯儘餬口。高堂健，笑御潘輿永晝。好花隨意簪首。疏泉帖石閒行處，種樹䕺童都有。悵別久。對圖畫、沉吟轉覺難分手。客來尋否。判踏葉門邊，繫船渚尾，喚我作去聲鄰叟。

【校】

見《浙西六家詞》本《江湖載酒集》卷一，《曝書亭詞注》卷三，《清名家詞》。

前調　題徐電發楓江漁父圖

怪煙波、釣徒鄉里，罟師如許青鬢。浮家尚載閒書卷，那得身名全隱。看一瞬。把文賦、詩篇樂府都經進。披圖暗哂。怕白水撈鰕，紅闌鬬鴨，與爾便無分。扁舟在，蓑笠綸竿未損，攬人此日方寸。清江幾曲楓林下，多少鱸魚荻筍。歸夢準。挂十幅、蒲帆第四橋能認。鉼中宿醞。算八測塘邊，三高祠下，讓我醉眠穩。

【校】

見《國朝詞選補鈔》，《國朝詞綜》卷八，《昭代詞選》卷十四，《曝書亭詞注》卷三，《詞略》四，《清名家詞》，《笠澤詞徵》。

【參考資料】

《昭代詞選》卷十四：（蔣重光）按：此調詞律止載張翥、歐陽脩二體，以張體爲正。題謂前闋第三韻下，後闋第四韻下十字，皆必於上三字爲讀，下七字爲句方妙。人多作兩五字句，雖無礙音律，而覺於調情不愜。查《詞譜》則載晁補之、辛棄疾、李演、張炎、白樸、趙從橐、徐一初、歐陽脩、無名氏共九體，晁體即係張翥體，於此十字，前後皆上三下七者也。李體則前後皆作兩五字句，且換頭句即用韻，則用兩五字句原有其體，但或從趙或從李不可混耳。然細閱宋元明人，如李昴英、莫崙、馮取洽、何夢桂、劉基等名作，亦多有換頭句不用韻而前後闋互異者。故選中於此調前後間有參錯處，未經摘指。而此詞則「把文賦」十字，竟不可讀斷，尤不合體，特詳辨之如此。又《譜》於晁體上三下七者，則上三字爲讀，於李體上五下五者，則上五字爲句。今既有參錯處，故一概從讀，閲者知之。

前調

寄龔蘅圃

玉玲瓏、閣前松石，經過朱夏曾撫。主人直待秋期近，金粟滿庭香雨。新樂府。早和遍、蕢洲笛譜篔房句，謂青士、分虎也。竹垞小住。笑我若歸時，留君爛醉，十日不教去。 西堂冷，孔翠應凋錦羽。鹿麑高下騰距。紅泥亭子方池外，深徑共誰延佇。歲既暮。想皖口鰣魚，又好霑犀箸。粉雲風絮。定吹到山樓，叢梅凍雀，把醆舊吟處。

【校】

見《浙西六家詞》本《江湖載酒集》卷一，《國朝詞選補鈔》，《國朝詞綜》卷八，《曝書亭詞注》卷三，《雲韶集》

卷十五，《詞則・別調集》卷三，《清名家詞》。

副題：《六家詞》本作「燕臺春暮，寄龔蘅圃」。

秋期近：《曝書亭詞注》作「秋期返」。

睆口：《六家詞》本作「此際」。

又好：《六家詞》本作「瓢菜」。

山樓：《六家詞》本作「空園」。

叢梅：《六家詞》本作「寒梅」。

【參考資料】

《詞徵》卷六：竹垞《寄龔蘅圃》詞：「玉玲瓏、閣前松石，經過朱夏曾撫。」閣爲龔氏藏書之所。按杭堇浦《東城雜記》：玉玲瓏，宋宣和花綱石也。上有字紀歲月，蒼潤嵌空，叩之，聲如雜珮，本包涵所靈隱山莊舊物云。

《雲韶集》卷十五：脱口而出，絶不粘滯。豪哉！遣詞必雅。雅而則，不激不佻。

《詞則・別調集》卷三：脱口而出，有不期然而然之妙。雅麗，兼夢窗、草窗之長。

前調

贈吴天章

愛蓮洋、無多行卷，才華直恁明秀。紛紛日下柴車至，逸藻吴郎希有。李十九。慣把汝、詩篇三載藏懷袖。今秋邂逅。便訪我城東，凉波殘月，曉度玉河柳。　交期合，不在時時握手。傾心偶共杯酒。六街聽倦鼕鼕鼓，頗厭征衣塵垢。殘雪後。待驅馬盧溝，轉入孤山口。

蒼厓若臼。伴翠竹黄梅，香林守歲，清興爾能否。

【校】

見《國朝詞選補鈔》，《國朝詞綜》卷八，《曝書亭詞注》卷三，《詞略》四，《雲韶集》卷十五，《詞則·別調集》卷三，《清名家詞》。

【參考資料】

《雲韶集》卷十五：借事運詞，非絶大本領不能。豪情逸致，我恨生不與君同時，然安知當時不有我也。

《詞則·別調集》卷三：直書所事，非有真氣盤旋不能。豪情逸致，令我神往。

前調　題王咸中石塢山房圖

最撩人、東華塵土，騎驢蹩躠還往。酒徒幸有王郎在，更喜鈍翁無恙。傾宿釀。話黛色堯峯，燈下吴音兩。清詩迭唱。畫十里山容，茅堂石塢，隱隱露薇帳。　南歸好，髣髴高居仙掌。栖貧儘自蕭放。解蘭焚芰非吾事，只是海懷霞想。春水漲。趁三月桃花，也擬浮輕舫。拖條竹杖。約燒筍林香，焙茶風細，來問五湖長。

【校】

見《浙西六家詞》本《江湖載酒集》卷三，《國朝詞選補鈔》，《國朝詞綜》卷八，《曝書亭詞注》卷三，《詞略》四，《雲韶集》卷十五，《詞則·別調集》卷三，《清名家詞》，《清十一家詞鈔》卷三。

撩人：《六家詞》本作「無端」。

騎驢蹩躄：《六家詞》本作「朝朝驢背」。
酒徒：《六家詞》本作「酒人」。

【參考資料】

《雲韶集》卷十五：「最撩人」，三字極妙。必須情景兼寫。筆致精秀，意度超玄。「拖條」二字妙甚。
《詞則·別調集》卷三：押「兩」字響。意度超玄。

前調　同青士重訪晉賢。時書樓落成，訂詞綜付雕刻，有懷周士、季青在吴興

小舟紆、梧桐鄉裏，重來花已三度。主人一笑還開徑，樹蕙滋蘭無數。留客住。訝二仲、依然未改當年侶。别裁樂府。譜漁笛蘋洲，從今不按，舊日草堂句。　東園好，百尺高樓容與。綠窗多少雲霧。䲢觚飛爵須吾輩，禮法由來無取。相爾汝。但只隔、賢兄令弟添愁緒。來朝喚渡。認酒幔春橋，茶檣夜柵，便訪五亭去。

【校】

見《浙西六家詞》本《江湖載酒集》卷三，《國朝詞選補鈔》，《國朝詞綜》卷八，《昭代詞選》卷十四，《曝書亭詞注》卷三，《清名家詞》。
吴興：《昭代詞選》作「吴城」。
當年：《昭代詞選》作「當時」。
愁緒：《國朝詞綜》作「離緒」。

蘭陵王　送宋員外牧仲視榷贛州

禁街六。嘶騎河橋一簇。而今去，嶺北天南，忍對離樽便催促。雙旌行太速。薄暝應投涿鹿。吟鞭倚、苑雪剛殘，且喜輕塵未吹麴。登艫九江曲。算港截彭郎，山問匡俗。層層翠浪峯迴復。過十八灘水，萬疊煙樹，滿園蘭草無數竹。照廳事都緑。　川陸。舊游熟。奈上下龍雲，無計追逐。故人已分歸茅屋。念翦燭深夜，後期難卜。楓林落月定憶我，夢斷續。

【校】

見《浙西六家詞》本《江湖載酒集》卷三，《瑶華集》卷十九，《曝書亭詞注》卷蘭，《清名家詞》。

禁街六：《六家詞》本、《瑶華集》均作「曉寒撲」。

浣溪沙　郊游聯句

出郭尋春春已闌。宜興陳維崧其年。東風吹面不成寒。無錫秦松齡留仙。青村幾曲到西山。無錫嚴繩孫蓀友。並馬未須愁路遠，慈谿姜宸英西溟。看花且莫放杯閒。彝尊。人生別易會常難。長白成德容若。

【校】

見《國朝詞綜》卷八，《曝書亭詞注》卷三，《清名家詞》。

【參考資料】

《賭棋山莊詞話》卷九：宋李之儀《姑溪詞》附録黄魯直、賀方回和作，近《曝書亭集》並載聯句，板橋學詞於陸種園震，集中特刊二闋，以見淵源，雖非通例，亦可知其在三誼重矣。

解連環　孫愷似使旋夜話，用李十九韻

一燈涼雨。話九都遠岫，隔江葱楚。曾未滿、三月王程，訝天角使星，錦韉來去。箏笛賓筵，聽按遍、黄裙樂部。問香杭酒釃，七夕醉眠，莞蒻何處。　郵籤定能記否。但西東指點，玉羊金虎。看屏擋、藤笈陳編，拂蠹字蟫魚，載歸闌暑。多少詞人，邀鏡面、留題方絮。待細論、箕子流風，漏聲報五。

【校】

見《曝書亭詞注》卷三，《清名家詞》。

祝英臺近　送張見陽令江華

錦鞍韉，潭柘寺，小榼載浮蟻。纔及春游，詩罷各分袂。者回聽雨荷邊，團茵柳外，奈一曲、驪歌催起。　幾千里。試看裊裊雙凫，銅章綰仙吏。九面衡山，二十四灘水。定知後夜相思，寒亭煖谷，吟不了、晚紅餘翠。

【校】

見《曝書亭詞注》卷三，《清名家詞》。

前調　送葉道子之官臨清衛

繡纏鬉，珠勒馬，金印且懸肘。勝作書生，窗燭對紅豆。計程幾日郵籤，玉鞭花外，早繁杏、香飄吟袖。　訪㝿友。只在春草南池，無煩夢魂又。小榼三升，太白酒樓酒。相邀露冕投壺，東方千騎，總一色、春旗楊柳。

【校】

見《浙西六家詞》本《江湖載酒集》卷二，《曝書亭詞注》卷三，《清名家詞》。

前調　送翁武原之官黄州郡丞

嶽蓮雲，關樹雨，衣潤卸孤館。記得班荆，通潞短亭畔。自來南浦多愁，西風易别，把新鴈、一繩吹斷。　再相見。却喜小郡黄州，銅符許分綰。盡説官閒，蝴蝶繞書幔。最憐白露横江，青山如畫，須夜夜、緑樽教滿。

【校】

見《浙西六家詞》本《江湖載酒集》卷二，《曝書亭詞注》卷三，《清名家詞》。

班荆：《六家詞》本作「相逢」。

銅符：《六家詞》本作「銅虎」。

前調 題丁雁水韜汝詞稿

史梅谿，姜石帚，澀體夢窗叟。不事形摹，秦七與黄九。試論北宋南唐，偷聲比調，誰得似，玉昆金友。章江口。慣自家宴樽前，箏人記紅豆。一束朋箋，豈意入吾手。只合闌藥香時，筒荷卷處，次第付、笛牀歌袖。

【校】

見《曝書亭詞注》卷三、《清名家詞》。

燕山亭 七月十五夜同次友、武曾、融谷、覃九集謖園竹屋

新雨横街，竹屋晚涼，曲徑憐初掃。深淺素瓷，雪藕調冰，添撲半竿紅棗。抹麗叢香，問甚日、吴船攜到。秋早。漾一片明河，兔華圓了。何用擫笛彈絲，有骰子玲瓏，玉舟催倒。檐牙罥網，燈蕊捎蛾，坐久露濃風小。除却樽前，數詞客、幾人同調。諧笑。渾不計、過申犯卯。

【校】

見《浙西六家詞》本《江湖載酒集》卷三、《國朝詞選補鈔》，《國朝詞綜》卷八，《曝書亭詞注》卷三，《清名家

詞》。

集謏園竹屋：《六家詞》本作「集二鮑寓齋同賦」。

副題：《國朝詞綜》於「夜」上有「日」字，「夜」下無「同」字。

百字令　燕市逢李分虎

竹垞春雨，悵早梅未放，扁舟先發。別後聞君浮皖口，渺渺波潮天末。燕市經過，相逢一笑，逆旅征衫脱。鄉園無恙，匆匆燈影中説。　正好青兕多才，銅駝結伴，按金荃新闋。跋扈飛揚須爲爾，忘却星星華髮。座有能詩，高三十五，勸飲杯中物。酒闌起舞，滿身都是明月。高適，行三十五，指叜園也。

【校】

見《浙西六家詞》本《江湖載酒集》卷一，《國朝詞選補鈔》，《昭代詞選》卷十四，《曝書亭詞注》卷三，《詞則·別調集》卷三，《清名家詞》。

座有：《六家詞》本作「況有」。

勸飲：《曝書亭詞拾遺·志異》作「勸引」。

【參考資料】

《詞則·別調集》卷三：情景盡「鄉園」十字。

滿江紅 送陸雲士宰江陰

仙令行時，正柿葉、翻紅滿村。易州酒、菊英汎汎，細注離樽。恰值蠲租新詔下，先教梟舄指南雲。問橋東、青竹馬騎來，凡幾羣。　君山翠，堆縣門。香灣白，流樹根。任垂簾清晝，譜曲黄昏。十里秋花春桂粒，一痕春水上河豚。判明年、小舫練江頭，吟對君。

【校】

見《曝書亭詞注》卷三，《清名家詞》，《玉山詞》卷三附。

副題：《玉山詞》作「贈雲士」。

凡幾群：《玉山詞》作「知幾群」。

譜曲：《玉山詞》作「曲譜」。

按陸次雲（雲士）云：「平韻《滿江紅》，竹垞先生見贈者也，追步爲難，聊復效顰。」亦作平韻和韻《滿江紅》一闋。

綺羅香 贈沈融谷納妾

十斛量珠，千絲結網，枉説傾城難致。選得閒房，略與柘西相似。書乍報、翠羽枝邊，人已在、玉梅檐底。問攜來、百福香奩，銀鉤多少衛娘字。　龍吟新曲傳遍，想出鴛鴦浴處，青銅無膩。此日雙頭，只有粉蓮堪擬。但點染、一鏡春山，漫商量、五湖秋水。也須勝、半蕚燈花，夜寒偎繡被。融谷《水龍吟·詠白蓮》有「待浮萍開處，青銅無膩，伴鴛鴦浴」之句。

【校】

見《浙西六家詞》本《江湖載酒集》卷三，《昭代詞選》卷十四，《曝書亭詞注》卷三，《清名家詞》。

副題：《六家詞》本作「贈融谷」。

風入松 送沈平萬之新安

蕭疎煙柳玉河潭，殘月猶含。離人報道城東發，趁新凉、卯酒初酣。代馬頻嘶別路，吴綿須換征衫。　歙州風物舊曾諳。此去停驂。烏丸素紙留題好，繞清溪、紫筍黄柑。心逐一繩飛雁，秋深直到江南。

【校】

見《曝書亭詞注》卷三，《清名家詞》。

歙州：《曝書亭詞拾遺·志異》作「新安」。

臺城路 夏日同對巖、蓀友、西溟、其年、舟次、見陽，飲容若渌水亭

一灣裂帛湖流遠，沙堤恰環門徑。岸劃青秧，橋連皂莢，慣得游驄相並。林淵錦鏡。愛壓水虚亭，翠螺遥映。幾日温風，藕花開遍鷺鷥頂。　不知何者是客，醉眠無不可，有底心

性。研粉長牋，翻香小曲，比似江南風景。看來也勝。只少片帆斜，樹頭帆影。分我魚磯，淺莎吟到暝。

【校】

見《曝書亭詞注》卷三，《清名家詞》。

前調　遼后洗妝樓

層闌不厭波光冷，明霞遠捎魚尾。細草含茸，圓荷依蓋，猶與舞衫相似。挼藍片水。曾簇蝶瀨紅，影蛾描翠。錦石秋花，當時穩貼皂羅髻。　春城幾番士女，縱嬉游元夕，沙界煙寺。黃面瞿曇，白頭宮監，也説千年遺事。回心院子。問殿脚香泥，可留蕭字。懷古深情，焚椒尋蠹紙。

【校】

見《曝書亭詞注》卷三，《清名家詞》。

前調　送葉井叔主事還南鄂

新霜未染香山葉，黃花已開秋圃。側帽風前，囊萸酒畔，不分故人先去。匆匆里語。忍別了吴儂，竟歸樊楚。一色魚天，東湖争似鶴湖住。　蒲萄滿江緑漲，愛翻鴉落雪，門對南浦。訪舊襄陽，題襟漢上，芳草知誰同賦。相思最苦。夢鴈影飛邊，月明多處。楊柳青青，武昌何限樹。

【校】

見《梅里詞緒》、《曝書亭詞注》卷三，《清名家詞》。

前調　張鑑遠酌春堂席上賦

重門不改當年徑，依然小山橫疊。盧橘濃陰，黃梅疎影，正好酌春時節。筍車乍歇。仗酒伴仍逢，昔游能說。點筆淋漓，瓜牛涎冷久磨滅。　烏衣羣從少長，況周郎陸弟，裙屐齊列。金巵羅深，玉屏風暖，一曲紫雲歌徹。樊川癡絶。只可惜而今，鬢絲如雪。暝色高城，初筵無奈別。

【校】

見《昭代詞選》卷十四，《曝書亭詞注》卷三，《清名家詞》。

詞調：《昭代詞選》作「齊天樂」。

酒伴仍逢昔游能說：《昭代詞選》作「酒伴能逢昔游仍說」。

前調　送耕客南還

花南老屋花無數，茅堂在花深處。薑蔗閒塍，竹梧小徑，吾亦板橋西住。天涯倦旅。忍負了芳辰，又過殘暑。底事秋風，罷官不去送人去。　江鄉舊時伴侶。有山中猨鶴，沙上鷗鷺。黄雀披綿，玉鱸堆雪，誰並船窗同煮。離居最苦。判茸帽衝霜，也尋歸路。得及春游，紫荷田醉舞。

【校】

見《國朝詞選補鈔》，《曝書亭詞注》卷三，《昭代詞選》卷十四，《清名家詞》。

詞調：《昭代詞選》作「齊天樂」。

前調　送張漢瞻還嘉定，題所畫望雲圖

秋來已是驚蕭瑟，驪歌又聽燕館。墜葉飄花，飛蓬斷梗，長倚浮萍爲伴。雲摇雨散。問底事怱怱，便書驢券。試驗新圖，應愁穿了望雲眼。　百川灌河時節，輕帆消幾日，放溜江岸。賣履迎船，牽罾唤渡，一笑倚閭人健。寒齏薄飯。須勝似銅街，酒籌茶盌。改歲相期，洞庭游未晚。

【校】

見《昭代詞選》卷十四，《曝書亭詞注》卷三，《清名家詞》。

詞調：《昭代詞選》作「齊天樂」。

蕭瑟：《曝書亭詞拾遺·志異》作「蕭索」。

喜遷鶯 送丁雁水觀察虔州

紅亭且住。話十川天末，舊游江路。柳外吟韉，酒邊征鐸，行到冶城瓜步。一點峭帆風順，遥指落霞南浦。倚高閣，掃千年殘粉，更題新句。　津鼓。又幾日，三板輕船，水驛無重數。螺子山南，晴雷灘石，飛作滿衣凉雨。露冕行船多暇，肯訪薜蘿人否。謂冰叔也。莫惆悵，盼月華金掌，載同鵷序。

【校】

見《昭代詞選》卷十四，《曝書亭詞注》卷三，《清名家詞》。

【參考資料】

《詞徵》卷六：紅亭，虢州西亭也。竹垞《送丁雁水觀察虔州》用之。按岑嘉州詩如「紅亭出鳥外」，「百尺紅亭對萬峯」，「紅亭水木不知暑」，「紅亭緑酒送君還」，皆指其地。

一枝花 送沈融谷宰來賓

露脚飄籬柱。翠濕牽牛花吐。一繩新鴈底，幾行樹。天末郵籤，數了還重數。行遍衡湘路。六槳衝煙，烏蠻山在何處。　蜑户兼龍户。多向竹棚頭住。琴堂吟不盡，荔支雨。晝便垂簾，待夜月修簫譜。瘴鄉休道苦。須勝似泉明，折腰彭澤晨暮。

【校】

見《曝書亭詞注》卷三，《清名家詞》。

邁陂塘　送尤展成還吴

話當年、法曹姓字，雲屏御墨曾染。遂初堂下柴車促，老矣摛文三殿。燒尾宴。喜四載、柯亭鎮日長相見。緇塵偶倦。暫摒擋書籤，丁寧才子，紅藥守吟院。扁舟好，輸與風流賀監。紅亭十里交餞。蛤蜊菰葉横塘路，葉葉酒旗吹遍。帆一點。趁落木空江，澹抹山平遠。八門七堰。喚記曲桃根，炙笙菱角，憐取舊題扇。

【校】

見《曝書亭詞注》卷三，《清名家詞》。

前調　劉學正禹峯搨石鼓文見貽，賦此志謝。用姜白石體

問陳倉、舊時獵碣，槖駝燕市誰輦。漏痕已失填金字，猶剩雨苔冰蘚。松陰轉。訝鎮日、橋門静鎖人未見。劉郎放卷。慣著手摩挲，巡檐步屧，百過幾曾倦。閒無事，翠餅烏丸教碾。硬黄蔺紙摹遍。遺余籀法真奇古，屈曲珊瑚枝軟。興不淺。覓巧匠裝池，付與屏六扇。紅絲小硯。把馬鄭紛綸，周秦先後，商略異同辨。

【校】

見《昭代詞選》卷十四，《曝書亭詞注》卷三，《清名家詞》。

副題：《昭代詞選》於「劉」字上有「又一體」三字。

興不淺：《昭代詞選》作「興未淺」。

前調　送陳雲銘入楚

數才名、鷹揚河朔，新來草檄能否。萍蓬蹤跡何曾定，只是北燕南楚。王粲賦。道四望、山川信美非吾土。晴川密樹。問底事隨人，一帆夏口，又指漢陽渡。　金臺畔，漸少銅駝俊侶。憑誰共按簫譜。蓴鱸稻蟹鄉亭夢，卜了歸期仍誤。君此去。料我亦無心，更戀塵中組。驪歌且住。便解纜今朝，登艫後日，不遠直沽路。

【校】

見《國朝詞選補鈔》，《古今詞選》卷三，《曝書亭詞注》卷三，《詞則·別調集》卷三，《清名家詞》。

【參考資料】

《詞則·別調集》卷三：亦沉著，亦瀟灑。

清平樂

濕雲籠霧。曉色看成暮。空裹雪花風約住。十月薊門飛雨。　歷頭簡到殘年。客懷轉覺凄然。滿地已無黃葉，一林惟有蒼煙。

【校】

見《曝書亭詞注》卷三，《清名家詞》。

解珮令 送趙秋谷聯句

城頭畫鼓。馬頭紅樹。最無憀、酒邊人去。彝尊。聽遍陽關，也未抵、者番別苦。嘉善魏坤禹平。一程風、一程涼雨。彝尊。斷橋橫浦。淺沙深塢。海寧查慎行夏重。翠彎環、好山無數。卸了朝衫，換獨速、莎衣醉舞。坤。勝東華、滿鞾塵土。彝尊。

【校】

見《國朝詞選補鈔》，《古今詞選》卷三，《國朝詞綜》卷八，《昭代詞選》卷十三，《曝書亭詞注》卷三，《詞略》四，《雲韶集》卷十五，《詞則·別調集》卷三，《清名家詞》，《清十一家詞鈔》卷三。

朝衫：《昭代詞選》作「征衫」。

【參考資料】

《雲韶集》卷十五：聯句亦非正格，存之以備一格。聯句必須彼此會意，方是一氣。

《詞則·別調集》卷三：聯句亦非正格，然却見力量。

生查子 曉行鄮州

密樹引長堤，重露微涓墜。惟聽浦禽喧，漸入行人隊。隱隱望高城，路出高城外。初日未侵衣，先閃寒鴉背。

【校】

見《浙西六家詞》本《江湖載酒集》卷二，《百名家詞鈔》本《江湖載酒集》，《梅里詞緒》，《歷朝詞選》卷二，《昭代詞選》卷十三，《曝書亭詞注》卷三，《詞略》四，《雲韶集》卷十五，《清名家詞》。

副題：《百名家詞鈔》本作「曉發鄖州」；《歷朝詞選》作「曉發」。

禽喧：《昭代詞選》作「禽鳴」。

【參考資料】

《雲韶集》卷十五：措語必真，寫曉發情景畫所不到。

清平樂　齊河客舍

阿儂憊矣。際曉還慵起。今日郵籤翻百二。猶是未晴天氣。　茅檐土銼人家。酸風苦雨天涯。回憶故園梅蕊，不知多少飛花。

【校】

見《瑶華集》卷三，《曝書亭詞注》卷三，《清名家詞》。

金縷曲　過外祖唐刺史廢園感舊作

歷歷猶能記。小門開、苔峯檻外，板橋花底。潮落蟛蜞爬沙遍，婀娜筠竿扶起。自兵後、曲池平矣。倦柳衰荷都卷盡，况鴛鴦、翠鬣紅魚尾。渾不辨，釣游地。　土酥隴麥看無際。剩牆東、午風茶板，冷雲蕭寺。去是黄童來白叟，感慨那禁對此。但滿眼、西州清淚。斷陌踟躕歸騎晚，斂殘霞、樓角孤城閉。誰會我，恁時意。

【校】

見《曝書亭詞注》卷三，《清名家詞》。

清平樂　鷗塘生日

平安書到。卜宅鷗塘早。我亦安排歸計了。沮溺耦耕也好。　今年初度長安。明年定是鄉關。漁弟樵兄對酒，鷄頭菱角堆盤。

【校】

見《曝書亭詞注》卷三，《清名家詞》。

前調　贈歌者陳郎

偷聲減字，且洗衰翁耳。惱亂多情人欲死。只有臨川曲子。　陳郎巧囀歌喉。尊前倍覺風流。一霎塗妝綰髻，十三十四丫頭。

【校】

見《曝書亭詞注》卷三，《清名家詞》。

前調　題吳中女子呂文安畫

深閨暇日。偶仿王郎筆。小字親題無氣力。殺粉調鉛第一。　圓珠斛得誰家。香車遠隔天涯。陌上依然柳色，門前何處桃花。

【校】

見《曝書亭詞注》卷三，《清名家詞》。

金縷曲　題杳浦書屋圖

馬瞳村南渡。趁輕帆、雙峯寺外，遠煙平楚。横漲橋邊鵝鴨鬧，認得苔磯蔬圃。有點點、遥岑遮户。只恨牆東書屋少，慣迎賓榻下莎廳住。秋香滿，小山樹。　年來穩向花甎步。乍歸來、雞栖豚柵，幾曾添補。笑指頭銜冰様冷，誰把草堂貲助。看畫裏、皋禽翔舞。曲院層臺終斷手，算迴廊是我題詩處。捹舊雨，伴今雨。

【校】

見《曝書亭詞注》卷三，《清名家詞》。

滿江紅　錢塘觀潮，追和曹侍郎韻

曹侍郎錢塘觀潮一闋，最爲崛奇。今見雕本改竄，可惜已。康熙丙子秋涉江，追和其韻，並附原詞於後。不作三舍退避者，欲存其真也。

羅刹江空，設險有、海門雙闕。日未午、樟亭一望，樹多於髮。乍見雲濤銀屋湧，俄驚地軸轟雷發。算陰陽、呼吸本天然，分吴越。　遺廟古，餘霜雪。殘碑在，無年月。訝揚波重水，後先奇絶。齊向屬盧鋒下死，英魂毅魄難消歇。趁高秋、白馬素車來，同弭節。枚乘《七發》：弭節伍子之山。

【校】

見《曝書亭詞注》卷三，《清名家詞》。

點絳脣　題虞夫人玉映樓詞集

玉映樓空，鏡臺留得傷心句。比肩人去。誰忍修簫譜。　門柳風前，依舊飄金縷。廉纖雨。返魂何處。莫是秋千路。

【校】

見《曝書亭詞注》卷三，《清名家詞》。

以上《江湖載酒集》卷下

静志居琴趣

治法讨要题

清平樂

齊心耦意。下九同嬉戲。兩翅蟬雲梳未起。一十二三年紀。　春愁不上眉山。日長慵倚雕闌。走近薔薇架底，生擒蝴蝶花間。

【校】

見《百名家詞鈔》本《江湖載酒集》，《浙西六家詞》本《江湖載酒集》卷一，《昭代詞選》卷三，《曝書亭詞注》卷四，《詞則·閑情集》卷四，《清名家詞》。

一十二三年紀：《百名家詞鈔》本、《六家詞》本均作：「十四五來年紀」。

走近：《百名家詞鈔》本、《六家詞》本均作「走向」。

【參考資料】

《小娜嬛詞話》卷三：「兩翅蟬雲梳未起，一十二三年紀。」即《風懷》之「問年愁豕誤」也。「豕誤」是亥字，明崇禎八年，歲次乙亥。竹垞崇禎二年己巳生，是小於竹垞六歲也。

《詞則·閑情集》卷四：自此章至《洞仙歌》十七首，皆録《静志居琴趣》一卷中者，生香真色，得未曾有。前後次序略可意會，不必穿鑿求之也。

《白雨齋詞話足本》卷三：吾於竹垞，獨取其艷體。蓋論詞於兩宋之後，不容過刻，節取可也。

四和香

小小春情先漏泄。愛綰同心結。喚作去聲莫愁愁不絶。須未是，愁時節。　纔學避人簾半揭。也解秋波瞥。篆縷難燒心字滅。且拜了、初三月。

【校】

見《瑶華集》卷三，《今詞初集》卷下，《古今詞匯三編》卷三，《古今詞選》卷二，《亦園詞選》卷三，《昭代詞選》卷十三，《歷朝詞選》卷五，《曝書亭詞注》卷四，《雲韶集》卷十五，《詞則・閑情集》卷四，《清名家詞》。

詞調：《古今詞選》、《亦園詞選》、《昭代詞選》均作「四犯令」。

詞題：《瑶華集》、《亦園詞選》、《歷朝詞選》均作「閨情」。

【參考資料】

《雲韶集》卷十五：「須未是愁時節」，六字妙甚。其情在骨，不以詞勝。

《詞則・閑情集》卷四：　合上章皆寫髫年情態。

生查子

刺繡在深閨，總是愁滋味。方便借人看，不把簾垂地。　弱線手頻挑，碧緑青紅異。若遣繡鴛鴦，但繡鴛鴦睡。

【校】

見《百名家詞鈔》本《江湖載酒集》，《浙西六家詞》鈔本《江湖載酒集》卷二，《亦園詞選》卷一，《昭代詞選》卷十三，《曝書亭詞注》卷四，《國朝詞雅》卷六，《清名家詞》本。

副題：《亦園詞選》作「繡罷」。

搗練子

煙嫋嫋，雨繇繇。花外東風冷杜鵑。獨上小樓人不見，斷腸春色又今年。

【校】

見《瑶華集》卷一，《梅里詞緒》，《昭代詞選》卷十三，《歷朝詞選》卷一，《曝書亭詞注》卷四，《雲韶集》卷十五，《詞則·大雅集》卷五，《清名家詞》。

副題：《梅里詞緒》題作「春日」；《歷朝詞選》作「閨情」。

【參考資料】

《雲韶集》卷十五：凄婉在一「又」字。

菩薩蠻

低鬟十八雲初約。春衫翦就輕容薄。彈作墨痕飛。折枝花滿衣。　羅裙百子褶。翠似新荷葉。小立斂風纔。移時吹又開。

【校】

見《百名家詞鈔》本《江湖載酒集》，《浙西六家詞》本《江湖載酒集》卷二，《瑶華集》卷二，《曝書亭詞注》卷四，《國朝詞雅》卷六，《清名家詞》。

副題：《瑶華集》作「無題」。

百子褶：《百名家詞鈔》本、《六家詞》本、《國朝詞雅》本均作「百二褶」。

卜算子

殘夢繞屏山，小篆消香霧。鎮日簾櫳一片垂，燕語人無語。　庭草已含煙，門柳將飄絮。聽遍梨花昨夜風，今夜黄昏雨。

【校】

見《浙西六家詞》本《江湖載酒集》卷二，《昭代詞選》卷十三，《曝書亭詞注》卷四，《國朝詞綜》卷八，《雲韶集》卷十五，《詞則・閑情集》卷四，《清十一家詞鈔》卷三，《清名家詞》，《全清詞鈔》卷五。

【參考資料】

《雲韶集》卷十五：字字幽秀。風雨送春，有心人何以爲情？

《詞則・閑情集》卷四：此章致思慕之情。

憶少年

飛花時節，垂楊巷陌，東風庭院。重簾尚如昔，但窺簾人遠。　葉底歌鶯梁上燕。一聲聲、伴人幽怨。相思了無益，悔當初相見。

【校】

見《百名家詞鈔》本《江湖載酒集》，《浙西六家詞》本《江湖載酒集》卷二，《瑶華集》卷三，《今詞初集》卷下，

《古今詞匯三編》卷二，《亦園詞選》卷二，《曝書亭詞注》卷四，《詞則·閑情集》卷四，《篋中詞》卷二，《詞莂》，《清名家詞》。

副題：《亦園詞選》作「無題」。

【參考資料】

《詞則·閑情集》卷四：情詞凄絶，較耆卿「彼此空有相憐意，未有相憐計」，更見沉痛。

漁家傲

淡墨輕衫染趁時。落花芳草步遲遲。行過石橋風漸起。香不已。衆中早被游人記。　桂火初温玉酒卮。柳陰殘照柁樓移。一面船窗相並倚。看淥水。當時已露千金意。

【校】

見《浙西六家詞》本《江湖載酒集》卷二，《曝書亭詞注》卷四，《詞則·閑情集》卷四，《清名家詞》。

【參考資料】

《詞則·閑情集》卷四：合《曝書亭全集》詩詞觀之，同舟一層，自是兩情相照之始，故集中屢屢言之。

如夢令

横塘斜日照扉。松叙柳帶依依。猶記石橋下。緑陰小舫催歸。花飛。花飛。獨自水上湔衣。

【校】

見《瑶華集》卷一，《曝書亭詞注》卷四，《清名家詞》。

副題：《瑶華集》作「横塘」。

秦樓月

春眠足。畫樓十二屏山六。屏山六。柔波不斷，遠峯難續。　庭前種盡相思木。機中織就相思曲。相思曲。看朱成碧，視丹如緑。

【校】

見《浙西六家詞》本《江湖載酒集》卷二，《曝書亭詞注》卷四，《詞則·閑情集》卷四，《清名家詞》。

【參考資料】

《詞則·閑情集》卷四：情思迷離。

朝中措

蘭橈並載出横塘。山寺踏春陽。細草弓弓韈印，微風葉葉衣香。　一灣流水，半竿斜日，同上歸艎。贏得渡頭人説，秋娘合配冬郎。

【校】

見《浙西六家詞》本《江湖載酒集》卷二，《昭代詞選》卷十三，《曝書亭詞注》卷四，《詞則·閑情集》卷四，《清名家詞》。

合配：《曝書亭詞拾遺·志異》作「好配」。

【參考資料】

《小娜嬛詞話》卷三：《朝中措》云「蘭橈並載出横塘。山寺踏春陽」，即《風懷》之「暇便踏春陽」也。

《詞則·閑情集》卷四：此亦前章（按指《漁家傲·淡墨輕衫染趁時》一闋）之意，但彼出此歸。

瑶花　午夢

日長院宇。鍼繡慵拈，况倚欄無緒。翡帷翠幄，看盡展、忘却東風簾户。芳魂摇漾，漸聽不分明鶯語。逗紅蕉葉底微凉，幾點緑天疎雨。　畫屏遮遍遥山，知一縷巫雲，吹墮何處。愁春未醒，定化作、鳳子尋香留住。相思人並，料此際、驚回最苦。亟丁寧池上楊花，莫便枕邊飛去。

【校】

見《浙西六家詞》本《江湖載酒集》卷一，《曝書亭詞注》卷四，《國朝詞綜》卷八，《國朝詞雅》卷六，《詞則·閑情集》卷四，《清名家詞》，《全清詞鈔》卷五。

詞調：《六家詞》本作「瑶華慢」。

鍼繡：《六家詞》本作「針綫」。

微凉：《國朝詞雅》作「漸凉」。

【參考資料】

《小鄉嬛詞話》卷三：《瑶花·午夢》一闋，即《風懷》之「倦猶停午睡」也。

《詞則·閑情集》卷四：寫入夢之情逼真。吕渭老詞云：「做夢楊花隨去也，妝閣畔，繡牀前。」無此情味。

鵲橋仙　十一月八日

一箱書卷，一盤茶磨，移住早梅花下。全家剛上五湖舟，恰添了箇人如畫。　月弦新直，霜花乍緊，蘭槳中流徐打。寒威不到小蓬窗，漸坐近、越羅裙衩。

【校】

見《曝書亭詞注》卷四，《清名家詞》。

【參考資料】

《小鄉嬛詞話》卷三：十一月八日《鵲橋仙》云：「一箱書卷，一盤茶磨，移住早梅花下。全家剛上五湖舟，恰添了箇人如畫。」即《風懷》之「同移三畝宅，並載五湖航」也。

天仙子

小櫂若邪乘曉入。苧羅人已當風立。好春不雨但濃陰，鉛水急。溪紗濕。麗草雲根香暗拾。

【校】

見《曝書亭詞注》卷四，《詞則·閑情集》卷四，《清名家詞》。

【參考資料】

《詞則·閑情集》卷四：語帶仙氣。

前調

小閣春寒煙乍禁。爐香先潤鴛鴦錦。低帷纔悔殺明燈，花影浸。窗櫺滲。斜月一條剛到枕。

【校】

見《浙西六家詞》本《江湖載酒集》卷二，《曝書亭詞注》卷四，《詞則·閑情集》卷四，《清名家詞》。

【參考資料】

《詞則·閑情集》卷四：工於寫景，不多着墨，情致已饒。

南歌子

忍淚潛窺鏡，催歸懶下階。臨去不勝懷。爲郎迴一盼，强兜鞋。

【校】

見《百名家詞鈔》本《江湖載酒集》，《浙西六家詞》本《江湖載酒集》卷二，《梅里詞緒》，《古今詞選》卷一，《亦園詞選》卷一，《昭代詞選》卷十三，《曝書亭詞注》卷四，《詞則·閑情集》卷四，《清名家詞》。

副題：《梅里詞緒》作「别意」；《亦園詞選》作「無題」。

【參考資料】

《白雨齋詞話足本校注》卷三：寥寥數語，意態絶濃（按《詞則》評作「意態絶勝」）。

芙蓉月

鑾府輟櫂時，梅熟處、日日闌風吹雨。無心好夢，早被行雲勾住。難道今番是夢，夢裏分明說與。留不得，翠衾涼，珠淚飄殘蜜炬。　啼鵑滿山樹。謝多情小鳥、勸儂歸去。秋期過了，夜月寒生南浦。執手枯荷池上，宛種玉、亭東路。貪夢好，問柔魂，可曾飛度。

【校】

見《百名家詞鈔》本《江湖載酒集》、《浙西六家詞》本《江湖載酒集》卷三、《曝書亭詞注》卷四、《詞則·閑情集》卷四、《清名家詞》。

闌風：《百名家詞鈔》本、《六家詞》本均作「蘭風」。

【參考資料】

《詞則·閑情集》卷四：層折入妙，極分析，正極迷離。（貪夢好，問柔魂，可曾飛度。）當亦甘與子同夢矣。

眼兒媚

那年私語小窗邊。明月未曾圓。含羞幾度，已拋人遠，忽近人前。　無情最是寒江水，催送渡頭船。一聲歸去，臨行又坐，乍起翻眠。

【校】

見《浙西六家詞》本《江湖載酒集》卷二，《古今詞選》卷二，《昭代詞選》卷十三，《曝書亭詞注》卷四，《國朝詞雅》卷六，《詞則・閑情集》卷四，《清名家詞》。

【參考資料】

《詞則・閑情集》卷四：梁武帝「恃愛如欲進，含羞未肯前」，即此意也。

鵲橋仙

辛夷花落，海棠風起，朝雨一番新過。貍奴去後繡墪温，且伴我、日長閒坐。

笑言也得，欠伸也得，行處丹鞵婀娜。簸錢鬬草已都輸，問持底、今宵償我。

【校】

見《昭代詞選》卷十三，《曝書亭詞注》卷四，《國朝詞雅》卷六，《詞則・閑情集》卷四，《清名家詞》。

【參考資料】

《詞則・閑情集》卷四：（末二句）絶世風趣。

行香子

蠶月桑津，輕浪魚鱗。好風光、最易愁人。相逢休便，閒却殘春。待播船迴，游驄去、又因循。

歌罷梁塵，舞散花茵。下樓梯、簾外逡巡。有緣並坐，不在横陳。話夜闌時，人如月，月如銀。

【校】

見《曝書亭詞注》卷四，《清名家詞》。

增字漁家傲

百蝶仙裙風易裊。藕覆低垂，淺露驚鴻爪。元夕初過寒尚峭。呼別櫂。雪花點點輕帆杪。
別院羊燈收未了。高揭珠簾，特地留人照。衆裏偏他迴避早。猜不到、羅幃昨夜曾雙笑。

【校】

見《浙西六家詞》本《江湖載酒集》卷二，《曝書亭詞注》卷四，《詞則·閑情集》卷四，《清名家詞》。

【參考資料】

《詞則·閑情集》卷四：情態入妙，可謂工於做作。

金縷曲

枕上閒商略。記全家、元夜看燈，小樓簾幙。暗裏橫梯聽點屐，知是潛回香閣。險把個、玉清追著。徑仄春衣風漸逼，惹釵橫、翠鳳都驚落。三里霧，旋迷却。　星橋路返填河鵲。算天孫、已嫁經年，夜情難度。走近合歡牀上坐，誰料香含紅萼。又兩暑三霜分索。綠葉清陰看總好，也不須、頻悔當時錯。且莫負，曉雲約。

【校】

見《浙西六家詞》本《江湖載酒集》卷三，《曝書亭詞注》卷四，《詞則・閑情集》卷四，《清名家詞》。

風漸逼：《曝書亭詞拾遺・志異》作「香漸逼」。

【參考資料】

《小嫏嬛詞話》卷三：《金縷曲》云：「記全家、元夜看幙，小樓簾幙。暗裏橫梯聽點屐，知是潛回香閣。險把個、玉清追著。徑仄春衣風漸逼，惹釵橫、翠鳳都驚落。」即《風懷》之「鬧蛾爭入市，響屧獨循廊。根觸釵光落，檐昏燭來將。徑思乘窨步，梯已上初桄」也。又云「誰料香含紅萼」，即《風懷》之「瓜字尚含瓤」也。

《詞則・閑情集》卷四：元夜一節，《風懷二百韻》中言之詳矣，此篇可與參看。欲合仍離，即《風懷》詩之「月難中夜墮，羅杠北山張」也。又云：「已嫁經年」，「猶含紅萼」，即《風懷》所謂「瓜字尚含瓤」也。又云：此篇似追訴之詞，起五字是正面，結二語遥遥呼應。

《白雨齋詞話足本校注》卷三：竹垞艷詞，確有所指，不同泛設，其中難言之處，不得不亂以他詞，故爲隱語，所以味厚。合全集詩詞觀之，大約同舟一層，是兩情相照之始；元夜一事，是彼此離合之由，故集中屢屢言之……此詞似別後重逢，追訴往事之辭。起五字是正面，結二語遥遥挽合。蓋元夜時猶待字閨中，此時則已嫁經年矣，故有「悔當時錯」一語，想見兒女喁喁，一時怨懟情況。皆當與《風懷二百韻》參看。

十六字令

尋。簾外無端墮玉簪。籠燈去，休待落花深。

【校】

見《浙西六家詞》本《江湖載酒集》卷二，《瑶華集》卷一，《曝書亭詞注》卷四，《清名家詞》。

副題：《瑶華集》作「簾外」。

無端：《浙西六家詞》本作「分明」。

籠燈去：《浙西六家詞》本作「籠燈覓」。

摸魚子

粉牆青、蚪檐百尺，一條天色催暮。洛妃偶值無人見，相送韈塵微步。教且住。攜玉手、潛行莫惹冰苔仆。芳心暗訴。認香霧鬟邊，好風衣上，分付斷魂語。　雙栖燕，歲歲花時飛度。阿誰花底催去。十年鏡裏樊川雪，空裊茶煙千縷。離夢苦。渾不省、鎖香金篋歸何處。小池枯樹。算只有當時，一丸冷月，猶照夜深路。

【校】

見《浙西六家詞》本《江湖載酒集》卷一，《瑶華集》卷十九，《國朝詞綜》卷八，《曝書亭詞注》卷四，《雲韶集》卷十五，《詞則·閑情集》卷四，《清名家詞》。

副題：《瑶華集》作「無題」。

莫惹：《六家詞》本作「莫許」。

暗訴：《瑶華集》、《六家詞》本均作「暗許」。

花時：《瑶華集》、《六家詞》本均作「紗窗」。
不省：《六家詞》本作「不識」。
當時：《六家詞》本作「當年」。

【參考資料】

《雲韶集》卷十五：精秀絶世。又云：凄艷纏綿，字字騷雅。又云：結凄警。
《詞則・閑情集》卷四：凄艷獨絶，是從風、騷、樂府來，非晏、歐、周、柳一派也。
《白雨齋詞話足本校注》卷三：竹垞《摸魚子》云云，情詞俱臻絶頂，擺脱綺羅香澤之態，獨饒仙艷，自非仙才不能。

婆羅門令　九日

渠去日、一帆春水。儂到日、也一帆秋水。怪道相逢，翻不是、相期地。無一語，只當相逢未。　霜風緊，霜葉脆。上危梯，九日層樓倚。樓頭縱得潛攜手，催去也、怨鶻鵃紅觜。別時真惜，住也無計。此恨緜緜，詎已每遇登高會，便灑登高淚。

【校】

見《浙西六家詞》本《江湖載酒集》卷二，《曝書亭詞注》卷四，《清名家詞》。
春水：《曝書亭詞拾遺・志異》作「秋水」。

西江月

傍玉何曾暑熱，惜香最恨眠遲。殘燈未殺影迷離。一點紗籠紅蕊。　小雨初過庭樹，新涼漸近羅幃。殷勤臨別爲披衣。軟語蟲飛聲裏。

【校】

見《百名家詞鈔》本《江湖載酒集》，《浙西六家詞》本《江湖載酒集》卷二，《國朝詞雅》卷六，《曝書亭詞注》卷四，《詞則·閑情集》卷四，《清名家詞》本。

初過：《百名家詞鈔》本、《六家詞》本、《國朝詞雅》本均作「聽過」。

【參考資料】

《詞則·閑情集》卷四：選詞獨別，總非凡艷。

《白雨齋詞話足本校注》卷三：結句云：「殷勤臨別爲披衣，軟語蟲飛聲裏。」凄麗而幽索，總非凡艷。

城頭月

別離偏比相逢易。衆裏休迴避。喚坐回身，料是秋波，難制盈盈淚。　酒闌空有相憐意。欲住愁無計。漏鼓三通，月底燈前，没箇商量地。

【校】

見《百名家詞鈔》本《江湖載酒集》，《浙西六家詞》本《江湖載酒集》卷二，《昭代詞選》卷十三，《國朝詞雅》卷六，《曝書亭詞注》卷四，《詞則・閑情集》卷四，《清名家詞》。

盈盈淚：《百名家詞鈔》本作「淚盈盈」。

酒闌：《六家詞》本作「酒鬧」。

【參考資料】

《小娜嬛詞話》卷三：《城頭月》云：「别離偏比相逢易。衆裏休迴避。喚坐回身，料是秋波，難制盈盈淚。」即《風懷》之「背人來冉冉，喚坐走佯佯」也。

《詞則・閑情集》卷四：情生文，文生情。

兩同心

認丹轜響，下畫樓遲。犀梳掠、倩人猶未，螺黛淺、俟我乎而。看不足，一日千迴，眼轉迷離。　比肩縱得相隨，夢雨難期。密意寫、折枝朶朶，柔魂遞、續命絲絲。洛神賦，小字中央，只有儂知。

【校】

見《曝書亭詞注》卷四，《詞則・閑情集》卷四，《清名家詞》。

【參考資料】

《小娜嬛詞話》卷三：《兩同心》云：「洛神賦，小字中央，只有儂知。」即《風懷》之「巧笑元名壽」也。竹垞馮孺人名福貞，次禄貞，次壽貞，《風懷》之「慧比馮雙禮，次三蔣侯妹」，蓋言姓馮氏行三也。

臺城路

晨紅纔射南窗影，犀帷被誰驚起。啅雀争枝，寒梅吐萼，攪得雪花都墜。暗香簪未。早濕了當風，畫羅衣袂。簡點熏籠，辟邪爐、火陷灰細。昨宵回憶並坐，問何曾酒釃，宿酲如是。橄欖漿酸，蛤蜊湯俊，猶道不消殘醉。曲屏斜倚。看舊掃眉峯，漸低穹翠。半枕瞢騰，到日高翻睡。

【校】

見《國朝詞選補鈔》，《曝書亭詞注》卷四，《國朝詞綜》卷八，《清名家詞》。

副題：《曝書亭詞拾遺·志異》作「早起」。

南鄉子

明日別離人。未戀今宵月似銀。只願五更風又雨。飛到暮。啼殺杜鵑催不去。

【校】

見《浙西六家詞》本《江湖載酒集》卷二，《國朝詞選補鈔》，《曝書亭詞注》卷四，《國朝詞綜》卷八，《雲韶集》卷十五，《詞則·閑情集》卷四，《清名家詞》，《清十一家詞鈔》卷三。

【參考資料】

《詞則·閑情集》卷四：癡情人真有此想。

《雲韶集》卷十五：情至語。

前調

斗帳杏梁西。不許花蚊見並棲。分與羅衾香繚繞。遮了。一翦微風紈扇小。

【校】

見《浙西六家詞》本《江湖載酒集》卷二，《曝書亭詞注》卷四，《清名家詞》。

聲聲慢　七夕

桐陰重碧，豆葉輕黃，谿沙過雨無泥。盡卷纖雲，一鈎凉月樓西。尋思昔游歷歷，記迴廊、纖手曾攜。好風度、愛吹衣香細，點屧聲低。　誰道離多會少，比露蛩秋蟀、只解凝啼。恨別江淹，舊時南浦都迷。輸他雙星歲歲，料紅牆、銀漢難躋。孤夢遠，尚牽人、横閣小梯。

【校】

見《曝書亭詞注》卷四，《清名家詞》。

夢芙蓉

日長深院裏，見微吟紅豆，學書青李。鼠鬚散卓，曾付掃眉翠。緑紗風不起。爐煙都篆心字。密締星期，許支機石畔，來往絳河水。　誰料分飛萬里。霧露芙蓉，恨別成秋蒂。桃蹊重到，仙犬遠迎吠，澀塵凝滿砌。夕陽空自垂地。舊日迴廊，剩枇杷一樹，花下小門閉。

【校】

見《浙西六家詞》本《江湖載酒集》卷三，《瑶華集》卷十一，《曝書亭詞注》卷四，《詞則・閑情集》卷四，《清名家詞》。

副題：《瑶華集》作「無題」。

滿砌：《六家詞》本作「碧砌」。

【參考資料】

《詞則・閑情集》卷四：青李，王羲之《十七帖》之一也。《文房四説》：宣州諸葛高造鼠鬚散卓及長心筆絶佳。此女工書，《風懷》及《洞仙歌》屢屢言之。層節較多，不止人面桃花之感。

三姝媚

灣頭登小艓。慣風生衣香，水湔裙褶。待到重門，縱教攜玉腕，尚羞紅頰。月姊窺儂，也勸飲、深杯稠疊。織女機邊，一綫秋河，夜凉人涉。　早是含情迎接。怕峽雨他山，易霑桃葉。第一相思，是牀東韈剗，暗塵潛躡。舊事凄凉，化夢裏、雙飛蝴蝶。剩有輕綃十幅，曾圍秀靨。

【校】

見《浙西六家詞》本《江湖載酒集》卷三，《曝書亭詞注》卷四，《清名家詞》。

韈剗：《六家詞》本作「剗韈」。

滿庭芳

雨蓋飄荷，霜枝釘菊，滿庭芳草萋萋。莫愁催送，香徑手重攜。疊取鴛鴦繡被，屏山近、已分雙棲。金簪拔，暗除了鳥，不用繞唐梯。　低帷，聽細語。五湖心事，釵卜難稽。得霧深三里，花隔千溪。只是仙源無路，添惆悵、殘月荒雞。繩河曉，黃姑織女，依舊水東西。

【校】

見《曝書亭詞注》卷四，《詞則・閑情集》卷四，《清名家詞》。

低幃：《曝書亭詞拾遺・志異》作「枕函」。

【參考資料】

《詞則・閑情集》卷四：此章叙離而復合，暫合仍離，情致綿遠。

青玉案

灣頭分手盈盈步。潛約到、西湖住。蘇小門前芳草渡。依稀曾記，小樓深巷，儘是銷魂處。到來忽下前溪路。月黑頻催送柔櫓。及至前溪人又去。游絲落絮，春來無定，總被東風誤。

【校】

見《浙西六家詞》本《江湖載酒集》卷二，《曝書亭詞注》卷四，《清名家詞》。

南樓令

疎雨過輕塵。圓莎結翠茵。惹紅襟、乳燕來頻。乍煖乍寒花事了，留不住、塞垣春。歸夢苦難真。別離情更親。恨天涯、芳信無因。欲話去年今日事，能幾箇、去年人。

【校】

見《浙西六家詞》本《江湖載酒集》卷一，《瑶華集》卷六，《古今詞匯三編》卷五，《今詞苑》，《東白堂詞選》，《國朝詩餘醉》卷首，《今詞初集》卷下，《亦園詞選》卷四，《詞覯》卷六，《昭代詞選》卷三，《國朝詞綜》卷八，《曝書亭詞注》卷四，《雲韶集》卷十五。《詞則・閑情集》卷四，《清名家詞》，《詞莂》，《全清詞鈔》卷五。

詞調：《瑶華集》、《東白堂詞選》、《今詞苑》、《亦園詞選》、《詞覯》等均作「唐多令」。

副題：《瑶華集》、《東白堂詞選》、《今詞苑》、《詞匯三編》、《詞覯》等均作「初夏」；《亦園詞選》作「初春」。

芳信：《詞匯三編》作「芳訊」。

【參考資料】

《國朝詩餘醉》卷首：無限感慨，以情筆出之。

《雲韶集》卷十五：婉麗有情。情真語真，不以詞勝，而情之至者詞亦至。凡有絶妙之詞，必須有絶世之情，非可强而至也。

《白雨齋詞話足本校注》卷三：《南樓令》云：「欲話去年今日事，能幾箇、去年人。」較永叔「不見去年人，淚滿春衫袖」之句，更曲折有味。

前調

垂柳板橋低。嬌鶯著意啼。正門前、春水初齊。記取鴉頭羅韈小，曾送上、窅娘堤。　花底惜分攜，苔錢舊徑迷。燕巢空、落盡芹泥。惟有天邊眉月在，猶自挂、小樓西。

【校】

見《浙西六家詞》本《江湖載酒集》卷二，《國朝詞綜》卷八，《曝書亭詞注》卷四，《雲韶集》卷十五，《清名家詞》。

【參考資料】

《雲韶集》卷十五：凄秀絶倫。

後庭花

低鬟斂盡雲攲側。粉香都拭。生憎桂帳秋蚊入，教郎輕擘。紅藤細織暹羅席，方花盈尺。冷波一任鴛鴦拍，殘夢無力。

【校】

見《浙西六家詞》本《江湖載酒集》卷二，《瑶華集》卷二，《曝書亭詞注》卷四，《清名家詞》。

副題：《瑶華集》作「古意」。

攲側：《瑶華集》作「攲仄」。

減蘭

犀梳在手。逋髮未撩勾面後。眉語心知。引過閒房步步隨。頳香煖玉。牽拂腰巾帶重束。一段歸雲。誰驗蛇醫臂上痕。

【校】

見《曝書亭詞注》卷四，《清名家詞》。

【參考資料】

《小娜嬛詞話》卷三：《減蘭》云：「犀梳在手。逋髮未撩勾面後。眉語心知。引過閒房步步隨。」即《風懷》之「口脂勾面罷，眉語背人剛」也。

好事近

往事記山陰，風雪鏡湖殘臘。燕尾香緘小字，十三行封答。中央四角百回看，三歲袖中納。一自淩波去後，悵神光難合。

【校】

見《曝書亭詞注》卷四，《詞則·閑情集》卷四，《清名家詞》。

【參考資料】

《小娜嬛詞話》卷三：《好事近》云：「燕尾香緘小字，十三行封答。」即《風懷》之「濃墨十三行」也。

《白雨齋詞話足本校注》卷三：竹垞詞《好事近》云：「中央四角百回看，三歲袖中納。一自淩波去後，悵神光難合。」情深語至，脱盡香奩門面語。

卜算子

留贈鏡湖紗，浣女機中織。裁作輕衫穩稱身，更染葡萄色。松葉顛黎碧，勸飲春纖執。本向人前欲避嫌，禁不住、心憐惜。

【校】

見《浙西六家詞》本《江湖載酒集》卷三，《曝書亭詞注》卷四，《詞則·閑情集》卷四，《清名家詞》。

【參考資料】

《詞則·閑情集》卷四：情深入骨。艷詞有竹垞，真乃盡掩古人，獨闢機杼。

《白雨齋詞話足本校注》卷三：《卜算子》云：「松葉頗黎碧，勸飲春纖執。本向人前欲避嫌，禁不住、心憐惜。」柔情蜜意，盡態極妍。

浣溪紗

桑葉陰陰淺水灣。更無人處竹迴環。飛來一片望夫山。　勸客且留今日住，催歸深悔那時還。斷腸朝雨賦陽關。

【校】

見《曝書亭詞注》卷四，《詞則·閑情集》卷四，《清名家詞》。

【參考資料】

《詞則·閑情集》卷四：（催歸深悔那時還）言情必深。

賣花聲

相見罷凭闌。並坐重闗。熏爐初徙鏡臺寬。子石琢成蓮葉小，教試麋丸。　畫扇翠峯攢。一面霜紈。別來詩句幾曾閒。雜體江淹三十首，都寫伊看。

【校】

見《百名家詞鈔》本《江湖載酒集》，《浙西六家詞》本《江湖載酒集》卷二，《古今詞選》卷二，《曝書亭詞注》卷四，《清名家詞》。

紅娘子

袖薄吹香過，髮重縈鬟嚲。壓衆風流，傾城色笑，趁時梳裹。慣新詩、詠罷少人知，一篇篇教和。別淚看頻墮。密約何曾果。七夕星河，中秋院落，上元燈火。悔當時、花月可憐宵，鎮相逢閒坐。

【校】

見《曝書亭詞注》卷四，《清名家詞》。

換巢鸞鳳

桐扣亭前。記春花落盡，纔返吟鞭。鴨頭凝練浦，鵝眼屑榆錢。蘭期空約月初弦。待來不來，紅橋小船。蓬山近，又風引、翠鬟不見。飛燕，書乍展。哽咽淚痕，猶自芳牋染。玉鏡妝臺，青蓮硯匣，定自沉吟千遍。解道臨行更開封，背人一縷香雲翦。知他別後，鳳釵攏鬢深淺。

【校】

見《曝書亭詞注》卷四，《詞則·閑情集》卷四，《清名家詞》。

【參考資料】

《詞則·閑情集》卷四：情癡如許。

如夢令　七夕

記摘小園瓜李。七夕年時花底。駃女嫁癡牛，嫁到良宵十四。彈指。彈指。好事已成虛事。

【校】

見《曝書亭詞注》卷四，《清名家詞》。

副題：《曝書亭詞拾遺·志異》作「辛丑七夕」。

駃女嫁癡牛：《曝書亭詞拾遺·志異》作「織女嫁牽牛」。

采桑子　五月六日

攜來九子同心糉，蒲酒猶濃。夜帳輕容。續命絲長鍼再縫。　須知後會渾無據，難道相逢。十二巫峯。峽雨輕迴第四重。

【校】

見《曝書亭詞注》卷四，《清名家詞》。

【參考資料】

《小娜嬛詞話》卷三：五月六日《采桑子》云：「攜來九子同心糉，蒲酒猶濃。夜帳輕容。續命絲長鍼再縫。」即《風懷》之「命續同功縷，杯餘九節菖」也。

一葉落

淚眼注。臨當去。此時欲住已難住。下樓復上樓，樓頭風吹雨。風吹雨。草草離人語。

【校】

見《浙西六家詞》本《江湖載酒集》卷一，《瑤華集》卷一，《國朝詞選補鈔》，《昭代詞選》卷十三，《國朝詞綜》卷八，《曝書亭詞注》卷四，《雲韶集》卷十五，《詞則・閑情集》卷四，《詞莂》，《清名家詞》，《清十一家詞鈔》卷三。

副題：《瑤華集》作「無題」。

此時：《瑤華集》作「此際」。

【參考資料】

《雲韶集》卷十五：如讀漢樂府。

《詞則・閑情集》卷四：如讀唐人短樂府。

無悶 雨夜

密雨垂絲，細細晚風，約盡浮萍池水。乍一霎黃昏，小門深閉。作去聲弄新涼天氣。怕早有、井梧飄階砌。正楚筠，簟冷香篝，簡點舊時鴛被。　無計。纔獨眠，更坐起。恁説愁邊滋味。翠蛾别久，遠信莫致。縱有夢魂能記。尋不到、長安三千里。料此夜、一點孤燈，知他睡也不睡。

【校】

見《百名家詞鈔》本《江湖載酒集》，《浙西六家詞》本《江湖載酒集》卷三，《國朝詞選補鈔》，《國朝詞雅》卷六，《國朝詞綜》卷八，《曝書亭詞注》卷四，《雲韶集》卷十五，《詞則・閑情集》卷四，《清名家詞》。

能記：《六家詞》本、《國朝詞雅》均作「頻記」。

孤燈：《曝書亭詞拾遺・志異》作「孤篝」。

【參考資料】

《雲韶集》卷十五：因凄凉情况我受之，而想到我同心之人今夜亦同受之也。情真語切，一至於此。

《詞則・閑情集》卷四：迤邐寫來，清寒入骨。又云：（無計。纔獨眠，更坐起。）八字形容得盡。又云：（縱有夢魂能記以下。）從對面想來，更深切。

點絳唇

萬里將行，翦燈重伴西樓語。遠書欲附。細把郵籤數。　風雨江頭，不許離人去。離人去。斷腸歸路。秋草真娘墓。

【校】

見《曝書亭詞注》卷四，《詞則·閑情集》卷四，《清名家詞》。

西樓語：《曝書亭詞拾遺·志異》作「西樓住」。

【參考資料】

《詞則·閑情集》卷四：設色亦工雅。

風蝶令

秋雨疎偏響，秋蟲夜迸啼。空牀取次薄衾攜。未到酒醒時候，已凄凄。　　塞鴈横天遠，江雲擁樹低。一灣楊柳板橋西。料得燈昏獨上，小樓梯。

【校】

見《百名家詞鈔》本《江湖載酒集》，《浙西六家詞》本《江湖載酒集》卷二，《國朝詞選補鈔》，《古今詞選》卷二，《國朝詞綜》卷八，《曝書亭詞注》卷四，《昭代詞選》卷十三，《雲韶集》卷十五，《詞則·閑情集》卷四，《清名家詞》，《清十一家詞鈔》卷三。

詞調：《古今詞選》、《昭代詞選》作「南歌子」。

迸：《百名家詞鈔》本作「並」。

塞鴈横天遠，江雲擁樹低。一灣楊柳板橋西。料得燈昏獨上，小樓梯：《百名家詞鈔》本、《古今詞選》均作：「夢斷連江遠，書傳去雁迷。一行楊柳板橋西。還有個人憔悴，兩眉低。」

【參考資料】

《雲韶集》卷十五：與《無悶》篇同一筆墨，而語更精煉。

《詞則·閑情集》卷四：與《無悶》篇同一從對面着想，而語更雅煉。

《白雨齋詞話足本校注》卷三：「一灣楊柳板橋西。料得燈昏獨上，小樓梯。」極纏綿、極懇摯語。

鵲橋仙

青鸞有翼，飛鴻無數，消息何曾輕到。瑶琴塵滿十三徽，止記得、思歸一調。　此時便去，梁間燕子，定笑畫眉人老。天涯況是少歸期，又匹馬、亂山殘照。

【校】

見《浙西六家詞》本《江湖載酒集》卷二，《梅里詞緒》，《昭代詞選》卷十三，《曝書亭詞注》卷四，《詞則·閑情集》卷四，《清名家詞》。

副題：《曝書亭詞拾遺·志異》作「過舊園有感」。

十三徽：《昭代詞選》作「十三絃」。

【參考資料】

《詞則·閑情集》卷四：後半闋分兩層説，更凄切。

玉闌干

玉闌干外秋蛩語。一架豆花清露。蘭湯浴罷納新涼，攜纖手、夜深爾汝。　綠牕人遠紗空護。網暗塵蛛絲無數。舊時梁燕也驚心，一回來、却又飛去。

【校】

見《瑶華集》卷四，《曝書亭詞注》卷四，《清名家詞》。

副題：《瑶華集》作「本意」。

柳梢青

彩雲天遠瑶姬。便回雁書遲。燒燈時候，尚促歸期。獸錦梭拋，鮫珠淚盡，也忒相思。不管、人間別離。約指輕彄，熏香小像，都悔還伊。

【校】

見《百名家詞鈔》本《江湖載酒集》，《浙西六家詞》本《江湖載酒集》卷二，《古今詞選》，《昭代詞選》卷十三，《曝書亭詞注》卷四，《詞則·閑情集》卷四，《清名家詞》。

時候：《百名家詞鈔》本作「時後」。

彩雲：《古今詞選》作「移雲」。

【參考資料】

《詞則·閑情集》卷四：情至詞亦至，不可强求也。

《白雨齋詞話足本校注》卷三：「約指輕彄，熏香小像，都悔還伊。」極纏綿、極懇摯語。國初諸公多好爲艷詞，未有如竹垞之空前絶後者，雖非正聲，亦令人嘆賞不置。

留春令

鍼樓殘燭，鏡臺剩粉，醉眠曾許。長記羅幬夢回初，響幾點、催花雨。　別淚連絲繁主簿。賸定情詩句。一樣霜天月仍圓，只不照，淩波步。

【校】

見《曝書亭詞注》卷四，《詞則·閑情集》卷四，《清名家詞》。

【參考資料】

《詞則·閑情集》卷四：自傷失所，歌淚下如連絲。又云：休伯定情佳句也，運用入詞，更自淒警。

《白雨齋詞話足本校注》卷三：「一樣霜天月仍圓，只不照，淩波步。」極纏綿、極懇摯語。

少年游

清溪一曲板橋斜。楊柳暗藏鴉。舊事巫山，朝雲賦罷，夢裏是生涯。　而今追憶曾游地，無數斷腸花。塘上鴛鴦，梁間燕子，飛去入誰家。

【校】

見《浙西六家詞》本《江湖載酒集》卷三，《今詞初集》卷下，《古今詞選》卷三，《昭代詞選》卷十三，《曝書亭詞注》卷四，《清名家詞》。

曾游地：《古今詞選》、《昭代詞選》均作「重游地」。

祝英臺近

紫簫停，錦瑟遠，寂寞舊歌扇。萍葉空池，卧柳掃還倦。便令鳳紙頻書，芹泥長潤，招不到、别巢秋燕。　露華泫。猶剩插鬢金鈴，殘菊四三點。階面青苔，不雨也生遍。縱餘一縷香塵，韈羅曾印，奈都被、西風吹卷。

【校】

見《百名家詞鈔》本《江湖載酒集》，《浙西六家詞》本《江湖載酒集》卷二，《瑶華集》卷八，《古今詞選》卷四，《國朝詞雅》卷六，《國朝詞綜》卷八，《曝書亭詞注》卷四，《詞則・閑情集》卷四，《清名家詞》，《清十一家詞鈔》卷三。

副題：《百名家詞鈔》本、《六家詞》本、《古今詞選》、《國朝詞雅》均作「過廢園有感」。

卧柳：《百名家詞鈔》本作「臨柳」。

猶剩：《百名家詞鈔》本、《六家詞》本作「猶是」。

縱餘：《百名家詞鈔》本、《六家詞》本作「抵餘」。

【參考資料】

《詞則・閑情集》卷四：凄凉景物，不堪回首。

風入松

朝雲不改舊時顔。飛下屏山。嚴城乍報三通鼓，何繇得、遮夢重還。露葉猶聞響屧，風簾莫礙垂鬟。簪花小字篋中看。别思迴環。穿鍼縱有他生約，悵迢迢、路斷銀灣。錦瑟空成追憶，玉簫定在人間。

【校】

見《浙西六家詞》本《江湖載酒集》卷二，《瑶華集》卷七，《古今詞選》卷四，《今詞初集》卷上，《昭代詞選》卷十三，《曝書亭詞注》卷四，《詞則・閑情集》卷四，《清名家詞》，《清十一家詞鈔》卷三。

副題：《瑶華集》作「無題」。

玉簫：《四庫叢刊》本《曝書亭集》作「至簫」；《瑶華集》、《六家詞》本、《昭代詞選》、《曝書亭詞注》等均作「玉簫」。據改。

【參考資料】

《小娜嬛詞話》卷三：「錦瑟空成追憶，玉簫定在人間」，即《風懷》之「玉簫迷處所，錦瑟最凄凉」也。

《詞則・閑情集》卷四：情到至處，每多癡想。

幔卷紬

桃葉舟回，楓林客去，西渚波千疊。見十里横塘，幾陣凉颸，獨上小樓，柔腸斷絶。春信鶯花，秋期河漢，總是愁時節。悵碧海青天，夜色蒼凉，歸去明月。凄凄切切。相思苦、夢雨何曾歇。恁不似當年，絳脣含笑，而今賸有，啼痕淚頰。洛浦川長，青谿路斷，曉露風燈滅。但寄語江淹，有箇人兒，莫便輕别。

【校】

見《浙西六家詞》本《江湖載酒集》卷三，《曝書亭詞注》卷四，《詞則・閑情集》卷四，《清名家詞》。

莫便：《六家詞》本作「莫更」。

【參考資料】

《詞則・閑情集》卷四：善用翻筆，情節自深。

《小嫏嬛詞話》卷三：《幔卷紬》一闋，即《風懷》之「幔卷紬空疊」也。

玉樓春

殘霞散盡魚天錦，卧柳門前萍葉浸。畫梁塵暝燕空歸，露井風多蛩未寢。　悲秋楚客今逾甚。那有閒情拚夜飲。屏山凝睇已無存，何况玉鏤金帶枕。

【校】

見《浙西六家詞》本《江湖載酒集》卷一，《曝書亭詞注》卷四，《清名家詞》。

臨江仙

寒水籬根二尺，莫愁艇子能容。纖纖細步到房櫳。青蛾勾黛淺，粉拂掠雲鬆。　憶食憶眠憶坐，好春長定相逢。侍兒一一小名重。卷衣孫秀秀，滅燭許冬冬。

【校】

見《百名家詞鈔》本《江湖載酒集》，《浙西六家詞》本《江湖載酒集》卷二，《瑶華集》卷五，《曝書亭詞注》卷四，《清名家詞》。

副題：《瑶華集》題作「無題」。

孫秀秀：《瑶華集》、《六家詞》本、《百名家詞鈔》本均作「張住住」。

長定：《百名家詞鈔》本作「常定」。

前調

昨日苦留今日住，來朝再住無因。畫樓欲下幾逡巡。殘燈三兩燄，别淚一雙人。　料得離居多少恨，歸期數遍冬春。長愁不獨蹙眉顰。口中生石闕，腹内轉車輪。

【校】

見《浙西六家詞》本《江湖載酒集》卷三，《曝書亭詞注》卷四，《詞則·閑情集》卷四，《清名家詞》本，

【參考資料】

《詞則·閑情集》卷四：中有難言之隱。樂府：「石闕生口中，銜碑不得語。」

前調

白鷺飛邊舟一箇，縈迴幾曲芳洲。晚凉重過曝衣樓。籠燈迎竹外，揺櫓到沙頭。　煙水空

存桃葉渡，依然蘭月如鈎。十年霜鬢不禁秋。可憐新蝶夢，猶戀舊蚊幬。

【校】

見《浙西六家詞》本《江湖載酒集》卷二，《曝書亭詞注》卷四，《詞則·閑情集》卷四，《清名家詞》。

【參考資料】

《白雨齋詞話足本校注》卷三：《臨江仙》云「可憐新蝶夢，猶戀舊蚊幬」，亦情詞雙絶。

洞仙歌

書牀鏡檻，記相連斜桷。慣見修蛾遠山學。倩青腰授簡，素女開圖，纔凝盼、一綫靈犀先覺。　新來窺宋玉，不用登牆，近在蛛絲畫屏角。見了乍驚回，點屐聲頻，分明睹、翠帷低擢。旋手揭流蘇近前看，又何處迷藏，者般難捉。

【校】

見《百名家詞鈔》本《江湖載酒集》，《浙西六家詞》本《江湖載酒集》卷一，《曝書亭詞注》卷四，《詞則·閑情集》卷四，《清名家詞》。

【參考資料】

《詞則·閑情集》卷四：竹垞《洞仙歌》十七首是指一人一事言，而歷叙悲歡離合之情也。低回宛轉，情意纏綿，色取其淡，骨取其高，不用綺語，風韻自勝，斯謂驚才絶艷。

前調

謝娘春曉，借貧家螺黛。須拗花枝與伊戴。傍妝臺見了，已慰相思，原不分、雲母船窗同載。　叢祠燈火下，暗祝心期，衆裏分明並儂拜。盡説比肩人，目送登艫，香漸辣、晚風羅帶。信柔櫓嘔啞撥魚衣，分燕尾溪流，赤欄橋外。

【校】

見《曝書亭詞注》卷四，《詞則・閑情集》卷四，《清名家詞》。

【參考資料】

《詞則・閑情集》卷四：《洞仙歌》善用折筆，淺處皆深。如云：「傍妝臺見了，已慰相思，原不分、雲母船窗同載。」又云：「津亭回首，望高城天遠。何况城中玉人面。」又云：「周郎三爵後，顧曲無心，争忍厭厭夜深飲。」又云：「正不在、相逢合歡頻，許並坐雙行，也都情分。」諸如此類，一折便深，可悟用筆之妙。

前調

津亭回首，望高城天遠。何况城中玉人面。數郵籤萬里，嶺路千重，行不得、懊惱鷓鴣啼遍。　鬱孤臺畔水，解送歸人，三板輕船疾於箭。指點莫愁村，樹下門前，怪別後、雙蛾較淺。若不是、臨風暗相思，肯猶把留題，舊時團扇。

【校】

見《浙西六家詞》本《江湖載酒集》卷一，《曝書亭詞注》卷四，《詞則·閑情集》卷四，《清名家詞》。

鷓鴣：《六家詞》本作「竹鷄」。

前調

仲冬二七，算良期須果。「仲冬二七是良期」，秀州精嚴寺鬼詩也。若再沉吟甚時可。況熏爐漸冷，窗燭都灰，難道又、各自抱衾閒坐。銀灣橋已就，冉冉行雲，明月懷中半霄墮。歸去忒忽忽，軟語丁寧，第一怕、轆轤塵涴。料消息、青鸞定應知，也莫説，今番不曾真個。詹玉詞：不曾真個已銷魂。

【校】

見《百名家詞鈔》本《江湖載酒集》，《浙西六家詞》本《江湖載酒集》卷一，《昭代詞選》卷十三，《曝書亭詞注》卷四，《詞則·閑情集》卷四，《清名家詞》。

算良期：《百名家詞鈔》本作「量佳期」。

半霄：《百名家詞鈔》本作「半宵」。

【參考資料】

《詞則·閑情集》卷四：《洞仙歌》之妙，全在烘襯，正面寥寥。惟四章云：「冉冉行雲，明月懷中半霄墮。」十五章云：「明月重窺舊時面。」均可謂仙乎麗矣。又云：《洞仙歌》每以樸處見長，最是高妙。如云：「仲冬二七，算良期須果。若再沉吟甚時可。」下云：「難道又、各自抱衾閒坐。」結云：「也莫説，今番不曾真個。」又云：「最難得、相逢上元時，且過了收燈，放船由恁。」又云：「佳期四五，問黄昏來否。説與低幃月明後。」又云：「隔年芳信，要同衾元夕。比及歸時小寒食。」又云：「十三行小字，寫與臨摹，幾日看來便無別。」又云：「行舟已發，又經旬調笑。不算匆匆離别了。」此類皆愈樸愈妙。艷詞有竹垞，直是化境。

前調

别離改月，便懨懨成病。鎮日相思夢難醒。唤連船渡口，晚飯蘆中，相見了、不用藥爐丹鼎。雙銀蓮葉琖，滿貯椒花，同向燈前醉司命。昵枕未三更，蘭夜如年，奈猶憾、亂鴉初景。起折贈黄梅鏡奩邊，但流睇無言，斷魂誰省。《東京夢華録》：十二月二十四日備酒果送神，以糟塗竈門，謂之醉司命。

【校】

見《曝書亭詞注》卷四，《詞則·閑情集》卷四，《清名家詞》。

前調

東風幾日，覺春寒猶甚。纖手偷攜笑誰禁。對初三微月，看到團圞，鋪地水、處處驥羅涼浸。周郎三爵後，顧曲無心，争忍厭厭夜深飲。只合並頭眠，有限春宵，切莫負、煖香鴛錦。最難得、相逢上元時，且過了收燈，放船由恁。

【校】

見《浙西六家詞》本《江湖載酒集》卷一，《曝書亭詞注》卷四，《詞則·閑情集》卷四，《清名家詞》。

韉羅：《六家詞》本作「韉塵」。

前調

佳期四五，問黄昏來否。説與低帷月明後。怕重門不鎖，仙犬窺人，愁未穩、花影悤悤分手。

雞缸三兩琖，力薄春醪，何事卿卿便中酒。翻唤養娘眠，底事誰知，燈一點、尚懸紅豆。恨咫尺繩河隔三橋，全不管黄姑，夜深來又。雞缸，成窑小酒杯也。

【校】

見《昭代詞選》卷十三，《曝書亭詞注》卷四，《詞則·閑情集》卷四，《清名家詞》。

佳期：《曝書亭詞拾遺·志異》作「良期」。

【參考資料】

《詞則·閑情集》卷四：《洞仙歌》有運思極雋極深者。如云：「旋手揭流蘇近前看，又何處迷藏，者般難捉。」又云：「若不是、臨風暗相思，肯猶把留題，舊時團扇。」又云：「翻唤養娘眠，底事誰知，燈一點、尚懸紅豆。」又云：「隨意楚臺雲，抱玉挨香，冰雪凈、素肌新浴。便歸觸簾旌侍兒醒，只認是新凉，拂檐蝙蝠。」又云：「偏走向儂前道勝常，渾不似西窗，夜來曾見。」皆能發前人所未發。不必用穠麗之詞，而視彼穠麗者淺深判然矣。

前調

城頭畫角，報橫江艫舳。催上扁舟五湖曲。怪緡尼噪罷，蟢子飛來，重攜手、也算天從人欲。　紅牆開窔奧，轉入迴廊，小小窗紗拓金屋。隨意楚臺雲，抱玉挨香，冰雪凈、素肌新浴。便歸觸簾旌侍兒醒，只認是新凉，拂檐蝙蝠。

【校】

見《浙西六家詞》本《江湖載酒集》卷一，《昭代詞選》卷十三，《曝書亭詞注》卷四，《詞則·閑情集》卷四，《清名家詞》。

前調

韶光最好，甚眉峯長聚。相勸乘船漾南浦。盼海棠簪後，插到荼蘼，同夢裏、又是楝花風雨。　橋東芳草岸，勝樂游原，勾隊争看小蠻舞。雀舫曳疎簾，蛛網浮杯，但日日、鸞簫吹度。聽唱遍、青春蕎山溪，待拆了歌臺，放伊歸去。

【校】

見《浙西六家詞》本《江湖載酒集》卷一，《曝書亭詞注》卷四，《詞則·閑情集》卷四，《清名家詞》。

前調

三竿日出，愛調妝人近。皃藻熏爐正香潤。看櫻桃小注，桂葉輕描，圖畫裏、只少耳邊朱暈。金簪二寸短，留結殷勤，鑄就偏名有誰認。便與奪鸞篦，錦髻梳成，笑猶是、少年風韻。正不在、相逢合歡頻，許並坐雙行，也都情分。

【校】

見《百名家詞鈔》本《江湖載酒集》，《浙西六家詞》本《江湖載酒集》卷一，《昭代詞選》卷十三，《曝書亭詞注》卷四，《詞則・閑情集》卷四，《清名家詞》。

二寸：《百名家詞鈔》本、《六家詞》本均作「三寸」。

前調

花餻九日，綴蠻王獅子。圓菊金鈴鬢邊媚。向閒房密約，三五須來，也不用、青雀先期飛至。恩深容易怨，釋怨成歡，濃笑懷中露深意。得箇五湖船，雉婦漁師，算隨處、可稱鄉里。笑恁若、將伊借人看，留市上金錢，儘贏家計。《孟子注》：西施每入市，人欲見者，先輸金錢一文。

【校】

見《浙西六家詞》本《江湖載酒集》卷一，《昭代詞選》卷十三，《曝書亭詞注》卷四，《詞則・閑情集》卷四，《清名家詞》。

漁師：《昭代詞選》作「漁郎」。

孟子注：《曝書亭詞注》作「孟子疏」。

【參考資料】

《詞徵》卷六：古人呼妻曰鄉里，六朝時已有此稱。《南史·張彪傳》：「我不忍令鄉里落他處。」沈休文詩：「還家問鄉里，詎堪持作夫。」朱竹垞《洞仙歌》詞「算隨處、可稱鄉里」，用南京語也。

《詞則·閑情集》卷四：《洞仙歌》有極密極昵者。如：「恩深容易怨，釋怨成歡，濃笑懷中露深意。」古香古艷。無此子綺羅俗態。

前調

隔年芳信，要同衾元夕。比及歸時小寒食。悵鴨頭船返，桃葉江空，端可惜、誤了蘭期初七。　易求無價寶，惟有佳人，絶世傾城再難得。薄命果生成，小字親題，認點點、淚痕猶裛。怪十樣蠻牋舊曾貽，衹一紙私書，更無消息。

【校】

見《曝書亭詞注》卷四，《詞則·閑情集》卷四，《清名家詞》。

猶裛：《曝書亭詞拾遺·志異》作「曾濕」。

【參考資料】

《詞則·閑情集》卷四：《洞仙歌》有凄艷入骨者。如云：「起折贈黄梅鏡奩邊，但流睇無言，斷魂誰省。」又云：「同夢裹、又是楝花風雨。」又云：「怪十樣蠻牋舊曾貽，衹一紙私書，更無消息。」又云：「舍舊枕珊瑚更誰知，有淚雨烘乾，萬千愁夢。」又云：「奈飛龍骨出，東竹腸攢，月額雨、持比淚珠差少。」又云：「中有錦牋書，密囑歸期，道莫忘、翠樓煙杪。枉辜負、劉郎此重來，戀小洞春香，尚餘細草。」又云：「自化綵雲飛，蟲網蝸涎，又誰對、芳容播喏。儘沉水煙濃向伊熏，覬萬一真真，夜深來也。」此類皆凄絶艷絶。然自是竹垞之凄艷，非棠村、藕漁輩所能到也。

前調

蘋洲小櫂，約兜娘相共。豈意錢唐片帆送。逢故人江上，一路看山，寧料我、過了惡溪靈洞。　東甌城下泊，孤嶼中流，明月秋潮夜來涌。此際最消凝，苦憶西樓，想簾底、玉鈎親控。舍舊枕珊瑚更誰知，有淚雨烘乾，萬千愁夢。

【校】

見《浙西六家詞》本《江湖載酒集》卷一，《曝書亭詞注》卷四，《詞則·閑情集》卷四，《清名家詞》。

過了：《六家詞》本作「過盡」。

前調

蕭郎歸也，又燒燈時節。白馬重嘶畫橋雪。早青綾幃外，含笑相迎，花枝好、繡上春衫誰襭。　十三行小字，寫與臨摹，幾日看來便無別。排悶偶題詩，玉鏡臺前，渾不省、竊香人竊。待和了封題寄還伊，怕密驛沉浮，見時低説。

【校】

見《昭代詞選》卷十三，《曝書亭詞注》卷四，《詞則·閑情集》卷四，《清名家詞》。

青綾幛：《曝書亭詞注》作「青綾帳」。

前調

明湖碧浪，枉輕帆尋遍。咫尺仙源路非遠。訝杜蘭香去，已隔多時，又誰料、佳約三年還踐。　纖腰無一把，飛入懷中，明月重窺舊時面。歸去怯孤眠，鏡鵲晨開，雲鬟掠、小唇徐染。偏走向儂前道勝常，渾不似西窗，夜來曾見。

【校】

見《浙西六家詞》本《江湖載酒集》卷一，《曝書亭詞注》卷四，《詞則·閑情集》卷四，《清名家詞》。

佳約：《六家詞》本作「鏡約」。

徐染：《六家詞》本作「徐點」。

前調

行舟已發，又經旬調笑。不算悤悤別離了。奈飛龍骨出，束竹腸攢，月額雨、持比淚珠差少。　羅囊鍼管就，絡以朱繩，淡墨疎花折枝裊。中有錦牋書，密囑歸期，道莫忘、翠樓煙杪。枉姑負、劉郎此重來，戀小洞春香，尚餘細草。

【校】

見《浙西六家詞》本《江湖載酒集》卷一，《曝書亭詞注》卷四，《詞則·閑情集》卷四，《清名家詞》。

行舟：《六家詞》本作「艻舟」。

奈：《六家詞》本作「轉」。

前調

崔徽風貌，信十平聲分姚冶。八尺吴綃問誰借。悔丹青不學，殺粉調鉛，呈花面、輸與畫工傳寫。　乘閒思挂壁，分付裦池，卷處香生一囊麝。自化綵雲飛，蟲網蝸涎，又誰對、芳容播喏。儘沉水煙濃向伊熏，覬萬一真真，夜深來也。圓姿替月，潤臉呈花，唐人志銘中語也。李賀詩：沉香熏小像。

【校】

見《昭代詞選》卷十三，《曝書亭詞注》卷四，《詞則·閑情集》卷四，《清名家詞》。

【參考資料】

《小娜嬛詞話》卷三：「崔徽風貌，信十分姚冶。」即《風懷》之「崔徽風貌在，蘇小墓門荒」也。

《詞則·閑情集》卷四：此篇爲十七章總結，藍橋夢杳，遺像空留，情詞雙絶。又云：十分「十」字，當讀作平聲。

《老學庵筆記》：「十」轉平聲，可讀爲「諶」。白樂天詩：「緑浪東西南北路，紅欄三百九十橋。」又云：艷詞至竹垞，掃盡綺羅香澤之態，純以真氣盤旋，情至者文亦至，前無古人，後無來者，《洞仙歌》其最上乘也。

怨王孫　七夕

一水填却。雙星如約。乞巧誰憑。愬愁君莫。知道験女癡牛，肯憐不。　悠悠歲月辭家者。孤眠且。此夕何夕也。碧梧小院風細，露檻同凭。昔年曾。

【校】

見《曝書亭詞注》卷四，《清名家詞》。

憶少年

一鈎斜月，一聲新雁，一庭秋露。黄花初放了，小金鈴無數。　燕子已辭秋社去，剩香泥舊時簾户。重陽將近也，又滿城風雨。

【校】

見《國朝詞選補鈔》，《國朝詞綜》卷八，《曝書亭詞注》卷四，《雲韶集》卷十五，《清名家詞》。

【參考資料】

《小鄉嬛詞話》卷三：《憶少年》云：「重陽將近也，又滿城風雨。」即《風懷》之「鈴淋雨正鋏」也。

《雲韶集》卷十五：簡括。一片凄感。

茶煙閣體物集

柳色黄　對雨

岸側榆錢，牆角楝花，吹已將盡。漸添緑葉陰濃，轉覺晚來風緊。絲絲縷縷，界開密霧低煙，暗催闌藥紅尖潤。怕鳳子衣單，把柔黄都褪。　休問。鈿車驄馬，縱約歸期，料應難準。最憶江南，屐齒滿街聲趁。吴歌幾曲，穩坐細浪魚天，落帆笑指柴門近。任踏破苔痕，數小園新筍。

【校】

見《昭代詞選》卷十四，《曝書亭詞注》卷五，《清名家詞》。

詞調：《昭代詞選》作「石洲慢」。

渡江雲　欲雪

河水遥度馬，稜稜寒色，望裹但疎蕪。漸吟蛩已静，衹聽空林，大觜啄飢烏。魚鱗萬點，斂雲英、半晌糢糊。却一似、畫家米虎，潑墨寫江圖。　南湖。恁時風景，春到苔枝，有紅梅樹樹。儘容我、青鞵岸浄，白舫燈孤。而今苦被浮榮縛，擁殘氈、不比蘭蘇。拚醉也，牀頭酒價都無。

【校】

見《曝書亭詞注》卷四，《清名家詞》。

聒龍謠　雪

密比花繁，輕嫌絮重，一半斜侵簾户。淡抹牆腰，似月棱初吐。纔飄墮、凍雀聲中，又壓倒、早梅開處。縱旗亭、臘釀堪沽，已迷卻，板橋路。　颼風緊，亂雲低，見潑墨點點，林鴉催暮。一絲漁艇，料今番歸去。訝光寒、入夜翻明，漸灑急、聽窗如雨。問隔江、桃葉桃根，尚能來否。

【校】

見《浙西六家詞》本《江湖載酒集》卷一，《昭代詞選》卷十四，《曝書亭詞注》卷五，《清名家詞》。

副題：《六家詞》本作「白門歲除對雪」。

壓倒：《六家詞》本作「壓到」。

春風裊娜　游絲

倩東君著力，繫住韶華。穿小徑，漾晴沙。正陰雲籠日，難尋野馬，輕飏染草，細綰秋蛇。燕蹴還低，鶯銜忽溜，惹卻黄鬚無數花。縱許悠揚度朱户，終愁人影隔窗紗。　惆悵謝娘池閣，湘簾乍卷，凝斜盼、近拂檐牙。疎籬罥、短牆遮。微風別院，好景誰家。紅袖招時，偏隨羅扇，玉鞭墮處，又逐香車。休憎輕薄，笑多情似我，春心不定，飛夢天涯。

【校】

見《浙西六家詞》本《江湖載酒集》卷三，《瑶華集》卷十九，《古今詞選》卷十二，《歷朝詞選》卷十三，《國朝詞雅》卷六，《曝書亭詞注》卷五，《雲韶集》卷十五，《篋中詞》卷二，《清名家詞》，《清十一家詞鈔》卷三，《全清詞鈔》卷五。

輕颸：《瑶華集》作「輕飈」。

秋蛇：《國朝詞雅》作「新蛇」。

終愁：《國朝詞雅》作「終疑」。

乍卷：《國朝詞雅》作「半卷」。

短牆：《瑶華集》作「短垣」。

好景：《瑶華集》作「明月」。

紅袖招：《國朝詞雅》作「紅袖擡」。

墮處：《瑶華集》作「裊處」。

【參考資料】

《雲韶集》卷十五：通首風流藴藉。風鬟霧鬢，若有若無，極盡此題之妙。纏綿往復，情味無窮。風流婉約，一至於此。

《篋中詞》二：層臺嬋媛。

無夢令 飛花

魚浪飄香千點。燕尾分煙一翦。已自出牆東，又被輕風吹轉。輕風吹轉。剛逗卷簾人面。

【校】

見《瑤華集》卷一，《亦園詞選》卷一，《昭代詞選》卷十三，《國朝詞雅》卷六，《曝書亭詞注》卷五，《清名家詞》。

詞調：《昭代詞選》、《國朝詞雅》均作「如夢令」。

疊句輕風吹轉：《國朝詞雅》作「吹轉。吹轉」。

步蟾宫 端溪觀采硯

蒼山暗東寒江轉。問巖穴、探時深淺。不妨篝火夜連朝，待割取豁雲一半。　踈踈嫩葉青花遍。比封却、羊肝更軟。看來只合寄情人，已早有、相思淚眼。

【校】

見《浙西六家詞》本《江湖載酒集》卷二，《瑤華集》卷五，《國朝詞雅》卷六，《曝書亭詞注》卷五，《清名家詞》。

夜連朝：《國朝詞雅》作「夜連明」。

待割取：《瑤華集》作「好割取」。

掃花游　試茶

棟花放了，正穀雨初晴，逼籬雲水。曉山十里。見春旗乍展，緑槍未試。立倦濃陰，聽到吴歌遍起。焙香氣。裊一縷午煙，人靜門閉。　清話能有幾。任舊友相尋，素瓷頻遞。悶懷盡矣。況年來病酒，夜闌須記。活火新泉，夢繞松風曲幾。暗燈裏。隔窗紗、小童斜倚。

【校】

見《瑶華集》卷九，《昭代詞選》卷十四，《歷朝詞選》卷十一，《曝書亭詞注》卷五，《清名家詞》。

《瑶華集》卷九：此首作：「杏花過了，正穀雨初晴，繞籬雲水。曉山十里。見春旗乍轉，緑槍未試。立盡濃陰，聽到吴歌遍起。焙香氣。一縷午煙，人靜門閉。　清話能有幾。任舊友都來，素瓷頻遞。悶懷盡矣。況年來病酒，夜闌須記。活火新泉，夢繞松風曲幾。暗燈裏。隔紗窗、小童斜倚。」

一枝春　汪舟次貽流求筆，筠管、蘆管各一，同查客賦之

海外青羊也中書，偶被星查攜到。明窗脱帽，掐破麻姑纖爪。黃蘆墨竹，慣斜鏤、一枝花裊。持比似、諸葛宣城，樣變棗心翻巧。　遥憐水雲孤島。想銀光研紙，留題多少。小扇香奩，愛染夕陽芳草。層波萬里，付吴下、阿儂誰料。端可惜、老去章臺，畫眉嬾了。筆帽裂其一面，活脱下上。

【校】

見《曝書亭詞注》卷五，《清名家詞》。

瑞鶴仙　錢編修庸亭席上觀司馬相如私印

土花凝古繡。見細紋卷髮，冷光塗黝。朱緑覆冰紐。愛千年未蝕，幾絲紅籀。燒春熟後。料無心，蟲魚刻鏤。算除非、賣賦金多，書券恁時纔有。　知否。遥山描罷，卓女風流，定拈纖手。摩挲已久。挑短燭，把看又。論才華不是，淩雲健筆，可許尋常消受。拚夜寒、典了鷫裘，肯教换酒。

【校】

見《昭代詞選》卷十四，《曝書亭詞注》卷五，《清名家詞》。

天香　龍涎香

泓下吟殘，波中燄後，珠宫不鎖癡睡。沫卷盤渦，腥垂尺木，采入蜑船鮫市。南蕃新譜，和六一、丹泥分製。裹向羅囊未許，攜歸金匼先試。　炎天最饒凉思。井華澆、帛鋪澄水。百沸瓊膏，嘘作半窗雲氣。麝火温馨欲陷，又折入犀帷裊難起。螺甲重挑，茶煙較細。

【校】

見《浙西六家詞》本《江湖載酒集》卷三，《曝書亭詞注》卷五，《清名家詞》。

麝火温馨欲陷，又折入犀帷裊難起：《六家詞》本作「還愁獸火温馨陷，篆心字朦朧裊難起」。

前調　前題

擣就花房，鏤成棗印，匀摹七寶痕淺。小鼎蟠螭，沉灰撥獸，銀葉中央徐點。靈緤乍漉，早摇曳、雲魂一線。壓住秦篝又起，偏嘘杏梁棲燕。　客愁雨餘清簟。潤凉波、半衾新暖。最憶玉窗人怯，擘時曾見。認得吴家心字，話江漲橋南寄來遠。春夢羅囊，賦情未倦。《能改齋漫録》：近時士人，於錢塘江漲橋爲狹斜之游，其後陷河南不返，其友寄以龍涎香，士人酬之云：「認得吴家心字香，玉窗春夢紫羅囊。」

【校】

見《曝書亭詞注》卷五，《清名家詞》。

十二時　雲母燈

是何人、碧山深處，潛入仙厨私竊。把石粉、雲英堆積。翦翦層層疊疊。面面裝成，稜稜作去聲就，細染紅牋帖。正夜静、改席西園，紫鳳吐珠，曾否銅槃吹滅。　閒更思、梨花院落，定自十分清絶。宿鳥窺來，飛蛾拂去，不道成冰雪。謾認他是燈，分明一片冷月。也只消、抛殘小扇，玉面當前終怯。怎得攜歸，江南樂事，鬧向元宵節。看翠眉幾許，屏風影中低説。

【校】

見《浙西六家詞》本《江湖載酒集》卷三，《瑶華集》卷十九，《昭代詞選》卷十四，《曝書亭詞注》卷五，《清名家詞》。

潛入：《六家詞》本作「輕入」。

謾認：《瑶華集》作「漫認」。

樂事：《昭代詞選》作「綺陌」。

鬧向：《六家詞》本作「挂向」。

翠眉：《昭代詞選》作「翠蛾」。

點絳唇　鞦韆

香袂飄空，爲誰一笑穿花徑。有時花頂。羅韈纖纖並。飛去飛來，不許驚鴻定。重門静。粉牆深映。留取春風影。

【校】

見《浙西六家詞》本《江湖載酒集》卷二，《曝書亭詞注》卷五，《詞則·閑情集》卷四，《清名家詞》。

【參考資料】

《詞則·閑情集》卷四：情不必真，而傳神寫照，頰上添毫，得未曾有。

釵頭鳳　藏鈎

華筵半。銀燈燦。玉鈎纖手陳青案。傳言快。分曹待。暗將心事，把秋波賣。在。在。在。番番換。低低唤。箇儂翻被人偷算。三杯外。含嬌態。不應輸與，笑拈衣帶。再。再。再。

【校】

見《百名家詞鈔》本《江湖載酒集》，《浙西六家詞》本《江湖載酒集》卷一，《瑶華集》卷六，《今詞苑》卷二，《古今詞選》卷四，《國朝詞雅》卷六，《昭代詞選》卷十三，《曝書亭詞注》卷五，《詞則・閑情集》卷四，《清名家詞》。

詞調：《昭代詞選》作「擷芳詞」。

含嬌態：《今詞苑》卷二作「嬌含態」。

【參考資料】

《詞則・閑情集》卷四：（前）疊字妙。（後）疊字更妙，尤勝前疊。

臨江仙　金指環

削就葱根待束，挂將榴火齊炎。殷勤搓粉爲君拈。愛他金小小，曾近玉纖纖。數遍檀郎十指，帶來第五猶嫌。憑教麗句續香奩。解時愁不斷，約了悶翻添。

【校】

見《國朝詞選補鈔》，《國朝詞綜》卷八，《昭代詞選》卷十三，《曝書亭詞注》卷五，《雲韶集》卷十五，《詞則·閑情集》卷四，《清名家詞》。

榴火：《曝書亭詞注》作「柚火」，誤。

【參考資料】

《雲韶集》卷十五：婉麗之詞，却不淫褻。詩人之詞麗以則，如是如是。

《詞則·閑情集》卷四：諸篇各有機趣，較《静志居琴趣》一卷，情雖不及，趣則過之。

踏莎行　釵

金重難勝，翠勻如沐。愛他也有同心目。曉來尋慣枕函邊，坐懷先綰香雲束。　小鳳垂珠，小魚銜玉。離愁夜半挑殘燭。玉郎消息斷紅牋，背人潛把歸期卜。

【校】

見《百名家詞鈔》本《江湖載酒集》，《浙西六家詞》本《江湖載酒集》卷一，《國朝詞雅》卷六，《曝書亭詞注》卷五，《清名家詞》。

鵲橋仙　艭

湖菱烏角，渚蓮紅瓣，不比幫兒還瘦。拈來直是小舴船，只合借燈前行酒。　春陽花底，春泥陌上，最好踏青時候。假饒無意把人看，又何用明金壓繡。

【校】

見《百名家詞鈔》本《江湖載酒集》，《浙西六家詞》本《江湖載酒集》卷一，《瑤華集》卷五，《亦園詞選》卷四，《梅里詞緒》，《昭代詞選》卷十三，《國朝詞雅》卷六，《曝書亭詞注》卷五，《清名家詞》。

副題：《瑤華集》作「詠韈」。《亦園詞選》作「繡履」。

【參考資料】

《蕙風詞話》卷五：竹垞《静志居琴趣・詠繡韈》云：「假饒無意與人看，又何用明金壓繡。」語意深刻，令人無從置辨。羅泌《詠釣臺》詩「一著羊裘便有心」，通於斯恉矣。

秦樓月　吹笙

涼煙翠。銀河瀲灩光垂地。光垂地。小樓一曲，月華如水。　排成鳳翅聲初遞。聽殘鵝管君須記。君須記。風簾卷處，那人雙髻。

【校】

見《瑤華集》卷三，《歷朝詞選》卷四，《國朝詞選補鈔》，《國朝詞綜》卷八，《曝書亭詞注》卷五，《雲韶集》卷十五，《詞則・閑情集》卷四，《篋中詞》卷二，《清名家詞》。

詞調：《瑤華集》、《歷朝詞選》均作「憶秦娥」。

【參考資料】

《雲韶集》卷十五：低徊往復，綿麗有情。

《詞則·閑情集》卷四：鄭重分明，《憶秦娥》複句須知如此。

沁園春　額

鏡檻初開，宜對粉題，休籠紫綸。記折花共劇，蘭雲纔覆，塗妝伊始，翠鈿曾安。慣疊纖羅，微嫌短髮，手裊紅絲着意刪。犀梳斂，護貂茸一翦，閣住輕寒。　日斜倚小門闌。但端正窺人莫便還。見障羞月扇，低時半露，吹愁梅瓣，點處成斑。素柰看勻，小蟬比並，料是詩人想像間。蜂黃淺，愛夕陽無限，映取遥山。李白詩：妾髮初覆額，折花門前劇。王建詩：素奈花開西子面。《衛風》：螓首蛾眉。孔氏《疏》云：小蟬也。温庭筠詩：額黄無限夕陽山。

【校】

見《浙西六家詞》本《江湖載酒集》卷一，《瑶華集》卷十七，《古今詞選》卷十一，《曝書亭詞注》卷五，《昭代詞選》卷十四，《清名家詞》。

副題：《瑶華集》作「擬艷額」。

【參考資料】

《湘瑟詞》卷一：龍洲、清溪，皆有美人諸詠，然秋水春山，金蓮玉笋，猶易著筆；偶見錫鬯詠美人掌、膝、膽、背、乳，可謂思妙入微。因戲拈五調，山谷所云：空中語耳。

《瑶華集》：艷情冶思，貴以典雅出之，方不落《黄鶯》、《桂枝》聲口。如竹垞《沁園春》諸作，摹畫刻露，庶幾靖節《閑情》之遺，非他家可到。

前調 鼻

滴粉堆成，黄點輕黏，運斤可能。見窺簾乍露，斜侵短燭，挑鬟欲遍，易近圓冰。愛齅青梅，慵填香棗，扶下秋千喘未勝。閒中坐，試微噓素指，暗驗鈎繩。 荷風水檻長憑。盼消息郎歸嚏定曾。伴謝公游去，聯吟或擁，徐妃妝後，半面須緪。淚泫低分，汗融先拭，紅袖遮來媚轉增。凝神久，想新停月脈，旋抱飛蠅。《抱朴子》：玉女常以黄玉爲志，大如黍米，在鼻上，是真玉女也。圓冰，小鏡名。香棗，用石崇事。《淮南子》：子午卯酉爲二繩，丑寅辰巳未申戌亥爲四鈎。俗傳鼻息左右可以驗時；婦人有娠，蠅抱其鼻。

【校】

見《瑶華集》卷十七，《曝書亭詞注》卷五，《昭代詞選》卷十四，《清名家詞》。

副題：《瑶華集》作「擬艷鼻」。

前調 耳

玉琢芳根，麝月初弦，螺峯遠侵。勝吴綃畫了，微添朱暈，秦璫繫却，密釘神針。粉拂頻沾，香雲帶掠，釵鳳珠垂冷不禁。盤龍鏡，映玉臺素手，影後斜臨。 小堂誰弄清琴。通一線靈犀直到心。慣春閒易倦，偷黏角枕，夢輕難續，翻恨鶯吟。細馬馱來，埃風生處，掩就綸巾未易尋。羅幃底，把無聲私語，遞向更深。唐張萱畫婦人，以朱暈耳根。

【校】

見《浙西六家詞》本《江湖載酒集》卷一，《瑤華集》卷十七，《古今詞選》卷十一，《曝書亭詞注》卷五，《清名家詞》。

副題：《瑤華集》作「擬艷耳」。

前調　齒

文貝編成，密鎖華池，懸漿易霑。愛蘭湯乍嗽，含朱愈瑩，瓠犀難擬，排玉還銛。刺繡花勾，縫衣結扣，持截餘絲不用添。芳津嗽，對青梅一點，軟却慵拈。　早鴉啼遍前檐。悄叩罷潛將心事占。見輕塵動處，歌時定啓，愁眉展後，齵慣休嫌。忍病先寒，因嬌或噤，佇想頻銜素指纖。相思字，漫沉吟齧筆，褪了毫尖。《釋名》曰：口下曰承漿。《針灸經》曰：承漿，一名懸漿也。醫家口齒方有唐邵英俊《排玉集》。司馬相如作賦，把筆齧之似魚。

【校】

見《瑤華集》卷十七，《曝書亭詞注》卷五，《清名家詞》。

副題：《瑤華集》作「擬艷齒」。

縫衣：《瑤華集》作「縫花」。

或噤：《瑤華集》作「成噤」。

前調 肩

紈質停勻，比似陸郎，何曾暫離。被詞人賦就，望中疑削，畫工減盡，染處恒垂。籠弱纔過，牆低乍及，結伴還從影後窺。緣紅索，上鞦韆小立，恰並花枝。　蝤蠐領下訶梨。翦雲葉玲瓏一半虧。記量成尺六，難增分寸，飲過三爵，易致斜攲。愛拍樽前，頻扶倦裏，細步惟應處處隨。吟飛雪，怕玉樓生粟，拂袖遮伊。海鹽陸東美妻有容止，夫婦相重，寸步不離，時號比肩人。《洛神賦》：肩若削成。《畫法》：美人無肩。《漢雜事》：肩廣尺六寸。蘇子瞻《雪》詩：凍合玉樓寒起粟。玉樓，謂肩也。

【校】

見《浙西六家詞》本《江湖載酒集》卷一，《瑶華集》卷十七，《國朝詞雅》卷六，《曝書亭詞注》卷五，《清名家詞》。

副題：《瑶華集》作「擬艷肩」。

頻扶：《六家詞》本、《瑶華集》均作「願扶」。

前調 臂

勝母陀羅，八萬四千，非耶是耶。效蹋摇娘曲，聯時宛轉，胡騰兒舞，旋了交加。拍案霓裳，張同鳳翅，攘處拖環急鼓撾。呼同坐，把香肩微竦，側倚琵琶。　曲欄憑晚凉些。添羅袖纔令一半遮。更泥他沽酒，卸金跳脱，教伊展畫，替玉鴉叉。待枕先舒，將盟暗齧，宜印綢繆小字斜。臨當別，擣花房蜥蜴，重繫紅紗。《首楞嚴經》：三臂四臂，乃至八萬四千母陀羅臂。李紳《拓枝伎》詩：画鼓拖環錦臂攘。又：鳳聲初歇翅初張。李商隱詩：展畫玉鴉叉。齧臂盟，見《左傳》。唐宮人選幸，以綢繆字印臂。

【校】

見《浙西六家詞》本《江湖載酒集》卷一，《瑶華集》卷十七，《古今詞選》卷十一，《曝書亭詞注》卷五，《清名家詞》。

副題：《瑶華集》作「擬艷臂」。

勝母：《六家詞》本、《古今詞選》作「勝曼」。

前調　掌

小小瓊田，煖玉無塵，紋生細波。慣先調粉澤，兩邊齊傅，未昏菱鏡，一面頻磨。鞵拓真纖，指離偏遠，水上湔裙著意搓。闌干拍，惹鴛鴦驚起，飛度風荷。　樽前一握無多。縱燕燕身輕舞則那。任青紅碧緑，挼成綵縷，裁縫熨帖，砑就香羅。冷露三霄，明珠幾顆，除是仙人不讓他。春來病，把芳心捧罷，百遍摩挲。楊无咎詞：掌拓鞵兒。《漢雜事》：指去掌四寸。李商隱詩：仙人掌上三霄露。

【校】

見《浙西六家詞》本《江湖載酒集》卷一，《瑶華集》卷十七，《古今詞選》卷十一，《國朝詞雅》卷六，《曝書亭詞注》卷五，《詞則・閑情集》卷四，《清名家詞》。

副題：《瑶華集》作「擬艷掌」。

鞾拓：《曝書亭詞拾遺・志異》作「鞾托」。

【參考資料】

《詞則・閑情集》卷四：押韻峭甚。又云：四面烘染，長袖善舞。

前調　乳

隱約蘭胸，菽發初匀，脂凝暗香。似羅羅翠葉，新垂桐子，盈盈紫菂，乍擘蓮房。竇小含泉，花翻露蒂，兩兩巫峯最斷腸。添惆悵，有纖袿一抹，即是紅牆。偷將碧玉形相。怪瓜字初分蓄意藏。把朱欄倚處，横分半截，瓊簫吹徹，界住中央。量取刀圭，調成藥裹，寧斷嬌兒不斷郎。風流句，讓屯田柳七，曾賦酥娘。《漢雜事》：胸乳菽發。

【校】

見《浙西六家詞》本《江湖載酒集》卷一，《瑶華集》卷十七，《古今詞選》卷十一，《昭代詞選》卷十三，《國朝詞雅》卷六，《曝書亭詞注》卷五，《清名家詞》。

副題：《瑶華集》作「擬艷乳」。

紫菂：《國朝詞雅》作「紫的」。

曾賦：《六家詞》本作「賦贈」。

前調　膽

蘖塢芝房，一點中池，生來易驚。笑金釵卜就，先能斷決，犀株鎮後，纔得和平。樓響登難，房空怯最，三斗除非借酒傾。芳名早，喚狗兒吹笛，伴取歌聲。　沉憂何事牽情。悄不覺人前太息輕。怕殘燈枕外，簾旌蝙拂，幽期夜半，窗户雞鳴。愁髓頻寒，回腸易碎，長是心頭苦暗並。天邊月，縱團圞如鏡，難照分明。《黄庭經注》：膽爲中池。《素問》：膽主斷決。李賀詩：犀株防膽怯三斗，借用管輅事。元稹詩：狗兒吹笛膽孃歌。《内經》：膽病者，善太息。

【校】

見《瑶華集》卷十七，《曝書亭詞注》卷五，《清名家詞》。

副題：《瑶華集》作「擬艷膽」。

芝房：《曝書亭詞拾遺·志異》作「梔房」。

先能：《瑶華集》作「偏能」。

犀株：《瑶華集》作「犀杵」。

登難：《瑶華集》作「難登」。

前調　腸

嫽嬝輕軀，能有幾多，容萬斛愁。慣悲銜腹内，相看脈脈，事來心上，一樣悠悠。鳥道千盤，轆轤雙綆，又類車輪轉未休。縈方寸，穿錦梭暗擲，弱縷中抽。　柔情曲似江流。怕易割秋山嬾上樓。况三朝三暮，巴猨峽口，一聲一斷，杜宇枝頭。百結將離，九迴猶剩，杯沃能勝酒力不。樽前曲，再休歌河滿，淚落難收。白居易詩：能有幾多腸。錦梭，用梭腸有意錦絲穿語。魚玄機詩：離腸百結解無由。李商隱詩：回腸九迴後，猶有剩迴腸。又白詩：三杯自要沃中腸。唐孟才人歌《河滿子》畢，武宗命醫候之，脈尚温而腸已絶矣。

【校】

見《瑶華集》卷十七，《曝書亭詞注》卷五，《詞則・閑情集》卷四，《清名家詞》。

副題：《瑶華集》作「擬艷腸」。

【參考資料】

《詞則・閑情集》卷四：萬感千愁，縈回不解。運典沉至，無堆砌之迹。結凄斷。唐孟才人歌《河滿子》畢，武宗命醫候之，脉尚温而氣已絶矣。事見張祜詩《孟才人嘆》序，載《全唐詩話》中。

前調　背

意遠態濃，珠壓腰衱，冰肌最匀。盼新月堂前，殷勤匍伏，鞦韆架上，推遞逡巡。見客遥來，和羞却走，翩若驚鴻望未真。踏青去，惹春游年少，目送香塵。　催歸潛理紈巾。怕汗浹輕容拭更頻。憶閒中指爪，癢須爬慣，宵分姊妹，擁便情親。每到嗔時，拋郎半枕，難豁猩紅一點唇。堪憎甚，縱千呼萬喚，未肯迴身。杜甫詩：背後何所有，珠壓腰衱穩稱身。

【校】

見《瑶華集》卷十七，《國朝詞雅》卷六，《曝書亭詞注》卷五，《詞則・閑情集》卷四，《清名家詞》。

副題：《瑶華集》作「擬艷背」。

【參考資料】

《詞則・閑情集》卷四：風趣絶勝，是謂艷詞。

前調　膝

纖骨亭亭，窮袴輕籠，長裾半懸。訝流黄纖慣，頻掀綜底，小車容却，每觸簾邊。手抱無聊，心慵易軟，拜起須扶態更妍。留仙皺，見勝常道罷，小立依然。　試令蹈節歌筵。翹一足長同沙鷺拳。把春衣卸盡，有時蔽錦，寒衾架處，恨未添緜。醉裏便姍，嬌時嬚密，隨意夭斜坐簸錢。教郎坐，放阿侯學步，俯視齊肩。曹植《静思賦》：行嬚密而研詳。古樂府：十七生兒字阿侯。

【校】

見《瑶華集》卷十七，《昭代詞選》卷十四，《曝書亭詞注》卷五，《清名家詞》。

副題：《瑶華集》作「擬艷膝」。

纖慣：《瑶華集》作「慣纖」。

蹈節：《瑶華集》作「踏節」。

雙雙燕　別淚

問銀海水，有多少層波，斂愁飄怨。含辛欲墮，轉自把人凝盼。霑向長亭早晚，定減了、輕塵一半。安排玉箸離筵，伴我樽前腸斷。　偷看。夜來枕畔。傍鏡影初乾，袖痕重按。心心心上，總是別情難慣。縱遣絲垂縷綰。穿不起、南珠盈串。裁得幾幅榴裙，點點行行都滿。

【校】

見《浙西六家詞》本《江湖載酒集》卷三，《百名家詞鈔》本《江湖載酒集》，《國朝詞選補鈔》，《昭代詞選》卷十四，《國朝詞雅》卷六，《國朝詞綜》卷八，《曝書亭詞注》卷五，《詞略》四，《雲韶集》卷十五，《詞則·閑情集》卷四，《清名家詞》。

別情：《六家詞》本、《百名家詞鈔》本、《國朝詞雅》均作「別離」。

榴裙：《六家詞》本、《百名家詞鈔》本、《國朝詞雅》均作「羅裙」。

【參考資料】

《雲韶集》卷十五：起筆好。「霑向長亭」二語，加一倍力量寫。淋漓曲折，淚痕滿紙。結二語尤極淋漓。

《詞則·閑情集》卷四：起勢蒼茫亦沉著。（下片後幅）淋漓頓挫。

笛家　題趙子固畫水墨水仙

亡國春風，故宮鉛水，空餘芳草，冷花開遍江南岸。王孫老矣，文采風流，墨池筆塚，淚痕都染。帝子含顰，洛靈微步，宛在中洲半。悵騷人、未經佩，徒藝楚英九畹。繚亂。一叢寒碧，生煙疎雨，隨意攲斜，鵝絹蟬紗，寄情悽惋。尚想、白石蘭亭遺事，逸興千秋如見。豈似吴興，君家承旨，蕃馬風塵滿。縱自署，水晶宫、怕有鷗波難浣。

【校】

見《浙西六家詞》本《江湖載酒集》卷三，《瑶華集》卷十九，《曝書亭詞注》卷五，《清名家詞》，《全清詞鈔》卷五。

金縷曲 水仙花。禁用湘妃、漢女、洛神事

小草先春令。問誰移、香本南園，罷栽幽徑。定武紅瓷看最好，銀蒜十囊齊迸。簇薤葉、萱芽相並。幾點青螺攢秀石，護冰苔一片凉沙浄。唤仙子，踏明鏡。　詩家比喻閒重省。未輸他、礬弟梅兄，暗香疎影。風露人間渾不到，晴日紙窗留映。襯髹几、畫屏斜整。艷紫夭紅昏夢裏，料更番花信催難醒。孤芳在，伴清冷。

【校】

見《曝書亭詞注》卷五，《清名家詞》。

前調 前題

霽雪明吟院。愛青青、秀葉低排，獨呈花面。玉潤金寒争憐惜，肯放風簾高卷。把十二、屏

山遮斷。不信江南芳草渡，傍蓬根、艾底尋常見。魚天暝，鷺翹遍。仙姿豈上閒釵釧。便兜娘、要插蘭雲，未容輕翦。縱被春纖偷掐了，折送膽瓶猶戀。怕零落、國香誰管。憑仗王孫鈎水墨，恣疎疎密密勻深淺。須一幅，好東絹。

【校】

見《曝書亭詞注》卷五，《清名家詞》。

低排：《曝書亭詞注》作「低徘」。

前調 前題

何處無香草。戀晴窗、靈苗抽並，粉蕤開早。夢想西湖歸未遂，日日緇塵烏帽。對冷豔、娉婷嫋嫋，料得芳心應笑我，把風前黄藕冠敧倒。簪碧玉，袂阿縞。　萬花只向春陽鬧。惹多情、游絲牽住，曳鈴催老。便是秋林攢幾簇，也有蝶銜蜂抱。誰似此、幽芬繚繞。繡入羅裙嫌太淡，配山茶一捻紅尤好。還又怕，被花惱。

【校】

見《曝書亭詞注》卷五，《清名家詞》。

幽芬：《曝書亭詞拾遺·志異》作「幽香」。

前調　前題

物候開春籥。驗芳根、頩檐曝後，畫盆移却。稚葉青回纔幾日，又吐小蓮冰萼。勝翠袖，香藏珠絡。雪虐風饕都過了，倚南窗、晴景還如昨。雖遲暮，未寂寞。　惜花不用圍簾幙。任筵前、山薌舞罷，幾曾吹落。静色孤光誰結伴，除是早梅江閣。比多少、汀蘅洲藥。楚澤行吟憔悴矣，料遺忘、偶爾騷人錯。留共我，歲寒約。

【校】

見《曝書亭詞注》卷五，《清名家詞》。

憔悴矣：《曝書亭詞拾遺・志異》作「香草遍」。

留共我：《曝書亭詞拾遺・志異》作「宜伴我」。

滿江紅　西湖荷花

郭外垂楊，直映到、水仙祠屋。愛十里、花明鏡面，岸沉沙腹。幾陣凉颸翻葉白，連盤驟雨跳珠緑。是誰儂、一道撥青蘋，波紋蹙。　紅衣褪、開還續。碧筒卷，擎相促。繞菱根荇帶，冷香飛逐。偏是風前蝴蝶住，但無人處鴛鴦浴。擘生綃、悔不學丹青，描横幅。

【校】

見《曝書亭詞注》卷五，《清名家詞》。
副題：《曝書亭詞拾遺·志異》作「都城南荷花」。
祠屋：《曝書亭詞注》作「洞屋」。
岸沉：《曝書亭詞拾遺·志異》作「水沉」。
連盤：《曝書亭詞拾遺·志異》作「依然」。

綺羅香　康熙丁丑六月，舍南池上紅蓮作並頭花，賦以紀異

蕙草連葩，蘭英並蒂，慣在貧家盆甕。年時，蕙作同心花，今夏又開並蒂。誰料今番，雙頭水芝看涌。交卮勸、金叵羅深，畫軸展、玉丫叉重。笑莊窩，半畝平池，翻贏三十六陂種。　谿亭容我小住，那費桃根桃葉，隔江迎送。卧穩風前，一任冷香吹夢。愁遮了、葉底難扶，描不到、花心齊動。除非喚、薛夜來過，繡成鍼七孔。

【校】

見《曝書亭詞注》卷五，《清名家詞》。

前調　前題

楊柳陰中，菰蒲雨外，一柄犀株通體。並著花房，宛似仙娥雙髻。算只有、蜀苣同心，祇認得、嶧桐連理。又争如、水珮風裳，嫣然交影鏡香裏。　約開渚蘋汀蓼，恣與纖鱗隊隊，

鬧紅游戲。第一輕舟，莫放采香人檥。渾不管、翠蝶衣翻，生怕是、緑雲風起。問沙面、頭白鴛鴦，舊來曾見幾。

【校】

見《曝書亭詞注》卷五，《清名家詞》。

水龍吟 白蓮

緑雲十里吹香，輕紈翦出機中素。銀塘一曲，亭亭何限，露盤冰柱。玉腕徐來，青泥不動，乍鳴柔櫓。任沙鷗撲鹿，雙飛不見，又何況，雙棲鷺。 好手畫師難遇，倩崔吴、鼠鬚描取。翠衿小鳥，黄衣稺蝶，添成花譜。雲母屏風，水晶簾額，冷光交處。爲秋容太淡，嫣然開到，小紅橋路。《宣和畫譜》：崔白有《白蓮雙鵝圖》，吴元瑜有《白蓮塘圖》。

【校】

見《浙西六家詞》本《江湖載酒集》卷一，《瑶華集》卷十三，《梅里詞緒》，《曝書亭詞注》卷五，《清名家詞》。

任沙鷗：《瑶華集》作「惹沙鷗」。

撲鹿：《六家詞》本作「撥鹿」。

臨江仙引 枯荷

三十六陂遠，半竿日澹，一面風皺。畫橋静、采蔆船也都歸。幽期。記紅袖滿，碧筒勸、舊侶全稀。空留得，伴愁人永夜，聽雨柴扉。　江妃。亭亭翠蓋，水珮零落無遺。剩寒蘆折葦，相映苔磯。淒其。看晨颸裹，鴛鴦凍、住了還飛。漁翁笑，且香包冷飯，鍼補秋衣。

【校】

見《百名家詞鈔》本《江湖載酒集》，《浙西六家詞》本《江湖載酒集》卷一，《瑶華集》卷九，《今詞初集》卷下，《古今詞匯三編》卷七，《曝書亭詞注》卷五，《清名家詞》。

副題：《瑶華集》作「晏同叔體　枯荷」。

畫橋：《六家詞》本、《瑶華集》、《今詞初集》、《詞匯三編》均作「畫橈」。

采菱船：《六家詞》本、《瑶華集》、《今詞初集》、《詞匯三編》均作「采菱人」。

永夜：《六家詞》本、《瑶華集》、《今詞初集》、《詞匯三編》均作「夜半」。

凍住：《六家詞》本、《瑶華集》、《今詞初集》、《詞匯三編》均作「住凍」。

前調　詠茄

隴上紫瓜好，黛痕濃抹，露實低懸。趁朝日、畦丁密灑冰泉。桑邊。看長蒂翦，纍纍綻、葉底光圓。筠籃滿，餉白牛蕭寺，赤馬吴船。　筵前。生疎蜀客，犀箸催下茫然。笑千龐萬粟，許配芳鮮。嬋娟。愛輕縹染，香衫色、比似花妍。閒無事，寫家蔬添箇，小蝶新蟬。《芝田録》：煬帝改茄子爲崑崙紫瓜。張文潛詩：映葉乳茄濃黛抹。黄山谷《銀茄》詩：珍蔬長蒂色勝銀。又：蜀人生疎不下箸。又：中有萬粟嚼輕冰。鄭安晚詩：光圓頭腦作僧看。張浮休《茄子頌》：頭附千龐。徐熙有《蟬蝶茄菜圖》。

【校】

見《曝書亭詞注》卷五，《清名家詞》。

副題：《曝書亭詞拾遺·志異》作「詠茄同禹平作」。

惜紅衣

詠蕫

插架葵邊，分畦蔗後，日光穿漏。看倚鴉鉏，冰泉淺沙溜。香苗暗斸，正社燕、歸飛時候。湖口。紅掌白芽，愛連船來又。　廚娘纖手，輕擘柔尖，聽鳴小茶臼。蕫絲翠冷，鹽豉配能否。一樣蟹胥魚鱠，味勝蜜橙霜韭。問涑糟醑未，思勸故人新酒。

【校】

見《國朝選補鈔》，《國朝詞綜》卷八，《曝書亭詞注》卷五，《清名家詞》。

副題：《國朝詞綜》作「蕫」。

摸魚子

蕫

記湘湖、舊曾游處，鴨頭新漲初醱。越娃短艇烏篷小，鏡裏千絲縈髮。柔櫓撥，絆荇帶荷錢、一樣青難割。波餘影末。愛乍掐春纖，盛盆宛似，戢戢小魚活。　西泠水，濯取凝脂齊脱。白銀釵股同滑。蜀蕫楚豉調應好，不數韭芽如蕨。煙渚闊，任吹老、西風若箇扁舟發。鄉心未遏。想別後三潭，龜髯雉紖，冷浸幾秋月。《本草》：春莖而未葉者名雉蕁，九、十月漸麗在泥中名龜蕁。

【校】

見《浙西六家詞》本《江湖載酒集》卷一，《曝書亭詞注》卷五，《清名家詞》。

龜髯雉紖：《六家詞》本作「毶毶雉尾」。

迷仙引　水蓼花

斷續寒汀，容與芳洲，斜倚高岸。移近山茨，緑葵定得相伴。愛冷紅、開簇簇，映采香人面。有一種名字，水禽偏好，飛來無限。垂釣休教絆。過雨尤堪翫。蘋葉蘋花，鷗莎占取長一半。試寫入、千絲東絹。勝寂寥幾點，敗荷雪雁。

【校】

見《浙西六家詞》本《江湖載酒集》卷二，《曝書亭詞注》卷五，《清名家詞》。

副題：《六家詞》本作「同分虎詠水蓼花」。

寂寥：《六家詞》本作「寂寞」。

滿江紅　塞上詠葦

絶塞淒清，又誰把、秋聲留住。斜陽外、寒沙揺漾，亂山無主。瑟瑟乍驚心欲碎，茫茫不管愁如許。伴西窗、燈火坐黄昏，蕭蕭語。催一陣，茅檐雨。攪一片，霜林杵。爲伊想遍了，別離情緒。酒渴二更人散後，月明千里鴻飛處。夢滄江、添箇釣魚船，風吹去。

【校】

見《百名家詞鈔》本《江湖載酒集》，《浙西六家詞》本《江湖載酒集》卷三，《瑶華集》卷九，《今詞初集》卷下，《古今詞匯三編》卷七，《古今詞選》卷五，《梅里詞緒》，《昭代詞選》卷十四，《曝書亭詞注》卷五，《清名家詞》，《清十一家詞鈔》卷三。

二更：《六家詞》本、《瑶華集》、《古今詞選》均作「三更」。

醉春風　荼蘼

笑日紅偏嫩。不雨青常潤。卷簾一架小庭濃，認。認。認。小摘休前，黄鬚緑刺，最撩人鬢。　轉眼殘春盡。生怕繁英褪。一年花事此關心，僅。僅。僅。穀雨晴時，牡丹開後，這番風信。

【校】

見《浙西六家詞》本《江湖載酒集》卷一，《曝書亭詞注》卷五，《清名家詞》。

小庭：《六家詞》本作「曉庭」。

侍香金童 茉莉

暑雨初過，密葉傳香遠。忍纔露、芳心先掐看，攏髻鬆鬆簪一點。便到黄昏，卸時猶戀。怎得知、午日珠江江上讌。把牆角、籬根齊翦。結取畫船屏四面。更有人兒，兩鬢都滿。

【校】

見《浙西六家詞》本《江湖載酒集》卷二，《曝書亭詞注》卷五，《清名家詞》。

疎影 芭蕉

是誰種汝，把緑天一片，檐牙遮住。欲折翻連，乍卷還抽，有得愁心如許。秋來慣與羈人伴，惹多少、冷風凄雨。那更堪、一點疎燈，繞砌暗蟲交訴。　待把蛛絲拭却，試今朝留與，个人題句。小院誰來，依舊黄昏，明月暫飛還去。羅衾夢斷三更後，又一葉、一聲低語。拚今番、盡翦秋陰，移種櫻桃花樹。

【校】

見《浙西六家詞》本《江湖載酒集》卷一，《瑶華集》卷十六，《國朝詞選補鈔》，《古今詞選》卷九，《昭代詞選》卷十四，《詞觀》，《國朝詞雅》卷六，《國朝詞綜》卷八，《曝書亭詞注》卷五，《詞略》四，《雲韶集》卷十五，《詞則・大雅集》卷五，《清名家詞》，《清十一家詞鈔》卷三。

翻連：《瑶華集》作「還連」。

那更堪：《詞覯》作「更堪」。

待把：《瑶華集》作「待他」。

今番：《古今詞選》作「今生」；《詞覯》作「今宵」。

【參考資料】

《雲韶集》卷十五：「欲折翻連」八字真絶。凄切生愁。

《詞則・大雅集》卷五：凄切，雅近草窗。

臺城路

芋

瓜田幾稜去聲區分後，青青近依禾黍。趣織聲邊，牽牛花外，慣滴籬根清露。捎溝倚渚。伴錦里先生，小園秋暮。野色柴門，夕陽擕客斷畦語。　園荷滿陂匀翠，晚來風葉響，一樣疎雨。白踏泥中，紫收霜後，便好開筵場圃。然糠煨處。聽昵昵空村，夜闌兒女。深盌模糊，曉光聞櫟釜。

【校】

見《浙西六家詞》本《江湖載酒集》卷三，《瑶華集》卷十四，《國朝詞雅》卷六，《曝書亭詞注》卷五，《清名家詞》。

副題：《瑶華集》作「題寫生芋」。

瓜田幾稜區分後：《瑶華集》、《六家詞》本均作「湖田幾棱分薑蔗」。

趣織：《瑶華集》作「促織」；《六家詞》本作「吠犬」。

捎溝：《瑶華集》、《六家詞》本均作「梢溝」。

伴錦里：《瑶華集》、《六家詞》本均作「記錦里」。

深盌模糊：《瑶華集》作「多少封君」。

曉光聞櫟釜：《瑶華集》作「移家思傍汝」；《六家詞》本作「曉光齊下箸」。

【參考資料】

《小嫏嬛詞話》卷三：《體物集·試茶》云：「暗燈裏、隔窗紗，小童斜倚。」《詠芋》云：「野色柴門，夕陽攜客斷畦語。」皆繪水繪聲手。

柳梢青　西瓜

乞種邊庭。極知風味，勝似東陵。虎掌黃斑，瓠犀黑白，蒲鴿葱青。　焦煙赤日人行。盼岸柳、陰陰短亭。蘚井寒漿，蘆簾曲幾，閒拂秋蠅。

【校】

見《曝書亭詞注》卷五，《清名家詞》。

天香　寫生冬瓜

宿點危東，田移硯北，墨池秋蒂新翦。仙棗輸長，土酥比浄，隨意皴眠籬院。寒泉溜處，慣枕住，沙痕一綫。蒲鴿筐中乍卸，蝸牛雨餘留篆。小童抱時應顫，壓冰厨、短檐茅店。問客齋期，好配紫茄紅莧。壚頭更見熬成餌，伴七夕、鍼樓果同薦。轉憶鄉園，疎蕪舊堰。

《天文志》：瓜匏四星在危東。禾郡有冬瓜堰。

【校】

見《浙西六家詞》本《江湖載酒集》卷三，《瑶華集》卷十一，《國朝詞雅》卷六，《曝書亭詞注》卷五，《清名家詞》。

副題：《瑶華集》作「題寫生冬瓜」。

更見熬成餌：《六家詞》本、《瑶華集》、《國朝詞雅》均作「更熬成餅」。

一翦梅 盆梅聯句

定武瓷燒幾稜紅。細斛香泥，淺植春叢。魏坤。衝寒載入小車中。三尺苔枝，一翦霜風。彝尊。

盡拆椶毛裂紙筒。影漸横斜，態轉玲瓏。坤。花邊鄉夢兩人同。放鶴洲南，聽雪亭東。彝尊。

【校】

見《曝書亭詞注》卷五，《清名家詞》。

醉花間 題金曉珠水墨芙蓉

湘江水。澧江水。木末同姿媚。露下冷花繁，風裏柔枝脆。玉臺匀染地。意匠應憔悴。

硯滴井華新，墨吮香脣醉。

【校】

見《曝書亭詞注》卷五，《清名家詞》。

於中好 題蔡女羅疎篁寒雀圖

疎篁幾葉搖晴翠。淺暈出、斷霞魚尾。恁時寒色空閨裏。偶憶得、瀟湘水。　更添凍雀黄昏睡。問同夢，梅花開未。一枝已遂雙栖計。任雪壓、風扶起。

【校】

見《浙西六家詞》本《江湖載酒集》卷二，《曝書亭詞注》卷五，《清名家詞》。

好事近 題馬湘蘭畫蘭

一十二叢蘭，意態看成千百。浄洗陳丹暗粉，露天然真色。　紅妝季布舊聞名，画也動憐惜。試易管夫人款，有阿誰知得。

【校】

見《曝書亭詞注》卷五，《清名家詞》。

清平樂 題水墨南瓜

牽絲引蔓。野外無人管。纔見草簷花一半。又早青黄堆滿。今年穀貴民飢。村村剥盡榆皮。合付田翁一飽，全家婦子嘻嘻。

【校】見《曝書亭詞注》卷五，《清名家詞》。

點絳唇 敬業堂早桂

金粟香濃，一叢開遍團圞樹。小山題句。不用傷遲暮。大火初流，露脚飛寒兔。方花礎。搗來仙杵。合配糖霜譜。

【校】見《曝書亭詞注》卷五，《清名家詞》。

以上《茶煙閣體物集》卷上

一枝春 梅

竹外横斜，一枝春、最近曉寒窗户。翠禽軟語，喚起石闌題句。東風舊日，曾飛上、那人眉嫵。幾閒却、翦綵心情，見到小園深處。　前村酒旗低舞。試閒攜畫榼，重修簫譜。梨雲淺駐，未信夢魂無據。玉鱗殘月，襯香雪、馬蹄歸路。乘餘興、更上吴船，虎山橋去。

【校】

見《百名家詞鈔》本《江湖載酒集》，《浙西六家詞》本《江湖載酒集》卷一，《曝書亭詞注》卷六，《清名家詞》。

眉嫵：《百名家詞鈔》本作「眉嫌」。

見到：《百名家詞鈔》本、《六家詞》本、《曝書亭詞注》均作「覓到」。

低舞：《百名家詞鈔》本、《六家詞》本均作「堪數」。

梨雲淺駐，未信夢魂無據：《百名家詞鈔》本及《六家詞》本均漏刻。

虎山橋去：《百名家詞鈔》本作「笑拈虎山橋去」；《六家詞》本作「笑指虎山橋去」。

疎影

黄梅花

横斜滿院，見蜂鬚亂疊，鶯羽新翦。冷綴苔枝，疎影羅羅，休令雀豹窺見。天教漏泄春光早，把多少、芳心輕展。最愁他、金屋香寒，長是曉風吹面。　折向妝臺看取，對將明鏡裏，鴉額深淺。淡月微籠，椒壁初昏，留映謝娘詩卷。難禁一曲山香舞，膩蠟淚、銅盤千點。記夢中、人在羅浮，杏子單衫煙染。

【校】

見《浙西六家詞》本《江湖載酒集》卷一，《國朝詞綜》卷八，《曝書亭詞注》卷六，《清名家詞》。

東風第一枝　杏花

渡柳初眠，官梅已褪，又看春色如許。水村山郭殘陽，立馬亂紅無數。仙人此住。也憐取、滿林香霧。酒旗風、搖曳黄昏，開遍冷煙疎雨。　休忘了、曲江歸路。試説與、冶游伴侣。最愁零落芹泥，半教燕飛啄去。賣花聲遠，料深巷、明朝何處。倩个儂、曉日新妝，插向鬢雲斜吐。

【校】

見《浙西六家詞》本《江湖載酒集》卷一，《梅里詞緒》，《曝書亭詞注》卷六，《清名家詞》。

殘陽：《六家詞》本作「斜陽」。

紅娘子　緋桃

露井繁英積。香徑游絲織。宿雨猶含，煖波頻漾，短牆愁隔。記少年尋到赤闌橋，得仙源消息。　最恨東風急。飄上春泥濕。易掩重門，難逢人面，斷腸空憶。便浣花牋紙染輕紅，也無他顔色。

【校】

見《百名家詞鈔》本《江湖載酒集》，《浙西六家詞》本《江湖載酒集》卷二，《瑶華集》卷七，《昭代詞選》卷十三，《歷朝詞選》卷八，《曝書亭詞注》卷六，《清名家詞》。

詞調：《昭代詞選》作「連理枝」；《歷朝詞選》作「小桃紅」。

殢人嬌　垂絲海棠

蠟蒂何長，紅絲齊綰。算風信、梨花尚晚。一番雨過，一番春煖。似卯酒、人慵鬢釵横亂。日炙逾明，鶯銜不斷。伴蝴蝶、深枝眠慣。須燒銀燭，更浮金琖。任桃李、漫山有誰人看。

【校】

見《浙西六家詞》木《江湖載酒集》卷二，《梅里詞緒》，《曝書亭詞注》卷六，《清名家詞》。

綺羅香　玉蘭

紅木棉苞，紫辛夷樸，詎勝縞衣霜袂。雪不封條，但向花房凝綴。露一簇、碧牡丹芽，少幾點、翠梧桐子。笑依然、玉樹陳宫，臙脂肯浼井中水。　佳辰纔過上巳，説與采蘭人道，休尋溱洧。第一瑶臺，月姊交光相對。便著雨、轉覺瓏鬆，慣臨風、未應憔悴。似搓酥滴粉張濃，唤來深院裏。張濃，宋南渡初甲伎，左譽贈之詞有「滴粉搓酥」句。

【校】

見《浙西六家詞》本《江湖載酒集》卷一，《瑶華集》卷十四，《曝書亭詞注》卷六，《清名家詞》。
未應：《六家詞》本、《瑶華集》均作「幾曾」。
詎勝：《曝書亭詞拾遺・志異》作「未勝」。

搗練子　再過瞻園，值玉蘭花放，同蘅圃、耕客賦

高曝粉，淺窪銀。瓏璁幾樹浄無塵。勝屏風，點染新。　一别此，五經春。綺羅香憶按歌頻。笑依然，舊酒人。

【校】
見《曝書亭詞注》卷六，《清名家詞》。

玉樓春　繡毬

玉毬繡出今番早。蝶翅蜂鬚迭迴抱。一年一度雪成團，半雨半晴春未老。　者回上樹青猨報。合配鞓紅香入腦。枝頭能得幾人憐，落地始知花亦好。

【校】
見《曝書亭詞注》卷六，《清名家詞》。

洞仙歌 合昏

翠陰如幄，綴青囊無數。曾記開時未重午。伴荷風榴火，結實千房，蠲忿處，猶自朝朝暮暮。合昏花開最久，吴俗謂之百日紅。　滿庭香不散，持比吴縣，翦破同功繭千縷。愛微風攲側，淡月惺忪，酒初醒、夜深微雨。便晨光朦朧小窗晴，試護取同心，不教輕吐。

【校】

見《曝書亭詞注》卷六，《清名家詞》。

猶自：《曝書亭詞注》作「猶是」。

攲側：《曝書亭詞拾遺·志異》作「攲側後」。

減蘭 夾竹桃聯句

石闌干曲。試問是桃還是竹。彝尊。鳳子來時。捧土移根定武瓷。魏坤。　崔徐花朵。布葉終須文與可。彝尊。吹遍温風。長伴樽前一簇紅。坤。

【校】

見《曝書事詞注》卷六，《清名家詞》。

東風第一枝　白楊梅

鳦鳥歌殘，蓴絲擷罷，冰厨夏果須薦。卑枝壓地無塵，繁陰滿園如繖。凉柯新翦，早水市、筠籠傳遍。問隔江、誰送輕帆，鶴頂半山翻賤。　便流齒、瓠犀詎軟。便入手、葱根不染。任教肌粟長生，愁他翠盤頻轉。玉容銷暑，最憶是、湘湖南畔。怕餐來、晚飯都忘，莫被柁樓人見。

【校】

見《浙西六家詞》本《江湖載酒集》卷三，《曝書亭詞注》卷六，《清名家詞》。

副題：《六家詞》本作「白楊梅，是蕭山所産」。

明月櫂孤舟　枇杷

幾陣踈踈梅子雨。也催得、嫩黄如許。笑逐金丸，看攜素手，猶帶曉來纖露。謝瞻《枇杷賦》：成炎果乎纖露。　寒葉青青香樹樹。記東谿、舊曾游處。日影堂陰，雪晴花下，長見那人窺户。白居易詩：况對東谿野枇杷。謝靈運《七濟》云：朝食既畢，摘果堂陰；春惟枇杷，夏則林檎。楊巨源詩：枇杷花下閉門居。

【校】

見《曝書亭詞注》卷六，《清名家詞》。

邁陂塘　曹侍郎席上食檇李，同右吉、融谷賦

錦淙鳴、行厨竹裹，玉盤寒水初注。未須雪藕黄瓜伴，早釋人間煩暑。名最古。記轍迹、東西魯叟曾書汝。吴洲越渚。傍折戟沙邊，芳根蟠後，幾濕戰場雨。　房陵種，三十六園佳樹。也愁聲價輸與。西施過此曾潛掐，一縷纖痕留取。小摘許。慎莫被、來禽偷眼銜將去。薰風且住。漫染就輕黄，青青攜付，乞巧小兒女。錦淙，侍郎倦圃磵名。李每顆留爪痕，傳是西子曾掐。

【校】

見《浙西六家詞》本《江湖載酒集》卷三，《瑶華集》卷十九，《曝書亭詞注》卷六，《清名家詞》。

副題：《瑶華集》作「詠檇李」。

雪藕：《瑶華集》作「紫奈」。

曾潛掐：《瑶華集》作「應留掐」。

洞仙歌　橄欖

南枝青子，架唐梯難翦。試灑紅鹽裩都遍。笑燕姬就酒，歷口漿酸，眉峯聚，又早芳津頻嚥。　河豚春正美，荻筍蔞蒿，和就香羹儘人勸。更憶夜闌時，配取茗柯，消殘醉、滿傾壇盞。看懷核兒童真嬌癡，愛插向蘭膏，燭花齊颭。《酉陽雜俎》：獨根樹東向枝曰木威，南向枝曰橄欖。《嶺

表録》：子繁樹歧不可梯緣，但刻其根下方寸許，納鹽其中，一夕，子皆自落。蘇子瞻《橄欖》詩：紛紛青子落紅鹽。王元之詩：北人將就酒，食之先顰眉，皮核苦且澀，歷口復棄遺。白樂天詩：漿酸橄欖新。嘉靖醮壇杯中有茶字。

【校】

見《百名家詞鈔》本《江湖載酒集》、《浙西六家詞》本《江湖載酒集》卷二、《國朝詞選補鈔》、《昭代詞選》卷十三、《國朝詞雅》卷六、《國朝詞綜》卷八、《曝書亭詞注》卷六、《詞略》四、《清名家詞》。

萎蒿：《百名家詞鈔》本、《國朝詞雅》均作「蘆蒿」。

【參考資料】

《蓮子居詞話》卷二：竹垞《橄欖》詞：「更憶夜闌時，配取茗柯，消殘醉、滿傾壇盞。」用《世説》劉尹茗柯有實理語。按《世説・賞譽篇》注，柯，一作朾，又作仃，又作打。吾友陳仲魚鱣云「作朾是也，仃、打別字。《任誕篇》茗艼，即茗朾也。《晉書・山簡傳》作酩酊，乃俗字。茗朾蓋形容其頹唐。《晉書・張憑傳》：憑勃窣爲理窟，亦即酩朾，有實理之義。仲魚又嘗辨《文選》潘岳《閑居賦》注引安革猛詩，革猛爲韋孟之訛，安，羨文。錢宫詹載其説入《養新録》。

五綵結同心　荔子

繁星著樹，緑葉垂枝，撲帳火雲朝熱。錦鳥餐難盡，定銜到、十二層城調舌。是誰賭取羅囊紫。看一騎、飛塵相接。晶盤瑩嫩紅輕擘，纖指忽噤寒徹。　炎天亂堆香雪，且莫從卯酒，乍醒人説。光砑吴綃薄，瀟湘水、風皺半痕裙褶。冰肌綽約看誰似，庶夢裏、瑶妃無別。記少年、翠帷髫鬌，一點甘唇初齧。

【校】

見《浙西六家詞》本《江湖載酒集》卷三，《曝書亭詞注》卷六，《清名家詞》。

暗香 紅豆

凝珠吹黍。似早梅乍萼，新桐初乳。莫是珊瑚，零落敲殘石家樹。記得南中舊事，金齒屐、小鬟蠻女。向兩岸、樹底盈盈，擡素手摘新雨。　延佇。碧雲暮。休逗入茜裙，欲尋無處。唱歌歸去。先向緑牕飼鸚鵡。惆悵檀郎路遠，待寄與、相思猶阻。燭影下、開玉合，背人暗數。

【校】

見《浙西六家詞》本《江湖載酒集》卷一，《瑤華集》卷十一，《今詞苑》卷三，《今詞初集》卷下，《古今詞匯三編》卷七，《詞覯》卷六，《國朝詞選補鈔》，《厲朝詞選》卷十，《昭代詞選》卷十四，《國朝詞綜》卷八，《曝書亭詞注》卷六，《詞略》四，《雲韶集》卷十五，《篋中詞》卷二，《詞莂》，《清名家詞》，《清十一家詞鈔》卷三，《全清詞鈔》卷五。

詞調：《今詞苑》、《詞匯三編》、《詞覯》作「紅情」。

副題：《瑤華集》、《詞覯》作「詠紅豆」。

零落：《瑤華集》、《今詞初集》、《詞匯三編》作「零亂」。

鬘女：《瑶華集》、《今詞苑》作「蠻語」。
向兩岸、樹底盈盈，擡素手摘新雨：《今詞苑》、《詞匯三編》、《詞覯》「向」作「看」；《六家詞》本、《今詞苑》、《詞覯》、《詞蒴》均無「擡」字；《今詞苑》、《今詞初集》、《詞匯三編》此句作「看兩岸盈盈素手摘新雨」。
茜裙：《國朝詞綜》作「苔裙」。
路遠：《瑶華集》、《今詞苑》作「終遠」。
待寄與：《今詞初集》、《詞匯三編》、《詞覯》作「待寄」。
暗數：《瑶華集》、《今詞苑》作「偷數」。

【參考資料】

《雲韶集》卷十五：凄麗。一本删去「擡」字，殊屬無理。慧心密意，曲折傳出。
《篋中詞》卷二：累累如貫珠。

滿庭芳　佛手柑，和嚴蓀友

青豆開房，白牛露地，春浮一樣根蟠。風簾乍卷，芳氣訝燒蘭。不比金仙十二，承珠露、倒瀉銅盤。雙林底，知他鹿女，幾度踏花看。　　園官。傳送處，烏皮旋設，兔琖初安。勝甘蕉乳臭，橄欖漿酸。攜到六街三市，津梁倦、彈指霜寒。鏤酥片，餘香未減，分配小龍團。

【校】

見《浙西六家詞》本《江湖載酒集》卷三，《瑶華集》卷十，《國朝詞綜》卷八，《曝書亭詞注》卷六，《清名家詞》。

副題：《瑶華集》於「佛」字前加一「詠」字。

乍卷：《六家詞》本、《瑶華集》均作「乍揭」。

霜葉飛　詠柑，同魏禹平作

昔游曾記泥山路，青林纔二三里。枝頭行蟻拂還來，正十分黄膩。須不似、甜桃醋李。樽前別有閒風味。見翠竹擎籃，惹重露、新霜指爪，都著香氣。个个鎔蠟封蒂。歸時笑遺細君看，剔殘燈紅蕊。枉想像、金坡舊事。歲星今謫人間世。判洞庭、全家去，遍插牆陰，恣攜懷裹。韓彦直《橘録》：温州四邑俱種柑，而出泥山者推第一。山如覆釜，其傍地延袤，衹二三里許，出此則香味遠不逮。嵇含《南方草木狀》：壺，柑窠如薄絮，蟻在其中，並窠而賣。柑樹無蟻，則其實爲蠹所傷。黄山谷《詠柑》詩：香著樽前指爪間。《隋書》：文帝好食柑，蜀中摘黄柑即以蠟封其蒂獻之。蘇詩：歸來一點殘燈在，猶有傳柑遺細君。

【校】

見《曝書亭詞注》卷六，《清名家詞》。

懷裹：《曝書亭詞注》作「懷袞」。

秦樓月　金豆

橘田秋。吴儂摘處霜花浮。霜花浮。玉盤的歷，偏惹閒愁。　酒闌燭暗羅衾幬。手香夜半潛相投。十年舊事，忽到心頭。

【校】

見《浙西六家詞》本《江湖載酒集》卷二，《曝書亭詞注》卷六，《清名家詞》。

副題：《曝書亭詞拾遺·志異》作「食金豆」。

減蘭　橙

一年好景。玉臼金齏長記省。有底酸漿。搗處真憐透甲香。　朱欒幾樹。愛惜芳根移細雨。鵠殼重紋。作意秋凉已十分。

【校】

見《曝書亭詞注》卷六，《清名家詞》。

玉樓春　柳

依依别緒長亭共。舊雨殘陽空目送。一灣流水小紅橋，留與斷腸人作去聲夢。　柔條曾記春前種。乍起三眠妍手弄。煙初羃歷態真濃。絮未顛狂絲尚重。

【校】

見《百名家詞鈔》本《江湖載酒集》，《浙西六家詞》本《江湖載酒集》卷二，《古今詞選》卷三，《今詞初集》卷下，《昭代詞選》卷十三，《國朝詞雅》卷六，《國朝詞綜》卷八，《曝書亭詞注》卷六，《雲韶集》卷十五，《詞則・大雅集》卷五，《清名家詞》。

目送：《百名家詞鈔》本、《國朝詞雅》作「自送」。

小紅橋：《百名家詞鈔》本、《六家詞》本、《古今詞選》、《國朝詞雅》均作「小橋寒」。

【參考資料】

《雲韶集》卷十五：婉至。「夢中慣得無拘束，又踏楊花過謝橋」，小山名作也。彼以夢爲醒，此以醒作夢，同一婉折。

減蘭　楊花

楊花無緒。不管人愁高下舞。筆架書籤。纔拓窗紗處處黏。　東風語汝。吹入謝家池閣去。詠絮人閒。憑仗東風忽自前。

【校】

見《浙西六家詞》本《江湖載酒集》卷二，《瑶華集》卷二，《曝書亭詞注》卷六，《清名家詞》。

詞調：《六家詞》本、《瑶華集》均作「減字木蘭花」。

疎影　秋柳，和李十九韻

西風馬首。有哀蟬幾樹，高下聲驟。村外煙消，水際沙寒，斜陽似戀亭堠。絲絲縷縷紛堪數，更髣髴、葉初開候。待月中、疎影東西，思共故人攜手。　摇落江潭萬里，繫船酒醒夜，長笛京口。讀曲歌殘，曉露翻鴉，蕭瑟白門非舊。赤闌橋畔流雲遠，遮不住、短牆疎牖。話六朝、遺事淒涼，張緒近來消瘦。

【校】

見《浙西六家詞》本《江湖載酒集》卷一，《瑤華集》卷十六，《國朝詞選補鈔》，《國朝詞綜》卷八，《曝書亭詞注》卷六，《雲韶集》卷十五，《詞則・大雅集》卷五，《清名家詞》。

橋畔流雲遠：《瑤華集》作「橋外流雲冷」。

【參考資料】

《雲韶集》卷十五：衹起三語，便令人魂消。情致不泛，可嘆。結亦淒切。

《詞則・大雅集》卷五：起勢淒警。

臨江仙　寒柳

縮得舊時離恨否，風前一樣絲絲。送人折盡夕陽時。昏鴉餘幾點，莫認早鶯兒。　憔悴倡條渾不是。菱花記取雙眉。秋聲誰與寄相思。章臺疎影在，只剩兩三枝。

【校】

見《浙西六家詞》本《江湖載酒集》卷三，《曝書亭詞注》卷六，《清名家詞》，《清十一家詞鈔》卷三。

瀟瀟雨　落葉

秋林紅未足，怪酸風、一片舞遥堤。任高高下下，蕭蕭摵摵，策策悽悽。岸幘籬根壓遍，驚斷草蟲啼。只有蒼涼月，來照鴉栖。　　却似游蹤不定，謂當南反北，旋又東西。縱吟邊倚杖，樽酒正堪攜。然茶鎗、故人來否，怕空山、舊徑一時迷。颼颼響、悵無眠夜，聽到荒雞。

【校】

見《百名家詞鈔》本《江湖載酒集》，《浙西六家詞》本《江湖載酒集》卷一，《昭代詞選》卷十四，《國朝詞雅》卷六，《國朝詞綜》卷八，《曝書亭詞注》卷六，《清名家詞》，《清十一家詞鈔》卷三。

詞調：《昭代詞選》作「八聲甘州」。

策策：《百名家詞鈔》本、《國朝詞雅》均作「簌簌」。

蒼涼月：《百名家詞鈔》本作「凄涼月」。

鴉栖：《百名家詞鈔》本作「幽栖」。

游蹤：《百名家詞鈔》本作「浮雲」。《六家詞》本作「浮蹤」。

然茶鎗：《百名家詞鈔》本、《六家詞》本、《國朝詞雅》、《國朝詞綜》均作「然風鐺」。

一時迷：《昭代詞選》作「都迷」。

玉女摇仙珮　白鸚

桄榔葉暗，茉莉叢深，舊是雙雙棲處。玉羽初迴，鳳毛誰綴，百遍對人猶怖。悶把芳時度。總無言不比，聰明鸚鵡。待移伴、庭前孔雀，還怕金花翠尾須妒。丹青頗難描，黑白分明，千絲萬縷。曾記謝家賦雪，皓鶴争鮮，點綴瑶階瓊樹。十二畫欄，紅妝相見，定自愁添眉嫵。有得春多許。也空掩風雨，重重朱户。况遠客、頻年嶺外，秋來見月、驀然回顧。歸期誤。今番索遺開籠去。

【校】

見《浙西六家詞》本《江湖載酒集》卷三，《曝書亭詞注》卷六，《清名家詞》。

見月：《六家詞》本作「明月」。

八寶妝 舞孔雀

庭暗娑羅，山明躑躅，正值好春時候。不用紅樓三十級，合在迴廊疎牖。朝來彈指阿誰，妒殺芳心，緑蕤響處開難驟。絶勝織成步障，編他銅釦。看場壓倒窗櫺，一迴舞旋，更教人立屏後。數項翠、尾花如縷，怎染出、輕紈圖繡。除非是、邊鸞好手。郁咿聲裏低丹咮。問飫眼蠻奴，莫銷殘碧暗金否。孔雀舞將罷，以咮著地鳴，乃斂其羽。

【校】

見《浙西六家詞》本《江湖載酒集》卷一，《曝書亭詞注》卷六，《清名家詞》。

如縷：《六家詞》本作「如鏤」。

花犯 鴛鴦

曲池塘，天教付與，雙棲夜深並。緑蒲分映。任夢裏隨波，煙外交頸。圓沙一片斜陽冷。多應睡未醒。看足了、浣衣人去，蜻蜓移釣艇。　采蓮渡頭最愁他，清歌纔起處、驚飛難定。齊浴罷，花潭下，翠牽紅凝。休緣却、竹弓射鴨，還自去、空江千萬頃。正好伴、水亭風檻，低垂羅袖影。

【校】

見《浙西六家詞》本《江湖載酒集》卷一，《瑶華集》卷十四，《曝書亭詞注》卷六，《清名家詞》。

臺城路 鷺鷥

謝池最愛鮮禽好，當年惠連曾賦。紫荇絲邊，水萍花外，長見伊窺魚住。乍翻淺渚。訝拍拍隨波，欲低還舉。占得圓沙，慣拳一足久延佇。　采蓮舟漸近也，笑紅裙按楫，不教驚去。荻岸偏明，蘋風慣浴，凉月毿毿緜羽。曲江人渡。指隱約秋潮，望中生處。纔挂魚罾，又飛來別浦。

【校】

見《浙西六家詞》本《江湖載酒集》卷一，《瑶華集》卷十四，《詞觀》卷六，《曝書亭詞注》卷六，《清名家詞》。

當年：《瑶華集》作「記得」。

淺渚：《六家詞》本、《瑶華集》作「洲渚」。

慣拳：《六家詞》本、《瑶華集》作「又拳」。

繇羽：《六家詞》本、《瑶華集》作「南浦」。

別浦：《六家詞》本、《瑶華集》作「無數」。

月華清　王阮亭侍讀書齋詠山鷓。侍讀詞有「妾是桐花，郎是桐花鳳」之句，故六七及之

白頰梔頭，繡纓竹外，輸他繇羽娟秀。何處飛來，料自苑桃宮柳。縱不比、么鳳桐花，合賺得、新詞消受。紅豆。拚分了鸜哥，任伊閒咒。　相見海棠初綻，早落盡芙蓉，雪梅香逗。移入重簾，伴取玉蜍金獸。記點染、窠石春林，費多少、巧心妍手。描就。試開籠放爾，戲猨能否？《宣和畫譜》：黄居寀有《海棠山鷓圖》，丘餘慶有《芙蓉山鷓圖》，吴元瑜有《雪梅山鷓圖》，易元吉有《窠石山鷓圖》，崔白有《春林山鷓圖》，崔慤有《戲猨山鷓圖》。

【校】

見《浙西六家詞》本《江湖載酒集》卷三，《曝書亭詞注》卷六，《清名家詞》。

繇羽：《六家詞》本作「錦羽」。

料自：《曝書亭詞注》作「料是」。

江城子 黄雀

江鄉風物客中論。傍籬根，啓柴門。蒻蒻西風，紅稻倚斜曛。長記張羅秋九月，南馬疃，北陶村。　充庖俊味我思存。坐黄昏，引清樽。持比香橙，蒸栗色難分。凝想流匙真个滑，全不數，鴨餛飩。

【校】見《浙西六家詞》本《江湖載酒集》卷二，《國朝詞選補鈔》，《國朝詞綜》卷八，《曝書亭詞注》卷六，《詞略》四，《清名家詞》。

琵琶仙 秋日桑乾河上見雙白燕詠之

遠渚秋光，乍疑是、兩岸蘆花如霰。剛得軟語，輕迴差池轉堪戀。思一縷、紅絲繫住，怕飛入、掌中難見。明月樓臺，梨花院落，曾否尋遍。　問何事、沙際飄零，惹西去潘郎鬢都變。争向水晶簾外，對曉風初卷。看畫閣、銀釵幾許，留伴他、傅粉人面。借取玉女縫衣，一雙並翦。

【校】見《瑶華集》卷十二，《今詞苑》卷三，《清平初選》卷八，《古今詞選》卷十一，《梅里詞緒》，《曝書亭詞注》卷六，《清名家詞》。

乍疑：《瑶華集》作「早疑」。

借取：《瑶華集》、《今詞苑》均作「怪道」。

東坡引　鸊鵜

洄沿潭裏浴。波圓明鏡蹴。濃花淡柳西湖曲，臨流看不足。　晴沙遠映，淺水撲鹿。鎮日夜、鳴相續。采蓮人去菰蒲緑。一雙飛又宿。一雙飛又宿。

【校】

見《瑶華集》卷四，《曝書亭詞注》卷六，《清名家詞》。

長亭怨慢　鴈

結多少、悲秋儔侶。特地年年，北風吹度。紫塞門孤，金河月冷、恨難訴。迴汀枉渚，也只戀、江南住。隨意落平沙，巧排作、參差箏柱。　别浦。慣驚移莫定，應怯敗荷疎雨。一繩雲杪，看字字、懸鍼垂露。漸攲斜、無力低飄，正目送、碧羅天暮。寫不了相思，又蘸凉波飛去。

【校】

見《浙西六家詞》本《江湖載酒集》卷一，《國朝詞綜》卷八，《曝書亭詞注》卷六，《詞略》四，《雲韶集》卷十五，《詞則・大雅集》卷五，《清名家詞》，《清十一家詞鈔》卷三。

恨難訴：《國朝詞綜》作「恨誰訴」。

回汀枉渚：《六家詞》本作「渚煙汀樹」；《國朝詞綜》作「回江枉渚」。

【參考資料】

《雲韶集》卷十五：起筆神來。竹垞詠物諸篇，大率寓身世之感，以凄切之情，發爲哀婉之調，既悲涼，又忠厚，讀之久而其味愈長。

《詞則・大雅集》卷五：來勢蒼茫。感慨身世，以凄切之情發哀婉之調，既悲涼、又忠厚，是竹垞直逼玉田之作，集中亦不多見。

《白雨齋詞話足本校注》卷三：竹垞《長亭怨慢》云云，感慨身世，以凄切之情，發哀婉之調，既悲涼，又忠厚，是竹垞直逼玉田之作，集中亦不多見。

滿庭芳　鵝

染柳分黄，飛霙較素，持比溪絹尤妍。白毛紅掌，羣汎撥輕漣。只合呼他舒鴈，無端是、引頸嗔船。茴香下，半醒半睡，側眼小如錢。江天。農務了，柴荆開處，頻數村前。任殘陽曲岸，水偃沙眠。客至還堪對酒，閒時節、換取籠邊。兒童問、山陰舊事，説與永和年。

五代趙才以畫鵝得名，有《茴香下睡鵝圖》。錢之輕者曰鵝眼。

【校】

見《昭代詞選》卷十四，《曝書亭詞注》卷六，《清名家詞》。

邁陂塘　鴨

任方塘、羣游孤泛，愛他不染泥滓。避人纔見驚飛去，又早紛紛低墜。堪妒是。曾消受、夜深每並鴛鴦翅。竹弓漫試。對黑白分明，欄邊鬬罷，芳草一茸翠。　揚瀾好，兩槳吴船小觜，采蓮人弄煙水。晚來笑把紅裙裹，觸損冷花濃蕊。歸也未，正一色、秋江灩灩波千里。移來簾底。鑄就小爐熏，屏帷深處，長傍繡衾睡。

【校】

見《浙西六家詞》本《江湖載酒集》卷三，《瑶華集》卷十九，《今詞初集》卷下，《古今詞匯三編》卷八，《昭代詞選》卷十四，《國朝詞雅》卷六，《曝書亭詞注》卷六，《清名家詞》。

詞調：《詞匯三編》、《昭代詞選》作「摸魚子」；《瑶華集》作「摸魚兒」。

副題：《瑶華集》作「詠鴨」。

泥滓：《昭代詞選》作「塵滓」。

茸翠：《詞匯三編》作「叢翠」。

小觜：《瑶華集》、《詞匯三編》亦作「小嘴」。

小爐熏：《六家詞》本作「小熏爐」。

水龍吟　觀洗象作

凉波曉色城西路，趁着熱風猶未。引來舞隊，依稀晋日，黄門鼓吹。垂鼻鱗囷，旋渦遠近，欲沉還起。看雲旗摇處，更番催去，偏會得、蠻奴意。夾岸人家此際，步踟躕、紫騮難繫。疎簾隱隱，輕容小袖，笑聲齊指。赤日徐高，黃塵又遍，鈿車流水。剩白頭宮監，相攜柳下，說前朝事。

【校】

見《古今詩餘醉》卷首，《詞覯》卷六，《曝書亭詞注》卷六，《清名家詞》。

【參考資料】

《國朝詩餘醉》卷首：未覩洗象者，請讀一遍，瞭然。

掃花游　駱駝

白龍堆遠，傍獨樹煙平，草痕如翦。卧沙最淺。慣罽罷戎鹽，紫髯都斂。拂起鞭捎，娖隊安行愈緩。夕陽晚。料穩坐上頭，人意先倦。江國知少見。指背錦模糊，柳陰高岸。側峯半偃。笑零丁帖子，戴家傳遍。記取形摸，小玉羊脂新碾。筆牀畔。鎮紅箋、不教風展。漢戴良失父零丁，曰：食不能嚼，左右齧似西域駱駝。

【校】

見《曝書亭詞注》卷六，《清名家詞》。

戴家：《曝書亭詞拾遺·志異》作「市門」。

木蘭花慢　孫懋叔以山獐見貽，賦謝

孫郎真愛客，分異味，到寒庖。尚髣髴童時，鹿邊曾見，照影驚跑。弓鞘。餓鴟叫處，想風生、耳後落飛髇。誰向原頭飲血，一鞭歸騎横捎。　毛炮。嫩滴瓷罌，漿乍洗，析成肴。任滿薦辛盤，椒花頌罷，荷葉堪包。西郊。雪晴人日，擬重尋、退谷半山坳。笑擘春前紅脯，醉吟小閣松梢。

【校】

見《曝書亭詞注》卷六、《清名家詞》。

雪獅兒　錢葆酚舍人書詠猫詞索和，賦得三首

吴鹽幾兩，聘取貍奴，浴蠶時候。錦帶無痕，搦絮堆緜生就。詩人黄九。也不惜、買魚穿柳。偏愛住、戎葵石畔，牡丹花後。　午夢初迴晴晝。斂雙睛乍竪，困眠還又。驚起藤墪，子母相持良久。鸜哥來否。惹幾度、春閨停繡。重簾逗。便請爐邊叉手。吴俗以鹽易猫，故陸務觀詩有「裹鹽迎得小貍奴」之句。錦帶，猫名，見《妝樓志》。黄庭堅《乞猫》詩：聞道貍奴將數子，買魚穿柳聘銜蟬。李璜《送猫》詩：銜蟬毛色白勝酥，搦絮堆緜亦不如。又：家家入雪白於霜，更有鞍韉似鬧裝；便請爐邊叉手坐，從教鼠子自跳梁。何尊師有《戎葵太湖石猫圖》。趙昌、黄荃、徐熙、崔白俱有《牡丹戲猫圖》。易元吉有《藤墪戲猫圖》。又《子母猫圖》，唐宋畫家多有之。

【校】

見《浙西六家詞》本《江湖載酒集》卷一，《瑤華集》卷八，《曝書亭詞注》卷六，《清名家詞》。

【參考資料】

《詞徵》卷六：朱竹垞、錢葆馚、厲樊榭均有《雪獅兒·猫》詞，吴聖徵又從而擴之，刺取典實，無隙不搜。

《賭棊山莊詞話》卷九：即如詠猫一事，自葆馚、竹垞、太鴻、繡谷而外，和作不下十數家。予少日曾爲集録，亡友張任如見之笑曰：弄月嘲風之筆，乃爲有苗氏作世譜哉！予失笑投筆而起。是言雖虐，然實詠物家針砭也。或曰：多識之學，風詩不廢，子何獨於詞而訾警之，一言不已而至再、至三乎？予曰：詩三百篇開卷第一言，即是詠物。然使第曰：「關關雎鳩，在河之洲。」第曰：「參差荇菜，左右流之。」而盡去其下文，則此詩何以爲風化之原乎？而當日尼山秉筆，吾知必從删棄矣。且今之爲此者，動曰吾瓣香姜、史也；然《暗香》、《疏影》之篇，軟語商量之句，豈二公搜索枯腸，獨無一二冷典，乃賦空而不爲徵實哉！蓋詞貴清空，宋賢名訓也。

《清詞玉屑》卷十一：華亭錢葆馚以《雪獅兒》詠猫（略），一時和什如雲。竹垞和成三闋，遍搜猫典。後厲樊榭與吴繡谷復效其體，樊榭有詞四闋，運典益僻，自稗官瑣録，以逮前人詩句，古時俗諺，搜羅殆備。

前調　前題

勝酥入雪，誰向人前，不仁呼汝。永日重階，恒把子來潛數。癡兒呆女。且莫漫、彩絲牽住。一任却、食魚捕雀，顧蜂窺鼠。　百尺紅牆能度。問檀郎謝媛，春眠何處。金縷鞵邊，慣是雙瞳遍注。玉人迴步。須聽取、殷勤分付。空房暮。但唤銜蟬休誤。閻朝隱《鸚鵡猫兒篇》序云：猫，不仁獸也。路德延《孩兒》詩：猫子綵絲牽。黃荃有《食魚捕雀二圖》。郭乾祐有《顧蜂猫圖》。盧延讓詩：餓猫窺鼠穴。

【校】

見《浙西六家詞》本《江湖載酒集》卷一，《曝書亭詞注》卷六，《清名家詞》。

潛數：《六家詞》本作「頻數」。

前調 前題

磨牙澤吻，似虎分形，眼黃須辨。炎景方長，試驗鼻端冷煖。茴香叢暗。撲不住、螻蛄一點。更尋向、籬根紫芥，石稜紅莧。　醉了葧荷頻顫。訝搔頭過耳，水痕初浣。消息郎歸，休把玉鞭敲斷。平陵傳遍。問罊鏁、金錢誰綰。風吹轉。蛺蜨驚飛淩亂。何尊師謂：猫似虎，獨有耳大眼黃不相同。其畫澤吻磨牙，無不曲盡。《酉陽雜俎》：猫鼻端長冷，惟夏至一日煖。滕昌祐有《茴香戲猫圖》，黃荃有《螻蛄戲猫圖》，吳元瑜有《紫芥戲猫圖》，何尊師有《莧菜戲猫圖》，俱見《宣和畫譜》。米芾《畫史》云：黃荃《貍猫顫葧荷》甚工。《酉陽雜俎》云：猫洗面過耳則客至。陸游《老學菴筆記》：馬鞭擊猫，節節斷折。又《酉陽雜俎》云：平陵城，古譚國也。城中有一猫，長帶金鏁，有錢飛若蛺蜨。

【校】

見《曝書亭詞注》卷六，《清名家詞》。

催雪 席上賦黃鼠

倦擁癡牀，寒禦旨蓄，多事拱人嫛肩。惹花豹騰山，地猴臨穴。五技頓窮就掩，趁快馬、攜歸捎殘雪。刲肝驗膽，油蒸糝附，寸膏凝結。鏤切。俊味别。耐伴醉夜闌，引杯稠疊。更何用晶鹽，玉盤陳設。一種低徊舊事，想獨客、三雲愁時節。喚小伎，並坐教、嘗聽唱塞垣風月。黄鼠産雲中。劉績《霏雪録》：黄鼠穴處，各有配匹。人掘其穴，見其中作小土窖若牀榻之狀，則牝牡所居之處也。秋時蓄黍菽及草木之實，以禦冬。天氣晴和時，出坐穴口，見人則拱前腋如揖狀，即竄入穴。惟畏地猴。地猴形極小，縱入其穴，則喙曳而出之。味極肥美，元時曾爲玉食之獻，置官守其處，人不得擅取也。《酉陽雜俎》：鼠膽在肝，活取則有。梁韋琳《䱇表》：以臣爲糝熬將軍，油蒸校尉。花豹，鷹之小者，專捕黄鼠。

【校】

見《曝書亭詞注》卷六，《清名家詞》。

臺城路 蟬

苓根化就初無力，温風便聞凄調。藕葉侵塘，槐花糝徑，吟得井梧秋到。一枝潛抱。任吹過鄰牆，餘音猶嫋。驀地驚飛，金梭爲避栗留小。長堤翠陰十里。冠緌都不見，只喚遮了。斷柳亭邊，空山雨後，愁裏幾番斜照。昏黄暫悄。讓弔月啼蛄，號寒迷鳥。飲露方殘，曉涼嘶恁早。《稽聖賦》：苓根爲蟬援神契，蟬無力，故不食。遮了，蟬聲。

【校】

見《浙西六家詞》本《江湖載酒集》卷一，《瑤華集》卷十四，《古今詞選》卷八，《昭代詞選》卷十四，《國朝詞雅》卷六，《曝書亭詞注》卷六，《清名家詞》。

詞調：《瑤華集》、《昭代詞選》作「齊天樂」。

前調　前題

蜕餘不作游仙夢，炎天愛浮涼吹。抱柳眠慵，棲槐影合，隨分小園堪寄。緑陰滿地。慣獨自悠揚，一絲風裏。咽住殘聲，哀吟又聽別枝起。　柴門亂喧雨後。濕雲斜照，落霞斷魚尾。南陌離亭，西園故國，多少愁人盈耳。兒童此際。罥蛛網檐牙，筠竿樹底。爲恁驚飛，絃桐移素指。

【校】

見《浙西六家詞》本《江湖載酒集》卷三，《曝書亭詞注》卷六，《清名家詞》。

副題：《六家詞》本作「再詠蟬」。

綺羅香　和宋牧仲別駕詠螢

挾火難温，侵星易墜，留拂井梧檐樹。傍牖依闌，暗裏慣窺人住。渾不辨、鬢霧殘妝，又何况、韈塵纖步。際新涼、團扇初閒，輕羅撲付小兒女。　葳蕤深鎖院静，攜照相思錦字，練囊縫取。憑仗微風，方便更教飛去。逗屋角、蛛網圓絲，避葉心、豆花斜雨。恣意向、月黑池塘，夜闌高下舞。

【校】

見《浙西六家詞》本《江湖載酒集》卷一，《國朝詞綜》卷八，《曝書亭詞注》卷六，《篋中詞》卷二，《清名家詞》。

相思錦字：《六家詞》本作「相思字」。

撲付：《篋中詞》作「撲向」。

【參考資料】

《篋中詞》卷二：刺詞。

花心動　蜻蜓

舞拂波光，齊上下、早是薰風池館。蟬翼還輕，蠆尾偏長，記取狐梨曾喚。釣絲愛向人前立，見幾度、欲飛猶緩。花陰小、伯勞穿過，也能偷眼。　點水移時款款。乍紅裊蔆枝，翠停荷管。卷幔凉多，傍檻晚晴，影織夕陽莎岸。有時忽上玉搔頭，全不怕、佳人羅扇。纖羽響、一翦鬟雲撩亂。

【校】

見《浙西六家詞》本《江湖載酒集》卷一，《瑶華集》卷十五，《梅里詞緒》，《國朝詞綜》卷八，《曝書亭詞注》卷六，《詞略》四，《清名家詞》。

見幾度：《國朝詞綜》「見」作「是」。

夕陽：《國朝詞綜》作「斜陽」。

忽上：《六家詞》本作「忽向」。

【參考資料】

《梅里詞緒》：此作平仄與詞律所載有異。

南鄉子 蛩

涼月淡，影疎疎。豆葉新黃架未除。好似繰車鳴不住。來又去。秋燈慣伴愁人語。

【校】

見《曝書亭詞注》卷六，《清名家詞》。

玉人歌 杭州玉泉寺池中五色魚凡千頭，内一種翠藍者最可愛，賦之

輕漣白。愛一種娵隅，暈藍拖碧。綀塘風煖，蒼玉恣抛擲。丹砂泉淺游朱鬣，受盡人憐惜。又争如、雨過天青，者般顔色。　濠上未歸客。投香飯青精，日斜與食。蓮葉東西，何事便深匿。翠鱗六六空摇尾，嬾遞閒消息。但年年、映取柳陰千尺。後周時，請瓷器式，世宗批其狀云：雨過天青雲破處，者般顔色作將來。

【校】

見《瑶華集》卷八，《曝書亭詞注》卷六，《昭代詞選》卷十三，《清名家詞》。

天青：《瑶華集》作「天晴」。

探春慢　河豚

曉日孤帆，腥風一蓊，販鮮江市船小。滌遍寒泉，烹來深院，不許纖塵舞到。聽説西施乳，惹賓座、垂涎多少。阿誰犀箸翻停，莫是生年逢卯。　閒把食經品第，量雀鮓蟹胥，輸與風調。荻筍將芽，蔞蒿未葉，此際故園真好。鬬鴨闌邊路，猛記憶、溪頭春早。竹外桃花，三枝兩枝開了。

【校】

見《浙西六家詞》本《江湖載酒集》卷三，《瑶華集》卷十四，《國朝詞選補鈔》，《國朝詞綜》卷八，《曝書亭詞注》卷六，《詞略》四，《清名家詞》。

賓座：《國朝詞綜》作「賓坐」。

桂枝香　蟹

新霜晚渡。見燃葦鴻天，落潮魚步。盡掩青筐縛急，腥涎齊吐。津門水市無人問，聽軋軋、小車鳴路。攜來九陌，不知還有，酒徒閒否。　又何況、鄉園秋暮。任空江簖舍，斷沙名浦。酥片金穰，那管玉纖黏住。橙陰菊外登高宴，捉鮦陽甕邊儔侶。年年長擘，燭斜畫舫，水涼朱户。畢卓，鮦陽人。

【校】

見《浙西六家詞》本《江湖載酒集》卷一，《瑶華集》卷十三，《曝書亭詞注》卷六，《清名家詞》。

副題：《六家詞》本作「再賦蟹」。

前調　前題

緯蕭截水。見半漾湖波，半撑湖背。此際菱歌漸少，滿塍香穗。漁師菰飯新炊後，任攲斜、橛頭船檥。爬沙響處，連江露白，一燈紅細。　便八跪、雙螯都利，被寒蒲束縛，仄行無計。試放閒塘蓼岸，描成秋意。慣愁解甲隨潮去，添瘦葦一枝扶起。履霜聽遍，聲聲宛似，玉琴絲裏。徐熙有《蓼塘蟹圖》。傅肱《蟹録》：履霜操有蟹行聲。黄庭堅詩：寒蒲束縛十六輩。

【校】

見《浙西六家詞》本《江湖載酒集》卷三，《瑶華集》卷十三，《曝書亭詞注》卷六，《清名家詞》。

寒蒲束縛：《六家詞》本、《瑶華集》均作「�篢掩就」。

慣愁：《六家詞》本、《瑶華集》、《曝書亭詞注》均作「須愁」。

雙鸂鶒　纖蛤

俊味鹽官稠疊。一種小如瓜瓞。最愛蘭湯渟雪。卯酒欲醒時節。　雲母乍分瓊屑。玉楮刻

成風葉。拾取黏雙蝴蝶。驚飛鬢影奇絶。

【校】

見《曝書亭詞注》卷六，《清名家詞》。

湘江静 蛤蜊

獱殼深緘潭底並。任吹殘、老楓誰省。房同蘆雉，花輸石蛄，占魚牀清冷。網漉兩筠竿，橛頭響、青泥成餅。西風古水，斜陽野田，尋啅雀、更無影。 甲卯初，湯沸定。一痕纖、嫩黄逾净。不知許事，相逢且食，把膏脂都屏。犯卯未醒時，唤金鈒、小盤須釘。幾番爲爾，勾留住了，早春歸興。

【校】

見《浙西六家詞》本《江湖載酒集》卷三，《瑶華集》卷十四，《曝書亭詞注》卷六，《清名家詞》。

古水：《曝書亭詞注》作「古木」。

清波引 西施舌

越絲千縷。誰暗趁、落潮網住。恁時看取。一錢底須與。悔逐扁舟去，亂水飄零良苦。自從歌罷吴宫，聽不到、小唇語。 嗚薑薦俎。此風味、難得並數。島煙江雨。短篷醉曾煮。

荔子香辭樹，一半勾留爲汝。試問舊日鴟夷，比儂饞否。

【校】

見《曝書亭詞注》卷六，《清名家詞》。

聒龍謠 龍蝨

雨黑南溟，煙黄北户，慣候潮痕昏曉。倦羽飛來，被濕沙黏了。何嘗見、蝤蛑塵生，宛一似、蛣蜣香抱。待紅絲、綴上釵頭，又輸與，緬蟲小。　鮫人市，蜑人船，過十里五里，酒人騰笑。刀砧喚住，擘珠娘纖爪。算加恩、簿子須添，辨異味、食經重草。訝劉郎、學豢龍時，不曾搰到。

【校】

見《曝書亭詞注》卷六，《昭代詞選》卷十四，《清名家詞》。

倦羽：《曝書亭詞注》作「卷羽」。

嘗見：《曝書亭詞注》作「曾見」。

以上《茶煙閣體物集》卷下

蕃錦集

十六字令　春暮

愁魏扶。別後花時獨上樓魚玄機。風吹雨李賀，春肯爲人留白居易。

【校】見柯維楨本《蕃錦集》卷上，《昭代詞選》卷十三，《曝書亭詞注》卷七。

南歌子　早秋西湖

桂楫中流望丁仙芝。荷花鏡裏香李白。無數紫鴛鴦余延壽。嬋娟江上月劉長卿、拂羅裳閻朝隱。

【校】見柯維楨本《蕃錦集》卷上，《曝書亭詞注》卷七。

摘得新　伎席

歌有聲李白。朱絃繁復輕温庭筠。碧桐風嫋嫋陸龜蒙，月初生王建。嬋娟花艷無人及畢耀，早傳名長孫無忌。

【校】見柯維楨本《蕃錦集》卷上，《曝書亭詞注》卷七。

桂殿秋　剡城客夜

月漉漉李賀，雨微微張泌。故鄉山水路依稀羅鄴。近來欲睡兼難睡劉寫，正是歸時底不歸葛鵶兒。

【校】見柯維楨本《蕃錦集》卷上，《曝書亭詞注》卷七。

搗練子　吴興感舊

春雨灑馮著，滴檀欒陸羽。獨宿江城蠟炬殘杜甫。正是花時堪下淚張隱，更無人倚玉欄杆崔魯。

【校】見柯維楨本《蕃錦集》卷上，《昭代詞選》卷十三，《曝書亭詞注》卷七。

前調　前題

無處覓吴融，不須留劉言史。遲日園林悲昔游杜審言。惟有别時今不忘顧況，滿天風雨下西樓許渾。

【校】見柯維楨本《蕃錦集》卷上，《曝書亭詞注》卷七。

江南好　同周青士過沈山子村居

三春暮郎大家，看竹到貧家王維。高樹夕陽連古巷盧綸，小橋流水接平沙劉兼。把酒話桑麻孟浩然。

【校】見柯維楨本《蕃錦集》卷上，《古今詞選》卷一，《昭代詞選》卷十三，《曝書亭詞注》卷七。詞調：《古今詞選》作「憶江南」；柯本《蕃錦集》作「望江南」。

前調　曉起商氏園亭

更五點韓愈，珠箔卷輕寒薛奇童。金谷風光依舊在白居易，紅泥亭子赤闌干李白。迷路出花難宋之問。

【校】見柯維楨本《蕃錦集》卷上，《曝書亭詞注》卷七。

前調　過柯翰周書屋

披磵户盧照鄰，疎快頗宜人杜甫。家醖滿缾書滿架白居易，山花如繡草如茵許渾。獨坐一園春盧照鄰。

【校】見柯維楨本《蕃錦集》卷上，《昭代詞選》卷十三，《曝書亭詞注》卷七。

前調　詠燕

銜泥燕韋應物，最在美人家芮挺章。盡日聽彈無限曲元稹，等閒飛上別枝花李商隱。一種逐風斜楊希道。

【校】見柯維楨本《蕃錦集》卷上，《昭代詞選》卷十三，《曝書亭詞注》卷七。

南鄉子　珠江春思

日隱輕霞王維。紅紅緑緑苑中花王建。何處更添詩境好司空圖。聽春鳥顧況。飛去花枝猶裊裊韋應物。

【校】見柯維楨本《蕃錦集》卷上，《曝書亭詞注》卷七。

前調　度甓社湖

柳拂浮橋韓偓。青山隱隱水迢迢杜牧。行盡江南數千里岑參。蓮風起李賀。羅袖動香香不已楊太真。

【校】

見柯維楨本《蕃錦集》卷上，《昭代詞選》卷十三，《曝書亭詞注》卷七。

前調　上谷觀伎

躡珠履楊衡。舞羅衣李白。清歌寶瑟自相依駱賓王。此夜不堪腸斷絶權德輿。紅燭滅李頎。歸去豈知還向月李商隱。

【校】

見柯維楨本《蕃錦集》卷上，《昭代詞選》卷十三，《曝書亭詞注》卷七。

憶王孫　湯公牧、鄭文谿、柯翰周飲酒肆

花南水北雨濛濛盧綸。十里鶯啼緑映紅杜牧。葉葉春衣楊柳風韓翃。出城東王維。笑入吴姬酒肆中李白。

【校】

見柯維楨本《蕃錦集》卷上，《昭代詞選》卷十三，《曝書亭詞注》卷七。

詞題：柯本《蕃錦集》於「湯公牧」上有「同」字。

前調　春游

清江一曲柳千條劉禹錫。日出三竿春霧消同上。上苑梅香雪裏飄崔日用。馬蕭蕭杜甫。淥水斜通宛轉橋韓翃。

【校】見柯維楨本《蕃錦集》卷上，《曝書亭詞注》卷七。

前調　後游

平田渺渺獨傷春李嘉祐。兩岸桃花夾去津王維。一種佳游事也均張謂。草如茵李賀。不見當時勸酒人曹唐。

【校】見柯維楨本《蕃錦集》卷上，《昭代詞選》卷十三，《曝書亭詞注》卷七。

前調　歌席

嬌歌急管雜青絲岑參。燭暗香殘坐不辭陸龜蒙。細雨春風花落時李白。暗相思白居易。若問旁人那得知崔顥。

【校】見柯維楨本《蕃錦集》卷上，《昭代詞選》卷十三，《曝書亭詞注》卷七。

前調　探梅

一株斜映竹籬門薛能。碉户芳煙接水村司空圖。摇蕩春心似夢魂皎然。水雲昏顔真卿。静愛寒香撲酒樽羅隱。

【校】見柯維楨本《蕃錦集》卷上，《昭代詞選》卷十三，《曝書亭詞注》卷七。

前調　題沈武功雙谿草堂

浴鳧飛鷺晚悠悠杜甫。堤下連檣堤上樓劉禹錫。紅蓼花疎水國秋杜荀鶴。采蓮舟閻朝隱。直到門前溪水流常建。

【校】

見柯維楨本《蕃錦集》卷上，《昭代詞選》卷十三，《曝書亭詞注》卷七。

詞題：柯本《蕃錦集》「草堂」作「書屋」。

前調　鏡湖秋思

越山重疊越溪斜羅虬。竹浦風迴雁弄沙鮑溶。幾箇輕舟在若邪王翰。摘蓮花王勃。江月相隨直到家李頻。

【校】

見柯維楨本《蕃錦集》卷上，《昭代詞選》卷十三，《曝書亭詞注》卷七。

前調　濟南元夕

今年春色勝常年崔液。遥望笙歌隔水煙王建。何處風光不眼前王表。月如弦李叔卿。從未團圓直到圓王建。

【校】

見柯維楨本《蕃錦集》卷上，《曝書亭詞注》卷七。

江神子　題畫竹

萬條寒玉一谿煙李賀。泛春泉孟郊，映秋天任華。曾憶湘妃，廟裏雨中看白居易。閒對數竿心自足張南史，滄海上、白雲間令狐楚。

【校】

見柯維楨本《蕃錦集》卷上，《曝書亭詞注》卷七。

風光好　春恨

花嬋娟孟郊。月嬋娟同上。早是傷春夢雨天韋莊。思緜緜盧仝。梁間燕子聞長歎李商隱。春將半劉禹錫。舊事思量在眼前白居易。一年年同上。

【校】

見柯維楨本《蕃錦集》卷上，《古今詞選》卷三，《昭代詞選》卷十三，《曝書亭詞注》卷七。

詞調：柯本《蕃錦集》、《曝書亭詞注》均誤作「春光好」，《古今詞選》、《昭代詞選》均作「風光好」，是，今據改。

長相思　歌席

歌淫淫李賀。管愔愔同上。花煖江城斜日陰宋濟。情多酒不禁白居易。爲君吟李白。動君心同上。雲母屏風燭影深李商隱。銷魂況在今錢起。

【校】見柯維楨本《蕃錦集》卷上，《曝書亭詞注》卷七。

昭君怨　題畫

危石纔通鳥道劉長卿。山色東西多少皇甫冉。石上幾年松顧況。碧叢叢李賀。斷岸沉魚罟罶陸龜蒙。霜葉無風自落盧綸。月照一孤舟孟浩然。去悠悠韓愈。

【校】見柯維楨本《蕃錦集》卷上，《曝書亭詞注》卷七。

生查子　别思

楊柳映春江崔國輔，露葉凝愁黛盧照鄰。獨立俯閒階韓偓。離别人誰在杜甫。　千里夢難尋温庭筠，恨極同填海吴融。本是細腰人陸龜蒙，數急芙蓉帶李商隱。

【校】見柯維楨本《蕃錦集》卷上，《曝書亭詞注》卷七。

楊柳枝

會稽春游

渠柳條長水面齊王建。燕銜泥韋應物。花潭竹嶼傍幽蹊儲光羲。草萋萋岑參。油壁車輕蘇小小、羅隱。向君笑李白。玉壺春酒正堪攜岑參。若邪溪杜甫。

【校】見柯維楨本《蕃錦集》卷上，《曝書亭詞注》卷七。詞題：柯本《蕃錦集》作「會稽春游同柯翰周」。

玉蝴蝶

同沈覃九再登平山

秋雲不雨長陰盧綸。積翠靄沉沉王維。繫馬又登臨朱灣。風吹秋更深周朴。暗蛩生暮色無可，寒磬滿空林劉長卿。沈約瘦愔愔李商隱。憑高獨苦吟韋莊。

【校】見柯維楨本《蕃錦集》卷上，《曝書亭詞注》卷七。

浣溪沙　同柯寓匏春望

煙柳風絲拂岸斜雍陶。遠山終日送餘霞陸龜蒙。碧池新漲浴嬌鴉杜牧。　閬苑有書多附鶴李商隱，春城無處不飛花韓翃。馬蹄今去入誰家張籍。

【校】

見柯維楨本《蓄錦集》卷上，《古今詞選》卷三，《昭代詞選》卷十三，《曝書亭詞注》卷七，《詞則・別調集》卷三，《清十一家詞鈔》卷三。

【參考資料】

《詞則・別調集》卷三：集句本非正格，且近小家氣；然必須脱口而出，運用自如，無溪町之痕，有生動之趣，亦非易易。録竹垞詞可見一斑。

《賭棋山莊詞話》卷十二：《蓄錦集》偶句無不工妙。如《浣溪沙》云：「閬苑有書多附鶴李商隱，春城無處不飛花韓翃。」「碧幌青燈風艷艷元稹，紫檀紅撥夜丁丁許渾。」「樹色到京三百里殷堯藩，柳條垂岸一千家劉商。」「暮雨自歸山悄悄李商隱，殘燈無燄影幢幢元稹。」「蠟照半籠金翡翠李商隱，羅裙宜著繡鴛鴦章孝標。」《鷓鴣天》云：「平鋪風簟尋琴譜皮日休，醉折花枝當酒籌白居易。」「桃花臉薄難藏淚韓偓，桐樹心孤易感秋曹鄴。」「松間明月長如此宋之向，石上青苔思殺人樓頴。」《玉樓春》云：「一生一代一雙人駱賓王，相望相思不相見王勃。」「女蘿力弱難逢地曹鄴，戲蝶飛高始過牆姚合。」「落花不語空辭樹白居易，明月無情却上天薛逢。」近黄石牧之雋《唐堂集唐》極有盛名，《香屑》一集，不脛而走，然多多爲富，求若此匀整細麗，亦不復數見，今於倚聲得之，真斷唱哉！相傳竹垞少時，塾師以王瓜對，即應聲曰后稷。年十七入贅馮氏，與名士王鹿柴即席對古人名，如顧野王、沈田子，蔡興宗、崔慰祖，杜審言、蕭思話，韓擇木、李栖筠，劉方平、徐圓朗，劉仁本、范道根之類，凡數十事，此亦何滅金屈戌、玉丁東哉！

前調　西湖早春

雪帶東風洗畫屏許渾。便教鶯語太丁寧杜甫。看花多上水心亭張籍。隔岸春雲邀翰墨高適，傍簷煙雨濕巖扃韋莊。瓦甌斟酒暮山青崔道融。

【校】見柯維楨本《蕃錦集》卷上，《昭代詞選》卷十三，《曝書亭詞注》卷七。

前調　虎丘

高閣晴軒對一峯許渾。泊舟微徑度深松郎士元。水天春暗暮雲濃鄭谷。歌酒家家花處處白居易，羅衫葉葉繡重重王建。一杯可易得相逢白居易。

【校】見柯維楨本《蕃錦集》卷上，《曝書亭詞注》卷七。

前調　山塘夜泊

月挂西弓藹藹明陸龜蒙。春風倚櫂闔閭城李嘉祐。酒旗歌扇正相迎陶峴。碧幌青燈風灩灩元積，紫檀紅撥夜丁丁許渾。一更更盡到三更杜荀鶴。

【校】

見柯維楨本《蕃錦集》卷上，《昭代詞選》卷十三，《曝書亭詞注》卷七。

西弓：柯本《蕃錦集》作「虛弓」，《曝書亭詞注》案：「西當從今本作虛。」

前調　小孤山

四面無塵輟櫂過羅隱。秋來江静鏡新磨杜牧。碧雲高髻綰婆娑曹唐。深洞長松何所有王維，曉煙清露暗相和陸龜蒙。白銀盤裏一青螺劉禹錫。

【校】

見柯維楨本《蕃錦集》卷上，《昭代詞選》卷十三，《曝書亭詞注》卷七。

前調　天津道中

海燕西飛白日斜許渾。津橋春水浸紅霞雍陶。鵁鶄鸂鶒滿晴沙杜甫。樹色到京三百里殷堯藩，柳條垂岸一千家劉商。櫂聲煙裏獨嘔啞韋莊。

【校】

見柯維楨本《蕃錦集》卷上，《昭代詞選》卷十三，《曝書亭詞注》卷七。

前調　夜泊無錫，聞鄰舟歌者

雲鬟新梳薄似蟬白居易。江頭暫駐木蘭船張嶠。水寒煙澹落花前譚用之。五夜清歌敲玉樹曹唐，一雙纖手語香絃李羣玉。坐來雖近遠於天吴融。

【校】

見柯維楨本《蕃錦集》卷上，《古今詞選》卷一，《昭代詞選》卷十三，《曝書亭詞注》卷七。

前調　惜别

惜别愁窺玉女窗李白。遥知不語淚雙雙權德輿。綺羅分處下秋江許渾。暮雨自歸山悄悄李商隱，殘燈無燄影幢幢元稹。仍斟昨夜未開缸李商隱。

【校】

見柯維楨本《蕃錦集》卷上，《國朝詞選補鈔》，《古今詞選》卷三，《國朝詞綜》卷八，《曝書亭詞注》卷七，《雲韶集》卷十五。

副題：《國朝詞綜》作「惜别集句」。

【參考資料】

《雲韶集》卷十五：集句原非正格，且近小家氣；然借古人往日成語寫我今日性情，又必須脱口而出，亦非易易。

前調　春閨

出意挑鬟一尺長段成式。巧勻輕黛約殘妝施肩吾。黄昏獨自立重廊柯宗。蠟照半籠金翡翠李商隱，羅裙宜著繡鴛鴦章孝標。不因風起也聞香羅虬。

【校】

見柯維楨本《蕃錦集》卷上，《國朝詞選補鈔》，《古今詞選》卷三，《曝書亭詞注》卷七，《詞則·別調集》卷三。

【參考資料】

《詞則·別調集》卷三：疊用雙字，映射成趣。

前調　前題

十二層樓敞畫檐杜牧。偶然樓上卷珠簾司空圖。金爐檀炷冷慵添劉兼。小院回廊春寂寂杜甫。朱欄芳草緑纖纖劉兼。年年三月病懨懨韓偓。

【校】

見柯維楨本《蕃錦集》卷上，《昭代詞選》卷十三，《國朝詞綜》卷八，《曝書亭詞注》卷七，《雲韶集》卷十五。

【參考資料】

《雲韶集》卷十五：結句妙甚，與上二語連用雙字，映射成趣。余集唐絶句百首，《爲友人挽故繡雲校書》中有云：

「自休自了自安排，雨散雲飛自此乖。」亦了無痕迹。

減蘭　憶別

我行自北顧況。薄暮欲歸仍佇立李建勳。言告離衿宋華。一寸迴腸百慮侵唐彥謙。吁嗟萬里歐陽詹。回首可憐歌舞地杜甫。風雨蕭蕭韓偓。二十年前舊板橋劉禹錫。

【校】見柯維楨本《蕃錦集》卷上，《昭代詞選》卷十三，《曝書亭詞注》卷七。詞調：柯本《蕃錦集》作「減字木蘭花」。下三首均同。

前調　鴛鴦

荷塘倚扇李賀。動處水紋開灩灩張籍。五色氤氳陳子昂。鏤羽雕毛迥出羣皮日休。浮湍戲渚蕭穎士。看處便須終日住吳融。折彼荷花王勃。相趁鳧雛入蔣芽杜甫。

【校】見柯維楨本《蕃錦集》卷上，《曝書亭詞注》卷七。

前調　落花

叢芳爛熳陳子昂。庭影離離正堪翫儲光羲。碧樹溟濛上官昭容。一片西飛一片東王建。絲纏露泣韓偓。惟有春風最相惜楊巨源。灞岸分筵徐堅。觸忤愁人到酒邊杜甫。

【校】見柯維楨本《蕃錦集》卷上，《曝書亭詞注》卷七。

前調 落葉

蕭其森矣蕭穎士。客舍秋風今又起岑參。千樹山家王起。村映寒原日已斜郎士元。客無所託李白。五夜颸颸枕前覺劉禹錫。覺坐而思韓愈。不爲愁人住少時戴叔倫。

【校】見柯維楨本《蕃錦集》卷上，《昭代詞選》卷十三，《曝書亭詞注》卷七。

戴叔倫：柯本《蕃錦集》作「戴叔綸」，誤。

采桑子 秋日度穆陵關

穆陵關上秋雲起郎士元，習習涼風蕭穎士。於彼疎桐宋華。槭槭淒淒葉葉同吳融。平沙渺渺行人度劉長卿，垂雨濛濛元結。此去何從宋之問。一路寒山萬木中韓偓。

【校】見柯維楨本《蕃錦集》卷上，《古今詞選》卷三，《曝書亭詞注》卷七。

菩薩蠻　秋日陪劉增美中丞飲冶源亭子，愛其山水竹樹之勝，題壁四首

遥看一處攢雲樹王維。秋花錦石誰能數杜甫。犬吠水聲中李白。回流映似空盧照鄰。緑陰生晝静韋應物。亂竹開三徑王勃。未惜馬蹄遥杜甫。看余渡石橋宋之問。

【校】見柯維楨本《蓄錦集》卷上，《昭代詞選》卷十三，《曝書亭詞注》卷七。

前調　前題

幽栖地僻經過少杜甫。沙頭雨染斑斑草白居易。隨意坐莓苔杜甫。清風松下來孟浩然。鍊金歐冶子杜甫。但有寒泉水王維。臨眺獨躊躇杜甫。當看越絶書高適。相傳歐冶鑄劍於此。

【校】見柯維楨本《蓄錦集》卷上，《昭代詞選》卷十三，《曝書亭詞注》卷七。

前調　前題

數株門柳低衣桁岑參。隔窗雲霧生衣上王維。森木亂鳴蟬杜甫。溪風爲颯然同上。吏人橋外少同上。處處聞啼鳥孟浩然。何必武陵源高適。都無人世喧李白。

【校】

見柯維楨本《蕃錦集》卷上，《昭代詞選》卷十三，《曝書亭詞注》卷七。

前調 前題

山公醉後能騎馬李白。銀鞍却覆香羅帕杜甫。回首白雲多同上。依依奈別何獨孤及。　可憐游賞地姚合。寂寂深煙裏司空文明。只想竹林眠杜甫。逍遥不計年李白。

【校】

見柯維楨本《蕃錦集》卷上，《昭代詞選》卷十三，《曝書亭詞注》卷七。

前調 題畫

柴門流水依然在韓翃。更看絶頂煙霞外薛逢。路盡有平沙于鵠。無村不是花張蠙。　身心塵外遠崔峒。蕭散林亭晚弓嗣初。一到且淹留李中。自由中自由貫休。

【校】

見柯維楨本《蕃錦集》卷上，《曝書亭詞注》卷七。

詞題：柯本《蕃錦集》作「爲喬子静舍人題畫八首」，此其二。

李中：原自注作「李白」，誤。據柯本《蕃錦集》、《曝書亭詞注》改。

前調　題孫武光山南讀書圖

每嗟塵世長多事羅鄴。終須揀取幽栖地陸龜蒙。只在此山中賈島。由來趣不同殷益。　地寒松影裹張喬。種竹交加翠杜甫。遠遠出人羣權德輿。朝朝見白雲姚合。

【校】

見柯維楨本《蕃錦集》卷上，《曝書亭詞注》卷七。

副題：柯本《蕃錦集》作「爲喬子静舍人題畫八首」，此其六。

卜算子　夜過高漢思書屋

深柳讀書堂劉眘虛。暗水流花徑杜甫。愛向沙頭把釣竿嚴武，荷葉藏魚艇岑參。　雜樹晚相迷杜甫。煙鳥栖初定孟浩然。認得詩人在此間劉禹錫，醉月頻中聖李白。

【校】

見柯維楨本《蕃錦集》卷上，《曝書亭詞注》卷七。

前調　泛舟横塘

春恨幾徘徊楊炯，無限青青草皇甫冉。莫爲輕陰便擬歸張旭，輾轉傷懷抱孟雲卿。　野渡亂花飛司馬禮，風煖聞啼鳥高弁。多少樓臺煙雨中杜牧，看竹誰家好劉長卿。

【校】

見柯維楨本《蕃錦集》卷上，《昭代詞選》卷十三，《曝書亭詞注》卷七。

前調　早春閨思

羅袖拂寒輕崔液，玉管朝朝弄張祜。一樹寒梅白玉條張謂，逐吹香微動吴武陵。明月坐來高顧在鎔，遠岫凝氛重楊思玄。樓上花枝笑獨眠劉長卿，好作鴛鴦夢李賀。

【校】

見柯維楨本《蕃錦集》卷上，《古今詞選》卷三，《昭代詞選》卷十三，《曝書亭詞注》卷七。

寒輕：《古今詞選》作「香寒」，誤。

高：原作「生」，誤，柯本《蕃錦集》作「高」，今據改。

巫山一段雲　滇江道中

曉鷺棲危石鄭巢，風榆落小錢張仲素。緑楊如髮雨如煙崔魯。兩岸子規天栖蟾。浦樹遥如待張九齡，雲沙静渺然杜甫。落霞紅襯賈人船韋莊。風正一帆懸王灣。

【校】

見柯維楨本《蕃錦集》卷上，《古今詞選》卷二，《昭代詞選》卷十三，《曝書亭詞注》卷七。

前調　題毛子霞小像

賦料揚雄敵杜甫，詩傳謝脁清李白。淩雲筆札意縱橫杜甫。到處有逢迎王維。老得滄洲趣劉長卿，歸來物外情宋之問。儼然天竺古先生王維。圖畫表沖盈孫逖。

【校】

見柯維楨本《蕃錦集》卷上，《曝書亭詞注》卷七。

好事近　飲蓮子湖

春氣滿林香王翰，水泮寒塘始緑韋應物。目送迴汀隱隱陸龜蒙，十餘竿野竹方干。衛娘清轉遏雲歌羅隱，山月皎如燭韋應物。若向陽臺薦枕王勃，得明珠十斛李賀。

【校】

見柯維楨本《蕃錦集》卷上，《曝書亭詞注》卷七。

柳含煙　春游憶青士、天自

船緩進白居易，就花枝同上。別路青青柳發周賀，千條金縷萬條絲劉禹錫。復參差盧綸。兩見梨花歸不得趙嘏，昨日老於前日白居易。不堪愁望更相思張窈窕。落花時白居易。

【校】見柯維楨本《蕃錦集》卷上，《曝書亭詞注》卷七。

清平樂　春感

平陽花塢李賀。寂寞春山路杜甫。花亦不知春去處王建。黄鳥緜蠻芳樹韓翃。　孤舟日暮行遲劉長卿。花開花謝相思韓偓。世事不同心事劉禹錫，何年更是來期韓翃。

【校】見柯維楨本《蕃錦集》卷下，《曝書亭詞注》卷七。

前調　雨中夜度蕭山

淒其以栗蕭穎士。四望都無極劉叉。煙葉蒙籠侵曉色白居易。不願石郎戴笠段成式。　十點五點殘螢子蘭。有風有雨人行王建。借問山陰遠近皇甫冉，遥聞擊柝山城嚴維。

【校】見柯維楨本《蕃錦集》卷下，《曝書亭詞注》卷七。

前調　玉泉山寺招曾青藜、徐方虎不至

津流竹樹張南史。暗指人家去沈頌。欲識桃花最多處獨孤及。百囀宮鶯繡羽鮑防。乘閒莫厭來重陸龜蒙。殿前殿後花紅王建。遲美人兮不見陳子昂，抱琴好倚長松王維。

【校】

見柯維楨本《蕃錦集》卷下，《曝書亭詞注》卷七。

前調　維揚春暮

春融豔豔韓偓。燕外晴絲卷杜甫。回首夕嵐山翠遠李紳。芳草落花無限丘丹。比來寒食佳期鮑防。風臺水榭逶迤鄭概。揚子津頭月下白居易，游人處處歸隨陳元初。

【校】

見柯維楨本《蕃錦集》卷下，《曝書亭詞注》卷七。

前調　同程穆倩、孫無言泛舟紅橋

鶯和蝶到張南史。秀發王孫草陳祐。借問春風何處好杜牧。乍逐東西傾倒張南史。曲水竟日題詩杜奕。槐陰柳色通逵嚴維。且願相留歡洽張籍，欲去不去遲遲子蘭。

【校】
見柯維楨本《蕃錦集》卷下，《曝書亭詞注》卷七。
副題：柯本《蕃錦集》無「程穆倩」三字。

前調　送李天生還關中

環山繞野白居易。驛路飛泉灑王維。還把玉鞭鞭白馬張籍。取酒蝦蟇陵下謝良輔。　渭水處處流澌同上。登高望見昆池范燈。更愛終南灞上呂渭。五陵共獵秦祠樊珣。

【校】
見柯維楨本《蕃錦集》卷下，《曝書亭詞注》卷七。

秦樓月　春思

風颸颸温庭筠。桃紅李白花參差。花參差蘇頲。枝條鬱鬱上官昭容。淑景遲遲樂章。　青樓珠箔天之涯盧仝。清風明月遥相思。遥相思王勃。重吁累歎王維，識者其誰韓愈。

【校】
見柯維楨本《蕃錦集》卷上，《曝書亭詞注》卷七。
詞調：柯本《蕃錦集》作「憶秦娥」。

更漏子　京口晚望

秋風清李白，秋色白李賀。瓜步寒潮送客劉長卿。望極浦王維，度飛梁盧照鄰。吟詩秋葉黄杜甫。幽蘭露李賀。香楓樹皇甫冉。吠犬鳴雞幾處同上。蒼翠晚劉長卿，染羅衣李賀。鳥還人亦稀李白。

【校】見柯維楨本《蕃錦集》卷上，《曝書亭詞注》卷七。

阮郎歸　春閨

南園春色正相宜張謂。蜂雄粉蝶雌李商隱。水邊楊柳緑煙絲楊巨源。長條踠地垂沈佺期。草淺淺温庭筠，雨離離同上。花開花落時薛濤。收將鳳紙寫相思李商隱。雙蛾顰翠眉武平一。

【校】見柯維楨本《蕃錦集》卷下，《曝書亭詞注》卷七。

河瀆神　大孤山神祠

川上晚蕭蕭張謂。楚地連山寂寥李嘉祐。女蘿山鬼語相邀李商隱。青山暮暮朝朝劉長卿。樵子罛師幾家住皇甫冉。鴛鴦一處兩處皮日休。潮至潯陽回去張繼。風凄凄兮夜雨王維。

【校】見柯維楨本《蕃錦集》卷下，《曝書亭詞注》卷七。

前調　妒女祠

山木女郎祠王維。西路翩翩去時韓翃。綵旛新翦緑楊絲韋莊。槐花點散罘罳陳元初。練帶平鋪吹不起李賀。漠漠黃花覆水朱放。繡領任垂蓬髻杜牧。含情咫尺千里魚玄機。

【校】見柯維楨本《蕃錦集》卷下，《曝書亭詞注》卷七。

前調　長水三姑廟

花下蝶微飄陳頗。江皋緑草迢迢杜牧。一渠春水赤闌橋温庭筠。空餘淚滴寒潮劉長卿。野廟向江春寂寂李群玉。清川永路何極劉長卿。望盡青山獨立盧綸。紅桃處處春色魚玄機。

【校】見柯維楨本《蕃錦集》卷下，《曝書亭詞注》卷七。

前調　雨度石湖

漠漠復霏霏李得。楊花暮雨霑衣劉長卿。雨涼頻見鷺鷥飛鄭谷。采蓮艇子撐歸皮日休。嵐翠暗來空覺潤温庭筠。烏向平蕪遠近劉長卿。緑倒紅飄欲盡陸龜蒙。傷心朝恨暮恨竇弘餘。

【校】

見柯維楨本《蓄錦集》卷下，《曝書亭詞注》卷七。

風蝶令　送别

北斗分征路徐彦伯，南橋列祖筵徐知仁。生憎柳絮白於緜杜甫。明日行人已遠劉長卿。騎連連王維。
詩憶傷心處杜甫，杯銜欲别前韓愈。好花争奈夕陽天張泌。惆悵青山渌水韓翃，急回船李康成。

【校】

見柯維楨本《蓄錦集》卷下，《曝書亭詞注》卷七。

詞調：柯本《蓄錦集》作「南歌子」。

賣花聲　紅橋後游，寄懷柯翰周

雁齒小紅橋白居易。惟以招邀蕭穎士。一渠春水柳千條白居易。正是江南好風景杜甫，煙月迢迢韓偓。
孤夢楚山遥許渾。各自無聊韓偓。玉人何處教吹簫杜牧。客路不歸秋又晚張喬，木落蕭蕭貫休。

【校】

見柯維楨本《蕃錦集》卷下，《昭代詞選》卷十三，《曝書亭詞注》卷七。
詞調：《昭代詞選》作「浪淘沙令」。
柯翰周：柯本《蕃錦集》作「柯寓匏翰周」。
雁齒：柯本《蕃錦集》作「雁翅」。

鷓鴣天 燕臺送陳左源還吴

與客提壺上翠微杜甫。薊庭蕭瑟故人稀王之渙。扁舟不獨如張翰杜甫，先達誰當薦陸機劉長卿。
相勸酒李賀，遠將歸王建。重嗟筋力故山違杜甫。那堪回首長洲苑李嘉祐，惟有年年秋雁飛李嶠。

【校】

見柯維楨本《蕃錦集》卷下，《昭代詞選》卷十三，《曝書亭詞注》卷七。
陳左源：柯本《蕃錦集》作「陳左之」，誤。

前調 嶧山

天半羣山孤草亭杜甫。下方雲雨上方晴馬戴。笑拈霜管題詩句郎士元，閒向春風倒酒缾張籍。
喜嘉客顔真卿，展幽情上官昭容。縈迴樹石罅中行方干。他鄉就我生春色杜甫，此地纔應聚德星薛能。

【校】

見柯維楨本《蕃錦集》卷下，《曝書亭詞注》卷七。

前調 鏡湖舟中

南國佳人字莫愁韋莊。步摇金翠玉搔頭武元衡。平鋪風簟尋琴譜皮日休，醉折花枝作酒籌白居易。日已暮郎大家，水平流白居易。亭亭新月照行舟張祜。桃花臉薄難藏淚韓偓，桐樹心孤易感秋曹鄴。

【校】

見柯維楨本《蕃錦集》卷下，《古今詞選》卷三，《昭代詞選》卷十三，《國朝詞綜》卷八，《曝書亭詞注》卷七，《雲韶集》卷十五，《詞則·别調集》卷三，《清十一家詞鈔》卷三。

【參考資料】

《雲韶集》卷十五：工絶。

《詞則·别調集》卷三：凄麗精工。

前調 訪舊

一丈紅薔擁翠筠李商隱。晚來林鳥語殷勤白居易。松間明月長如此宋之問，石上青苔思殺人樓熲。

章臺柳韓翃，鬱氛氳欒章。濕雲如夢雨如塵崔魯。紅箋漫有千行字裴説，衹是相思秋復春李白。

【校】

見柯維楨本《蕃錦集》卷下，《曝書亭詞注》卷七，《清十一家詞鈔》卷三。

欒章：原自注作「李舒」，柯本《蕃錦集》亦作「李舒」，均誤，據《曝書亭詞注》卷七改。

河傳　聽鶯

花片張南史。深淺同上。半山晴皎然。落月殷勤早鶯周賀。楚歌吴語嬌不成李白。多情劉禹錫。時時聽一聲白居易。偶值門開暫相逐元稹。聲斷續盧仝。過盡重重屋白居易。臨高臺王勃。重徘徊清晝。酌來無名氏。留君醉一杯戴叔倫。

【校】

見柯維楨本《蕃錦集》卷下，《瑶華集》卷四，《曝書亭詞注》卷七。

副題：《瑶華集》於「聽鶯」下有「集唐」二字。

落月：《瑶華集》作「落日」，誤。

劉禹錫：原自注作「劉長卿」，誤，據《瑶華集》及《曝書亭詞注》改。

戴叔倫：柯本《蕃錦集》作「戴叔綸」，誤。

玉樓春 簾内美人

江煙濕雨鮫綃軟羅隱。匀粉時交合歡扇權德輿。千回相見不分明王建，乍去乍來時近遠韋應物。石家蠟燭何曾剪李商隱。五夜漏聲催曉箭杜甫。不如眠去夢中看徐安貞，誰爲含愁獨不見沈佺期。

【校】

見柯維楨本《蕃錦集》卷下，《曝書亭詞注》卷七。

前調 燭下

雨滋苔蘚侵階緑岑參。風動落花紅蔌蔌元稹。愛君簾下唱歌人白居易，初卷珠簾看不足權德輿。何當共翦西窗燭李商隱。美酒一杯聲一曲李頎。不知含淚怨何人張賁，料得也應憐宋玉李商隱。

【校】

見柯維楨本《蕃錦集》卷下，《古今詞選》卷三，《昭代詞選》卷十三，《曝書亭詞注》卷七，《詞則·别調集》卷三。

【參考資料】

《詞則·别調集》卷三：情詞凄婉，全在數虚字傳出。

前調　小樓

小樓深巷敲方響錢起。兩兩紅妝笑相嚮崔顥。本來銀漢是紅牆李商隱，欲上仙城無路上顧況。年光到處皆堪賞張仲素。南陌東城詎來往權德輿。更無消息到今朝劉禹錫，秋思冬愁春悵望白居易。

【校】

見柯維楨本《蕃錦集》卷下，《曝書亭詞注》卷七。

前調　畫圖

劉郎已恨蓬山遠李商隱。金谷佳期重游衍駱賓王。傾城消息隔重簾李商隱，自恨身輕不如燕孟遲。畫圖省識春風面杜甫。比目鴛鴦真可羨盧照鄰。一生一代一雙人駱賓王，相望相思不相見王勃。

【校】

見柯維楨本《蕃錦集》卷下，《古今詞選》卷三，《曝書亭詞注》卷七，《詞則·別調集》卷三。

【參考資料】

《詞則·別調集》卷三：工緻。用成語真如己出。

瑞鷓鴣　春思

尋春何事却悲凉王建。半掩朱門白日長韋莊。已恨流鶯欺謝客温庭筠，不令仙犬吠劉郎曹唐。女蘿力弱難逢地曹鄴，戲蝶飛高始過牆姚合。誰與王昌報消息李商隱，銀釭斜背解明璫裴思謙。

【校】

見柯維楨本《蕃錦集》卷下，《曝書亭詞注》卷七。

前調　別思

春橋南望水溶溶韋莊。半壁天台已萬重許渾。心寄碧沉空婉孌劉滄，語來青鳥許從容曹唐。更爲後會知何地杜甫，難道今生不再逢韓偓。最憶當時留讌處吕温，桐花暗澹柳惺忪元稹。

【校】

見柯維楨本《蕃錦集》卷下，《古今詞選》卷三，《曝書亭詞注》卷七，《詞則·別調集》卷三。

【參考資料】

《詞則·別調集》卷三：工巧特絶，一片神行。

前調　感舊

謝家輕絮沈郎錢李商隱。風景依稀似去年趙嘏。石瀨雲溪深寂寂權德輿，緑窗紅淚冷涓涓李郢。

落花不語空辭樹白居易，明月無情却上天薛逢。還有些些惆悵事白居易，而今重説恨緜緜張籍。

【校】

見柯維楨本《蕃錦集》卷下，《昭代詞選》卷十三，《曝書亭詞注》卷七。

虞美人　雲中送俞右吉之鄴下

來時萬里同爲客司空文明。廣武原西北張祜。看看北雁又南飛施肩吾。慎莫愁思顦顇損容輝王維。

無端更渡桑乾水賈島。行路難如此杜甫。蕭蕭羸馬正塵埃羅隱。煙裏歌聲隱隱魚玄機，入叢臺上官儀。

【校】

見柯維楨本《蕃錦集》卷下，《曝書亭詞注》卷七。

南鄉子　舊游

川闊遠天低戎昱。垂柳陰中白馬嘶秦韜玉。君過午橋回首望劉禹錫，東西鮑防。依舊煙籠十里隄韋莊。

北渚對芳蹊姚崇。自在嬌鶯恰恰啼杜甫。腸斷舊游從一別沈彬，尋溪嚴維。不是花迷客自迷李商隱。

【校】

見柯維楨本《蕃錦集》卷下，《昭代詞選》卷十三，《曝書亭詞注》卷七。

踏莎行　中秋席上送吴孝廉南還

積水深沉盧綸，平原廣潔張南史。夕陽照箇新紅葉司空圖。秋風滿樹鵲南飛儲嗣宗，不寒不暖看明月徐凝。　風月相知上官昭容，故人離别顧况。世間惟有情難説同上。百壺那送酒如泉杜甫，但須茗艼酬佳節杜牧。

【校】

見柯維楨本《蕃錦集》卷下，《曝書亭詞注》卷七。

吴孝廉：柯本《蕃錦集》作「吴同甫」。

臨江仙　客東甌懷歸

何處春風吹曉幕顧况，蠻江豆蔻連生韓偓。故鄉七十五長亭杜牧。欲尋芳草去孟浩然，不遣柳條青李白。　自是不歸歸便得崔塗，津頭日日人行皇甫冉。可憐寒食與清明明皇。落花相與恨韋承慶，江樹遠含情宋之問。

【校】

見柯維楨本《蕃錦集》卷下，《昭代詞選》卷十三，《曝書亭詞注》卷七。

前調　峽中望飛來寺

兩岸青山相對出李白，至深至淺清溪李冶。寒猿晴鳥一時啼白居易。泉聲咽危石王維，草色引長隄皇甫冉。乘興輕舟無近遠賈至，人隨流水東西劉長卿。夜深臺殿月高低杜牧。橋回忽不見岑參，山木萬株齊劉長卿。

【校】

見柯維楨本《蕃錦集》卷下，《曝書亭詞注》卷七。

前調　寄題澹公丹霞精舍

蘭若去天三百尺岑參，生涯一片青山顧況。朝看飛鳥暮飛還李頎。愛兹山水趣閻防，還肯到人間張謂。風景蒼蒼多少恨劉滄，猿聲南接荆蠻令狐楚。樹深藤老竹迴環白居易。何時一茅屋杜甫，吾黨共追攀賈島。

【校】

見柯維楨本《蕃錦集》卷下，《昭代詞選》卷十三，《曝書亭詞注》卷七。

追攀：柯氏《蕃錦集》作「來攀」，《曝書亭詞注》案：「追，今本作來。」

前調　汾陽客感

無限塞鴻飛不度李益，太行山礙并州白居易。白雲一片去悠悠張若虚。飢烏啼舊壘沈佺期，古木帶高秋劉長卿。永夜角聲悲自語杜甫，思鄉望月登樓魏扶。離腸百結解無由魚玄機。詩題青玉案高適，淚滿黑貂裘李白。

【校】

見柯維楨本《蕃錦集》卷下，《國朝詞選補鈔》，《古今詞選》卷三，《國朝詞綜》卷八，《曝書亭詞注》卷七，《雲韶集》卷十五，《詞則·别調集》卷三，《清十一家詞鈔》卷三。

【參考資料】

《雲韶集》卷十五：集成語如己出，一片神行，無窮哀感。語極工整，意極悲凉，出自成語，所以爲難。（按《詞則·别調集》卷三評此詞語，同《雲韶集》評後段，不重録。）

《賭棋山莊詞話》卷十二：填詞有即集詞句者，且有通闋只集一人之句者，然他人寥寥數篇，至竹垞則專集詩句，既工且多。第考之《臨川集》，荆公已啓其端。《詠梅·甘露歌》三首，《草堂·菩薩蠻》一首，皆是集句。《甘露歌》云：「天寒日暮山谷裏。的皪愁成水。地上漸多枝上稀。惟有故人知。」《菩薩蠻》云：「花是去年紅。吹開一夜風。」又云：「何物最關情。黄鸝三兩聲。」可謂滅盡針綫之迹。蘅圃題《蕃錦集》云：「是誰能紉百家衣，只許半山人說。」當是指此，非泛言詩中集句也。然半山不標出處，未若竹垞歷注姓名，尤令人易於根據。

前調　胡天岫移居審山寄之

新買雙溪定何似王維，條桑種杏何人皇甫冉。園收芋栗未全貧杜甫。水迴青嶂合孟浩然，山逼畫屏新李白。　詩酒尚堪驅使在杜甫，經過北里南鄰王維。性情嬾慢好相親白居易。遠尋留藥價杜甫，小睡凭藤輪同上。

【校】

見柯維楨本《蕃錦集》卷下，《曝書亭詞注》卷七。

前調　懷歸寄周青士、繆天自

流落天涯誰見問韋莊，一生判却歸休柳宗元。漁竿消日酒消愁高駢。黍苗侵野徑虛中，竹樹繞春流張謂。　想得故園今夜月錢翊，還應先照西樓韓偓。挐煙閒弄箇漁舟陸龜蒙。名山思遍往賈島，作意共君游張籍。

【校】

見柯維楨本《蕃錦集》卷下，《曝書亭詞注》卷七。

周青士繆天自：柯本《蕃錦集》無「周」、「繆」二字。

南樓令

香萼媚紅滋徐彦伯。微芳不自持張九齡。陟秦臺上官昭容、俯盼喬枝同上。獨倚闌干正惆悵張蠙，三月盡，草青時韓偓。揮手碧雲期楊諫。空歌悲莫悲閻寬。落花飛王勃、遠近涼飈宋華。别恨最深何處寫李端，兩不見，但相思李白。

【校】

見柯維楨本《蕃錦集》卷下，《昭代詞選》卷十三，《曝書亭詞注》卷七。

詞調：柯本《蕃錦集》作「唐多令」。

詞題：柯本《蕃錦集》有題作「對花」。

前調　春愁

細草緑汀洲李嘉祐。斜陽下小樓杜牧。一回來白居易，使我生憂韓愈。記得玉人春病後薛能，生枕上，起眉頭魏扶。此意重悠悠楊巨源，此情非自由戴司顔。笑春風李白。胡不爲留韓愈。欲寄相思千里月杜牧，君不見，曲如鈎齊己。

【校】

見柯維楨本《蕃錦集》卷下，《曝書亭詞注》卷七。

詞題：柯本《蕃錦集》作「賦春愁」。

蝶戀花　春暮

滿眼流光隨日度元稹。晨往東皋王維，花雜重重樹杜甫。最是一年春好處韓愈。王孫不耐如絲雨高蟾。　欲訪桃源入溪路王昌齡。臨水鳴琴宋華，不覺芳洲暮鄭愔。落日已將春色去李昌符。生憎燕子千般語駱賓王。

【校】

見柯維楨本《蕃錦集》卷下，《昭代詞選》卷十三，《曝書亭詞注》卷七。

詞題：柯本《蕃錦集》作「春暮寄汪晋賢」。

前調　錢塘觀潮

楓浦客來煙未散許渾。如訴如言羅隱，漸落分行雁李嶼。解道澄江浄如練李白。風翻白浪花千片白居易。　細雨濕衣看不見劉長卿。浩汗連緜張希復，地闊平沙岸杜甫。信宿漁人還汎汎同上。富陽山底樟亭畔白居易。

【校】

見柯維楨本《蕃錦集》卷下，《曝書亭詞注》卷七。

前調　閒適

帳裏爐香春夢曉韓翃。雀噪荒村王維，花落知多少孟浩然。寂寞柴門人不到王維。橋邊日日看芳草皇甫冉。　小舫一艘新造了白居易。有竹千竿同上，水葉分蓮沼高正臣。行處便吟君莫笑薛能。一生飲酒花前老張籍。

【校】

見柯維楨本《蕃錦集》卷下，《曝書亭詞注》卷七。

高正臣：原自注作「高正行」，誤，據柯本《蕃錦集》及《曝書亭詞注》改。

前調　詠春雨

江海茫茫春欲遍劉長卿。草細堪梳李賀，野色寒來淺羅隱。向晚因風一川滿薛奇童。蘭閨柳市芳塵斷駱賓王。　越女含情已無限羊士諤。杉篠萋萋蕭穎士，天畔登樓眼杜甫。此夜斷腸人不見顧況。紗窗只有燈相伴裴説。

【校】

見柯維楨本《蕃錦集》卷下，《曝書亭詞注》卷七，《清十一家詞鈔》卷三。

裴説：柯本《蕃錦集》漏刻。

漁家傲　贈别

花面鵶頭十三四劉禹錫。調箏夜坐燈光裏王諲。行到階前知未睡無名氏。揮玉指閻朝隱。絃絃掩抑聲聲思白居易。　會得離人無限意鄭谷。杯傾别岸應須醉羅隱。曾向五湖期范蠡韋莊。幾千里盧仝。如何遂得心中事劉言史。

【校】

見柯維楨本《蕃錦集》卷下，《古今詞選》卷三，《曝書亭詞注》卷七。

詞題：柯本《蕃錦集》作「贈别劉翠哥」。

十拍子　同李武曾、潘次耕、蔡竹濤過玉泉山寺

上苑離離鶯度劉方平，前溪漠漠花生周賀。溪畔數鷗閒不起殷文圭，馬上吟詩卷已成法振。千山冰雪晴盧綸。　魚網平鋪荇葉李嘉祐，板橋人渡泉聲顧況。行殿有基荒薺合許渾，竹塢無塵水檻清李商隱。偏傷遠客情陶翰。

【校】

見柯維楨本《蕃錦集》卷下，《昭代詞選》卷十三，《曝書亭詞注》卷七。

《詞調・昭代詞選》作「破陣子」。

天仙子 惜春

何許相逢緑楊路劉禹錫。萬疊春波起南浦張泌。碧雲芳草兩依依韋莊，君莫訴無名氏。相思苦王勃。況是青春日將暮李賀。昨夜東風還入户郎士元。燕子不歸花著雨韓偓。今朝誰是拗花人李賀，春已去王建。留不住李暮。此地獨來空繞樹張籍。

【校】

見柯維楨本《蕃錦集》卷下，《今詞苑》卷二，《昭代詞選》卷十三，《曝書亭詞注》卷七，《篋中詞》二，《清十一家詞鈔》卷三。

按此詞《今詞苑》題作「送春集唐」，其詞作：「何許相逢緑楊路劉禹錫。萬疊春波起南浦張泌。碧雲芳草兩依依韋莊，相思苦王勃。君莫訴白居易。況是青春日將暮李賀。昨夜東風還入户郎士元。燕子不歸花著雨韓偓。今朝誰是拗花人李賀，春已去王建。留不住李頎。百尺游絲争繞樹盧照鄰。」

前調 喬柱史壽詞

秋水纔深四五尺杜甫。湖館翛然無俗客裴夷直。種松皆作老龍鱗王維，綸一隻白居易。鶴一隻吴融。周步一池消半日陸龜蒙。顔貌只如三二十徐凝。年來漸覺髭鬚黑劉商。人間豈不是神仙劉真，紫毫筆白居易。珊瑚席顧況。滴露研朱點周易高駢。

【校】

見柯維楨本《蕃錦集》卷下，《曝書亭詞注》卷七。

作老：原作「老作」，據《曝書亭詞注》改。

陸龜蒙：原自注作「皮日休」，據《曝書亭詞注》改。

風入松　憶別

楚腰纖細掌中輕杜牧。出水舊知名李商隱。數聲風笛離亭晚鄭谷，猶宛轉陸士修、久住雲屏樂章。獨望天邊初月竇弘餘，殷勤遠別深情嚴維。流年堪惜又堪驚趙嘏。秋水綠痕生楊巨源。魂銷事去無尋處李中，西陵下李賀、蕭颯松聲上官昭容。惆悵空教夢見韓偓，如何作得雙成魚玄機。

【校】

見柯維楨本《蕃錦集》卷下，《曝書亭詞注》卷七。

滿江紅　春日懷歸

燕燕于巢顧況，卷翠幕李嶠、花張錦織鮑溶。芳菲節柳姬、光風轉蕙樂章，漏添遲日韓偓。世事浮雲何足問王維，簾前春色應須惜岑參。勸少年李紳、放意且狂歌翁承贊，陳瑤席王維。春向晚劉禹錫，日西夕李白。閒徙倚吳融，長思憶韓偓。只將琴作伴白居易，東西南北貫休。鄉信漸稀人漸老許渾，流光易去歡難得鮑防。早歸來杜甫，已是十年游張喬，江南客鮑溶。

【校】見柯維楨本《蕃錦集》卷下，《昭代詞選》卷十三，《曝書亭詞注》卷七。

水調歌頭　暮春山居

返景照疎雨李白，層閣有餘清蘇頲。浮雲卷靄盧照鄰，獨樹花發自分明杜甫。池北池南草緑王建，共握手而相顧徐堅，遠近聽泉聲王勃。野果新成子岑參，山鳥自呼名宋之問。人寂寞盧仝，山坱圠盧照鄰，水澄泓顧況。有竿斯竹蕭穎士，無數春筍滿林生杜甫。酌酒會臨泉水王維，求壽藤與蟠木元結，扶汝醉初醒杜甫。宛是野人也王維，無事亦無營張九齡。

【校】見柯維楨本《蕃錦集》卷下，《昭代詞選》卷十四，《曝書亭詞注》卷七。

前調　送孫無言歸黃山

溪水碧於草岑參，輕枻理還舡賀知章。故山南望何處李嘉祐，三十二蓮峯李白。懷宇宙以傷遠陳子昂，送飛鳥以極目李白，長揖古人風駱賓王。意氣百年内賀遂亮，心事一杯中高適。碧煙上沈佺期，觀瀑布任華，舞蛟龍李賀。白雲千里萬里劉長卿，日色冷青松王維。攀石壁而無據盧照鄰，撫桂枝以凝想徐賢妃，魚鳥去來逢李嶠。誰識巢居子陳子昂，但訝鹿皮翁杜甫。

【校】

見柯維楨本《蕃錦集》卷下，《古今詞選》卷六，《昭代詞選》卷十四，《曝書亭詞注》卷七。

滿庭芳　春暮入雲門山贈月公

迸筍穿谿成用，陰槐翳柳蕭穎士，年華近過清明韓翃。蒿深葉暖貫休，路入亂山行劉長卿。天下只應我愛白居易，雲門寺杜甫、薄地躬耕王維。杳容與顧況，深林倚策耿湋，高興小蓬瀛姚崇。吾師無一事李頎，松門石磴白居易，繡澀苔生李白。喜無多屋宇杜甫，自足怡情上官昭容。夜後邀陪明月元稹，龕燈斂段成式、印火熒熒張希復。閒中好鄭符，緑樽翠杓夷陵女子，何忍獨爲醒王續。

【校】

見柯維楨本《蕃錦集》卷下，《曝書亭詞注》卷七。

【參考資料】

《睹棋山莊詞話》卷十二：《滿庭芳》、《歸田歡》諸闋，神工鬼斧，前賢定畏後生，蓋集句長調比短調尤難也。

歸田歡　柯翰周夢巨川見過村舍夜話。即歸朝歡

寂寞江天雲霧裏杜甫。破屋數間而已矣韓愈。風光便似武陵春方干，逍遥自有蒙莊子趙彦昭。起來

花滿地于濆。清溪一道穿桃李王維。闢前軒顏真卿，田風拂拂李賀，得酒且歡喜韓愈。盤餐市遠無兼味杜甫。客到但知留一醉李白。濁醪糲飯任吾年杜甫，憑君莫話封侯事曹松。外物非本意李頎。世情付與東流水高適。爲君題岑參、洞天石扇李白，丘壑趣如此錢起。

【校】

見柯維楨本《蕃錦集》卷下，《昭代詞選》卷十四，《曝書亭詞注》卷七。

詞調：《昭代詞選》作「歸朝歡」。

柯翰周見過：柯本《蕃錦集》作「柯翰周巨川見過」。

便似：原作「便是」，據柯本《蕃錦集》改。

沁園春　送曹子顧學士還南溪

草堂去來白居易，有橋有船同上，有尊有魚蕭穎士。又不勞朝謁白居易，趣侔江海獨孤及，縱心放志白居易，丈室安居釋昇。明月清風夷陵女子，繡林錦野貫休，秋水浮階溜決渠杜甫。人來去劉長卿，問家何所有李頎，吾亦無餘白居易。　夜歸讀古人書韓愈，一日日白居易、鈔詩付小胥杜甫。任頭生白髮白居易，物兮無累羅隱，歌齊曲韻王勃，道著清虛范堯佐。松桂爲鄰上官昭容，煙霞問訊同上，聲利從來解破除陸龜蒙。鷓鴣杓李白，儻有人送否王維，每駐行車張籍。

【校】

見柯維楨本《蕃錦集》卷下，《昭代詞選》卷十四，《曝書亭詞注》卷七。

【參考資料】

《詞徵》卷六：竹垞《蕃錦集·沁園春》詞「每駐行車」，用王起詩句（按應作張籍詩句）。《河瀆神》詞「來往五雲車」，用王維詩句，見《曝書亭外集》。王起詩以車叶花，王維詩以車叶賒，竹垞均改入魚模韻，即錢辛楣所謂明知故犯者耶！

曝書亭詞集拾遺

金菊對芙蓉 蠔磯弔孫夫人

去國青蛾，持刀紅粉，一時人物江東。歎扁舟初返，望斷殘叢。當年記得辭鄉日，更幾曲、煙水濛濛。錦車別後，當塗龍戰，若個英雄。　遺廟貝闕珠宮。剩銖衣玉佩，夢雨靈風。甚三分鼎足，百尺艨艟。夕陽楓葉天無際，鴉翻處千疊雲峯。門前繫纜，滄州白髮，閑殺漁翁。

【校】

見《曝書亭删餘詞》。

桂枝香 贈伎桂娘

風旗洛浦。正舞罷霓裳，把儂留住。宿火香篝暖逼，盈罇清醑。仙林一半瑤臺種，怎添他、二分塵土。伴今宵月，已過二八，尚同三五。　試説與、江南樂處。有石欄金粟，小山花雨。急棹輕舟載取，五湖同去。王孫自昔飄零久，問何年、芳草歸路。攬衣乍起，斜飛露脚，馬嘶人語。

【校】

見《曝書亭删餘詞》。

三部樂　題曹侍郎寄愁集

繡虎驚才，看老去填詞，惜香還又。銀箏低按，絶勝當年秦柳。也終是、家令情多，把曉鴻夜鶴，緑窗題就。且聽斑管，分付笛牀歌袖。　霜華最憐鏡裏，況文園病渴，洛陽人瘦。禁他梁塵乍起，風吹紅豆。惹新愁、舊愁都有。拚一飲、須傾一斗。興復不淺，坐塞月、南樓如晝。

【校】

見潛采堂本《集外詞》。

副題：《集外詞》作「贈西臣」，並於題下注云：「見張叔未孝廉所藏墨迹」。

也終是：《集外詞》無「也」字。

把曉鴻：《集外詞》作「托曉鴻」。

梁塵：《集外詞》作「染塵」。

墨：原作「畫」，據《集外詞》改。

鳳凰臺上憶吹簫　答曹秋岳侍郎

明月前溪，石橋西曲，半生辜負江南。笑去家王粲，度嶺羅含。隨了燕山雁婿，雲樹外、又掛征帆。龍沙遠、貂裘敝也，積雪層嵐。　難堪。東陽瘦盡，任遍攬箏琶，曲巷誰探。譜曉風詞句，柳七空慙。贏得天涯歸夢，夜夜裏、吹度澄潭。歸飛鶴、而今便應，借取盧躭。

【校】

見《曝書亭删餘詞》。

金縷曲

壽王湛求方伯

九日登高外。乍行厨、停杯昨夜，又成良會。況有黄花繽紛吐，信宿秋香未改。君莫笑、籃輿頻載。咫尺陶公衡宇近，記柴門流水依然在。歸田去，儘瀟灑。　明璫近結江南佩。縱扁舟、一篙煙月，五湖鰕菜。但遣尋常清罇滿，休惜長安酒債。始信道、抽簪無礙。快意黄金隨手盡，惹風流到處傳湖海。長生訣，問真宰。

【校】

見《曝書亭删餘詞》。

折紅梅

送元侯兄重入粤，兼寄陸郡守兄孝山

看紅梅初放，一枝折取，燕臺池館。正東風、乍暖乍寒，山郵水驛沙岸。離歌一半，暗吹入、龍吟羌管。莫愁去作，蠻府參軍，且嶺度歸猿，亭對來雁。　停帆繫纜。任環繞故園，流連春晚。重攜却麝媒筆，婿留題藥闌深院。陸生相見。定問我、酒腸詩膽。報道不改、舊日疎狂，但頻年相憶，李陵臺畔。

【校】

見《浙西六家詞》本《江湖載酒集》卷三，潛采堂本《集外詞》，望雲仙館本《集外詞》。

副題：《集外詞》於題下注云：「見原稿。」

雨中花 濟南客感

滿眼歸艎春水。翻向齊州留滯。白髮難除，黄金易盡，何日歸期是。病婦癡兒家萬里。縱有鄉書誰寄。問撲帳楊花，窺簾燕子，可怪人憔悴。

【校】

見《曝書亭删餘詞》。

浣溪沙 入九仙山

太乙仙人去不還。猶存靈跡待人攀。雙臺相對裊煙鬟。亂石兩崖林際鳥，夕陽無數馬頭山。不知身在白雲間。

【校】

見《曝書亭删餘詞》。

亂石兩崖林際鳥：《刪餘詞》作「亂石兩巖林際寺」。

西江月

帝子風吹江上，王孫草緑天涯。秋來何處問香車。懊惱玉鞭驄馬。　記得南湖一曲，青旗沽酒人家。疎簾初捲夕陽斜。人立琵琶花下。

【校】

見《曝書亭刪餘詞》。

帝子：《刪餘詞》作「弟子」。

琵琶：《刪餘詞》作「枇杷」。

六么令　用趙氏事，贈舍人武昔

雄飛鳳沼，温。科第舊家數。不器。近傍雙溪苕霅，一片鷗波住。孟頻。才氣縱横莫敵，至。遠邁荀陳杜。儼。盤車講學，元德。惜香按曲，長卿。長笛争傳倚樓句。嘏。　休恨一囊錢少，更續東京賦。壹。著成吴越春秋，定有中郎遇。曅。此日營平未老，充國。銀印終當付。堯。一簾冬日，衰。折枝花好，昌。笑見羅浮早梅吐。師雄。

【校】

見《瑶華集》卷九，《浙西六家詞》本《江湖載酒集》卷三，潛采堂本《集外詞》，望雲仙館本《集外詞》。

憶秦娥

問問。問了翻添悶。車輪。催送車香一縷塵。枇杷花下重門掩。悵望天涯遠。凝思。夢見應過相見時。

【校】

見潛采堂本《集外詞》。

《集外詞》於詞牌下標明「另格」，又注云：「見錢莼漁《詞暯》。」

車香：《集外詞》作「衣香」。

壽樓春

夭桃花清晨。記晴窗挂鏡，螺黛初匀。驀地鸜哥傳語，捲簾逡巡。纔一笑，渦生春。悵無言、嬌含朱唇。乍茗椀攜來，湔裠去也，微步洛川神。同心苣，同心人。裁春山繡鳳，疊就紅巾。懊恨明珠難斛，燕書無因。深巷小，生秋塵，歎重來、烏龍狺狺。想人面依然，春衫著應穩稱身。

【校】

見《瑶華集》卷十三，《浙西六家詞》本《江湖載酒集》卷一，潛采堂本《集外詞》，望雲仙館《集外詞》。

副題：《瑶華集》題作「無題」。

春山：《六家詞》本及《集外詞》均作「香羅」。

徵招　紅橋書所見

夕陽紅板橋西路，蘋風細吹無浪。竚立柁樓人，罷中流蘭槳。淡妝宜映水，弄西子、千絲漁網。紫鱗青鯽，深沉不見，幾曾波上。　誰會小橋幽，疎籬綻、玉面朱唇遥向。生怕冶游逢，把纜侵舟傍去聲。篷窗徐掩處，聽幾度、采菱歌響。空餘得，沙鷺娟娟，也伴人惆悵。

【校】

見潛采堂本《集外詞》，望雲仙館本《集外詞》。

副題：《集外詞》作「紅橋即事」，又注云：「見錢莼漁《詞暝》。」

紫鱗青鯽：《集外詞》作「青鯽紫鱗」。

誰會小橋幽：《集外詞》作「誰想小亭幽」。

玉面朱唇遥向：《集外詞》作「朱唇玉面偏向」。

篷窗徐掩處：原作「篷窗徐掩但」，據《集外詞》改。

減字木蘭花　爲周櫟園使君題畫

柴門不正。沙淺未通車馬徑。高柳籠煙。仿佛猶聞六月蟬。　荷風竹樹。不是漁村應蟹舍。喚起扁舟。載我前溪處處游。

【校】

見《曝書亭删餘詞》。

竹樹：《删餘詞》作「竹榭」，是。

消息 辛亥揚州除夕

除日他鄉，八年於外，依舊羈旅。老去慵歌，愁來易醉，白髮空千縷。盤椒頌罷，林鴉散後，燈火揚州無數。縱相攜、賓朋守歲，誰喜愁人同語。爐灰撥盡，遥憐今夜，定有無眠兒女。牛税難輸，鄰逋共索，轉悵歸期誤。蘆簾紙閣，甲衣山屐，準擬春船先去。漏聲催、纔成鄉夢，又打窗雨。

【校】

見《曝書亭删餘詞》。

牛税：《删餘詞》作「井税」。

甲衣：《删餘詞》作「田衣」。

抛球樂 春日儀真江口周儀部舟中對雪

凍雲垂幕千里，聲斷津鼓。拓虚窗、寒色起粟，霜絮齊飄，粉娥争舞。問海畔、鞭石何人，忽送到、遥峯無數。最愛老樹撑枝，密竹低梢，巧把茅亭露。趁柳眠梅綻，東風乍染，輕籠紅萼，斜拖翠縷。乘興漫回船，判兩槳、迎潮横將去。看烏衣深巷，誰續惠連，兔園一賦。冷落驄馬鈿車，茫茫但、南北東西路。傍吴檣、然楚竹、卯酒頻斟薄暮。緩歌急櫂，哀笛中流如訴。酒闌刻羽引商，坐客屬和，不怕周郎顧。對暝煙合處。昏鴉散後，玉山未倒，風燈屢護。羞數洛陽城，逢好景、空掩重重户。還待取月輪，朗吟前浦。

【校】

見《浙西六家詞》本《江湖載酒集》卷一，潛采堂本《集外詞》，望雲仙館本《集外詞》。

粉娥：《六家詞》本及《集外詞》均作「粉蛾」。

横將去：《六家詞》本及《集外詞》均作「横江去」。

渡江雲　重過許氏園亭，懷歌者王楚雲

朝雲纔賦後，緗桃一樹，花底又相逢。記曾飛峽雨，準擬黄昏，依約濺輕容。金船深勸，瀉青絲動是千鍾。誰分到、城隅分手，煙柳月朦朧。　愁中。而今杜牧，鬢染霜華，剩揚州舊夢。辜負了、楚腰一捻，洛襪雙弓。重來想見羅裙色，但曲池、芳草茸茸。香徑掩，緑雲捲盡荷風。

【校】

見《曝書亭删餘詞》。

石州慢　再訓陸我謀表叔

一束藤箋，碣石輕鴻，飛墮南雪。流光易换西風，兩度桂花時節。緇塵薊北，誰憐著破征衫，酒徒盡向愁中别。忽枉故鄉書，又新詞清切。　休説。篠驂争道，珠鳳燒燈，小時癡絶。想烏衣舊巷，夢魂空結。扁舟已就，判歸長水撈鰕，興來一棹東湖截。共甫里先生，醉弄珠樓月。

【校】

見《曝書亭删餘詞》。

漁家傲　題錢舍人垂綸圖

白鷺雙飛沙一角。葦岸蘋風，柳下篙初卓。木末冷紅開似幄。秋露濯。吟成湘瑟無人覺。　漫厭東華塵土濁。詞賦于今，正待金門朔。縱有綸竿休便擲。歸來確。笛聲先遣漁童學。

【校】

見潛采堂本《集外詞》，望雲仙館本《集外詞》。

副題：《集外詞》均作：「第三體。題錢菦漁舍人垂綸圖。」又注云：「見錢菦漁《詞暵》。」

先遺：《集外詞》均作「且遣」。

青玉案　送程郎中守桂林

天南人向天南去。説萬里，經吴楚。行到涔陽秋未暮。帆隨波雁，香聞岸草，一葉湘川渡。愛他五馬尋春路。白竹湖邊青桂樹。暇便逍遥樓上住。檳榔消食，荔支蠲渴，定勝珠江否。

【校】

見《浙西六家詞》本《江湖載酒集》卷二，潛采堂本《集外詞》，望雲仙館本《集外詞》。

定風波　題嚴蓀友畫扇頭雪景

斷柳昏鴉欲暮天。同雲黯黯小窗前。板屋鈎簾相對語。飛絮。試題冰柱拂吟箋。一縷茶煙低未起。凭几。也應懷友剡溪邊。檻外乘船無不可。添我。一篙載送酒如泉。

【校】

見《曝書亭删餘詞》。

垂絲釣　關槎度孝廉垂竿圖

投竿跪餌，一絲低裊風裏。卧柳斷葭，齊映寒袂。煙乍起。載小鐺樹底。西溪水，照鬢眉宛似。書將十上，何曾不第憔悴。酒缾罄矣。權糴先生米。終藉經綸寄。閒未易。許畫圖而已。

【校】

見《百名家詞鈔》本《江湖載酒集》，《浙西六家詞》本《江湖載酒集》卷二，潛采堂本《集外詞》，望雲仙館本《集外詞》。

副題：《浙西六家詞》本「關」作「題」。

跪餌：《百名家詞鈔》本作「饋餌」。

終藉經綸寄：《百名家詞鈔》本、《六家詞》本及《集外詞》均作「朱紱終須佩」。

浣溪沙　早春寄酬徐庾清

細菜辛盤算別筵。匆匆一曲琵琶仙。滿湖春雨鴨頭船。　舊侶酒邊添幾個，羈愁天末動經年。梅花應綻小窗前。

【校】

見《曝書亭删餘詞》。

滿庭芳　席上送客歸武林，時演春燈謎劇

渡小長干，訪中山第，大功坊口依然。身隨社燕，處處繞蘭椽。轉入西堂深徑，看還是、卉

木平泉。香風起，赤欄橋下、猶放半池蓮。　樽前有行客，勞勞亭畔，已纜歸船。且莫辜良夜，相勸芳筵。急剪銅槃官燭，須聽取、促柱繁絃。江南好，承平舊事，曲子相公填。

【校】

見《曝書亭删餘詞》。

瑣窗寒　和梁尚書後悼亡作

月姊歸時，當年曾和，慢詞多麗。六載重逢，又見神傷羅綺。算除非、楚些齊招，鴨頭深漲湘波膩。向白蘋騁望，泠泠哀瑟，一雙扶起。　回睇。蕉林外，報錦字迴文，嶺梅迤邐。丫鬟露曉，不待西風還悴。更凄涼、琴趣新篇，海棠樹下聲再倚。縱吟殘、蜜炬同心，孰與彈紅淚。

【校】

見《浙西六家詞》本《江湖載酒集》卷三，潛采堂本《集外詞》，望雲仙館本《集外詞》。

副題：《集外詞》於題下注云：「見原稿。」

深漲：《六家詞》本《集外詞》均作「緑漲」。

漁家傲　送劉震修之江寧

避暑御杯杯易歇。纔及新涼，却又匆匆別。小雨乍過雙鳳闕。煙柳折。繩河曉已懸斜月。

近浦隔江山萬疊。暗數英游，幾度迎桃葉。望裏長蘆花載雪。潮水咽。獨吟蟹火紅時節。

【校】

見《曝書事删餘詞》。

幾度迎桃葉：原佚漏，據《删餘詞》補。

玉漏遲　辛酉除夕，馮方寅載酒過，兼懷鈍翁在堯峯次韻

濕雲吹乍了。伍胥門北，檻迴亭小。待釘辛盤，嫩韭黄芽肥早。誰分庭喧櫪馬，恍燕市、翠樽重倒。簷竹攪。么禽宿處，凍梅風悄。　從拚爛醉生涯，愛荔粉香粘，燭心紅爆。預約春游，艇子越來溪繞。石户斜開雪後，料此意山翁應曉。題句好。莓牆鼠鬚同掃。

【校】

見《曝書亭删餘詞》。

待釘：《删餘詞》作「待飣」。

四字令　題李耕客桃鄉圖

夭桃水邊。江邨社前。蘆簾紙閣蕭然。亟須營薄田。　竹垞數椽。吾將老焉。好尋鴨觜湖船。到君家醉眠。

【校】

見《曝書亭删餘詞》。

臺城路　題孫赤崖垂綸圖

玉關歸客煙波外，招來舊時鷗鷺。柳岸雲深，苔磯水漫，絶勝從前羈旅。邊風塞雨。吹不到江南，翠竿投處。纔賦閑情，便教寫入畫圖去。　琴川好景如昨，吾家煙水近，一棹容與。秋港鱸蓴，春船蝦菜，最憶吴中風土。五湖熟路。待摒擋漁裝，福鄉同住。買個樵青，抱蓑尋釣侣。

【校】

見《曝書亭删餘詞》。

以上《曝書亭詞拾遺》卷上《江湖載酒集》

倦尋芳　荷花

堂依萬柳，麗草田田，别有金谷。卷就新筒，只少手擎纖玉。幾陣凉颸翻葉白，依然驟雨跳珠緑。石欄斜，看魚吹細浪，扇摇芳蘜。　試添個、江南舴艋，任攬紅衣，不用濡足。更憶西湖，十里冷香飛逐。偏是風前蝴蝶住，但無人處鴛鴦浴。又争如，陌塵飛，馬蹄歸促。

【校】

見《瑶華集》卷十一，潛采堂本《集外詞》，望雲仙館本《集外詞》。

副題：《瑶華集》、《集外詞》均作「都城南荷花」。

堂依：《瑶華集》、《集外詞》均作「堂移」。

涼颸：《瑶華集》、《集外詞》均作「涼飆」。

攬紅衣：《瑶華集》、《集外詞》均作「攬紅衣」。

迷神引　秋海棠

静緑蔫紅看無數。點點欲含還吐。牆陰一角，繞方花礎。剩翻飛，黄衣蝶，自來去。不比春分信，晚風遽。商略涼州，按舊歌序。　有美人兮，對此憐遲暮。叢鬟低鬟，宜簪取。餘香閒掐，小餅中、寒泉住。較垂絲，匀尤淡，畫難譜。涼葉空庭裏，幾番雨。知他芳容減，暗蟲訴。

【校】

見《瑶華集》卷十一，《曝書亭删餘詞》。

看無數：《删餘詞》作「着無數」。

寒泉住：《瑶華集》、《删餘詞》均作「寒泉注」。

天香　緑牡丹，同宋牧仲、李分虎賦

紅襆嫌濃，紫囊太艷，洛陽別有聲價。柳眼看深，鴨頭較淺，天付十分姚冶。青腰纖軟，任遍倚、沈香亭榭。誰把千金碧玉，分開瓜字芳夜。　　貍奴日長來也。反輸他、草眠苔藉。小立蜻蜓不見、斂晴空射。黛色崔徐莫寫，除囑與、章臺掃眉者。翠被難遮，翠濤須瀉。

【校】

見《浙西六家詞》本《江湖載酒集》卷三，潛采堂本《集外詞》，望雲仙館本《集外詞》。副題：《六家詞》本及《集外詞》均無「宋」字、「李」字，《集外詞》又於題下注：「見原稿。」

雪獅兒　錢葆馚舍人書詠猫詞索和，賦得四首

褐花霜距，淡雪輕籠，烏雲低墮。叱撥呼來，持比薰猊差大。霜屏一座。問畫手、何何能麽。還待取，金波點染，藥苗潛躲。　　堪笑丸泥曾做。問何人梳就，粉盤添箇。好夢剛成，慣向簷牙驚破。窟邊癡坐。長只伴、蘭閨燈火。風鬢嚲。一點睛含花朵。楚州謝陽出猫有褐花者，靈武有紅叱撥，見《酉陽雜俎》。烏雲帶雪，吴下猫名。何尊師善畫猫，人問其氏族年壽，但云何何，問其鄉里，亦曰何何。華陰李靄之號金波處士，尤善畫猫于藥苗粉盤，事見《何氏語林》。元好問《猫》詩：窟邊癡坐費工夫。珠之黄者有猫睛。

【校】

見潛采堂本《集外詞》，望雲仙館本《集外詞》。

副題：《集外詞》作「和錢葆馚舍人詠猫」。又注云：「見錢葒漁《詞皫》。」其詞作：「毹毛利距，淡雪輕籠，烏雲低墮。困偃紅茵，持比金猊差大。霜屏一座。倩畫取、尊師能麽。須記着，捎鶯撲蝶、牆陰潛躲。　堪笑丸泥曾做。問何人梳就，粉盤添箇。好夢剛成，慣向簷牙驚破。無眠起坐。宜得伴、蘭閨燈火。風鬢覃。一點睛含花朵。」

解紅　李渭清同館以龍鬚見貽，賦之

燒痕斜岸。夕陽下、嶺葉催風卷。秋嵐滴翠，涵他水曲拖藍。雙角動摇，兩兩晴吹曾濤面。問何事碧空，相零亂，滿芳甸。腥煙乍識驪宫戰。恁輸了珠光海天遠。苔鱗蘚甲依稀顫。早分開絮雲，幾縷如剪。　渾不是，瓊州與香嶼。看細拆、玉絲冰綃。針線拾來寸寸尋，象尾駿鬣難辨。衫袖暗籠，剔得牙齦青梅軟。繡巾上，莫令鮫人見。簾影畔，怕蹴起，浪花寒。一片便、争似端谿織文短。春茸草色縈柔腕。好鋪到竹牀，涼月西院。

以上《曝書亭詞拾遺》卷中《茶煙閣體物詞》

【校】

見《曝書亭删餘詞》。

玉樓春　效柳屯田體

松兒林下饒風致。不比夭桃與穠李。草堂回想乍移時，三尺多長小年紀。　夢中腹上分明記。果結同心來樹底。纏綿願作兔絲花，抱向層樓翠釵倚。松偃蓋者曰樓松。又有五釵松。

【校】

見《曝書亭删餘詞》。

前調

山姑愛掃眉峯翠。芳草爲裙雲挽髻。碧桃花底小門開，棹入仙源迎淺水。　明璫欲解非容易。夢雨催歸情未已。望夫片石肯飛來，只合移他安屋裏。

【校】

見《曝書亭删餘詞》。

前調

亥娘濃笑書名字。解道生平是三豕。定情猶記夜將分，十二時辰思到底。　雖然不嫁心同契。注想桃孩傍結子。垂金屈玉篆成文，二首六身真箇似。唐詩：惟書亥字與。時人亥日不嫁娶。桃孩，腎神，見《黄庭經注》。

【校】

見《曝書亭删餘詞》。

生平：《删餘詞》作「生年」。

前調

壽奴對我論心事。井水波濤都不起。幬褰翠羽卸紈巾，錢鑄青鳬嵌金字。歌詞愛唱千秋歲。花底梅霙易飄墜。教塗蜥蜴便愁眉，催上氍毹還齲齒。

【校】

見《曝書亭删餘詞》。

褰：《删餘詞》作「搴」。

長命女

腰一縷。怪道呼他長命女。生怕風吹去。額上殘英點就，鏡裏愁眉畫取。便我作翁卿作姥。也把千金許。

【校】

見《曝書亭删餘詞》。

浣溪沙

艇子迎來月未斜。風前細雨拓窗紗。博山麝火夜初加。驚蛺蝶飛猶護粉，野鴛鴦浴慣尋花。西施網住越人家。

【校】

見《浙西六家詞》本《江湖載酒集》卷二，潛采堂本《集外詞》，望雲仙館本《集外詞》。

步蟾宮　十一月八日

一箱書卷一盤茶。磨移住、早梅花下。全家剛上五湖舟，恰添了、箇人如畫。　月弦新直霜華乍。緊蘭槳、中流徐打。寒威不到小蓬萊，漸坐近、越羅裙衩。

【校】

案此闋同《静志居琴趣集》中《鵲橋仙》一闋，據《曝書亭删餘詞》校勘記云：「原作《步蟾宮》，墨改《鵲橋仙》。」因調名不同，暫仍其舊。

鵲橋仙

菱湖霜後，蓼洲花外，蘭槳中流潛打。到門烏臼兩三株，有獨木、小橋横跨。　凉蟾逗處，風微雲澹，香暖越羅裙衩。全家剛上五湖舟，恰添了、箇人如畫。

【校】

按據《删餘詞·詞勘》知，此詞爲前闋《步蟾宮》調之初稿，原作附録，因詞文差異甚多，今爲補出。

山花子

約指曾遺白玉環。避風頻護畫屏山。偷把紅箋書恨字，綠窗間。　夢好不妨亭午續，日長只合小門關。愛拾生香懸肘後，鷓鴣班。

【校】

見《曝書亭删餘詞》。

班：《删餘詞》作「斑」。

菩薩蠻

單情無計通蘭約。瞥逢背面將衣曝。只是不回頭。翻添無限愁。　巢湖天際遠。難卜今生見。此去幾程雲。知銷若箇魂。

【校】

見潛采堂本《集外詞》，望雲仙館本《集外詞》，《曝書亭删餘詞》。

《集外詞》於詞牌下注云：「見原稿。」

以上《曝書亭詞拾遺》卷中《静志居琴趣集》

行香子 伎席

月下秋娘。燭下冬娘。更多情、花下花娘。白蘋弄水，載取兜娘。過泰娘橋，真娘墓，訪佳娘。　桿撥曹娘。羯鼓邠娘。唱瀟瀟、暮雨吴娘。春情不定，一似蟲娘。愛膽娘邊，酥娘畔，有心娘。

【校】

見《浙西六家詞》本《江湖載酒集》卷一，潛采堂本《集外詞》，望雲仙館本《集外詞》。

【參考資料】

《清詞玉屑》卷七：《妓席・行香子》亦格致新穎。李分虎嘗集侍兒小名爲《好女兒》詞云：「掌上團兒。懷裏心兒。翠兒歌、一縷蘭聲細，配錦兒調瑟，金鶯兒囀，拍按紅兒。風氈鸞兒交帶，楚兒舞、學師兒。立花前、當兒行酒唤，香兒去折玉，蓮兒比勝一分兒。」機杼適類。

點絳脣 贈曹正子主事

一曲春帆，去年曾聽尊前唱。冷波摇漾。只少圖屏幛。　客久懷歸，誦此添惆悵。登樓望。柳陰穿浪。千里葡萄漲。

【校】

見《浙西六家詞》本《江湖載酒集》卷二，潛采堂本《集外詞》，望雲仙館本《集外詞》。

好女兒

妝閣倚菱江。清鏡影娥雙。不待腰身全露，約略小鞵幫。　無計引尋撞。黄昏静、各自凝釭。涼蟾到枕，酸鷄破夢，一樣秋窗。

【校】

見《浙西六家詞》本《江湖載酒集》卷二，潛采堂本《集外詞》，望雲仙館本《集外詞》。

鵲橋仙

昨番離坐，今番貫坐，漸近畫衣香衩。全家剛上五湖舟，恰添了、箇人如畫。　一回分手，一回攜手，月底星前花下。佳期已約在元宵，算豈似、漏長冬夜。

【校】

見《浙西六家詞》本《江湖載酒集》卷二，潛采堂本《集外詞》，望雲仙館本《集外詞》。《集外詞》上片尾注：「（全家剛上五湖舟，恰添了、箇人如畫。）案二句見《琴趣》。」

臨江仙

北里佳人瞥見，西鄰宋玉牆頭。多時不出踏青游。草深挑菜路，花密采蓮舟。　拚取明珠幾斛，樽前買斷箜篌。阿嬌見了也還羞。黄金如結屋，須結十重樓。

【校】

見《浙西六家詞》本《江湖載酒集》卷二，潛采堂本《集外詞》，望雲仙館本《集外詞》。

蝶戀花

露井梨花香覆雪。雪映珠簾，簾浸玲瓏月。乍暖乍寒秋思結。春心輕似東風蝶。何處飛來江上檝。妹是桃根，姊定名桃葉。一片閒情無可説。砑羅卻羨湘裙褶。

【校】

見《百名家詞鈔》本《江湖載酒集》，《浙西六家詞》本《江湖載酒集》卷二，《今詞初集》卷上，《清平初選》卷六，《國朝詞雅》卷六，潛采堂本《集外詞》，望雲仙館本《集外詞》。

副題：《清平初選》作「春情」。

《集外詞》於詞尾注云：「案下闋見《江湖載酒集》刻，惟第四句作『賦就閑情添口業』。」

【參考資料】

《清平初選》卷十：（張）硯銘云：輕倩本色。

沁園春　李孔德出情人如玉別時所留指甲索賦

并剪分時，逗向君前，春心暗驚。記銀釭照處，曾挑錦字，碧雲歌斷，尚擘霜橙。覆瓦彎環，層冰碾薄，只是中心最不平。相思苦，任抛殘寶瑟，閒殺瑤箏。　詩人慣惜傾城。悵三疊陽關萬里程。把香囊繫住，潛通扣扣，紅絲解罷，低喚卿卿。猛省秦樓，纖纖指下，何得愁中却盡生。無眠夜，想麻姑搔背，一段風情。

【校】

見《今詞苑》，《今詞初集》卷上，《清平初選》卷十，《古今詞匯三編》，《浙西六家詞》本《江湖載酒集》卷三，《百名家詞鈔》本《江湖載酒集》，《瑤華集》卷十七，《古今詞選》卷十一，《國朝詞雅》卷六，潛采堂本《集外詞》，望雲仙館本《集外詞》，《清詞玉屑》卷七。

副題：《清平初選》題作「詠美人指爪」；「李孔德」，《今詞初集》、《詞匯三編》均作「李大」；又《今詞苑》、《瑤華集》、《詞匯三編》等均無「如玉別時」四字；又「索賦」，《今詞苑》作「索余作長短句」，《瑤華集》作「索詞」。

尚擘：《瑤華集》、《詞匯三編》作「尚劈」。

覆瓦：《百名家詞鈔》本作「瓦覆」。

悵三疊陽關萬里程：《瑤華集》、《詞匯三編》均作「唱三疊陽關千里程」。

繫住：《詞匯三編》作「繫定」。

扣扣：《詞匯三編》作「叩叩」。

無眠：《瑤華集》、《詞匯三編》作「孤眠」。

【參考資料】

《清平初選》卷十：（田）胡淵云：錫鬯詞與其年詞，同此賞嘆，蒓漁亟道之。

《清詞玉屑》卷七：李孔德眷一女子，臨别留指甲爲贈，其人名如玉，竹垞爲賦《沁園春》云云。其事新艷，詞中僅見。

平湖樂　墨梅

斜飛蝴蝶撲枝圓，點點驚愁眼。疎影依然水清淺。嫩寒天，墨痕淡處珊瑚軟。似曾相識，稽山風雪，一樹晚窗前。

【校】

見潛采堂本《集外詞》，望雲仙館本《集外詞》。

《集外詞》於題下注云：「見錢莼漁《詞㬇》。」

白苧　送錢葆馚假歸

見秋雲、帶秋雨，澹烘秋日。扁舟潞水，早有江東歸客。挂西風、片帆千里五湖色。一笑。　　疇倚閶人，看舞袖、垂魚盈尺。南陔白華，詠處鵜笙初炙。尤勝前、鳳池吟管湘靈瑟。昔。春申浦上，結伴嬉游，郗甥謝從，三十年前晨夕。待歲宴重尋，采花涇北。糟牀灑酒，對尊鱸稻蟹，小橋盤石。縱有心期，此際難分，離思安極。别後新詩，可道長相憶。

【校】

見潛采堂本《集外詞》，望雲仙館本《集外詞》。《集外詞》於題下注云：「見錢莼漁《詞贉》。」

以上《曝書亭詞拾遺》卷中《集外詞》

荷葉杯　瓜步對酒

江北江南春草劉長卿。看好張南史。對芳樽韋應物。鈿箏斜倚畫屏曲張泌。似玉韋式。送春人白居易。

【校】

見柯維楨本《蕃錦集》卷上，潛采堂本《集外詞》，望雲仙館本《集外詞》。

江南好　文水席上

歌宛轉郎大家，紅燭乍迎秋張仲素。碧草迷人歸不得溫庭筠，蜻蜓飛上玉搔頭劉禹錫。嬌倚細箜篌韓翃。

【校】

見柯維楨本《蕃錦集》卷上，潛采堂本《集外詞》，望雲仙館本《集外詞》。

詞調：柯本《蕃錦集》作「望江南」。

南鄉子　南湖月夜

露珠翻盡滿池荷王涯。水面風披瑟瑟羅殷文圭。金粟闌邊見月娥李郢。請君歌白居易。斷得人腸不在多王建。

【校】

見柯維楨本《蕃錦集》卷上，潛采堂本《集外詞》，望雲仙館本《集外詞》。

詞調：柯本《蕃錦集》作「憶王孫」。

前調　送客還華陰

紅亭綠酒送君還岑參。嫩蕊濃花滿目斑杜甫。匹馬千山與萬山李嘉祐。到潼關王維。承露金莖霄漢間杜甫。

【校】

見柯維楨本《蕃錦集》卷上，潛采堂本《集外詞》，望雲仙館本《集外詞》。

詞調：柯本《蕃錦集》作「憶王孫」。

長相思　采蓮

晚妝鮮崔顥。采蓮歸王勃。家在寒塘獨掩扉劉長卿。蓮船漸覺稀崔顥。　風零零張泌。煙霏霏同上。白鳥銜魚上釣磯劉長卿。雙雙他自飛崔國輔。

【校】

見柯維楨本《蕃錦集》卷上，潛采堂本《集外詞》，望雲仙館本《集外詞》。

河滿子　韓氏園亭玩月

花落家僮未掃王維，雨餘百草皆生韋應物。二十四橋明月夜杜牧，讌歌已有餘聲周賀。莫待關山曉没張南史，秋河悵望平明韓偓。

【校】見柯維楨本《蕃錦集》卷上，潛采堂本《集外詞》，望雲仙館本《集外詞》。

點絳脣　題宮中春曉圖

苑占宮遮張南史，參差繡户懸珠箔張柬之。蛾眉始約王勃。鈿鏡飛孤鵲李賀。布葉垂英蕭穎士，蕙草嬌紅蕚崔國輔。落花落王勃。日含畫幕李賀。風弄秋千索韓偓。

【校】見柯維楨本《蕃錦集》卷上，潛采堂本《集外詞》，望雲仙館本《集外詞》。

前調　同柯柱功晚過鶴洲

夕柳光馳樂章，江皐盡日空煙水李嘉祐。蟬其鳴矣宋華。更值微風起張子容。山鳥羣飛王維，日入孤霞繼常建。雲之際劉長卿。迴簷幽砌蕭穎士。長蓄名山意張九齡。

【校】

見柯維楨本《蕃錦集》卷上，潛采堂本《集外詞》，望雲仙館本《集外詞》。

晚過鶴洲：柯本《蕃錦集》作「晚過放鶴洲」。

前調 詠春風

灑露飄煙包佶，無情有恨何人見皮日休。羅幃舒卷李白。莫待花如霰王維。　聽不聞聲韓愈，紫陌傳香遠陳翥。陽春半崔湜。柳長如線李賀。舞態愁將斷鄭愔。

【校】

見柯維楨本《蕃錦集》卷上，《古今詞選》卷一，《昭代詞選》卷十三，潛采堂本《集外詞》，望雲仙館本《集外詞》。

浣溪沙 惜別

只有高唐十二峯李商隱。碧山幽靄水溶溶李德裕。星楂上漢杳難從劉禹錫。　落月低軒窺燭盡李白，韶光隨酒著人濃鄭準。眼看春盡不相逢元稹。

【校】

見柯維楨本《蕃錦集》卷上，潛采堂本《集外詞》，望雲仙館本《集外詞》。

減字木蘭花 憶別

良辰旨酒蕭穎士。萬里相逢貪握手杜甫。羅袖初薰王勃。髻聳巫山一朵雲李郢。柔魂不定羅隱。鑿落滿斟判酩酊胡杲。明月流光盧照鄰。見此踟躕空斷腸李白。

【校】

見柯維楨本《蕃錦集》卷上，潛采堂本《集外詞》，望雲仙館本《集外詞》。

詞題：柯本《蕃錦集》作「席上贈妓」。

前調 題程穆倩畫山水

狂流礙石成用。古瘦漓纚半無墨許瑤。厥勢嵯峨皮日休。歷歷寒枝露鳥窠李嶠。風生雲起宋之問。咫尺應須論萬里杜甫。閒院支頤耿湋。獨坐長松是阿誰王季友。

【校】

見柯維楨本《蕃錦集》卷上，潛采堂本《集外詞》，望雲仙館本《集外詞》。

寒枝：原作「寒林」，據《全唐詩》卷七百八十八顏真卿、皇甫曾、李崿、陸羽、清晝等五人七言聯句詩改。

菩薩蠻　送孫大之汝南

平沙渺渺迷人遠劉長卿。蕭條落葉垂楊岸李紳。無處不傷心蔣渙。雲山紫邏深杜甫。獨游無定計張籍。不是緣名利冷朝陽。慘憺向時人杜甫。高堂有老親岑參。

【校】

見柯維楨本《蕃錦集》卷上，潛采堂本《集外詞》，望雲仙館本《集外詞》。

前調　爲喬子静舍人題畫

春郊雨盡多新草雍陶。春山處處行應好張籍。自覺甚逍遥白居易。攜錢過野橋杜甫。花光晴漾漾許渾。轉曲隨青嶂李嘉祐。金刹在中峯崔峒。聲聲隔水鐘賈島。

【校】

見柯維楨本《蕃錦集》卷上，潛采堂本《集外詞》，望雲仙館本《集外詞》。

詞題：柯本《蕃錦集》於「題畫」下有「八首」二字。

前調

愛君水閣宜閒詠白居易。忽驚屋裏琴書冷杜甫。乃在白雲間皇甫冉。兼之雲外山王維。絺衣挂蘿薜杜甫。蕉葉猶停翠朱慶餘。峽入一條天張祜。巖飛浴鶴泉方干。

【校】見柯維楨本《蕃錦集》卷上，潛采堂本《集外詞》，望雲仙館本《集外詞》。

前調

連山翠靄籠沙溆子蘭。好看落日斜銜處白居易。更上一層樓朱斌。川清樹欲秋于興宗。過橋分野色賈島。徑隱千重石杜甫。入路認青松周賀。猶埋雲外峯賀知章。

【校】見柯維楨本《蕃錦集》卷上，潛采堂本《集外詞》，望雲仙館本《集外詞》。于興宗：《集外詞》原作「王興宗」，誤；柯本《蕃錦集》作「于興宗」，是；又見《全唐詩》卷五百六十四。

前調

巖深水落寒侵骨周朴。雨來蕁菜流船滑皮日休。窗外有魚罾姚揆。山多樹幾層許渾。松門山半寺馬戴。兀兀長如此白居易。平野但冥冥温庭筠。雙匡洗更青杜甫。

【校】見柯維楨本《蕃錦集》卷上，潛采堂本《集外詞》，望雲仙館本《集外詞》。

前調

長天遠樹山山白焦郁。飛流直下三千尺李白。山水思彌清孟浩然。樓孤屬晚晴杜甫。多情懷酒伴韓愈。步壑風吹面杜甫。只向遠峯看李嘉祐。重裘也覺寒岑參。

【校】見柯維楨本《蕃錦集》卷上，潛采堂本《集外詞》，望雲仙館本《集外詞》。

前調

迴看池館春歸也李建勳。如今再結林中社李涉。酒熟野人過姚合。水亭涼氣多孟浩然。緑齊山葉滿王勃。草嫩侵沙短司空圖。誰信碧天高李中。懸厓置屋牢杜甫。

【校】見柯維楨本《蕃錦集》卷上，潛采堂本《集外詞》，望雲仙館本《集外詞》。

河瀆神

烏江項王廟虞姬祠

來往五雲車王維。不著紅鸞扇遮王建。楚歌哀怨思無涯靈一。惟愁虛棄光華張籍。百尺游絲争繞樹盧照鄰。桃紅復含宿雨王維。門外水流何處皇甫冉。鴛鴦暖卧沙浦魚玄機。

【校】

見柯維楨本《蕃錦集》卷上，潛采堂本《集外詞》，望雲仙館本《集外詞》。

一剪梅　目公栖禪大房山，集句貽之

高倚霞梯萬丈餘李遠。蜿蜿而平盧肇，更爽其居顧況。還如孤鶴在空虛張蠙。勿徇喧嘩羅隱，其樂徐徐蕭穎士。　心每相親跡且疎賈島。企彼高人蕭穎士，西澗圖書段成式。旋栽新竹滿庭除李中。池有清流韋應物，流有跳魚韓愈。

【校】

見柯維楨本《蕃錦集》卷下，潛采堂本《集外詞》，望雲仙館本《集外詞》。

旋栽：原作「旋裁」，誤，據柯本《蕃錦集》、《集外詞》改；又見《全唐詩》卷七百四十八李中書《郭判官幽齋壁》詩。

清流：原作「清池」，《集外詞》又作「清波」，均誤，據《全唐詩》卷一百九十五韋應物《虞獲子鹿》詩句及柯本《蕃錦集》改。

永遇樂　送魏冰叔還山

之子言旋蕭穎士，爲君斟酌夷陵女子，使我心苦韓愈。陰霧離披包佶，荒城古道張南史，野水平橋路杜甫。風波四起李善夷，宛其深矣蕭穎士，送客泊舟入浦魏扶。争奈何薛逢、蛩鳴唧唧貫休，千聲萬聲秋雨子蘭。　能迴游騎張籍，山林作伴上官昭容，賸肯新年歸否杜牧。五畝之園白居易，一溪之石陸龜蒙，坐想天涯去張祜。蘭披春苑李節，鷄鳴空館王維，月下風前困處子蘭。翠陰陰盧鴻一，檀欒竹影上官昭容，不見洲渚韓愈。

【校】

見柯維楨本《蕃錦集》卷下，潛采堂本《集外詞》，望雲仙館本《集外詞》。

賸肯：原作「賸有」，誤，據柯本《蕃錦集》、《集外詞》改；又見《全唐詩》卷五百二十三杜牧《代人寄遠六言二首》之二。

檀欒：原作「檀變」，誤，據《集外詞》改。又見《全唐詩》卷五上官昭容《游長寧公主流杯池二十五首》之三。

金縷歌　得諸駿男楚中書，訂移家就長水之約，集句酬之

南去經三楚白居易。在長安李白、夫豈不懷王勃，怨斯路阻宋華。鸚鵡洲横漢陽渡李白。芳草欲淩芳樹張南史。明月夜白居易、新歌善舞顧況。此地從來可乘興高適，庾公樓悵望元稹，吟佳句李嶠。寄一字盧仝，雁聲苦陸羽。　如何此日嗟遲暮陳子昂。雨泠泠張泌、江有歸舟蕭穎士，粵鷗與鷺同上。浮世本來多聚散李商隱，詎勝耦耕南畝王維。久相待李賀、邇楹近宇蕭穎士。正喜琴樽長作伴韋莊，傍沙溪慈覺、選得閒房住張籍。攜酒盞白居易，采蓮去李康成。

【校】

見柯維楨本《蕃錦集》卷下，潛采堂本《集外詞》，望雲仙館本《集外詞》。

前調　送譚十二孝廉兄之安慶丁使君幕

行止皆無地杜審言。往復還顏真卿、雨雪淒淒顧況，于山于水蕭穎士。惟欠結廬嵩洛下白居易，云是東京才子李賀。使君去王維、來參卿事王勃。杏色滿林羊酪熱儲光羲，繡襠襦李賀、一路春風裏鄭谷。落花度王勃，暮塵起李賀。浮萍漂泊三千里白居易。歸路長李康成、共此良辰獨孤及，吁其別矣息夫牧。江浦嘔啞風送艣胡宿，黑蛺蝶粘蓮蕊皮日休。懷飛閣盧照鄰、友僚萃止蕭穎士。縱使有花兼有月李商隱，恨清光李粤、並起鄉關思段文昌。舒州杓李白，照深意陸士修。

【校】

見柯維楨本《蕃錦集》卷下，潛采堂本《集外詞》，望雲仙館本《集外詞》。

以上《曝書亭詞拾遺》卷下《蕃錦集拾遺》

曝書亭詞集補拾

湘吉安區學聯會

柳梢青　客思

戍樓飄緜。閒園蝴蝶，緑草依然。九十春來，連宵雁底，幾日花前。　禁他北塞風煙。虛想象、南湖扣船。夢裏頻歸，愁邊易醉，不似當年。

《今詞苑》卷一

鵲橋仙　無題

湔裙休去，踏青休去，招手再三來麽。相思別後總徒然，且伴我、日長同坐。　當壚也許，浮家也許，人道夭斜真個。簸錢斗草已都輸，問持底、今宵嘗我。

《瑶華集》卷五

漁家傲　寄友晋陽

拂户垂楊絲萬縷。離情不耐西窗雨。誰共故人燒燭語。還問取。紅蓮緑渚花深處。　白髪愁添歸未許。秋風汾水年年樹。道盡人間腸斷句。君莫去。旗亭冷落銀箏柱。

【校】

見《今詞初集》卷上，《古今詞匯三編》卷五，《瑶華集》卷六。

歸未許：《詞匯三編》作「歸未訴」。

風中柳　黄鶯

細柳拖煙，織就亂絲多少。怪擲處、金梭偏小。一枝飛繞。數聲啼了。澀新簧，薄寒猶峭。嬌音斷續，短夢緑窗驚曉。弄春陰、翠翻紅笑。曲池人悄。落花風裊。又銜來，一番殘照。

以上《瑶華集》卷六

菩薩蠻　贈隱蘭

廿年不問閒釵釧。秋窗忽睹如花面。窣地緑羅裙。難容減一分。　夕陽紅乍斂。小字儂新檢。老矣杜樊川。尊前翻自憐。

《侶蛩遺音》

春霽　重赴嚴江，留别社中諸子

多事啼鵑，怎喚我歸來，又早催去。一盞紅醪，一枝黄笛，一般别離情緒。捉花弄絮。戀春春不留人住。好記取。今夜、破帆摇夢落江渚。　當此自笑、歲歲年年，影如浮萍、旋散旋聚。憶前番、嘗櫻剥笋，多情曾寫故園句。休悵旋程魚信阻。去也來也，早料此度歸時，鷺鷥頭上，藕花翻雨。

齊天樂　將還西湖，留别吟社諸君

遥空雁艫隨雲遠，聲聲似吟歸興。夢倦旗亭，衫枯木葉，都是西風吹冷。江邊照影。帶殘葉蕭疏，寫愁鷗鏡。此去孤篷，一燈和雨閃凉暈。　清盟前度許訂，向横横廿四，欄畔同憑。瘦又花痕，香銷酒袂，離緒與波無定。瓊簫細聽。早唤起相思，者般凄緊。不盡流連，片帆遥弄暝。

以上《重編留青新集》卷七

鶴衝天　次葆翎先生詠蒓漁圖韻

滄州别渚。恰似逢君處。畫省慕青溪、游仙句。寫煙波小艇，向紅蓼、灘頭住。閑情無可侣。試問前溪，仿佛村名蘿苧。　秋光已暮。蕩漾隨流去。篷底散幽香、龍涎煮。把離騷醉讀，看楓葉、酣朝雨。漁樵心自許。一幅雲汀，遠續志和遺緒。

前調　前題

西風江渚。好着漁舟處。招隱寓披圖、淮南句。有筆牀茶竈，宛別墅、中央住。魚蝦將結侶。御柳宮槐，争似澤蘭汀苧。　煙霞曉暮。時傍垂楊去。鹽豉佐蓴絲、青童煮。向篷窗嘯傲，聽蘆荻、鳴秋雨。陳情如見許。襆被歸來，始遂任公悰緒。

《金山縣志》卷十九《藝文》

玉連環　贈宋玉環

夜來何處三青鳥。阿環飛到。試將裙帶綰同心，解不斷、愁多少。　四五月明秋老。羅緯雙笑。刀頭探取幾摩挲，忍勸我、歸期早。

《曝書亭删餘詞》

西江月　懷李斯年

萬里三湘客到王建，良辰美景追隨杜奕。花開只恐看來遲羅鄴。去歲暮春上巳白居易。　惟見月寒日暖李賀，不知幾許多時王建。兩鄉千里夢相思嚴武。今歲暮春上巳白居易。

柯維楨刻本《蓄錦集》卷下

校讀記

康熙四十七年（一七〇八）彝尊八十歲，始整理舊稿，編成《曝書亭集》八十卷，其中第二十四卷至第三十卷爲詞，包括《江湖載酒集》三卷，《静志居琴趣》一卷，《茶煙閣體物詞》二卷，《蕃錦集》一卷，共七卷。次年四月，彝尊以耄耋之年遠赴維揚（今揚州市），並在真州（今儀徵市）滯留一個多月方返回嘉興。這次去的目的主要是見《紅樓夢》作者曹雪芹的祖父曹寅。曹寅時任江寧織造，兼任兩淮巡鹽監察御史，又加封通政使，在揚州署理鹽政，正是榮寵已極的鼎盛時期。彝尊與曹寅有約合編《鹺志》，此去是爲了交付所輯《兩淮鹽筴書》，更重要的是爲面求曹寅爲他出資刊刻《曝書亭集》。彝尊雖曾通籍，而宦囊羞澀，又不善治生產，故家計蕭然，這從流傳下來的爲二孫析産書手迹可以得到證實。自費刻集不可能，只好寄希望於曹寅了。曹寅慨然允諾，於是就在真州住下，最後一次整理《曝書亭集》，「每日删補校勘，忘其勞焉」。同年七月，《曝書亭集》開雕。十月十三日，彝尊病歿。臨終前，猶對孫稻孫説：「吾集不知何時可刻完，年老之人，不能久待，奈何！」念念不忘此名山事業。可惜生前未見，集子直待他卒後四年，即康熙五十三年（一七一四）方刻成問世。

《曝書亭集》的刻成雖遲至身後，而朱彝尊詞的結集流傳和刊刻却很早。徐珂《近詞叢話》云：「（陳）其年未達時，嘗自中州入都，與朱竹垞合刻所著曰《朱陳村詞》，流傳入禁中，曾蒙聖祖賜問褒賞。」此説可信否，未見確證；若然則爲最早之刻本。海内尚幸存孤本否？祈通識者賜告。今據信史可徵者，康熙六年（一六六七）編成《静志居琴趣》，九年

（一六七〇）編成《江湖載酒集》，十七年（一六七八）嘉善柯維楨爲之刊刻《蕃錦集》，十八年（一六七九）仁和龔翔麟爲之刊刻《浙西六家詞·江湖載酒集》。後二種爲彝尊生前刊刻而今天還能見到的最早刻本，至於稿本或鈔本之流傳情況，我們只有通過康熙間的諸多詞選本，來考察它的本來面目了。

彝尊身後，浙派經厲鶚而中興，至乾隆季，彝尊詞學地位隆盛至極，從時人的論述與詞選集中得到反映。嘉（慶）道（光）以後，常州詞派興起，彝尊雖爲「已陳之芻狗」（借用譚獻語），集矢者有之，繼響者亦不絶。各種詞選收録朱氏詞，量漸減少，終未衰竭。清末以來，評論漸趨公允，彝尊的詞又復得到世人的承認和重視。從這興衰消長中，可見清詞發展的軌轍，明彝尊詞的價值，知再研究的必要性。

在校勘《曝書亭詞集》的過程中，接觸到各個時期的不同版本，視其版本代表性的程度，而決定是否入校，未入校的也作了記録，儘量爲研究者提供方便。

今將各本約略敘述如次：

《今詞苑》三卷，陽羡吴逢原、陳維崧、吴本嵩、潘眉選。康熙十年（一六七一）南澗山房刊本，有徐喈鳳、陳維崧、吴逢原、吴本嵩、潘眉序。按調分，小令、中調、長調各爲一卷，並列詞人姓氏目，計百二十家，四百六十餘闋。而吴本嵩序中所云之「百四十家」，似誤。此本爲清初王士禛、鄒祇謨選《倚聲初集》後之第二部大型詞選集，以「倚聲集内幸免捃摭之嫌」爲特點，甄選同代人之詞作。録朱彝尊詞十二闋。所録疑採自手稿或傳鈔，與朱氏手定之《曝書亭詞集》本大異，故所校甚多，且據以補《柳梢青》一首。此本流傳不廣，不若《倚聲初集》、《今詞初集》等之知名，前人之引述及記載亦罕見，惟選輯較早，於詞人詞作之原來面貌保留較多，本書入校。

《今詞初集》二卷，顧貞觀、納蘭性德編選。選收同時代詞人百八十餘家，詞六百餘闋，康熙十六年（一六七七）刻本，有魯超題辭、毛際可跋語。時彝尊四十八歲，雖未通顯，却聲名藉藉，故所選僅次於陳子龍、龔鼎孳、顧貞觀、吴綺四家，爲二十二首。本書入校。此本多與清初諸詞選總集刻本合，而與手定之《曝書亭詞集》異，想見爲手稿或傳鈔所得。又此本於光緒丁酉間有雪浪山房重刊本，南昌萬釗增題《聲聲慢》一闋於卷首。

《東白堂詞選》十五卷，佟世南編選。康熙十七年（一六七八）刻本，有張總序、陸進序、佟氏自撰初集小引、凡例等，又附入張星耀詞論十三則。按調分。此本乃佟氏游杭時，適逢陸進、張星耀有《西陵詞選》之舉，因用其剩餘資料稍加擴充而成，故「所選西陵人士與天下士相半」（陸進語）。且「甄録未精，不免良楛雜陳之病」（《四庫全書總目提要》語）。録彝尊詞僅三首，詞題、字句均有異同，疑爲傳鈔之訛。本書入校。

《清平初選後集》十卷，華亭張淵懿、田茂遇輯，選清初詞人三百餘家。康熙十七年（一六七八）刻本，有計南陽序、張淵懿序例，並略照卷次中所列先後刊詞人姓名表。宣統三年（一九一一）書賈按小安樂書屋藏版石印，易名爲《評點詞壇妙品》，蓋張、田二氏每於詞尾稍作評述故也。此書按調分，録彝尊詞五首。入選寥寥者，未見朱氏全稿，故田茂遇云：「統俟專選《何綺集》中備載。」詞五首得自傳鈔，中有二首，《曝書亭詞》未收，當爲彝尊删汰。另副題稍異，想爲此書編者所添改。本書入校。

《蕃錦集》二卷，朱彝尊撰，嘉善柯維楨輯編。康熙十七年（一六七八）刻本，有柯維楨序。上卷收詞七十七首，下卷收詞五十七首，共百三十四首。較彝尊手定之《蕃錦集》百〇九首，多出二十五首。其中二十四首已由其五世孫朱墨林輯入《集外詞》，惟懷李斯年《西江月》一首漏收。《集外詞》經多次翻刻增補，均未輯入，想未細檢原書之故，今爲輯出。本書入校。校對之下，知手定本《蕃錦集》，經李富孫於《曝書亭詞注》中擇出之訛錯，有爲柯本已誤者，大抵爲朱氏記憶偶疏；有爲柯本不誤者，知非彝尊之原誤，疑係手民之誤植。

《古今詞匯》初編十二卷，二編四卷，三編八卷，卓回編。康熙十八年（一六七九）刻本，有卓回撰凡例六則，按調分。第三編爲清詞，録朱彝尊詞十三首。時彝尊雖授檢討，然此本所選録當在彝尊未顯時。本書入校。其選録及詞句多與《今詞苑》、《今詞初集》合。

《浙西六家詞》十一卷，不著編輯者姓氏，所選爲朱彝尊、李良年、沈皞日、李符、沈岸登、龔翔麟之詞。翔麟，仁和人，其他皆嘉興人，故稱浙西六家。前有宜興陳維崧序。嘉慶九年（一八〇四）有重刻本，易名爲《國朝六家詞鈔》，陳其年編次，增附張炎《山中白雲詞》一卷。其實，《浙西六家詞》編者爲龔翔麟，康熙十八年（一六七九）刻於金陵，因輯入己作，不便署名，後刻者又借陳名以自重，故牽入陳其年編，殊可不必。此書收入朱氏江湖載酒集三卷，詞作二百十六首，集前有李符序。此刻爲朱氏最早編成之大型詞集，與朱氏後來手自刪定的《曝書亭集·江湖載酒集》三卷面貌不同，非僅詞句差易，且收録詞作亦跨過後者，涉入《静志居琴趣》、《茶煙閣體物詞》、《蕃錦集》等，可以窺見朱氏詞作改寫更定之迹。本書入校。

《詞覯》六卷，靈壽傅燮詷輯，選收六十四家，詞六百首。康熙二十二年（一六八三）輯本，有傅氏自序及發凡七則。操詞之選政者，清初大都爲南人，此爲北人，自謂「以三十年羅織之苦心……以志當代名公先生悲歌慷慨淺斟低唱之盛」。所選以梁清標、傅世堯爲最，均達八十首以上，想係北人之故，陳子龍亦入選，且多達五十四首，他則一首或數首不等。

卷六輯彝尊詞六首。此書輯成時，彝尊年五十五，已入直南書房，詞名亦盛，而所選寥寥者，顯非詞學觀念之差異，緣於「隨見隨録，不事徵求」，亦即此集名曰「觀」之故。校者所見爲道光二十四年（一八四四）天尺樓鈔本，有江都金天福重訂《詞觀》序。然全書魯魚帝虎，錯漏甚多，本書不入校。

《百名家詞鈔》二十卷，盧陵聶先、長水曾王孫輯。匯録清初詞人一〇八家，人各一集，意在利於單本獨行。有聶先自序、曾王孫序、例言七則。卷四有朱彝尊《江湖載酒集》，録詞五十四首。本書入校。此書刊刻年代不詳，聶先撰例言有「國朝四十年來」等語，由順治元年（一六四四）算至康熙二十三年（一六八四）是爲四十年，或係此書部分詞集最早刻成之時間。例言云：「憶同柳塘、梅墩共事鉛槧，忽忽經年，片稿莫致；幸道扶過旲，付稿盈篋，以恣選擇。」又云：「（詞集）不妨隨到隨梓，隨時隨地皆可刷印問世。」可明纂輯此書的情形。由於非一時一地刻成，致傳世之《百名家詞鈔》，其編者（有只作聶先編）、卷數，匯録詞家，各集刊刻年代之先後，諸本不盡相同。

《瑶華集》二十二卷，附《名家詞話》一卷，沈氏（謙）《詞韻略》一卷，宜興蔣景祁撰次。選人五〇七家，詞作二千四百六十七首，中華書局重印康熙二十五年（一六八六）天黎閣刻本，有宋犖序、顧景星後序，按調分。選竹垞詞百十一首。《詞人姓氏爵里著作表》注有《茶煙閣詞》、《江湖載酒集》字樣。本書入校。此集曾經馮柳東、朱墨林等輯佚，尚有漏收。今據以補《鵲橋仙》、《漁家傲》、《風中柳》三首。是集刻印時，竹垞四十八歲，《曝書亭詞》未刻。《刻瑶華集述》云：「嗣萊陽李孝廉待庵復郵寄八闋，補朱作未備，而卷帙已定，止增一二，用志遺憾。」漏收者或爲新作，後當輯入，亦未可知。

《亦園詞選》（殘存）四卷，梁溪侯文燦選，無序跋、編刻年月。侯文燦（一六四七—一七一一）四十歲結束宦海生涯，回到無錫家中，住亦園，着手纂輯整理詩詞，選南唐二主至元張翥共十一家爲《名家詞選》，選清初人詞爲《亦園詞選》，此書之刻成當在康熙三十年（一六九一）以後。僅存之卷一至卷四，全爲小令，共五百四十九首，按調分。録彝尊詞十首。於調下之副題，每爲《曝書亭詞集》中所無者，疑爲侯氏刻集時擬添，或爲傳抄所致。

《國朝詞選補鈔》不分卷，編者姓氏不詳，稿本藏北京大學圖書館。録清初至康熙十八年（一六七九）舉博學鴻詞之詞人近百家，收朱彝尊詞四十七首，又補收十首，其中重出一首，實收五十六首。本書不入校。

《曝書亭集》八十卷，其中卷二十四至卷三十爲詞，依次爲《江湖載酒集》三卷，《静志居琴趣》一卷，《茶煙閣體物詞》二卷，《蕃錦集》一卷，共七卷，詞五百十六首，康熙五十三年（一七一四）刻本，有潘耒、查慎行序。本書據爲底本。此書爲朱彝尊晚年手自定本，生前編定並着手雕刻，身後五年方竣工。後人遂據此重刊，翻雕者各個時期皆有，而以近代商務印書館《四部叢刊初編》之景本尤負盛名。既爲翻刻，其亥豕魯魚，大都爲手民誤植，不具校勘價值，一概從略。此書雖係朱氏手定之本，亦有記憶偶疏或因他故而失誤者，即據所知訂正。集内附載他人之作，清初時風如此，今則一律删除。其餘全仍其舊，以保留原刻之面貌。

《古今詞選》十二卷，吴江沈時棟選，尤侗、朱彝尊鑒定。選收二百八十餘家，詞近千首。其中有清初詞人一百家。康熙五十五年（一七一六）瘦吟樓刻本。有顧貞觀序、尤侗序、沈時棟自序及選略八則，按調分。選朱彝尊詞三十四首。《歷代詞名家目》注有《江湖載酒集》、《蕃錦集》字樣，此爲略舉而言，所録亦涉入《静志居琴趣》、《茶煙閣體物詞》。本書入校。此書編選既經朱彝尊鑒定，當在朱氏晚年，是時朱氏亦手自編定《曝書亭詞》，兩相讎校，異文不多，適足證明朱氏編定詞集之軌迹。此集刻成時，朱氏已下世七年，不及見矣。

《眉匠詞》一卷，詞五十六闋，題朱彝尊草。三餘讀書齋鈔本，臺灣「中圖館」庋藏。有草書眉評夾批，出自何氏手筆未詳。按此詞集，彝尊生前及歿後，二百年中未見著録，直至光緒二十二年（一八九六），常熟翁之潤刊《曝書亭詞拾遺》，跋後云：「丁君叔雅惠康篤嗜詞學，雅有同癖，前見是集，欣然許以《眉匠詞》稿本録副見貽，並謂《眉匠詞》乃竹垞先生少年之作，專師清真者。」此爲首次透露，然未果行。後況周頤於《蕙風詞話·續編一》中說：「《眉匠詞》，竹垞少作，豐潤丁氏持静齋藏。」雖言之鑿鑿，疑未見原書，或係據翁説信筆録之，亦未可知。他則海内無與聞者。今偶得之於海島，急爲公諸同好，以廣流傳，具供方家之辨證，庶幾不致日就湮没。

《歷朝詞選》十三卷，亦名《清綺軒詞選》，華亭夏秉衡編選。乾隆十六年（一七五一）刻本，有沈德潛序、夏秉衡自序及發凡十則，按調分。録朱彝尊詞十三首。本書入校。此書光緒十年（一八八四）曾以巾箱本重刊，增入戴濬《三或齋詞影》一卷，計十闋，有徐瑛跋。

《梅里詞緒》二卷，嘉興薛廷文編選。有薛廷文弁言，編成於乾隆五十一年（一七八六），稿本藏上海圖書館。録明末至清乾隆間梅里籍詞人詞，按人分，選彝尊詞二十四首，詞評二則。本書入校。偶有詞題互異，疑爲薛氏自擬增入。又有《梅里詞選》一種，抄本，所録據《梅里詞緒》而有遺漏，不知出自誰氏手，且改易原著名稱。

《昭代詞選》三十八卷，吴縣蔣重光選輯。乾隆三十二年（一七六七）經鉏堂刻本，有蔣氏自序及凡例若干則。此書對於身仕兩朝的貳臣，如吴偉業、龔鼎孳、梁清標等，皆不入選，側見雍（正）乾（隆）間文網之嚴密，箝制之淩厲，而朱彝尊獨得寵遇。此書依時代先後爲序，按人分編，朱氏詞載卷十三康熙朝二之二及卷十四康熙朝二之三，共選收一百八十二首，爲諸選集中録彝尊詞之最多者，可知《曝書亭詞》在當時的地位和影響。本書入校。校對之下，異文極少，僅於題徐電發楓江漁父圖《摸魚子》一闋後，編者就詞之格律，稍作判釋。其故可明，爰自《曝書亭詞》集中直接採録者。

《國朝詞雅》二十四卷，嘉慶三年（一七九八）刻本，華亭姚階編次，有王昶序、汪啓淑跋。此書編成於乾隆末，姚階病殁，汪啓淑續成之。按人分編。卷六存彝尊詞五十一首，注明據《曝書亭集》諸詞集選録。本書入校。

《國朝詞綜》四十八卷，青浦王昶纂。嘉慶七年（一八〇二）蒲褐山房刻本，有王昶自序。卷八收彝尊詞六十五首。本書入校。王昶説詞，專主彝尊，故所選獨多。又只取結體之相同，於選調詞句每多改易，即彝尊之作，雖改易絶少亦難幸免。此書選詞，皆取自《曝書亭詞集》，其排次可按。

《曝書亭詞注》七卷，嘉興李富孫纂。嘉慶十九年（一八一四）校經廎刻本，有李富孫自序、凡例八則。此注本全遵彝尊晚年手定之《曝書亭詞》不作增删。只就故實箋釋，不援引他事以證之。然對原集之錯誤及訛字等，訂正較多，是爲彝尊之功臣，亦嘉惠後學不少。本書入校。

《詞畧》四卷，編者姓氏未詳，友竹山房稿本。録唐五代至明人詞爲前三卷，清初至嘉道時期人詞爲第四卷，計二百餘家。中有彝尊詞二十五首，採自《江湖載酒集》及《蕃錦集》。本書不入校。

《曝書亭集外稿》八卷，彝尊五世孫墨林輯，馮登府補校。道光二年（一八二二）刻本，有阮元序、李宗昉序、馮登府序、朱墨林序，其六卷爲《集外詞》共輯詞四十九闋，謂據彝尊原稿、《浙西六家詞》、《瑶華集》、《詞㵎》輯逸，此爲彝尊詞之最早輯逸者。以後，嘉善孫福清又據之復刻入望雲仙館本《檇李遺書》，並抹去墨林、登府輯校字樣，易爲孫福清校刊，殊不足取。此本所輯範圍較窄，亦粗疏，即所舉之《瑶華集》，尚有漏收，致後來者往往誤信其説，不再翻檢。今檢《瑶華集》、《浙西六家詞》，尚有所獲，惜乎未見原稿，且未見《詞暵》，不知情況若何也。本書入校。

《雲韶集》二十六卷，丹徒陳世焜（廷焯）著，稿本。成於同治十三年（一八七四）。有陳世焜自序，及詞論專著《詞壇叢話》一卷。録歷代詞三千四百三十四首，詞人一千一百餘家（無名氏未計入）。於每代之下有《綜論》，兼及詞人詞作評點。卷十五録彝尊詞五十三首。本書不入校，僅將有關詞評札入。

《詞則》四集，有《大雅集》、《放歌集》、《閑情集》、《别調集》，每集六卷，計二十四卷，詞二千三百六十首，丹徒陳廷焯編選，一九八四年上海古籍出版社據稿本影印。有陳氏《詞則》總序及各集分序。乃陳氏不滿於早年崇尚浙派所編選之《雲韶集》，繼而改宗常州詞派新編選的。録彝尊詞百一十二首。本書不入校，僅札入詞評。

《篋中詞》六卷，仁和譚獻纂録，光緒八年（一八八二）刻本，前五卷選清人詞，第六卷入己作《復堂詞》一卷，有譚氏自序、馮煦序。卷二録彝尊詞十八首，詞尾附有簡短評語。本書入校，以覘清末詞論家之視彝尊詞也。

《重編留青新集》二十四卷，閩中伊氏重編。光緒十四年（一八八八）上海宏文閣刊本，有馮善長叙及凡例十四則。馮叙説，此集據康熙四十七年（一七〇八）西泠陳氏原本重加編次，增益芟除，無格不備，「洵應世之寶筏也」。陳氏即陳枚，生平未詳。從收集之範圍（壽文、祭文、詩詞尺牘、仕進制度、婚喪禮儀、月令楹聯、翰墨腴詞、印章綺語、人物稱謂）來看，疑爲坊間書賈以射利爲目的所輯之應世文編，供世人之往來酬酢用。卷七爲「分類詞」。例言云：「應酬詞亦改曰分類，所輯皆《曝書亭》、《有正味齋》諸稿中之作，浮艷膚庸，不敢闌入。」可知康熙原刊本徑題爲「應酬詞」，（按卷六爲「分類詩」，例言云：「原輯曰應酬，殊嫌不雅。」故亦改稱。）而《有正味齋》等應酬詞爲重編者所增入，《曝書亭詞》爲原編者所蒐録。朱彝尊卒於康熙四十八年（一七〇九），時《曝書亭詞》尚未刻成，原編者只能輯自他本或傳鈔所得，頗可見初貌。然經重編後，校勘粗疏，魚魯亦多，故未入校。全卷共録《曝書亭詞》八十首，據以補《春霽》、《齊天樂》二首。

《曝書亭詞拾遺》三卷，附《志異》一卷，常熟翁之潤輯。光緒二十二年（一八九六）刻本，有張預序、翁之潤自序及跋，凡九十三首，其中除誤收《憶王孫》一首外，皆《曝書亭詞集》中所無者。馮氏登府、朱氏墨林所輯《集外詞》亦包舉無遺，故據爲底本。此書於《步蟾宫》調後附録《鵲橋仙》一闋，據《删餘詞·詞勘》云：「朱筆抹去（《鵲橋仙》），墨筆改此（《步蟾宫》）。」知爲彝尊初稿，詞文差異較多，今爲補入。又《葉兒樂府》十六首，是爲散曲，凌景埏、謝伯陽編《全清散曲》已輯入，此不録。綜上合計，實收詞七十七闋。

《曝書亭删餘詞》一卷，原稿目一卷，校勘記一卷，長沙葉德輝編次。光緒二十九年（一九〇三）刊本，有葉德輝序、原稿題跋六則。據葉序云：「《曝書亭詞》手稿十二卷，相傳爲先生之妾徐姬手抄本，舊藏楊氏星鳳堂……全書朱墨爛然，圖印滿幅，書首有先生八世孫拱辰題字，其爲先生手訂本無疑也。」因取以校全集，取全集及集外稿所未刻者録而存之，凡四十四闋（按其中有《葉兒樂府》十六首當删外，實收詞二十八闋）。本書入校。經與全集及《曝書亭詞拾遺》讎校，補得《玉樓春》一首。鑒於手稿之編次前後各不相同，改易增删之差異亦較大，故將原稿目一卷及校勘記一卷，一仍其舊，移附集末，既免致淆亂，又見彝尊用工之勤及去取之旨，而方家「由是以探詞家之消息，當有得於文字之外者」。

《笠澤詞徵》三十卷，吴縣陳去病輯録。民國二年（一九一三）百尺樓叢書本，有胡韞玉序、徐自華序、金祖澤序、蔡寅序、柳棄疾序、陳去病自序及凡例五則。上自唐宋，下迄清末，選録二百餘家。卷二十六寓賢録彝尊詞九首，皆詠吴江之人和事者。本書不入校。

《詞莂》一卷，歸安朱孝臧原編，錢塘張爾田補録。民國二十一年（一九三二）《彊村遺書》本，有張爾田序、龍沐勛記，録清詞人十五家，都一百三十七闋，按人分編。選彝尊詞十闋。本書入校。異文雖罕見，固可覘晚近詞論家之手眼。

《清十一家詞鈔》十一卷，王煜纂録。民國二十五年（一九三六）正中書局刊本，有吴梅序、王煜自叙，録納蘭性德、陳維崧、朱彝尊、厲鶚、張惠言、項鴻祚、蔣春霖、文廷式、王鵬運、鄭文焯、朱祖謀等十一家詞，都五百闋，按人分編。選彝尊詞四十一首，前有小傳及評語。此編與《詞莂》相異處，毛奇齡、曹貞吉、顧貞觀、周之琦、況周頤五家未與，增入文廷式，篇章則遠爲豐富。本書不入校。

《清名家詞》，海寧陳乃乾編，民國二十五年（一九三六）開明書店印本。刊《曝書亭詞》一卷，詞四百七首。從排次、詞文考察，顯見據彝尊手定之《曝書亭詞》爲本，然只收《江湖載酒集》、《静志居琴趣》、《茶煙閣體物集》三種，而《蕃錦集》隻字不録。據序例云：「一人之集，每有數刻，篇帙多寡，或不相侔，今取以互勘，俾成足本。如吴偉業詞以本集及家藏稿本、孫默刻本合校……惟晚年自定者，則採定本。」彝尊之詞集既未合校以成足本，即晚年自定之《曝書亭詞》四種，亦未全録，不知是陳氏的疏忽，或陳氏於《蕃錦集》别有他解，暫仍存疑。本書不入校。

《金山縣志》二十卷，首一卷，長沙常琬修，金山焦以敬等纂。乾隆十六年刻本，有常琬、王宗閔、焦以敬等序。其卷十九藝文一爲賦、詩、詩餘卷，收有次葆紛先生詠蒓漁圖韻《鶴衝天》二首，今爲補入。

以上所述曝書亭詞刻之情況，雖多至三十餘種，並非全部。凡各個時期直接翻刻《曝書亭集》的重刊本，諸如清吟堂本、《四部備要》本，以及後來的《國學珍本叢書》本等，雖有異同，均爲手民誤植，不具有校勘價值，本書概不闌入。唯清初錢芳標編選之《詞曠》，陳枚編選之《留青新集》原刻本，校者均未見到，尚待續爲訪求。他如顧綵編選之《草堂嗣響》，所録彝尊詞極少，已入校，則不另作校讀記。

在編校本書的過程中，得到南京大學中文系《全清詞》編纂研究室的幫助，承借録《眉匠詞》，及多種珍貴的詞選本複印件，謹在此表示由衷的感謝。

屈興國　袁李來

曝書亭詞話

唐宋以來作者，長短句每別爲一編，不入集中，以是散佚最易。常熟吴氏訥匯有《宋元百家詞》，抄傳絶少，未見全書。近日毛氏晋刻有《汲古閣六十家宋詞》，頗有裨於學者。是編（指《詞綜》一書，以下「是集」「是編」皆指此集）所録，半屬鈔本，白門則借之周上舍雪客、黄徵士俞邰，京師則借之宋員外牧仲、成進士容若，吴下則借之徐太史健庵，里門則借之曹侍郎秋岳，餘則汪子晋賢購諸吴興藏書家，互爲參定。其已經選輯者，南唐二主《詞集》一卷、馮延巳《陽春録》一卷、潘閬《逍遥詞》一卷、林逋《和靖先生集·詞》、晏殊《珠玉詞》一卷、歐陽脩《六一居士詞》三卷、王安石《半山老人詞》一卷、晏幾道《小山詞》二卷、張先《子野詞》一卷、柳永《樂章集》九卷、蘇軾《東坡居士詞》二卷、黄庭堅《琴趣外編》二卷、秦觀《淮海詞》三卷、晁補之《詞》一卷、陳師道《後山長短句》二卷、李之儀《姑溪集·詞》二卷、賀鑄《東山寓聲樂府》三卷、毛滂《東堂詞》二卷、杜安世《詞》一卷、黄裳《演山集·詞》二卷、葛勝仲《丹陽詞》一卷、周紫芝《竹坡居士樂府》三卷、謝逸《溪堂詞》一卷、謝薖《竹友詞》一卷、葛郯《信齋詞》一卷、廖行之《省齋詩餘》、周邦彦《清真集》三卷、晁端禮《閑齋琴趣外編》一卷、徐伸《青山樂府》一卷、吕渭老《詞》一卷、徐積《節孝集》附《詞》、陳瓘《了齋詞》一卷、王安中《初寮集·詞》一卷、向子諲《酒邊集》四卷、蔡伸《友古詞》一卷、王庭珪《盧溪詞》二卷、葉夢得《石林詞》一卷、王之道《相山居士詞》二卷、向鎬《樂齋詞》二卷、沈瀛《竹齋詞》一卷、劉弁《雲龍集·詞》一卷、汪藻《浮溪文粹》附《詞》、趙師俠《坦庵長短句》一卷、陳與義《無住詞》一卷、劉一止《苕溪詞》一卷、趙長卿《惜香樂府》十卷、王灼《頤堂詞》一卷、張綱《華陽老人長短句》、岳飛《金陀粹編家集》附《詞》、張元幹《蘆川詞》一卷、鄧肅《栟櫚集·詞》一卷、劉子翬《屏山集》附《詞》、張掄《蓮社詞》一卷、朱敦儒《樵歌》三卷、曾覿《海野詞》一卷、楊无咎《逃禪詞》三卷、侯寘《嬾窟詞》一卷、曾惇《詞》一卷、朱雍《梅詞》一卷、辛棄疾《稼軒樂府》十二卷、范成大《石湖詞》一卷、黄公度《知稼翁詞》一卷、葛立方《歸愚詞》一卷、張孝祥《于湖詞》一卷、程垓《書舟雅詞》二卷、韓元吉《焦尾集·詞》一卷、周必大《近體樂府》一卷、倪偁《綺川詞》一卷、姚述堯《簫臺公餘詞》一卷、京鏜《松坡居士樂府》一卷、朱熹《晦庵詞》一卷、洪适《盤洲集·詞》二卷、吴儆《竹洲詞》一卷、楊萬里《誠齋樂府》一卷、李處全《晦庵詞》一卷、丘密《文定公詞》一卷、羅願《鄂州小集》附《詞》、劉克莊《後村別調》一卷、趙彦端《介庵詞》四卷、管鑒養《拙堂詞》一卷、張鎡《玉照堂詞》一卷、劉儗《招山集·樂章》、程泌《洺水集·詞》一卷、王千秋《審齋詞》一卷、姜夔《白石詞》一卷、陸游《渭南集·詞》二卷、陳亮《龍川集·詞》二卷、劉過《龍洲詞》一卷、楊炎（正）《西樵語業》一卷、張輯《東澤綺語債》一卷、謝懋《静寄居士樂章》二卷、黄機《竹齋詩餘》一卷、劉鎮《隨如百詠》、吴禮之《順受老人詞》五卷、許棐《梅屋詩餘》一卷、戴復古《石屏詞》一卷、毛幵

《樵隱詞》一卷，洪咨夔《平齋詞》一卷，郭應祥《笑笑詞》一卷、盧祖皋《浦江詞》一卷、高觀國《竹屋癡語》一卷、史達祖《梅溪詞》二卷、汪莘《方壺存稿·詞》二卷、吴潛《履齋詩餘》三卷、李昴英《文溪詞》一卷、趙以夫《虚齋樂府》二卷、陳經國《龜峯詞》一卷、方岳《秋厓先生小稿·詞》四卷、張榘《芸窗詞》一卷、洪瑹《空同詞》一卷、方千里《和清真詞》一卷、楊澤民《續和清真詞》一卷、盧炳《烘堂詞》一卷、沈端節《克齋詞》一卷、黄昇《散花庵詞》一卷、嚴羽《滄浪集》附《詞》、王以寧《詞》一卷、吴文英《夢窗甲乙丙丁稿》四卷、蔣捷《竹山詞》一卷、陳允平《日湖漁唱》二卷、周密《草窗詞》二卷、王沂孫《碧山樂府》二卷、張炎《玉田詞》二卷、石孝友《金谷遺音》一卷、林正大《風雅遺音》四卷、張矩《梅淵詞》、陳德武《白雪遺音》一卷、文天祥《文山集詞》一卷、王鼎翁《遺集》附《詞》、何夢桂《潛齋詞》一卷、惠洪《石門文字禪》附《詞》、葛長庚《海瓊詞》一卷、李清照《漱玉集》一卷、朱淑真《斷腸集》一卷、韓玉《東浦詞》一卷、段克己《遁齋樂府》一卷、段成己《菊軒樂府》一卷、元好問《遺山樂府》二卷、許衡《魯齋集》附《詞》、程鉅夫《雪樓集·詞》一卷、王惲《秋澗集·詞》四卷、趙孟頫《松雪詞》一卷、劉因《樵庵詞》一卷、汪宗臣《紫巖集》附《詞》、吴澄《草廬詞》一卷、虞集《道園學古録·詞》一卷、宋褧《燕石集·詞》一卷、劉詵《桂隱集》附《詞》、曹伯啓《漢泉漫稿》一卷、許有壬《圭塘小稿·詞》一卷、薩都剌《雁門集·詞》一卷、張翥《蛻巖詞》

二卷、袁易《静春詞》一卷、沈禧《竹窗詞》一卷、洪希文《續軒渠集·詞》一卷、張可久《小山樂府》二卷、喬吉《惺惺老人樂府》一卷、張埜《古山樂府》一卷、倪瓚《清閟閣詞》一卷、顧瑛《玉山璞》附《詞》、陶宗儀《南邨集》附《詞》、邵亨貞《蛾術詞選》四卷、淩雲翰《柘溪集·詞》一卷、王行《半軒集·詞》一卷、張雨《貞居詞》一卷，凡百六十餘家。雖已覽觀，未入選者，楊傑《無爲集》、徐經孫《文惠集》、徐鹿卿《清正集》、魏了翁《鶴山詞》、王義山《稼軒類稿》，又《順齋樂府》、《虚靖真君詞》、《洞玄珠玉集》，凡八家。

二

藏書家編目録，詞集多不見收。惟莆田陳氏《書録解題》論其大略，鄱陽馬氏採入《通考》。志中所載，晁冲之《具茨集》、王觀《冠柳集》、趙令畤《聊復集》、蘇庠《後湖集》、万俟雅言《大聲集》、陳克《赤城詞》、康與之《順庵樂府》、趙鼎《得全居士集》、劉光祖《鶴林詞》、左譽《筠庵長短句》、姚寛《西溪居士樂府》、蘇洞《泠然閣集》、嚴仁《清江欸乃詞》、孫惟信《花翁詞》、魏子敬《詞》、王武子《詞》、李洪兄弟《花萼集》、吴激《東山集》、蔡松年《蕭閑公集》，舊本散失，未經寓目；或詩集雖在，詞則闕如，僅於選本中録其一二。至於汪元量《水雲詞》、蔡柟《浩歌集》、黄人傑《可軒曲林》、黄定《鳳城詞》、曹冠《燕喜集》、馬寧祖《退圃詞》、吴鎰《敬齋詞》、袁去華《詞》、侯延慶《退齋詞》、黄談

《澗壑詞》、林淳《定齋詩餘》、鄧元《漫堂集》、王大受《近情集》、張孝忠《野適堂詞》、劉德秀《默軒詞》、鍾將之《岫雲詞》、徐得之《西園鼓吹》、李叔猷《東老詞》、方信儒《好庵游戲》、陳從古《洮湖詞》、韓子耕《蕭閑詞》，隻字未見。此外軼者尚多，海内收藏之家，或有存本，倘許借觀，願倣曾氏《雅詞》之例，别爲拾遺，附於卷末。

三

世人言詞，必稱北宋。然詞至南宋，始極其工，至宋季而始極其變，姜堯章氏最爲傑出，惜乎《白石樂府》五卷，今僅存二十餘闋也。《東澤綺語》，傳亦寥寥。至施乘之、孫子蕃，盛以詞鳴，沈伯時《樂府指迷》亦爲矜譽，今求其集，不可復睹。周公謹、陳君衡、王聖與，集雖鈔傳，公謹賦西湖十景，當日屬和者甚衆，而今集無之。《花草粹編》載有君衡二詞，陸輔之《詞旨》載有聖與《霜天曉角》等調中語，均今集所無。至張叔夏詞集，晋賢所購，合之牧仲員外、雪客上舍所鈔，暨常熟吴氏百家詞本，校對無異，以爲完書。頃吴門錢進士宫聲相遇都亭，謂家有藏本，乃陶南邨手書，多至三百闋。則予所見，猶未及半。漏萬之譏，殆不免矣。

四

古詞選本，若《家宴集》、《謫仙集》、《蘭畹集》、《復雅歌辭》、《類分樂章》、《群公詩餘後編》、《五十大曲》、《萬曲類編》及草窗周氏《選》，皆軼不傳，獨《草堂詩餘》所收最下最傳。三百年來，學者守爲《兔園册》，無惑乎調之不振也。是集兼採趙弘基《花間集》、黄昇《花庵絶妙詞》、《中興以來絶妙詞》、陳景沂《全芳備祖樂府》、元好問《中州樂府》、彭致中《鳴鶴餘音》、鳳林書院《元詞樂府補題》、許有孚《圭塘欸乃集》、顧梧芳《尊前集》、楊慎《詞林萬選》、陳耀文《花草粹編》、沈際飛《草堂詩餘廣集》、茅映《詞的》、卓人月《詞統》諸書，務去陳言，歸於正始。至如曾慥《樂府雅詞》、《天機餘錦》採入《花草粹編》，趙粹夫《陽春白雪集》見李開先《小山樂府後序》，則諸書嘉、隆間猶未散佚。而《天機碎錦》、《片玉珠璣》二集，聞江都藏書家有之。又如《百一選曲》、《太平樂府》、《詩酒餘音》、《仙音妙選》、《樂府新聲》、《樂府群珠》、《樂府群玉》、《曲海》之内，定有詞章可採，惜俱未之見也。

五

向客太原，見晉祠石刻，多北宋人唱和詞，而平遥縣治西古寺廡下有金人所作小令，勒石嵌壁，令工人拓回。經十餘年，簡之故簏，則已爲鼠嚙盡。是集成，未克採入，深以爲恨。計海内名山，苔龕石壁，宋元人留題長短句尚多，好事君子，惠我片楮，無異雙金也。

六

詞有當時盛傳，久而翻逸者，遺珠片玉，往往見於稗官載紀。是編自《百川學海》、《古今小説》、《唐宋叢書》、曾氏《類説》、吴氏《能改齋漫録》、阮氏《詩話總龜》、胡氏《苕溪漁隱叢話》、陶氏《説郛》、商氏《稗海》、陸氏《説海》、陳氏《秘籍》外，緟閲小説，又不下數十家。片詞足采，輒事筆疏，故多他選未見之作，庶幾一開生面。佐予討論編纂者，汪子而外，則安邱曹舍人升六，無錫嚴徵士蓀友，江都汪舍人季角，宜興陳徵士其年，華亭錢舍人葆酚，吴江俞處士無殊，休寧汪上舍周士、季青，錢塘龔主事天石，同郡俞處士右吉，沈上舍融谷，繆處士天自，沈布衣覃九，葉舍人元禮，李徵士武曾、布衣分虎，沈秀才山子，柯孝廉翰周，浦布衣傳功，暨門人周瀠岳也。鏤版未竟，而錢、葉二君，相繼奄逝，可爲泫然！

七

詞人姓氏爵里，選家書法不一。先係爵後書名者，《花間集》、《中州樂府》體也。書字冠别字於姓名之前者，鳳林書院體也。至楊氏《詞林萬選》、陳氏《花草粹編》，或書名，或書字，或書別字，或書官，或書集，覽者茫然，莫究其世次。甚有别本以朱三十五《樵歌》爲秋娘作者，良可大噱。是集考之正史，參以地志、傳記、小説，以集歸人，以字歸名，得十之八九。論世之功，柯子寓匏有焉。

八

周布衣青士，隱於廛市，於書無所不窺，辨證古今字句音韻之訛，輒極精當。是集藉其校讎，如史梅溪《綺羅香》後闋「還被春潮晚急」，原係六字爲句，《草堂》坊本脱去「晚」字，諸本因之。周晴川《十六字令》「眠，月影穿窗白玉錢」，原係「眠」字爲句，選本訛作「明」字，遂以「明月影」爲句。歐陽永叔《越溪春》結語「沉麝不燒金鴨，玲瓏月照梨花」，並係六字句，坊本訛「玲」爲「冷」、「瓏」爲「籠」，遂以七字五字爲句。德祐太學生《祝英臺近》「那人何處，怎知道愁來不去」，訛「不」爲「又」，一字之乖，全旨皆失。今悉爲改正。他如蘇子瞻《念奴嬌》則從《容齋隨筆》、汪彦章《點絳唇》則從《能改齋漫録》、王晉卿《燭影摇紅》則從《漫録》去其前闋，李後主《臨江仙》則從《耆舊續聞》補其結語。其餘糾定，難更僕數。坊間雖有圖譜，倚聲者宜考質焉。

九

四聲二十八調，各有其倫。柳屯田《樂章集》有同一曲名，字數長短不齊分入各調者，姜石帚《湘月》詞注云：「此《念奴嬌》之鬲指聲也。」則曲同字數同，而《湘月》、《念奴嬌》調實不同，合之爲一非矣。詞固有一曲而各異其名者，是選悉依集本，不敢更易，審音者度無勿知，似不必比而同之也。

一〇

張子野《弔林君復》詩：「煙雨詞亡草更青」，蔡君謨《寄李良定》詩「《多麗》新詞到海邊」，一篇之工，見之吟詠。「山抹微雲秦學士，露華倒影柳屯田」，「曉風殘月柳三變，滴粉搓酥左與言」，一句之工，形諸口號。當日風尚所存，甄藻自爾不爽。故是集多綴宋元人評語。有明用修、元美諸家品騭，容有未當，或置不録焉。

一一

宣、政而後，士大夫争爲獻壽之詞，聯篇累牘，殊無意味，至魏華父，則非此不作矣。是集於千百之中，止存一二，雖華父亦置不録也。

一二

元人小曲，如《乾荷葉》、《天浄沙》、《憑欄人》、《平湖樂》一名《小桃紅》等調，平、上、去三聲並用，往往編入詞集。然按之宋詞，如《戚氏》、《西江月》、《换巢鸞鳳》、《少年心》、《惜分釵》、《漁家傲》杜安世集中體諸闋，已爲曲韻濫觴矣。是集間有採録，蓋仿楊氏《詞林萬選》之例，覽者幸勿以詞曲混一爲訕。

一三

言情之作，易流於穢，此宋人選詞，多以雅爲目。法秀道人語涪翁曰「作艷詞當墮犂舌地獄」，正指涪翁一等體制而言耳。填詞最雅無過石帚，《草堂詩餘》不登其隻字，見胡浩《立春吉席》之作，晏殊《詠桂》之章，亟收卷中，可謂無目者也。甚而易静《兵要》寓聲於《望江南》，張用成《悟真篇》按調爲《西江月》，詞至此亦不幸極矣。是集於黄九之作，去取特嚴，不敢曲徇后山之説。

一四

宋人編集歌詞，長者曰慢，短者曰令，初無中調、長調之目。自顧從敬編《草堂》詞，以臆見分之，後遂相沿，殊屬牽率。歲在癸丑，舍館京師宣武門右，與葆馚舍人户庭相望。予輯是書，葆馚輯《詞暎》，辨晰體制，以字數多寡爲先後，最爲精密，計一千調，編爲三十卷。比年聞更增益。予所見《鳴鶴餘音》、《洞玄金玉集》及他鈔本，曲調異同，《詞暎》未經採入者約又百餘，惜未遑郵寄。今葆馚逝矣，遺書在笥，雕刻無期，誠倚聲家之闕事也。

一五

《花間》體制，調即是題，如《女冠子》則詠女道士，《河瀆神》則爲送迎神曲，《虞美人》則詠虞姬是也。宋人詞集，大約無題，自《花庵》、《草堂》，增入閨情、閨思、四時景等題，深爲可憎，今俱準集本删去。

一六

明初作手，若楊孟載、高季迪、劉伯温輩，皆温雅芊麗，咀宫含商。李昌祺、王達善、瞿宗吉之流，亦能接武。至錢唐馬浩瀾以詞名東南，陳言穢語，俗氣薰入骨髓，殆不可醫。周白川、夏公謹諸老，間有硬語，楊用修、王元美則强作解事，均與樂章未諧。然三百年中，豈無合作？當徧搜文集，發其幽光，編爲二集，繼是編之後。

一七

《古今詞話》一書，博訪未得。詞人瑣事，散見各家詩話及傳記、小説中，捃拾需時，是集未能附綴。將仿孟棨《本事詩》、計敏夫《唐詩紀事》，別爲一集，以資談柄。近吴江徐徵士電發著《詞苑叢譚》一書，可云先獲我心，當讓其單行矣。

以上見《詞綜·發凡》

一八

後主《臨江仙》：「櫻桃落盡春歸去，蝶翻輕粉雙飛。子規啼月小樓西。玉鈎羅幕，惆悵幕煙垂。別巷寂寥人散後，望殘煙草低迷。爐香閑裊鳳凰兒。空持羅帶，回首恨依依。」蘇子由云：「凄凉怨慕，真亡國之聲也。」是詞相傳後主在圍城中賦，未就而城破，闋後三句，劉延仲補之云：「何時重聽玉驄嘶，撲簾柳絮，依約夢回時。」而《耆舊續聞》所載故是全作，當從之。

《詞綜》卷二

一九

東坡《赤壁懷古·念奴嬌》：「大江東去，浪聲沉、千古風流人物。故壘西邊，人道是、三國孫吴赤壁。亂石崩雲，驚濤掠岸，卷起千堆雪。江山如畫，一時多少豪傑。遥想公瑾當年，小喬初嫁了，雄姿英發。羽扇綸巾，談笑間、檣櫓灰飛煙滅。故國神游，多情應是，笑我生華髮。人間如寄，一樽還酹江月。」他本「浪聲沉」作「浪淘盡」，與調未協。「孫吴」作「周郎」，犯下「公瑾」字。「崩雲」作「穿空」，「掠岸」作「拍岸」。又「多情應是，笑我生華髮」，作「多情應笑我，早生華髮」，益非。今從《容齋隨筆》所載黄魯直手書本更正。至於「小喬初嫁」，宜句絶，「了」字屬下句，乃合。

《詞綜》卷六

二〇

晉卿《憶故人》：「燭影摇紅，向夜闌，乍酒醒、心情懶。尊前誰爲唱陽關，離恨天涯遠。無奈雲沉雨散。憑闌干、東風淚眼。海棠開後，燕子來時，黄昏庭院。」《能改齋漫録》：「都尉《憶故人》作，徽宗喜其詞意，猶以不豐容宛轉爲憾，遂令大晟府別撰腔。周美成增益其詞，而以首句爲名，謂之《燭影摇紅》云。」原詞甚佳，美成增益，所謂續鳧爲鶴也。

《詞綜》卷七

二一

彦章《點絳唇》：「永夜厭厭，畫檐低月山銜斗。起來搔首，梅影横窗瘦。好個霜天，閒却傳杯手。君知否。曉鴉啼後。歸夢濃於酒。」《能改齋漫録》云：彦章在翰苑，屢致言者作此詞。或問曰：「歸夢濃於酒，何以在曉鴉啼後？」公曰：「無奈這一隊畜生聒噪何！」（按「聒噪」二字原缺，據《能改齋漫録》卷十六補）「曉鴉」，草堂改作「亂鴉」，「歸夢」改作「歸興」，便少意味。今從吴虎臣《能改齋漫録》正之。

《詞綜》卷一一

二二

真卿《詠白蓮・水龍吟》結句：「待夜深，月上闌干，更邀取、姮娥伴。」師吕《詠白蓮・水龍吟》結句：「問此花，曷貯瑶池，應未許、緊紅並。」與調稍異。

《詞綜》卷二三

二三

顯夫《聽雨・賀新凉》詞：「夢斷羅裙天如漆，一寸鄉心凄楚。點點是寂寥情緒。明日孤舟成獨往，更難堪長夜瀟湘雨。」亦有佳致，惜全首不稱也。

《詞綜》卷二九

二四

晴川《十六字令》：「眠，月影穿窗白玉錢。無人弄，移過枕函邊。」《十六字令》即《蒼梧謡》也。張安國集中三首，蔡伸道集中一首，其首俱以一字句斷，今本訛「眠」爲「明」，遂作三字句斷，非也。是詞見《天機餘錦》，係周晴川作。今相沿刻周美成，然《片玉集》無此，其不係美成明矣。

《詞綜》卷三〇

二五

《樂府補題》一卷，常熟吴氏抄本，休寧汪氏購之長興藏書家，予愛而亟録之。攜至京師，宜興蔣京少好倚聲，爲長短句，讀之賞激不已，遂鏤板以傳。按集中作者：唐玉潛氏以攢宫改殯，義聲著聞。周公謹氏寓居西吴，自稱弁陽老人，而《武林遺事》題曰「泗水潛夫」者，《研北雜志》謂即公謹。仇仁近氏詩載《月泉吟社》中。張叔夏氏《詞序》謂鄭所南氏作。王聖與氏先叔夏卒，叔夏爲題集，繹其詞意，殆嘗仕宋爲翰林。其餘雖無行事可考，大率皆宋末隱君子也。誦其詞，可以觀志意所存，雖有山林友朋之娱，而身世之感别有凄然言外者，其騷人《橘頌》之遺音乎？度諸君子在當日唱和之篇，必不止此，亦必有序以志歲月，惜今皆逸矣。幸而是編僅存，不爲蟫蝕鼠嚙，經四百年，藉二子之功，復流播於世。詞章之傳，蓋亦有數焉。——《樂府補題序》《曝書亭集》卷三六

一一六

司馬遷謂，古詩三千餘篇，孔子去其重複，取三百有五，其信矣夫。自後變而爲騷，爲樂府，爲五言，爲七言，爲六言，爲律，爲長律，爲絶句，降而爲詞，爲北曲，爲南曲，作之者恒慮其同，則變，變而其體已窮，則不得不復趨於古。譬之治金者，必異其齊，改煎而不耗，斯其爲器，新而無窮，敝盡而無惡。故正考父奚斯之頌，不同乎周；景差、宋玉之辭，不同乎屈平；孟郊、劉叉、盧仝、李賀詩，不必盡學退之；張、晁、秦、黄詞，不必盡師蘇氏。此其人皆以雷同勦説爲耻，視其力之所變，莫肯附和。不知者，斤斤操葭黍圭臬以繩其非是，欲其派出於一，毋乃謬論歟！——《葉指揮詩序》《曝書亭集》卷三七

一一七

商丘，宋之南京也。東都盛時，由汴水浮舟達通津門，三百里而近。車徒之轚互，冠蓋

之絡繹，妖童光妓，自露臺瓦市而至，樂府之流傳，朝倚聲而夕勾隊於照碧堂上。蓋流風雖遠，遺響宜有傳者。故言詞於汴宋，若燕函秦廬，夫人而能之者也。然自金源變而爲曲，中州言韻者四聲乃去其一，按以大晟之律吕不能無誤。生於是土者，又必游覽四方，交友之往來，審音於南北清濁之辨，用心專一而後可無憾焉。理藩院判宋君牧仲，倜儻好結客，其談論古今，衮衮不倦。至爲長短句，虚懷討論，一字未安，輒歷繙古人體制，按其聲之清濁，必盡善乃已。故其所作，咸可上擬北宋，雖東南以詞名者，或有遜焉。不觀夫函乎必先爲容，乃以制革權其上下，旅衣之始，可無齘至干廬摩錮矣。又置而摇之，使其無蜎；灸諸牆，以視其橈之均，横而摇之，以視其勁。蓋專且審如是，然後謂之國工，則非燕秦夫人之所能善矣。君之詞，殆類是與？——《宋院判詞序》

二一八

宜興陳其年詩餘妙絶天下，今之作者雖多，莫有過焉者也。其弟緯雲繼之，撰《紅鹽詞》三卷，含宫咀商，駸駸乎小絃大絃迭奏而不失其倫，噫，盛矣。其年與予别二十年，往來梁宋間，嘗再至京師，一過長水，謂當相見矣，竟不值。而緯雲留滯京師久，予至輒相見，極譚燕贈酬之樂，因得詢其年近時情狀。三人者，坎坷畧相似也。方予與其年定交日，予未解作詞，其年亦未以詞鳴。不數年而《烏絲詞》出，遲之又久，予所作亦漸多，然世無好之者，獨其年兄弟稱善。人情愛其所近，大抵然矣。詞雖小技，昔之通儒鉅公往往爲之，蓋有詩所難言者，委曲倚之於聲，其辭愈微，而其旨益遠。善言詞者，假閨房兒女子之言，通之於《離騷》、變雅之義，此尤不得志於時者，所宜寄情焉耳。緯雲之詞，原本《花間》，一洗《草堂》之習，其於京師風土人物之勝，咸載集中；而予糊口四方，多與箏人酒徒相狎，情見乎詞，後之覽者，且以爲快意之作，而孰知短衣塵垢，栖栖北風雨雪之間，其羈愁潦倒，未有甚於今日者邪！——《陳緯雲紅鹽詞序》

二九

詞莫善於姜夔，宗之者張輯、盧祖皋、史達祖、吴文英、蔣捷、王沂孫、張炎、周密、陳允平、張翥、楊基，皆具夔之一體。基之後，得其門者寡矣，其惟吾友沈覃九乎？覃九鮮交游，故無先達之譽，又所作詞不多，人或見其一二，輒忽之。然其《黑蝶齋詞》一卷，可謂學姜氏而得其神明者矣。《白石詞》凡五卷，世已無傳，傳者惟中興《絶妙詞選》所録，僅數十首耳。今覃九年方壯，爲之日久，其篇章必數倍於姜氏，盡出以示人，人未有不好之者。序其端，竊自喜屬和之有人，並以見予賞音之獨早也。——《黑蝶齋詩餘序》

三〇

宜興，山有小蘭、大蘭、碧雲、紫雲之峯，白鶴之洞；澤有荆陽、罨畫、百瀆之水，茶檣酒幔與朱藤翠竹交映，陶旊之器走他縣。自昔遠鶩之流，咸思棲伏。杜牧之留營水榭，蘇子瞻思種橘三百本，買田以居，豈非林麓之勝，有發人吟詠性情者與？彝尊家長水，四望無山，濫泉飛瀑之音不入於耳，近宅田磽确，遇歲旱輒不登。比年客白下，思入茅山爲道士，著書以老。願未果，翻策柴車入京師，風塵蓬勃，懷山水之樂，蓋有夢寐不能釋者。吾友陳其年，偕里人蔣京少訪予僧舍。其年别久，出其詞多至三千餘。而京少所刻《梧月詞》，凡二百四十餘闋，穠而不靡，直而不俚，婉曲而不晦，庶幾可嗣古人之逸響。京少年甫二十耳，爲之不已，必至於三千無疑也。當牧之、子瞻時，不聞陽羡有賓朋之娱，猶思卜築於是，假令遇才若二子者，唱酬和答於其間，則其移家之謀，更不俟終日焉，可信也。京少歸爲我度百畝之田，陰崖可植藤竹，陽坡可以種橘，開門山可望，沿溪舟可拏，游可以亭，憩可以閣，茶有銚而羹有勺，三弦之箏，雙鬟之伎，相與按四聲二十八調於酒邊花外，京少其許我乎？河冰待泮，放溜而南，姑置茅山道士勿爲已。——《蔣京少梧月詞序》

三一

詞者，詩之餘；然其流既分，不可復合。有以樂章語入詩者，人交訕之矣。雖然，良醫之主藥藏，金石草木，燥濕寒熱之宜，採營各別，而後處方合散，不亂其部，要其術則一而已。自唐以後，工詩者每兼於工詞。宋之元老，若韓、范、司馬，理學若朱仲晦、真希元，亦皆爲之，由是樂章卷帙，幾與詩争富。昌黎子曰：「歡愉之言難工，愁苦之言易好。」斯亦善言詩矣。至於詞，或不然，大都歡愉之辭，工者十九，而言愁苦者，十一焉耳。故詩際兵戈俶擾，流離瑣尾，而作者愈工；詞則宜於宴嬉逸樂，以歌詠太平。此學士大夫並存焉而不廢也。晉江丁君雁水，以按察司僉事分巡贛南道，構甓園於官廨，且於層波之閣、八景之臺，攜賓客倚聲酬和，所成《紫雲詞》流播南北，蓋兼宋元人之長，將與詩並傳無疑已。贛州控百粤、三楚、七閩之隘，曩時兵戈未息，士之棲於山澤者，見之吟卷，每多幽憂凄戾之音，海内言詩者稱焉。今則兵戈盡偃，又得君撫循而煦育之，誦其樂章，有歌吟太平之樂，孰謂詞之可偏廢與？於是其友朱彝尊審定焉，而書其言以爲序。

——《紫雲詞序》

三二

宋元詩人，無不兼工樂章者，明之初亦然。自李獻吉論詩，謂唐以後書可勿讀，唐以後事可勿使。學者篤信其説，見宋人詩集，輒屏置不觀。詩既屏置，詞亦在所勿道。焦氏編《經籍志》，其於二氏百家搜採勿遺，獨樂章不見録，宜作者之日寥寥矣。崇禎之際，江左漸有工之者，吾鄉魏塘諸子和之，前輩曹學士子顧，雄視其間。守其派者，無異豫章詩人之宗涪翁也。柯子寓匏，學士館甥，其於詞，蓋幼而習焉。既而助予編次宋元人之詞，又同周布衣青士，博採詞人體制，探其源流，爲《樂章考索》一書，其用心也勤，其倚聲也敏，其於詩也兼工，而日進於作者，殆習伏衆神而臻於巧者與？往歲在戊午，寓匏兄弟與予，同以薦留京師。明年二月，以父喪去。又二年，訪予江南，遇於燕子磯。又二年，至京師。每見，輒出其詞稿，久而盈卷，乃雕刻行之。今之工於詞者，大都昔曾與學士游。讀寓匏詞，當有以山抹微雲女婿見目者。然而寓匏之詞之派之工，不必盡合乎學士，蓋由取材於宋元之人者多也。——《柯寓匏振雅堂詞序》

三三

宋以詞名家者，浙東西爲多。錢唐之周邦彦、孫惟信、張炎、仇遠，秀州之吕渭老，吴興之張先，此浙西之最著者也；三衢之毛滂，天台之左譽，永嘉之盧祖皋，東陽之黄機，四明之吴文英、陳允平，皆以詞名浙東。而越州才尤盛，陸游、高觀國、尹焕倚聲於前，王沂孫輩繼和於後，今所傳《樂府補題》大都越人製作也。自元以後，詞人之賦，合乎古者蓋寡。三十年來，作者奮起，浙之西，家嫻而户習，顧澥江以東，鮮好之者。會稽孟彦林，訪予京師，出所著《浣花詞》，凡五百餘闋，其好之也篤，其爲之也勤，宜其多且工也。詞雖小道，爲之亦有術矣，去《花庵》、《草堂》之陳言，不爲所役，俾滓窳滌濯，以孤技自拔於流俗，綺靡矣而不戾乎情，鏤琢矣而不傷夫氣，夫然後足與古人方駕焉。彦林歸矣，爲之不輟，其辭必愈工，他日相見，當更序之。——《孟彦林詞序》

三四

曩予與同里李十九武曾，論詞於京師之南泉僧舍，謂小令宜師北宋，慢詞宜師南宋，武曾深然予言。是時，僧舍所作頗多，錢唐龔蘅圃，遂以吾兩人所著，刻《浙西六家詞》。夫浙之詞，豈得以六家限哉？十年以來，其年、容若、𡖖園，相繼奄逝，同調日寡，偶一間作，亦不能如向者之專且勤矣。休寧戴生錡，僑居長水，從予游。其爲詞，務去陳言，謝朝華而啓夕秀，蓋兼夫南北宋而擅場者也。在昔鄱陽姜石帚、張東澤，弁陽周草窗，西秦張玉田，咸非浙産，然言浙詞者必稱焉。是則浙詞之盛，亦由僑居者爲之助，猶夫豫章詩派不必皆江西人，亦取其同調焉爾矣。——《魚計莊詞序》

三五

凝土以爲器，有虞氏尚之矣。至周而陶旊有工，曰甗、曰盆、曰甑、曰鬲、曰庾、曰簋、中縣中䏝，辨及髻墾薜暴之微，宜其廢鼒鼎以利其用。然必歷千年，而柴、汝、官、哥、定始行焉。刊石以爲碑，夏后氏先之矣，至周而岐陽有鼓，至漢而鴻都有經，宜其推石而鎸之木，然必俟張參書壁之後，又久而鏤板方興焉。其於文也亦然。《南風》之詩、《五子之歌》，此長短句之所由昉也。漢《鐃歌》、《郊祀》之章，其體尚質；迨晉、宋、齊、梁，《江南》、《采菱》諸調，去填詞一間爾。詩不即變爲詞，殆時未至焉。既而萌於唐，流演於十國，盛於宋。予嘗持論，謂小令當法汴京以前，慢詞則取諸南渡。錫山顧典籍，不以爲然也。魏塘魏孝廉，獨信予説，頻與予倡和，詞成，掩其名示人，見者或疑予所作。予既歸田，考經義存亡，著爲一書，不復倚聲按譜，而孝廉好之不倦，所填詞日多。里之人疲於傳寫，乃刊行之。「水村」者，孝廉之居，因以爲字，元趙子昂氏，嘗爲錢處士以水墨寫爲圖者也。「琴趣」者，取諸涪翁詞集名也。夫詞自宋元以後，明三百年無擅場者，排之以硬語，每與調乖，竄之以新腔，難與譜合，至於崇禎之末，始具其體。今則家有其集，蓋時至而風會使然。特工如孝廉者，不可多得。然則孝廉之詞，力追南渡作者，雖由其才，亦遇其時，夫然而後工也。孝廉將爲嶺表之游，豆蔻之花，桄榔之樹，蕉耶扶荔之果，青鵁白鷳孔翠之

鳥，蝴蝶之繭，凡以資琴趣材者，一惟孝廉驅使之。予老矣，君歸尚思歌以侑酒。——《水村琴趣序》

三六

用長短句製樂府歌辭，由漢迄南北朝皆然。唐初以詩被樂，填詞入調則自開元天寶始。逮五代十國，作者漸多，遺有《花間》、《尊前》、《家宴》等集。宋之初，太宗洞曉音律，製大小曲，及因舊曲造新聲，施之教坊舞隊，曲凡三百九十。又琵琶一器，有八十四調。仁宗於禁中度曲，時則有若柳永；徽宗以大晟名樂，時則有若周邦彦、曹組、辛次膺、万俟雅言。皆明於宫調，無相奪倫者也。洎乎南渡，家各有詞，雖道學如朱仲晦、真希元，亦能倚聲中律吕，而姜夔審音尤精。終宋之世，樂章大備，四聲二十八調，多至千餘曲，有引、有序、有令、有慢、有近、有犯、有賺、有歌頭、有促拍、有攤破、有摘遍、有大遍、有小遍、有轉踏、有轉調、有增減字、有偷聲，惟因劉昺所編《宴樂新書》失傳，而《八十四調圖譜》不見於世，雖有歌師、板師，無從知當日之琴趣簫笛譜矣。姚江樓上舍儼若工於詞，曩留京師，輯《詞鵠》一書，業開雕槅行，既而悔之，告於予曰：詩變而爲詞，詞變而爲曲，歷世久遠，聲律之分合，均奏之高下，音節之緩急，過度既不得盡知。至若作者才思之淺深，初不係文字之多寡，顧世之作譜者，類從《歸字謡》銖累寸積，及於《鶯啼序》而止。中有調名則一，而字之長短分殊，安能各得其所；莫如論宫調之可知者叙於前，餘以時代先後爲次序，斯世運之升降，可以觀焉。予曰：旨哉，子之言詞乎！上舍請易書名，予名之曰《群雅集》。蓋昔賢論詞，必出於雅正，是故曾慥録《雅詞》，鮦陽居士輯《復雅》也。譜既成，以段安節《樂府雜録》、王灼《碧鷄漫志》，及宋元高麗諸史所載調存詞佚者，具載之，並以張炎、沈伯時《樂府指迷》冠於卷首。學者睹此，何異過涉大水之獲舟梁焉。是爲序。——《群雅集序》

以上見《曝書亭集》卷四十

三七

明寧獻王權，譜元人曲作者，凡一百八十有七人，白仁父居第三。雖次東籬、小山之下，而喻之鵬摶九霄，其矜許也至矣。余少日避兵練浦，村舍無書，覽金、元院本，最喜仁父《秋夜梧桐雨》劇，以爲出關、鄭之上。及輯唐、宋、元人詞爲《詞綜》，憾未得仁父隻字，意世無復有儲藏者。康熙庚辰八月之望，六安楊希洛氏千里造余，袖中出蘭谷《天籟集》，則仁父之詞也。前有王尚書子勉序，述仁父門世本末頗詳，始知仁父名樸，又字太素，爲樞判寓齋之子。後又有洪武中國子助教江陰孫大雅序，安丘儒學教諭松江曹安贊。余因考元人詩集，則匪獨遺山元氏與樞判矜契，若秋澗王氏、雪樓程氏，皆有與白氏父子往來贈送之詩。蓋寓齋子三人，仁父仲氏也，其伯叔則誠父、敬父。敬父官江西理問，雪樓送其之官，有「思君還讀寓齋詩」之句，此亦敬父昆弟之父執矣。白氏於明初由姑孰徙六安，是集希洛得之於其孫駒，將刊行，屬余正其誤，乃析爲二卷，序其端。竹垞老人朱彝尊書。——《白蘭谷天籟集序》（録自四印齋所刻詞）

三八

《花間集》十卷，蜀衛尉少卿趙崇祚編。作者凡一十七人，蜀之士大夫外，有仕石晋者，有仕南唐、南漢者。方兵戈俶擾之會，道路梗塞而詞章乃得遠播。選者不以境外爲嫌，人亦不之罪，可以見當日文網之疏矣。坊板訛字最多，至不能句讀，此舊刻稍善，爰藏之而書其後。——《書花間集後》

三九

《尊前集》二卷，不著編次人姓氏，萬曆十年，嘉興顧梧芳鏤板以行，僉以謂顧氏書也。康熙辛酉冬，予留吴下，有持吴文定公手抄本告售，書法精楷，卷首識以私印。書肆索直三十金。取顧氏本勘之，詞人之先後，樂章之次第，靡有不同，始知是集爲宋初人編輯，較之《花間集》音調不相遠也。既還其書，因識於顧氏本後。——《書尊前集後》

四〇

吳興陳伯玉《書録解題》載曾端伯所編《樂府雅詞》十二卷、《拾遺》二卷，予從藏書家遍訪之未獲也。既而抄自上元焦氏，則僅上、中、下三卷及《拾遺》二卷而已。繹其自序稱三十有四家，合三卷。詞人止有此數，信爲足本無疑。卷首冠以《調笑》絶句，云是九重傳出，此大晟樂府之遺音矣。轉踏之義，《碧鷄漫志》所未詳。《九張機》詞僅見於此，而《高麗史・樂志》：「文宗二十七年十一月，教坊女弟子楚英奏新傳《九張機》，用弟子十人。」則其節度猶具，所謂禮失而求諸野也。道宫、薄媚、西子詞，排遍之後有入破、虚催、衮遍、催拍、歇拍、煞衮，其音義不傳。《拾遺》則以調編次第。曩見鷄澤殷伯巖、曲周王湛求、永年申和孟隨叔言作長短句，必曰雅詞，蓋詞以雅爲尚。得是編《草堂詩餘》可廢矣。——《樂府雅詞跋》

四一

《典雅詞》不知凡幾十册，予未通籍時，得一册於慈忍寺，集箋皆羅紋，惟書法潦草，蓋宋日胥史所抄南渡以後諸公詞也。後予分纂《一統志》，昆山徐尚書請於朝，權發明文淵閣書，用資考證，大學士令中書舍人六員編所存書目，中亦有《典雅詞》一册，予亟借抄其副，以原書還庫，始知是編爲中秘所藏也。既而工部郎靈壽傅君以家藏抄本詞四册貽予，則尺度題籤與予橐所購無異。考正統中《文淵閣書目》止著諸家詞三十九册，而無「典雅」之名，疑即是書，著録者未知詳爾。予所得不及十之二，然合離聚散之故，可以感已。——《跋典雅詞》

四二

詞人之作，自《草堂詩餘》盛行，屏去激楚、陽阿，而巴人之唱齊進矣。周公謹《絶妙好詞》選本雖未全醇，然中多俊語，方諸《草堂》所録，雅俗殊分。顧流布者少，從虞山錢氏抄得，嘉善柯孝廉南陔重鋟之。作者百三十有二人，第七卷仇仁近詞殘闕，目亦無存，可惜也。公謹自有《蘋洲漁笛譜》，其詞足與陳衡仲、王聖與、張叔夏方駕。——《書絶妙好詞後》

四三

吴江沈光禄伯英審音律，罷官歸，撰《嘯餘譜》，歌南曲者奉爲圭臬，鄉人目曰「詞隱先生」。論者惜其未譜詩餘。康熙丁亥春，過徐檢討豐草亭，見有《古今詞譜》二十卷。檢討思付開雕，予借歸讎勘，始而信，既而不能無疑焉。夫四聲二十八調，言樂章者所共知也。宫聲七：曰正宫、曰高宫、曰中吕宫、曰道宫、曰南吕宫、曰仙吕宫、曰黄鍾宫；商聲七：曰大石調、曰高大石調、曰雙調、曰小石調、曰歇指調、曰林鍾商、曰越調；羽聲七：曰般涉調、曰高般涉調、曰中吕調、曰正平調、曰南吕調，曰仙吕調、曰黄鍾調；角聲七：曰大石角、曰高大石角、曰雙角、曰小石角、曰歇指角、曰商角、曰越角；惟變徵不見收。按其序固不可紊也，沈氏譜首黄鍾，乃不分宮羽，存正宮、道宮，而去高宮，由是生於黄鍾者混矣；存大石，去高大石，由是生於太蔟者闕矣；中吕、仙吕不分宮調，又刪去高般涉、南吕、黄鍾三調，由是生於南吕者混且闕矣；至於角聲生於應鍾則全略之，吾未得其解也。若夫宮調未詳者，凡二百七十餘闋，沈氏裒爲一卷附於末。徵諸《宋史·樂志》：「帝賜群臣酒，皆就坐。宰相飲，教坊奏《傾杯樂》；百官飲，奏《三臺》。」蓋《傾杯樂》惟林鍾商無之，《三台》有十三調，此諸曲所以不同也。至若《破陣子》，正宮也；《朝中措》，黄鍾宮也；《小重山》，雙調也；《萬年歡》、《杏園春》、《菩薩蠻》，中吕也；《石州慢》，越調也；《六州歌頭》，大石調也；《太平時》，小石調也；此當分注於諸調者也。又如正宮有《破陣樂》，雙調有《拋球樂》，不專林鍾商也。大石調有《清平樂》，不專越調也。歇指調有《洞仙歌》，不專中吕、仙吕調也。中吕調有《瑞鷓鴣》，不專般涉調也。仙吕調有《齊天樂》，不專正宮也；有《彩雲歸》，不專中吕調也。林鍾商有《風入松》，不專雙調也。此百世之下，尤難臆斷者也。檢討工於詞，所輯《詞苑叢譚》流布已久，試取詞譜更正之，毋使四聲二十八調之序棼絲不治，然後出而鏤板傳於世，不亦可乎？遂書卷後歸

之。——《書沈氏古今詞譜後》

四四

《杜工部集》有《漫與五言絶句》九首，又七言云：「老去詩篇渾漫與，春來花鳥莫深愁。」「渾漫與」者，言即景口占率意而作也。其後蘇子瞻、黄魯直、楊廷秀諸公皆襲用之，押入上聲語韻。姜堯章《蟋蟀詞》云：「豳詩漫與。笑籬落呼燈，世間兒女。」段復之詞云：「詩句一春渾漫與，紛紛紅紫俱塵土。」陰時夫輯《韻府群玉》亦採入語字韻中，蓋自元以前，無有讀作「漫興」者。迨楊廉夫作《漫興》七首，妄謂學杜者先得其情性，語言必自《漫興》始。而其弟子吴復從而附會之，注云：「『漫興』者，老杜在浣花溪之所作也。『漫興』之爲言，蓋即眼前之景，以爲漫成之辭，其言語似村而未始不俊，此杜體之最難學者。」自廉夫詩出，而世之人遂盡改杜集之舊，易「與」爲「興」矣。時夫《韻府》，學者每笑其弇陋，然猶識字，乃知勤於學者，雖兔園册子，正未可廢爾。（按此則又見於《明詞綜》卷六張孟兼「漫興」二首下詩話語）——《書韻府群玉後》

以上見《曝書亭集》卷四三

四五

余少日不喜作詞，中年始爲之。爲之不已，且好之，因而瀏覽宋元詞集幾二百家。竊謂南唐北宋惟小令爲工，若慢詞，至南宋始極其變。以是語人，人輒非笑，獨宜興陳其年謂爲篤論，信夫同調之難也！其年殁後，予詞亦不復多作。及讀東田小令慢詞，克兼南北宋之長，與予意合。予嘗衍土風，爲《鴛鴦湖櫂歌》百首，東田亦以吴苑風景作《望江南》六十闋。予詩修地志者見之，概置不録，而東田樂章，有井水處無不歌之者。惜其年早逝，不獲同賞擊也。——《書東田詞卷後》《曝書亭集》卷五三

四六

朱三十五《梅》詞：「横枝清瘦只如無，但空裏，疏花數點。」梅花有魂，二語攝之，此唯逃禪楊叟能寫出。若煮石山農興酣落筆，便與少陵「亂插繁花照清昊」句相似。愁眼雖衝，要非逃禪叟意中景矣。歲在丁未冬，坐孫侍郎退翁蟄室，斫冰試謝道韞研書。——《題楊補之墨梅》《曝書亭集》卷五四

四七

思夫爵位之崇高，林泉之逸豫，人生恒不能兼至。惟石湖一老，入而參知政事，退而偃息范村，女挈菜籃，兒修鷄栅，種斜橋之楊柳，播樂府於村田，此姜夔譜越調以介壽，號曰「石湖仙」也。——《西陂記》《曝書亭集》卷六六

四八

《咸淳志》：「南屏山在興教寺後，上有石壁若屏障然，此山之所由名也。」張榘《應天長》慢詞，其詠南屏晚鐘云：「翠屏對晚，鳥榜占堤，鐘聲又斂春色。幾度半空敲月，山南應山北。」皆指興教寺鐘云。然而今人多以淨慈寺後峯目爲南屏，誤矣。——《南屏題名》《曝書亭集》卷六八

四九

（蓀友）未仕，愛縣西洋溪丘壑竹梅之勝，思買墓田丙舍終老。溪有橋曰藕蕩，因自號藕蕩漁人。時山陰吴公廷祚方知縣事，許助草堂之資。會應召不果，既出都，遂浮舟度嶺訪

吴公子肇慶，採硯而還。自是杜門不出。築堂曰「雨青草堂」，亭曰「佚亭」，布以窠石、小梅、方竹，宴坐一室以爲常。君爲文無定格，不屑蹈襲前人，適如其意而止。詩篇冲融恬易，鮮矯激之言。慢詞小令，雅而不艷。所著《秋水集》雜文七卷、詩八卷、詞二卷。——《承德郎日講官起居注右春坊右中允兼翰林院編修嚴君墓志銘》

《曝書亭集》卷七六

五〇

（武曾）於詩，持格律甚嚴，嘗抄撮詩中禁字一卷，授學詩者。繼乃舍初、盛，取中、晚唐及宋元諸集，别出機杼，鏘洋淡沱，極唱嘆之致。於詞不喜北宋，愛姜堯章、吴君特諸家，故所作特穎異。——《徵士李君行狀》

《曝書亭集》卷八〇

五一

吴中四傑，孟載猶未洗元人之習，故鐵崖亟稱之。王元美《巵言》謂，孟載七律「尚短柳如新折後，已殘梅似半開時」，類《浣溪沙》詞中語。予謂不特此也，如：「芳草漸於歌館密，落花偏向舞筵多。」「細柳已黄千萬縷，小桃初白兩三花。」「布穀雨晴宜種藥，葡萄水暖欲生芹。」「雨頡風頏枝外蝶，柳遮花映樹頭鶯。」「花有底忙銜蝶過，鳥能多慧學鶯啼。」「且自細聽鶯宛宛，莫教深惜燕匆匆。」「春色自來皆夢裏，人生何必在尊前。」「燕子緑蕪三月雨，杏花春水一群鵝。」「江柳浄無餘葉在，渚蓮池有一花開。」「花裏小樓雙燕入，柳邊深巷一鶯啼。」「江浦荷花雙鷺雨，驛亭楊柳一蟬風。」「山頂雪惟朝北在，水邊春已自東來。」「一路詩從愁裏得，二分春向客中過。」「春水染衣鸚鵡緑，江花落酒杜鵑紅。」「高樹緑陰千嶂濕，野棠疏雨一籬香。」「立盡晚風迷蛺蝶，坐臨秋水映芙蓉。」「羅幕有香鶯夢暖，綺窗無月雁聲寒。」「眉暈淺顰横曉緑，臉消殘纈膩春紅。」「小雨送花青見蔕，輕雷催笋碧抽尖。」「蠶屋柘煙朝焙繭，鵲爐沉火晝熏茶。」試填入《浣溪沙》，皆絶妙好辭也。

《明詩綜》卷九

五二

杜牧之詩：「一夜不眠孤客耳，主人窗外有芭蕉。」吕居仁詩：「如何今夜雨，只是滴芭蕉。」張安國詞：「點點不離楊柳外，聲聲只在芭蕉裏。」無名氏詞：「窗外芭蕉窗裏人，分明葉上心頭滴。」古之愁夜雨者，多以蕉葉爲辭，高荷大芋，非所憎也。元美誚廷實芭蕉不可言樹，然《維摩詰經》云：「是身如芭蕉樹而不堅固。」是芭蕉未始不可名樹，元美之言過矣。

《明詩綜》卷三一

五三

子重十試不利，晚就一官。其之崇德時，文徵仲作淡著色《山水圖》送之，景甚蕭遠，知其人定拔俗。讀《浪淘沙》詞，直詣劉賓客神境，非五岳九逵所能及也。

《明詩綜》卷三八

五四

張子野《吴興寒食》詞：「中庭月色正清明，無數楊花過無影。」余嘗嘆其工絶，在世所傳「三影」之上。詠梅者類取材於「疏影」、「暗香」，（淩漢翀）侍御獨以「無影」形容之，亦奪胎法也。

《明詩綜》卷五六

五五

詠物詩最難工，而梅尤不易。林君復：「雪後園林纔半樹，水邊籬落忽横枝。」此爲絶唱矣。他如：「疏影横斜水清淺，暗香浮動月黄昏。」僅易江爲二字，以竹、桂爲疏、暗，是妙於點染者。餘則蘇子瞻「竹外一枝斜更好」，高季迪「薄暝山家松樹下」，亦見映帶之工。高續古絶句云：「舍南舍北雪猶存，山外斜陽不到門。一夜冷香清入夢，野梅千樹月明村。」可謂傳神好手。朱希真詞：「横枝清瘦只如無，但空裏、疏花數點。」李易安詞：「要來小酌便來休，未必明朝風不起。」皆得此花之神。若朱雍之《梅詞》、黄晞顔之《梅苑》、李龔之《梅花衲》、釋明本之《梅花百詠》，詩愈多而神愈遠矣。（振纓）侍御棲賢之作，實獲我心。

《明詩綜》卷六六

五六

仙期復社舊人，以景陵流派盛行，特選李、何、王、李四家詩，發雕以行，然人罕有宗之者。《聞鵑》一絶，極其淒惋。昔宋南渡，李御史粹伯《菩薩蠻》詞云：「杜鵑只管催歸去，知渠教我歸何處。」哀音亦相同也。

《明詩綜》卷八〇

五七

女冠盛於唐。楊太真以開元二十三年既册爲壽王妃，尋度爲女道士。敕曰：「壽王瑁妃楊氏，素以端懿作嬪藩國，雖居榮貴，每事精修，屬太后忌辰，永懷追福，以兹求度，雅志難違，用敦弘道之風，特遂由衷之請。」《唐會要》：「公主度爲女道士者一十四人：金仙、玉真、萬安、楚國、華陽、漢陽、潯陽、平恩、邵陽、永嘉、永安、義寧、義昌、安康，下而宮人入道。」朝士輒爲賦詩，「花間」、「尊前」詞客，無不倚聲填《女冠子》小令，蓋風尚則爾。

《明詩綜》卷九三

五八

吾鄉倦圃曹先生，著述之富，在牧齋、梅村伯仲間。乃錢、吴專集，行世已久，近且墨渝紙敝，獨《静惕堂》詩文，未之雕刻，豈著述之傳否，固有數存焉耶？抑其出也愈後，則其傳之者彌永耶？從孫愷仲昆季，取所填詞，先付梨棗。彝尊憶壯日從先生南游嶺表，西北至雲中，酒闌燈灺，往往以小令慢詞更迭倡和，有井水處，輒爲銀箏檀板所歌。念倚聲雖小道，當其爲之，必崇爾雅、斥淫哇，極其能事，則亦足以宣昭六義，鼓吹元音。往者明三百祀，詞學失傳，先生搜輯南宋遺集，曾尊表而出之，數十年來，浙西填詞者，家白石而户玉田，春容大雅，風氣之變，實由先生。當世君子，得先生詞而誦之，必有思雕先生之詩文者。先生之著作，雖出之也晚，庶幾傳之彌永焉。同郡年家子朱彝尊序。

《静惕堂詞序》

五九

二十年來，詩人多寓聲爲詞，吾里若右吉、庾清、青士、山子、武曾，咸先予爲之者也。逮余客大同，與曹使君秋岳相倡和，其後所作日多，謬爲四方所許，然自諸子外，鄉黨之論，或不爾也。使君既歸倦圃，李子分虎時時過從，相與論詞。其後，分虎游屐所向，南朔萬里，詞帙之富，不減予曩日，殆善學北宋者。頃復示余近稿，益精研於南宋諸名家，而分虎之詞愈變而極工，方之武曾，無異塤箎之迭和也。今海内甄綜人物，輒數吾鄉三李，惟斯年獨不以詞鳴，比聞自懷寧轉客長洲。江左固多詞人，蓀友、子山、其年、葆馚，其詞皆與南北宋方駕，斯年當必見獵而喜。然則三李之詞，庶其可繼《花蕚》成集，南歸之日，將並序之。同里朱彝尊。

《耒邊詞序》

六〇

休寧汪晋賢森，居桐鄉縣治東偏，築裘柱樓，積書萬卷其上，招致周青士、沈山子，相與講習詩古文詞。哲昆周士治别業於鷗波亭北，令弟季青僑居雉城，往來酬和。四方名流，企其風尚，拏舟至者，户外屨滿。有西溪小築《憶秦娥》詞云：「城隅嫩柳浮煙色，溪橋一帶花遮宅。花遮宅。峭寒風雨，最難禁得。　半篙新漲沙痕碧，籬根細糝蒼苔迹。蒼苔迹。春泥藜杖，到來吴客。」頗有宋元遺響。

《詞苑叢談·品藻三》引

六一

詩降而詞，取則未遠。一自詞以香艷爲主，寧爲風雅罪人之説興，而詩人忠厚之意微矣。竊謂詞之與詩，體格雖别，而興會所發，庸詎有異乎？奈之何歧之爲二也？薗次之詞，選調寓聲，各有旨趣，纏綿悱惻，足以興感，而不失詩人忠厚之意，豈特其詞之工也已。（按《詞苑萃編》卷八作：「薗次之詞，選調寓聲，各有旨趣，其和平雅麗處，絶似陳西麓。」）

《藝香詞》評

六二

「詞至南宋始工」，斯言出，未有不大怪者，惟實庵舍人意與余合。今就詠物諸詞觀之，心摹手追乃在中仙、叔夏、公謹，兼出入天游、仁近之間。北宋自方回、美成，慢詞有此幽細綿麗否？

六三

蕉庵詞，心情淡雅，寄托遥深，能盡洗《草堂》陋習。與柘西交最深，近復同住雙柏樹下坐卧研論，宜其詞之工也。

以上《詞苑萃編》卷八引

六四

擬樂天、中仙幾於神似。向與謖苑論詞，意無不合，今更思與阿戎譚矣。

《羅裙草》題辭

六五

叔子謂：「廣陵嘉麗地，有能歌《辰六詩餘》者，知必名於江淮之間。」洵然！

《春蕪詞》題辭

六六

《花間》、《尊前》而後，言詞者多主曾端伯所録《樂府雅詞》。今江淮以北稱倚聲者輒曰

「雅詞」。甚矣，詞之當合乎雅矣！自《草堂》選本行，不善學者流而俗不可醫。讀《秋屏詞》，盡洗鉛華，獨存本色，居然高竹屋、范石湖遺音，此有井水飲處所必歌也。

《秋屏詞》題辭

六七

詞品在《惜香》、《片玉》之間，不事雕錯字句而自極其工。曩與梁汾典籍論詞，典籍以拙詞近南宋人，意欲盡排姜、史諸君，余無以難。使見《嘯竹》一集，定當把臂入林恨晚也。竹垞弟彝尊謹識。

《嘯竹堂集》題辭

附录

一 傳記

清史稿本傳

朱彝尊，字錫鬯，秀水人，明大學士國祚曾孫。生有異秉，書經目不遺。家貧客游，南逾嶺，北出雲朔，東泛滄海，登之罘，經甌越。所至叢祠荒冢、破爐殘碣之文，莫不搜剔考證，與史傳參校同異。歸里，約李良年、周篔、繆泳輩爲詩課，文名益噪。

康熙十八年，試鴻博，除檢討。時富平李因篤、吴江潘耒、無錫嚴繩孫及彝尊皆以布衣入選，同修《明史》。建議訪遺書，寬期限，毋效《元史》之迫時日。辨方孝孺之友宋仲珩、王孟緼、鄭叔度、林公輔諸人咸不及於難，則知《從亡》、《致身録》謂誅九族，並戮其弟子朋友爲一族不足據，所謂九族者，本宗一族也。又言東林不皆君子，亦不皆小人。作史者未可存門户之見，以同異分邪正。二十年，充日講起居注官。典試江南，稱得士。入直南書房，賜紫禁城騎馬。數與内廷宴，被文綺時果之賚，皆紀以詩。旋坐私挾小胥入内寫書被劾，降一級，後復原官。三十一年，假歸。聖祖南巡，迎駕無錫，御書「研經博物」額賜之。

當時王士禛工詩，汪琬工文，毛奇齡工考據，獨彝尊兼有衆長。著《經義考》、《日下舊聞》、《曝書亭集》。又嘗選《明詩綜》，或因人録詩，或因詩存人，銓次爲最當。卒，年八十一。子昆田，亦工詩文，早卒。孫稻孫，舉乾隆丙辰鴻博，能世其家。（下略）

《清史稿》卷四八四《列傳》二七一《文苑》一

國史館本傳

朱彝尊，浙江秀水人。明大學士國祚曾孫。康熙十八年詔舉博學鴻詞科，以布衣入選者：富平李因篤、吴江潘耒、無錫嚴繩孫及彝尊凡四人。皆除爲翰林院檢討，與所擢五十人，同纂修《明史》。二十年充日講起居注官，是年秋充江南鄉試副考官。二十二年入直南書房，命紫禁城騎馬，賜居禁垣東，數與内廷宴，被文綺時果之賚。二十三年元日南書房宴歸，聖祖仁皇帝以肴果賜其家人，彝尊皆恭紀以詩。是時彝尊方輯《瀛洲道古録》，私以小胥録四方經進書，爲學士牛鈕所劾降一級。二十九年補原官。三十一年假歸。仁皇帝南巡江浙，彝尊屢迎駕於無錫。四十四年召見於行殿，進所著《經義考》，温諭褒奬，賜御書「研經博物」扁額，時彝尊年七七。彝尊自少時以詩古文詞見知於江左之耆儒遺老，又博通書籍，顧炎武、閻若璩皆亟稱之。年逾五十，以布衣入翰林，數被恩遇。主江南試時，作《告江神文》、《貢院誓神文》以自勵，文載《曝書亭集》中。彝尊所進《經義考》共三百卷，仿鄱陽馬氏《經籍考》而推廣之，自周迄本朝，各疏其大略，分「存」、「佚」、「闕」、「未見」四門，於十四經外，附以《逸經》、《毖緯》、《擬經》、《家學》、《承師》、《宣講》、《立學》、《刊石》、《書壁》、《鏤版》、《著録》，而以《通説》終焉。乾隆四十二年，高宗純皇帝親製詩篇題識卷首，命浙江巡撫三寶刊行，世以爲榮。彝尊之在史館也，凡七上總裁書，論定《凡例》，訪遺書請寬其期，毋如《元史》之迫於時日，多所乖謬，辨《從亡》《致身録》之不足信，謂方孝孺之友宋仲珩、王孟緼、鄭叔度、林公輔諸人咸不及於難，則文皇當日無並其弟子友朋爲一族戮之之事，其所謂「九宗」者，本宗一族也；謂東林多君子而不皆君子，異乎東林者亦不皆小人。作史者不可先存門户之見，而以同異分邪正賢不肖。世皆以爲有識。彝尊又嘗慨明詩自萬曆後作者散而無統，作《明詩綜》百卷，於公安、竟陵之前詮次稍詳，若啓禎死事諸臣、復社文章之士，亦力爲表揚之。其《自序》云：「或因詩而存其人，或因人而存其詩，間綴以《詩話》述其本事，期不失作者之旨。」彝尊詩不名一格，少時規模王孟，未盡所長，中年以後，學問愈博，風骨愈壯，長篇險韻，出奇無窮。益都趙執信論國朝之詩，以彝尊及王士禛爲大家，謂王之才高而學足以副之，朱之學博而才足以運之。彝尊又好爲詞，其體近姜白石、張玉田而加恢宏焉。所著《詞綜》三十四卷，《日下舊聞》四十二卷，《曝書亭集》八十卷，而《歐陽子五代史注》、《瀛洲道古録》，則其所草創而未成者也。年八十一卒於家。子昆田亦工詩文，早卒，有《笛漁小稿》附《曝書亭集》中。彝尊又嘗與同邑李良年齊名，稱曰「朱李」。

《國朝耆獻類徵初編》卷一一八《詞臣》四

日講官起居注翰林院檢討朱公彝尊墓志銘

陳廷敬

康熙初，北平孫公北海老而家居，以經學詔後進，予亦往游焉。孫公盛稱秀水朱君錫鬯之賢。一時東南文學士游京師者，共推謂爲老師宿學，予心嚮往焉，而莫之能識也。後舉博學鴻詞，授官翰林，已而長直内庭，予朝夕與君相聚甚歡也。甫及一年，以謫去，予亦以他事引嫌求罷，仍留書局。兩人者時復得以閑居相過從，爲文字之娱、游觀之樂數年。至今過槐市虎坊之間，未嘗不黯然以悲也。君既南歸，後又數年，予扈從河上至吴門，得見君於南園。至武林，又見君於湖上，文采風流，不殊曩昔，而予則頹然老矣。又三年，君殁。君外孫周子象益以君狀來，偕查子悔余碣銘於予云：「非夫子孰可志其墓者？」予勿敢辭。雖然，予既不能爲信今傳後之文，亦姑識其平生出處交游之節，概凡吾意之所不能盡者，世之君子庶幾有得吾兩人之心於語言文字之外，則君有銘而予亦可以無憾矣。君諱彝尊，錫鬯其字，號竹垞，先世居吴中，自吴中遷秀水。高祖諱儒，以醫顯，官至奉政大夫太醫院院使，以子貴贈光禄大夫柱國少保武英殿大學士。曾祖諱國祚，以醫院籍由順天府學中萬曆壬午鄉試，癸未進士第一人，除翰林院修撰，歷官吏部右侍郎，引疾歸。光宗初，起南京禮部尚書，入東閣，加太子太保，進文淵閣，尋以户部尚書兼武英殿大學士加少傅歸，卒贈太傅，謚「文恪」。文恪公六子，長諱大競，仕至雲南楚雄府知府。子五人，長茂暉，以廕授中書科中書舍人，好學問，衆取爲復社宗盟。輯《禹貢補注》，君嗣父也。本生父諱茂曙，楚雄公第二子也。天啓初，補秀水學生，甲申後棄去，卒，私謚「安度先生」，撰《兩京求舊録》，有《春草堂遺稿》。安度先生子三人，君其長也。舍人無子，以序立君爲後。君少而聰慧絶人，生數歲，嘗見諸神物異怪狀，不類人世，及他人視之輒無所見。書過眼，覆誦不遺一字。塾師舉「王瓜」使屬對，君應聲曰「后稷」，師怒笞之。爲舉業文，千言立就。已能工詩。崇禎十三年浙東西大旱，饑人相食，自文恪公以宰輔歸里，家無儲粟，楚雄公清廉，安度先生貧至絶食，君守書册自若也。既而曰：「河北盜賊，中朝黨朋，亂既成矣，何以時文爲？不如舍之學古。」乃肆力於《周官禮》、《春秋左氏傳》、《楚辭》、《文選》、《丹元子步天歌》，人皆笑以爲狂迂。未幾，亂果作。君年十七，贅婚嘉興練浦之陽馮村，馮公有客王鹿柴，華亭名士也，見君大奇之曰：「此必以詩名世。」後君名益高，四方以幣聘者，争集其門，所至皆以師賓之禮遇焉。客游南北，必橐載《十三經》、《二十一史》以自隨。已而游京師，訪孫公於退谷，公過君寓，見插架書，謂人曰：「吾見客長安者，務攀緣馳逐，車塵蓬勃間不廢著述者，惟秀水朱十一人而已。」君既以博學徵，試之殿廷，相國馮公得其文，嘆曰「奇才」。以詔以檢討充起居注日講官。在内直，間語予曰：「公直似益都，清如曲沃。」予謝不敢當。以君之賢，至今思其言，因以自策勵，其亦不得不謂之知言也歟！君雖以被劾鐫一級罷，尋復原官。歸里後數年，駕巡河上，至江浙，賜御書四字曰：「研經博物。」禮遇之隆，固無替於昔時也。君既退而著書，有《日下舊聞》四十二卷，《經義考》三百卷，《明詩綜》一百卷，《瀛洲道古録》若干卷，《五代史注》若干卷，《禾録》若干卷，《鹺志》若干卷。《鹺志》者，通政使曹公寅與君合撰者也。曹公爲君刊《曝書亭集》八十卷，未卒業而君歿。君之自立如此。回視京華儕輩，奔走塵埃中，所辛勤而僅有者，猶泰華之於丘垤，衰遲蹇鈍之人，伥伥然莫適從也。得失之林，亦可考而知已。君閑居謂其孫稻孫曰：「凡學詩文，須根本經史，方能深入古人窔奥，未有空疏淺陋，剿襲陳言而可以稱作者。《記》云：『時過然後學，則勤苦而難成。獨學而無友，則孤陋而寡聞。』予舉此以爲教子弟之法焉。」君在翰林，預修《一統志》，主考江南，覃恩授徵仕郎貤贈生父。家居十有九年，康熙四十八年十月卒，年八十一。配馮孺人，歸安儒學馮君鎮鼎女，前十六年卒。子一人：昆田，國子監生，賢而有文，前卒。女二人：一適吴江周能察，一適桐鄉貢生錢琰。孫二人：桂孫，國子監生；稻孫，府學生。曾孫男二人：振祖，賜書。孫女二人。銘曰：或史而野，或經而葩。物亦有然，爲蓬爲麻。嗚呼竹垞，天邪人邪。得於天者，既碩孔多，人其謂何。

鄭方坤撰小傳

朱彝尊，字錫鬯，號竹垞，秀水人。少聰慧絶人，書過眼，復誦不遺一字。爲舉業文，下筆千言立就。童丱之時，即便工詩。崇禎十年浙東西大饑，人相食，朱氏固巨族，自其曾祖父文恪公以宰輔歸里，無中人産，至是幾絶粒。顧守青氈舊物，諷誦弗輟，既而嘆曰：「河北盜賊，中朝朋黨，亂將作矣，何以時文爲？不如舍之學古。」乃肆力於三禮、《左氏内外傳》、《楚辭》、《文選》、《丹元子步天歌》，人皆笑以爲狂。未幾，亂果作。年十七作贅婿於嘉興馮氏，馮公有客王鹿柴者，華亭名宿也，一見大奇之，曰：「此必以詩名世。」自後名益高，郡國諸侯聘幣争集其門，所至皆以賓師禮之。既以博學鴻詞徵，御試高等，以檢討充内廷供奉。辛酉典江南試，稱得人。爲言者所中，鐫一級，尋復原官，先生亦遂無用世志。退而著書，有《日下舊聞》四十二卷，《經義考》三百卷，《明詩綜》一百卷，皆鑽穴前聞，參證己説，卓然有傳於後無疑。古文詞剪截浮囂，峭潔名貴，於易堂、堯峯之間高參一座。詩名尤籍甚人口。時阮亭尚書以「風雅」號召海宇，一時名流無敢相驂驔者，濟河海岱間每以山薑田氏並舉爲言，而江南人士亦有漁洋、綿津二家詩之刻，此皆出於鄉曲之談，門下士阿私之論，附影隨聲，不可爲典要。惟先生體大思精，牢籠萬有，而澄汰鍛煉不肯人云亦云，若以匹敵，正如玉溪生所云「彼若陳葛天氏之舞，此乃引穆天子之歌；彼若言太華三峯，此必曰潯陽九派」者。迄今交游零落，壇坫荒凉，而新城、長水屹然爲南北二大宗師，比於唐之李、杜，宋之蘇、黄，更千百年而勿之有改也，嗚呼盛矣。

張維屏録兩浙輶軒録

先生嘗謂孔門弟子申黨、薛邦，後人不當以疑似妄爲廢斥。謂鄭康成功在箋疏，不當以程敏政言遽罷從祀。謂王守仁事功人品炳烈千古，不得指爲異學。皆有關名教。年八十一卒。

張維屏録梅里詩輯

先生居節廉橋，時值歲凶，比鄰王氏有老僕訝其日午無炊煙，而書聲琅琅，扣門饋以豆粥。先生以奉安度先生而忍饑讀書自若也，里人至今稱道之。

沈德潛撰國朝詩别裁集小傳

竹垞先生生平好古，自經史子集及金石碑版，下至竹木蟲魚之類，無不一一考索。纂述如《經籍考》、《日下舊聞》、《詩綜》、《詞綜》，其最著者。又嘗集唐詩爲填詞，名《蕃錦》，疑出鬼工，幾於人力不與。顧寧人先生不肯多讓人，亦以「博雅」稱許之。初官翰林時，召入南書房，有用上官大夫術譖之者，旋落職，然竹垞初不以官位重也。

李元度撰事略

先生年十七棄舉子業，肆力於古學，凡天下有字之書無弗披覽。以饑驅走四方，南逾嶺，北出雲朔，東泛滄海，登之罘，經甌越，所至叢祠荒冢，金石斷闕之文，莫不搜剔考證，與史傳參互同異，其爲文章益奇。既入詞館，日與諸名宿掉鞅文壇，時王漁洋工詩而疏於文，汪苕文工文而疏於詩，閻百詩、毛西河工考證而詩文皆次乘，獨先生兼有諸公之勝。所爲文雅潔淵懿，根柢盤深，其題跋諸作實跨劉敞、黄伯思、樓鑰之上，詩牢籠萬有，與漁洋並峙爲南北二大宗。先生嘗集里中高才生周篔、繆泳、王翃、沈進、李繩遠、李良年、李符等爲詩課，家餘一布袍，每會則付質庫，其婦以紡織出之，後會復然。客游南北，必槖載《十三經》、《廿一史》自隨，孫侍郎承澤過先生寓，見插架書，語人曰：「吾見客長安者，争馳逐聲利，其不廢著述者秀水朱十一人而已。」比召試，相國馮公溥得其文嘆曰：「奇才，奇才。」子昆田、孫稻孫皆有集。稻孫字稼翁，舉乾隆丙辰鴻博，能世其家。

阮葵生撰茶餘客話

譚左羽瑄授徒於某氏，主人有聲樂之好，歌版師食單豐於書塾，譚不平，竹垞寓書曰：

「君子以類族辨物，物各有族，在人類而辨之，君子自審其分處焉。娶妻納采，儷皮純帛可也，至買妾則百金，落營妓籍則千金，流愈下，直益高，食單之豐，譬以魚飼猫，肉餧犬，於兄何損！」

佘金撰記

朱竹垞檢討研經博學，上徹九重，其所著述固已風行海内矣。即一二緒餘，亦有穎異獨絶者。幼時塾師舉「王瓜」使屬對，即應聲曰「后稷」，師怒之，而心服其對之工。在京師時，與人會飲，各舉古人男女成對者爲酒令，得太白、小青，无咎、莫愁，灌夫、漂母，武子、文君，東野、西施等字。又嘗舉四書一句合四聲，得「康子饋藥」、「兵刃既接」二語。又除夕集唐作對聯云：「且將酩酊酬佳節，未有涓埃答聖朝。」罷官後集聯云：「聖朝無棄物，餘事作詩人。」

陳康祺撰紀聞

竹垞檢討充《明史》纂修官時，有上總裁七書。第一書請定體例，謂班書無「世家」，范書無「表」、「志」，已與前史不同；史遷《封禪》，魏齊《符瑞》，此「志」之不同；《人表》、《宰相世系》，此「表」之不同；《滑稽》、《日者》，《家人》、《義兒》，《伶官》、《道學》，此「傳」之不同；明三百年如革除、靖難，奪門、躋廟，事多創見；漕運、禦倭、廠衛、廷杖，制亦異前，先宜審量。第二書請聚書籍，謂一代之史，不宜止據《實録》，宜搜輯奏議文集、圖經碑字之屬，以備採擇。第三書請寬期限，專責成以《晉書》長編之分授爲法，以《元史》之速成爲戒。第四書謂革除年事多不足信，燕王來朝，建文出亡，皆非實。第五書謂道學不必別立傳。第六書謂東林不必皆君子，異乎東林不必皆小人，不宜以門户分邪正。第七書謂崇禎無實録，未可據邸報，宜取史館四方所上之書一一聯綴，並分年書死事諸臣。其言辨而覆，後多從之。

竹垞先生嗜書若命。典試江左時，絳雲已熸。牧齋族子錢遵王撰《讀書敏求記》，載宋版元鈔，次第完闕甚備，撤棘求一見之，秘不肯出，乃置酒召諸名士高宴，遵王與焉，私以黄金及青鼠裘賂其侍史，啓篋得之，招藩署廊吏數十人於密室，夜半寫畢，並録得《絶妙好詞》，時人謂之「雅賺」。又先生直史館日，私以楷書手王綸自隨，録四方經進書，牛鈕劾其漏泄，吏議鐫一級，時人謂之「美貶」。噫，翰林官以是左遷，視今之廢書不觀，濫躋華要者，榮辱何如！

《藤陰雜記》載朱竹垞以帶僕充當供事，出入内廷；潘稼堂耒以浮躁輕率，有玷講官，爲掌院牛鈕參劾，原奏尚存。康祺按：大科初升，廷臣原議處以閑曹，如中行評博之類，聖祖特恩一二等咸入翰林詞館中，以八股進身者咸懷忌嫉，遂有「野翰林」之目。朱、潘兩翰林尤負盛名，宜牛鈕丞思鉏去也。不然帶僕入直，京官常事，豈獨竹垞一人？品學若稼堂，尚玷講官，誰復勝簪筆侍書之任哉！

康熙庚子，竹垞偕粵東詩人屈翁山會飲杭州酒樓，拍浮屢日，大醉，題壁云：「毋輕視此樓，秀水朱十，南海屈五，曾留此信宿，後有登樓者，作仙人黃鶴樓觀可也。庚子九月晦日。」余謂是舉出自竹垞自是雅事，若末生晚學妄擬前輩風流，便狂放不可嚮邇矣。李太白着宮錦袍醉眠長安市上，純是爛漫天真，千古豈容第二人裝點此番舉動。

秀水朱氏曝書亭久廢爲桑田，南北垞種桑皆滿，亭址無片甓存，獨嚴藕漁太史所書扁無恙，而荷鉏犯此地者，其人輒病，或竹垞先生魂魄猶戀此土耶！嘉慶間，阮儀徵視學按臨，醵資捐建。

以上見《國朝耆獻類徵初編》卷一一八《詞臣》四

周慶雲撰兩浙詞人小傳

彝尊字錫鬯，號竹垞，秀水人。康熙十八年以布衣召試博學鴻詞，授檢討，充日講起居注官。詞爲清初大家，隸事最博，遂成浙派。初與宜興陳其年齊名，人合刻其詞爲《朱陳村詞》。朱或失之瑣碎，陳或流於浮囂，然清初填詞者率爲兩家所牢籠。李分虎稱，竹垞詞雖多艷語，然皆一歸雅正，不若屯田《樂章》徒以香澤爲工者。沈融谷稱，竹垞博搜唐、宋、金、元人集，輯成《詞綜》一書，一洗《草堂》之陋。其詞句琢字煉，歸於醇雅，雖起白石、梅溪諸家爲之，無以過也。杜紫綸稱，竹垞神明乎姜、史，刻削雋永。諸家評泊雖多，要不如其《自題詞集·解珮令》云：「十年磨劍，五陵結客，把平生、涕淚都飄盡。老去填詞，一半是、空中傳恨。幾曾圍、燕釵蟬鬢。　不師秦七，不師黃九，倚新聲、玉田差近。落拓江湖，且分付、歌筵紅粉。料封侯、白頭無分。」自道甘苦，較爲親切。所著有《江湖載酒集》二卷，《静志居琴趣》一卷，《茶煙閣體物集》一卷，《蕃錦集》一卷，合刻之曰《曝書亭詞》。

二　序録

江湖載酒集序

竹垞昔游大同始爲詞。其後客太原、客濟南、客燕、客閩、客白下，皆有詞。然在燕爲最久，其詞亦數倍於他所，合計之凡數百闋。遺墜者什之三，删者什之二，故所輯甫得半耳。自題其卷曰《江湖載酒集》，取杜牧感舊之句，以自况其生平也。竹垞能文章，能詩，至於詞亦無勿能，予每嘆其爲不可及。年來倦游，方與予約，將爲青鞋布襪行歌互答於長水之鄉，且終老焉。乃未幾而征車北發，旋登史館。繼此而往，倚聲按譜，吾知有不暇爲也。於是其友蘅圃慮其稿之散漫而易失，亟授剞氏，蓋先詩與文以行矣。集中雖多艷曲，然皆一歸雅正，不若屯田《樂章》徒以香澤爲工者。從來托旨遥深，非假閨閣裙裾不足以寫我情，《高唐》、《洛神》，婉而多諷，亦何傷於文人之筆，而况於詞乎？詞而艷能如竹垞斯可矣。予恐不知竹垞者，狃於法秀勸淫之語，或不能以無疑，故並道之如此。同里李符。

《國朝六家詞鈔》卷首

薔錦集序

自嚴儀卿論詩，别唐爲初、盛、中、晚，高廷禮遂按籍分之。同一開元也，或爲初，或爲盛；同一乾元、大曆也，或爲盛，或爲中。論世者因之定聲律高下，予嘗惑之。近見同郡朱錫鬯集唐人詩爲詞，取而讀之，不能辨其爲詩中之句，又何初、盛、中、晚，聲律高下之殊焉？乃知拘方之論，不足語於賞音者也，而予之惑或庶幾可釋矣。乃編爲二卷，爲鏤板以傳好事之君子。嘉善柯維楨。

《薔錦集》卷首

曝書亭詞序

原夫樂府盛於齊、梁，倚聲肇諸唐、宋。雖遞爲泛濫，難目同源；而揆厥《風》《騷》，總非異轍。是以門前楊柳，詎無托興之風；石上菖蒲，大有相思之句。新歌子夜，獨擅新聲；舊舞前溪，還夸舊調。迨夫月滿秦樓，倡新詞於供奉；家臨長信，嘆麗製於温岐。《花間》、《蘭畹》，盡賞才華；綽板、琵琶，别推風格。夢回鷄塞，難消後主之愁；腸斷人間，惟有方回之句。柳屯田無慚風雅，李清照實冠閨房。凡諸作者，俱隸風人。吾友朱十，天上謫星，人間達士。弄桓伊之笛，姿致無雙；鼓安道之琴，風流第一。文情欣賞，詩律群推。固已置之名山，雲霞蒸蔚；試令擲地，金石鏗鏘矣。然而江文通之著作，別緒居多；庾開府之生平，間關不少。昔年遠夢，曾隔羊城；此日思君，還來雁塞。李陵臺畔，詩詠浮雲；太武宮前，愁隨明月。望昭君之青草，能不傷心；登秦女之白樓，可無懷古。爰歷介推之地，更尋尹鐸之鄉。寶瑟晨彈，盡是倡家蕩婦；錦裘夜獵，都爲上國王孫。未免有情，能無所感。托深思於紅豆，戛亦中來；悲搖落於青衫，泣將何及。於是被之小令，不無惆悵之詞；寫就衍波，亦有綢繆之作。撫箜篌而意遠，彈捍撥而魂消。遂使賦稱鸚鵡，更傳寸錦名文；湖號鴛鴦，争羡吹簫仙子。嗟乎，僕本恨人，愁逢錦瑟；君爲上客，雅擅金荃。別逾三年，時維九月。若邪同泛，曾聞越女之歌；碣石相逢，重覓燕王之館。悵飛花於大道，何處狂游；記殘曲於當壚，難忘送酒。舞同鸜鵒，誰憐落拓之人；句是珊瑚，終屬清狂之客。用爲此序，聊代紅牙；敢附高文，永垂黄絹。吴江葉舒崇。

往，壬寅夏日，與錫鬯聚首湖上，時畫船歌扇，午風滌暑，各有詩篇和答，倏忽已十年矣。中間離合不常。錫鬯時理游屐，歷窮邊，汾陽之横吹已遥，青冢之琵琶欲咽，據鞍弔古，音調彌高。而僕且蹉跌不振，奔走困頓於四方，不減屈吟而賈賦也。頃與錫鬯同客邗溝，出示近詞一帙，芊綿温麗，爲周、柳擅場，時復雜以悲壯，殆與秦缶燕筑相摩盪。其爲閨中之逸調邪！爲塞上之羽音邪！盛年綺筆，造而益深，固宜其無所不有也。僕髮已種種，力衰思鈍，望其旂纛精整，鬱若荼墨，爲之曳殳却走，退三舍避之已。嘉善曹爾堪。

曝書亭集詞注序

讀書著論貴有用於世，雕蟲小技前人嘗薄之而不爲。至以他人之詩若文，斤斤焉爲之注釋，其學更瑣瑣不足言。富孫自弱冠間爲倚聲，於本朝諸家，尤愛先徵士秋錦公暨竹垞先生詞，實能兼清真、白石、梅溪、玉田之長。顧先生之詩，已有江、楊、孫三家注，而未及其詞，有欲爲之亦未迄就。頃客幕匽，蕭寥無緒，重讀先生詞，因隨加注釋。曩厲徵君樊榭與查孝廉蓮坡同箋《絶妙好詞》，自慚見聞弇陋，不敢望徵君輩藩籬，惟與先生同里居，遺韻流風猶得濡染於百餘年間，心竊慕之，則雖有以瑣瑣相誚者，其亦奚辭！嘉慶十有九年七月，後學李富孫書於七十二峯精舍。

曝書亭集詞注凡例

原集係先生晚年手定之本，其詞尚有見於《六家詞》、《瑶華集》等書，或删去不存，當非愜意之作，今不敢附入。並有與《六家詞》字句互異，亦爲後來竄改，兹不復引。

原集有先生自注並列於前，並標明以别之。其或前有應注，即云見某卷自注。惟《蓄錦集》唐人名氏不標列自注，以省繁冗。

《静志居琴趣》一卷，大抵與《閑情》、《風懷》同意，只箋釋故實，不别援他事以證之。《蕃錦集》一卷，並爲標注原題。然先生自注唐人名氏，頗有錯誤，即據所知訂正。尚有二句爲本集所無，而未得檢出者，仍存原注，以俟補正。

原集間有訛字，如《女冠子》「鶯簧」誤作「篁」，「阻風湖口渺渺」誤作「渺沙」，「壽劉宣人劉歆」誤作「歆」，「送曹子顧還南溪八百」誤作「百八」，鈔本《江湖載酒集》作八百。「索曹次岳畫竹垞圖江鄉」誤作「江榔」之類，並爲改正，不復標識。

集内引用故實，如已見前者，均注明見某卷某詞，不重引以免複。

集内附載他人之作，昉於杜集，前人多不加注，今亦並注釋，惟不敢另坫附同作。

先生博極群書，其所取用，未易搜討。邇來前輩凋謝，末由就質而濩落寡交，見聞淺鮮，疏漏舛誤之處，尤所不免。統冀博雅君子指示不逮，俟續補注，幸甚。

曝書亭詞拾遺序

昔竹垞老人之爲詩餘也，語其傳作夥於《蕒洲》、《日湖》之編；排考諸選家，繁若《花間》、《尊前》之採輯；觀乎著録之本，卷帙所裒，並時詞流，莫與比富。讀者以爲探驪龍之頷，宜少遺珠；窺全豹之斑，必無隱采矣。煙霜既嬗，綈槧相仍。聚千狐以爲裘，而腋尚餘裘外；指一臠以嘗鼎，而肉猶富於鼎中。斯則《藝林佚事》之不傳，《詞苑叢談》所未及者也。虞山翁君澤之劬書，綺歲雅好樂章，靈契之深，乃在長水。嘗於書肆見老人手稿焉，紙墨閲三百年之久，喜羽陵蠹册之未亡；篇題多數十闋而羸，疑《鴻烈》外篇之初出。乃入洛陽之市，王仲任未暇終篇；而求西蜀之書，桓君山争先購去。望塵莫及，割愛仍難。既失鹿於後期，亟借鴟以録副。翁君以爲《蘭亭》千億，實從初本爲化身；《論衡》一篇，詎秘帳中爲談助。爰乃聚舊日刊行之帙，合後人補輯之編。辨異校同，略等馬攸之戡繆；徵存訂佚，儼師束晳之補亡。斟酌瘁於謨觴，庚疏盡夫皃簡，雖楚弓之未得，庶趙璧之能完。薈萃頻煩，雕鎪亟付。別成專集，無勞朱、陳之繪圖；迦陵嘗與竹垞合刻所著曰《朱陳村詞》。遂蔚大觀，竊陋馮、朱之輯本。於斯役也，不亦勤歟。或以謂善鳴者不匿聲，富藏者無棄寶，此數十闋者，既標題而具草，何纂録之就芟？意其有示璞之嫌，故未與選錢之列。不知鄧林之植，雖薪樵亦材；昆圃之珍，無碔砆之産。矧以流派自別，豈似《畫墁集》之慮有誤收；真面難誣，並非《愛蓮説》之疑於僞托。蓋偶從脱漏者，數以多而易忘也；而必盡網羅者，物以完而始饜也。是以錢曲江之手稿，得倦圃而傳；蘇玉局之逸詩，爲漫堂所輯。兹事之盛，流稱國朝。然則翁君所爲，亦以踵老輩之風流，匪直發前賢之堙鬱已。流連酒味茶煙，便欲泛江湖而去；零落箏師笛友，乞誰尋籐柳之居。竹垞故宅宣武門外，有藤一本，檉柳一珠。見《騰笑集》自序。有客爲成連之行，空寄情於海上；文君芸閣得老人手稿後，旋落職歸。聞其渡海遇風，攜書漂没，不知老人手稿無恙否。此卷如《廣陵》之散，未絶響於人間。試開編覓絃外琴音，雅合名題

「蕉尾」；倘別紙寫篋中詩稿，聞秀水沈比部新得竹垞《風懷詩》手稿真迹。猶應價貴由拳。光緒丙申夏四月，張預謹序於宣武城南之錢氏寓廬。

緊夫樂府之始，盛於六朝；令慢之辭，肇於唐代。融脂冶粉，發絳樹之雙聲；鏤玉琱璚，譜紅牙之新調。是以陌頭楊柳，不無寄托之懷；山上蘼蕪，時有相思之什。玉簫聲咽秦樓，歌供奉之篇；鴛錦衾寒更漏，艷温岐之作。自兹以降，源流綦繁。炎宋詞人，尤難枚舉。曉風殘月，問酒醒於今宵；流水天涯，喻歸心兮無奈。暨夫銅琶鐵板，唱大江東去之詞；月底梅邊，寫紅萼無言之韻。雖豪情綺致，各有專家；而换羽移宫，無慚同調。迄於我朝，詞宗尤富。浙西詞藪，霧舉霞標。竹垞先生以沈博絶麗之才，爲悱惻纏綿之體。燕釵蟬鬢，半傳恨於空中；《琴趣》、《茶煙》，覓賞心於弦外。固已汲柳陰之井水，處處歌塵；聽漁唱於蕢洲，家家笛譜矣。然而探夜光於滄海，終有遺珠；窺文彩於一斑，必非全豹。南邨不作，有遺憾焉。僕幸睹琅函，獲披原稿。覽夫緗襲，麗矣金奩。載酒江湖，盡豪家之自製；浣花箋紙，復纖手之親鈔。原稿爲竹垞姬人手鈔，見楊氏跋語中。溯韻事於當年，托風情乎毫素。李清照本工度曲，趙夫人雅號知書。名士風流，音塵如接。零璣散翠，以逸而足珍；剩墨餘香，群驚其罕見。始知《蘭亭》真景，猶在人間；劇憐《蕃錦》殘編，竟罹劫火。原稿無《蕃錦集》。爰依今本，勘校原書；復削删存，都爲一集。輯詩詞於集外，藏之名山；續舊例於朱、馮，垂爲副本。並傳詞苑，庶幾共睹璆琳；流播玉臺，雅合裝之玳瑁。若夫牙簽細楷，標丹碧之異同；紅粉高樓，定魯魚之沿繆。附爲《志異》，殿諸《拾遺》，亦足爲藝圃之碎金，資詞林之談助。嗟夫，金風亭長素殷香瓣於都梁，星鳳堂空疇訪曹倉之蠹册。原稿藏楊幼雲星鳳堂中，今幼雲藏書散佚殆盡矣。開篇展玩，悵感交縈。未免有情，惜雲煙之易散；可能無恙，庶劍璧之仍完。坊友持竹垞詞稿求沽，索二百金，許以六十金，不售。後爲文學士道希益二十金得之。道希落職南返，傳聞其書笈盡付東流，未詳確否。益嘆真賞悠逢，固非偶遇；墨緣遐結，尤有靈因者也。僕弱齡弄翰，尤嗜倚聲。粗解填腔，未諳協律。每與二三同志，花間訂譜，苕石論音。諸君以爲納蘭《飲水》之集，得珊漁搜葺而全；《靈芬》爨餘之音，經蘅圃傳鈔而備。若衹弆藏篋衍，奚以表章先民。用付琬鐫，俾成縹帙。鷄塞夢回之語，能歌者只有重光；江南腸斷之詞，解唱者誰其賀鑄。閒情可懺，區曼響於不彈；沈子培丈新得竹垞《風懷詩》手迹，較今本頗有同異，出以見示，《東澤綺語》恐貽法秀之呵，故未付梓人。詞客有靈，或瓊絲之合奏。丁氏持靜齋藏書極富，有《眉匠詞》一卷，竹垞未編《江湖載酒集》以前之舊本也。今丁丈叔雅在京，未識肯假一校否。愧無彩筆，鴻都乞孝穆之文；分付歌筵，檀拍按玉田之句。竹垞自題詞集《解珮令》云：「倚新聲、玉田差近。」又云：「分付歌筵紅粉。」光緒二十有二年歲次丙申，夏六月既望，澤芝翁之潤序。

曝書亭詞拾遺跋

右《曝書亭詞拾遺》三卷，《志異》一卷，大凡九十三調，誤收一闋。皆集中所無者。馮氏登府、朱氏墨林輯《集外詞》，板已久毁，頗不易得，兹附載焉。理董既畢，付之殺青，惜梓人之技，京師絶無精者，刊槧草草，終爲憾事。丁君叔雅惠康篤嗜詞學，雅有同癖，前見是集，欣然許以《眉匠詞》稿本録副見貽。並謂《眉匠詞》乃竹垞先生少年之作，專師清真者。異日叔雅南歸，寄示《眉匠詞》後，當再與是編同釐定之，别爲精刻，庶幾小長蘆釣師一生心力，不致日就湮没。則校讎雕鋟之役，僕當與叔雅共任之也。丙申七月晦，之潤識於苕華詞館。

曝書亭詞稿題跋六則

右竹垞先生詞稿二册，凡十二卷，詳其字跡，係抄胥代繕，其傍注改竄皆先生手筆，惟《江湖載酒集》卷六《清平樂令》二闋、《静志堂詩餘》卷上《摸魚兒》一闋，卷下《菩薩蠻》及《如夢令》二闋，的係先生親書，每闋上硃標數目，乃本調字數，檢點無訛，精審如此，其爲先生手訂本無疑也。又云司馬得此於塵蠹之中，真翰墨奇緣，毋徒以識美玉於碔砆，自誇老眼無花也。甲寅仲秋題於禾城寒泉街，諸暨周栻。

秀水先生手訂全集，一字一句之推敲，至於再三，蓋易簀時尚未斷手。詩餘二册，是其原稿，《曝書亭》刻本校之，尚有更易，前輩以文章爲千古事，洵不誣也。姑舉所憶，如「羅裙百二褶」，「二」後易「子」。「走向薔薇架底」，「向」後易「近」。「盼海棠簪後，插到荼蘼」，「簪」，易「開」；「插」易「簪」。「量良期須果」，「量」後易「算」。他不盡舉。又有既芟而曾留者，如《摸魚子·粉牆青》闋。學者誠能於此處探得消息，古今人何必不相及耶！若但供摩挲珍玩，嗜古則有之，又其次也。又云司馬最精詞律，書以質之。至先生不長於元人小令，此稿在先，《葉兒樂府》後易以《蕃錦集》，其自審綦嚴矣。太倉畢華珍識。

朱竹垞太史《曝書亭詞》手稿一十二卷，壬子秋八月得自由拳西埏里，審爲太史晚歲手定正本。計《江湖載酒集》六卷，《茶煙閣體物詞》三卷，《静志居詩餘》二卷，附以《葉兒樂府》，篇帙尚整，未甚斷爛。《葉兒樂府》後似有闕頁，又少《蕃錦》一集，其爲元鈔未備，抑歷年差久蟲鼠所殘，未可知。卷中刊乙諸闋，去取精嚴，胥出太史手定，不足爲遺珠惜也。馮氏嘗刊《曝書亭外集》，惜此書劫灰淮北，不及取校，爲歸來一憾事。由拳人文奥區，此册塵埋荒貨店，曾無人焉拂拭裝褫，幾致希世珍與敗楮殘煤慨同一盡，微太史有靈，漠以遺余，不遂落漚池抄坊間乎？是可幸矣。《曝書》詩全稿，聞在新篁里張丈叔未清儀閣，《明詩綜》殘稿在朱生白所，余皆見之。瀋陽楊繼振幼雲記於由拳古花月亭西偏石筝詞館藤陰。

余在由拳續收得文稿一册，《洞霄題名記》稿一册，《風懷什二百韻》手稿一册，原在卷末，別裝爲册。《隸韻天下碑録》並《急就篇》一巨册，尺牘一册，家牘一册，《爲兩孫析箸卷》一册，又手臨《曹景完碑》一卷，五言聯句一，以贈徐頌魚友弟。可云眼福，率率記於此。

又甲寅冬，會兵瞟城，適曼年橋，友人陳鼎同按司，前書客持來《薛刻小譜》及《石鼓考》一册，時氛祲交乘，雅懷都盡，置之。憶及並記。

平日讀書，最嗜倚聲家學，搜羅舊帙，校勘殘編，年來不下數十百種，然見經見本爲多。此册既爲竹垞老人手自訂立，而女史徐氏書法纖媚，尤令人愛不忍釋，天壤奇珍，連城不足貴也。取李氏注本校之，凡多五十七調、樂府十五首，與楊幼雲刊落目不符。書此以志眼福。乙未長夏中旬，常熟翁之潤志於茗華館。

曝書亭删餘詞序

朱竹垞先生《曝書亭詞》手稿十二卷，相傳爲先生之妾徐氏手鈔本，舊藏楊氏星鳳堂。

楊名繼振，字幼雲。據其跋云：「得之由拳西埏里。」全書朱墨爛然，圖印滿幅，書首有先生八世孫拱辰題字，其爲先生手訂本無疑也。余取以校全集，有手稿删而集存者，有手稿無而集有者，有手稿之字一易再易而集據後易爲定者，亦有並不據所易而全與手稿異者，其他編次前後亦各不同，此足見刻集時去取之旨矣。馮柳東與先生五世孫墨林輯《曝書亭外集》，所收逸詞，或出手稿之外，而手稿所有者亦未全刻，豈此稿在當日早已散出，墨林亦不及見耶？今取全集及集外稿所未刻者，録而存之，凡四十四闋，别録抄本原目，並爲《校勘記》一卷，以著先生改訂之苦心，而後抄本、刻本之同異，亦藉可考證焉。其先生序《振雅堂詞》，稱其用心勤，倚聲敏，殆習伏衆神而臻於巧者，吾以爲先生之自道也。後之學者，由是以探詞家之消息，當有得於文字之外者矣。光緒癸卯初秋，長沙葉德輝序。

江湖載酒集提要

清朱彝尊撰。彝尊有《經義考》，清修四庫書已著録。有明一代，詞最靡敝，宫調淪亡，學無準則。逮至末年，浮夸纖綺，其風極矣。彝尊起而矯之，一以雅正爲歸，尊重姜、張，旁及梅溪、夢窗、草窗、碧山諸家。故搜羅舊集，編選《詞綜》，風氣丕變，厥功甚偉。彝尊謂此旨始於曹溶，蓋浙派之興，發端於溶，而大成於彝尊也。此爲彝尊所撰詞集，名曰《江湖載酒》者，取杜牧感舊之句，以自況其生平也。其詞清雅可詠，灑落有致，當時與陳維崧並稱，號曰「朱陳」。然世多揚朱而抑陳，蓋以彝尊得其正，維崧得其偏也。其實彝尊之詞，未能沉鬱，其《解珮令·自題詞集》曰：「不師秦七，不師黄九，倚新聲、玉田差近。」須知淮海之詞，豈黄九所可比擬？淮海内有深沈之思而出之以淡雅，最爲詞中上境。自周邦彦以來，莫不以婉雅爲正宗，實自淮海啓之，玉田雖雅，往往流爲滑易，彝尊但知玉田，而不知淮海，此其所以不能沈鬱也。浙派之病，在於過尊南宋，而不能知北宋之大也。

《續修四庫全書提要·詞曲類》

三　手稿原目及校勘記

曝書亭詞手稿原目 凡書删字皆原稿擬删者

《江湖載酒集》卷一 今刻本分上中下三卷

霜天曉角 早秋放鶴洲池上作

更漏子 吴江秋泛

清平樂 秋夜宿燈公山房

柳梢青 和沈山子西湖後游之作

女冠子

憶王孫 夜泛鑒湖

望湘人

思越人

滿江紅 金山寺

又 吴大帝廟

風蝶令 石城懷古

賣花聲 雨花臺

金菊對芙蓉 蟂礬弔孫夫人　删

菩薩蠻 東莞書所見

喝火令

酷相思 阻風湖口

高陽臺 吴江葉元禮少日過流虹橋，有女子在樓上見而慕之，竟至病死。氣方絶，適元禮復過其門，女之母以女臨終之言告葉，葉入哭，女目始瞑。友人爲作傳，余記以詞

秋霽嚴子陵釣臺

好事近效朱希真漁父詞

祝英臺近任城登李太白酒樓

百字令度居庸關

桂枝香贈妓桂娘　删

菩薩蠻登雲中清朔樓

三部樂題曹侍郎寄愁集　删

柳梢青應州客感

百字令爲曹使君題江南春思圖，時客雲中

明月引

多麗送王懷仁謫官西安經歷

清平樂馬邑道中

采桑子雲州書感

鳳凰臺上憶吹簫答曹秋岳侍郎　删

《江湖載酒集》卷二

消息度雁門關

滿庭芳李晋王墓下作

蘭陵王過晋邸　删

花發沁園春王湛求方伯招同惲含萬、姚注若、周雪客諸子飲郝園　删

河傳送米紫來入燕

紅娘子正月十三日夜，同毛子霞、張登子集王湛求方伯齋中　删

臺城路十四夜　删

春從天上來元夕　删

晝夜樂贈妓蠟兒

蝶戀花重游晋祠題壁

夏初臨天龍寺是高歡避暑宮舊址

釵頭鳳逢吕二梅

畫堂春徐溝道上作
桃源憶故人祁縣登樓作
虞美人寒食太谷道中作　删
一斛珠贈妓餅兒
太常引題姜夫人淑齋書卷
燕山亭清明日王湛求方伯招同劉津逮、趙秋水、毛子霞、孔子威飲金粟園杏花下　删
風蝶令送霍二還曲梁
南歌子贈張綺綺　删
玉連環贈宋玉環　删
太常引寄吕二梅
步蟾宫代州妓有小字白狗者，晨往曲中訪之不值，戲投以詞
青門引别晁静憐
最高樓登慈仁寺毗盧閣
金縷曲壽王湛求方伯　删
折紅梅送元侯兄重入粤，兼寄陸郡守兄孝山　删
飛雪滿群山燕京歲暮作
擊梧桐送曾道扶歸里
金明池燕臺懷古，和申隨叔翰林
蘇幕遮别王千之
八歸丁未燕京除夕，同表兄舟石、家兄夏士守歲作
罥馬索送霍二再游黔中，兼訊李斯年
木蘭花慢上元
笛家題趙子固畫水墨水仙
沁園春送葉元禮之真州
宣清送米紫來之官建昌

《江湖載酒集》卷三

賣花聲
雨中花濟南客感　删
菩薩蠻長山客舍回文

青玉案臨淄道上
轉應曲安丘客舍對雨
浣溪沙入九仙山　刪
柳梢青馬上望瑯琊山
點絳脣濟南九日，兒子南還，賦此
西江月□　刪
洞仙歌吴江曉發
梅花引蘇小小墓
風中柳戲題竹垞壁
點絳脣九日同顧寧人、陸翼王登孫氏石臺，賦呈退翁少宰
醉春風送陸集生孝廉還華亭
一剪梅題汪季舟舍人錦瑟詞
百字令酬陳緯雲
十拍子上巳逢錢葆馚舍人賦
角招裂帛湖春游作
滿江紅贈吴佩遠
瑶花慢寄酬陸我謀表叔　刪
意難忘
六么令用趙氏事，贈舍人武昔
又壽劉宣人編修，用劉氏事
憶秦娥　刪
瑶臺聚八仙題錢舍人望廬集句詩
真珠簾寄陸郡守兄孝山　刪
憶少年
壽樓春　刪
百字令偶憶

《江湖載酒集》卷四

秦樓月
生查子曉行鄮州
徵招紅橋書所見　刪

河傳題譚天水小像，即送其入閩
減字木蘭花爲周櫟園使君題畫　删
醉花間題金曉珠水墨芙蓉
於中好題蔡女羅疏篁寒雀圖
長相思紅橋尋歌者沈西
東坡引
西溪子
南鄉子
思佳客
消息辛亥揚州除夕　删
蝶戀花揚州早春同沈覃九賦
抛球樂春日儀徵江口周儀部舟中對雪　删
蝶戀花
渡江雲重過許氏園亭，懷歌者王楚雲　删
步蟾宫席上同沈六贈伎
百字令和韻送曹子顧學士還南溪

又自題畫像
臨江仙
百字令富春道中
春風齊著力延平道中
江城子飲道山亭
南鄉子游鼓山，題靈源洞壁。洞下向有水，相傳五代時，有高僧喝水，水移他處，遂涸
點絳唇歸次浦城，寄酬高雲客
尉遲杯七夕懷静憐
金縷曲寄譚七郡丞兄在榆林
金縷曲寄李武曾在貴竹
浣溪沙
暗香初夏飲何侍郎蕤音古藤書屋
鵲橋仙席上贈伎張伴月
一剪梅
點絳唇

《江湖載酒集》卷五

霜天曉角晚次東阿
百字令彭城經漢高祖廟作
水龍吟謁張子房祠
滿庭芳席上送客歸武林，時演春燈謎劇　删
南樓令倩人寄静憐札
摸魚子答沈融谷即送其游皖口
又用前韻題查韜荒詞集
金縷曲初夏
摸魚子題顧茂倫雪灘濯足圖。圖爲松陵女子沈關關所繡
又同青士重訪晋賢。時書樓落成，訂詞綜付雕刻，有懷周士、季青在吴興
蝶戀花同天自再過翰周園亭
應天長鄭雲直招飲虎丘酒肆
摸魚子自桃葉渡泛舟，暮抵浦口，雨宿村店，漫賦
摸魚兒再題其年填詞圖
蘭陵王送宋員外牧仲視榷贛州
渡江雲送蔣京少入楚省覲
邁陂塘題徐電發楓江漁父圖
摸魚子寄龔蘅圃
又贈吴天章
百字令元夕和陳山農韻
邁陂塘題王咸中石塢山房圖

《江湖載酒集》卷六

臺城路夏日同對巖、蓀友、西溟、其年、舟次、見陽，飲容若渌水亭
又遼后洗妝樓
祝英臺近送張見陽令江華
鎮西送陳六謙之官安邑
祝英臺近送葉道子之官臨清衛
又送翁武原之官黄州郡丞

瑣窗寒 和樂（疑作梁）尚書後悼亡作　刪

解連環 孫愷似使旋夜話，用李十九韻

浣溪沙 郊游聯句

綺羅香 贈融谷納妾

燕山亭 七月十五夜，同次友、武曾、融谷、覃九集諟園竹屋

臺城路 送葉井叔主事還南鄂

喜遷鶯 送丁雁水觀察虔州

水調歌頭 送鈕玉樵宰項城

漁家傲 送劉震修之江寧　刪

臺城路 張鑒遠酌春堂席上賦

金縷曲 過外祖唐刺史廢園感舊作

玉漏遲 辛酉除夕馮方寅載酒過，兼懷鈍翁在堯峯次韻　刪

四字令 題李畊客桃鄉圖　刪

採桑子 寄贈史雲臣

臺城路 題孫赤厓垂綸圖　刪

邁陂塘 送尤展成還吳

祝英臺近 題丁雁水韜汝詞稿

喝馬一枝花 送沈茶星宰來賓

臺城路 送畊客南還

清平樂 鷗塘生日　刪

滿江紅 送陸雲士宰江陰

蝶戀花 送惠硯溪歸吳　刪

摸魚子 劉學正禹峯拓石鼓文見貽，賦此志謝，用姜白石體

風入松 送沈平萬之新安　刪

臺城路 送張漢瞻還嘉定，題所畫望雲圖

邁陂塘 送陳雲銘入楚

又 送魏禹平還魏塘

減蘭 贈程叟

清平樂令

又 題吳中女子吕文安畫桃柳

茶煙閣體物詞卷上

柳色黃 對雨

渡江雲 欲雪

聒龍謠 雪

春風裊娜 游絲

步蟾宮 端溪觀採硯

一枝春 舟次貽流求筆，筠管、蘆管各一，同槎客賦之

瑞鶴仙 錢編修庸亭席上觀司馬相如私印

掃花游 試茶

天香 龍涎香

又 再詠龍涎香

十二時 雲母燈

點絳唇 秋千

釵頭鳳 藏鈎

秦樓月 吹笙

踏莎行 釵

臨江仙 金指環

鵲橋仙 鞋

沁園春 額

又 鼻

又 耳

又 齒

又 肩

又 臂

又 掌

又 乳

又 膽

又 腸

又 背

又 膝

雙雙燕 別淚

茶煙閣體物詞卷中

金縷曲水仙花。禁用湘妃、漢女、洛神事

又前題

又前題

又

滿江紅荷花

水龍吟白蓮

滿江紅塞上詠葦

迷仙引水蓼花

迷神引秋海棠　删

疏影芭蕉

摸魚子蓴

柳梢青西瓜

惜紅衣詠薑

齊天樂芋

臨江仙引詠茄。同禹平作

天香題寫生冬瓜

一枝春梅

疏影黄梅花

東風第一枝杏花

紅娘子緋桃　删

殢人嬌垂絲海棠

天香緑牡丹。同宋牧仲、李分虎賦　删

綺羅香玉蘭

搗練子再過瞻園，值玉蘭花放，同蘅圃、畊客賦　删

洞仙歌合昏

醉春風荼蘼

侍香金童茉莉

暗香紅豆

東風第一枝白楊梅

邁陂塘曹侍郎席上食欈李，同右吉、融谷賦

霜葉飛 詠柑。同魏禹平作

滿庭芳 佛手柑。和嚴蓀友

減蘭 詠橙　删

秦樓月 食金豆

明月棹孤舟 枇杷

洞仙歌 橄欖

五彩結同心 荔子

減蘭 楊花

玉樓春 柳

疏影 秋柳和李十九韻

臨江仙 寒柳

瀟瀟雨 落葉

臨江仙引 枯荷

茶煙閣體物詞卷下

月華清 王阮亭侍讀書齋詠山鷓。侍讀詞有「妾是桐花，郎是桐花鳳」之句，故六七及之

八寶妝 舞孔雀

玉女摇仙佩 白鸚

花犯 鴛鴦

臺城路 鷺鷥

琵琶仙 秋日桑乾河上見雙白燕詠之

東坡引 鸜鵒

滿庭芳 鵝

邁陂塘 鴨

長亭怨慢 雁

江城子 黄雀

催雪 席上賦黄鼠

雪獅兒 錢葆馚舍人書詠猫詞索和，賦得四首　删

又

又

又

静志堂詩餘卷上

漁家傲
朝中措
瑤花午夢
秦樓月
洞仙歌
芙蓉月
浣溪沙 刪
鵲橋仙十一月八日
天仙子
山花子 刪
摸魚子
洞仙歌
金縷曲
眼兒媚
洞仙歌
臨江仙

洞仙歌
增字漁家傲
臺城路早起
洞仙歌
十六字令
天仙子
行香子
洞仙歌
滿庭芳
玉闌干
西江月
聲聲慢七夕
南鄉子
南歌子
洞仙歌
賣花聲

静志堂詩餘卷下

南樓令
點絳唇
柳梢青
幔卷紬
少年游
紅娘子
臨江仙
夢芙蓉
南樓令
玉樓春
留春令
祝英臺近過廢園有感
風入松
探春令
桂殿秋
殢人嬌贈女郎細細

似娘兒
玉抱肚
河滿子
鵲橋仙
南樓令
玉樓春
生查子
菩薩蠻
如夢令辛丑七夕
（按以下爲葉兒樂府，從略。）

曝書亭詞（與手稿）校勘記

柳梢青和沈山子西湖後游之作

《江湖載酒集》上

猶記作誰説。者邊曾見作鎮長相見。曲録闌干，玲瓏窗户作亭子湖心，人家渡口。
第一難忘，重來崔護作落日重樓，春風小榼。

沈山子原作原稿未附原作　下同

憶王孫原稿入《静志堂詩餘》

生查子原稿入《静志堂詩餘》

滿江紅吴大帝廟

衰草原稿初作秋草。墨改衰草。

醉太平題姜開先贈歌者李郎秦樓月詞　原稿無

探春令原稿入《静志堂詩餘》

桂殿秋原稿入《静志堂詩餘》

採桑子梧宫詠古　原稿無

滿江紅金山寺

水又作水品。

菩薩蠻

一唱作聞唱。

洞仙歌吴江曉發

澄湖初作重湖。墨改澄湖。

南樓令原稿入《静志堂詩餘》

蝶戀花

碧浪湖寬天水接。郭外晴嵐，佛髻三雲疊。
才見黄花開穩帖。一般也有悠揚蝶初作露井梨花香覆雪。雪映珠簾，簾浸玲瓏月。乍暖乍寒愁思結。春心輕似東風蝶。墨筆改此。

賦就初作一片。墨筆改栗里。又抹去改作賦就。

添口業初作無可説。墨筆改此。

玉樓春原稿入《静志堂詩餘》

殢人嬌贈女郎細細　原稿入《静志堂詩餘》

似娘兒原稿入《静志堂詩餘》

玉抱肚原稿入《静志堂詩餘》

何苦又作又何苦。作作做。便成都，染就箋十樣，
也寫不盡相思苦作玉鞭長，縱鞭白馬嘶，不到這門前路。

沙塞子原稿無

上林杯原稿無

晝夜樂贈伎蠟兒

打就初作捻潤。朱筆改打就。注作鑄。

蘭陵王過晉藩舊邸

青門引別晁静憐　原稿引作飲

鳳凰臺上憶吹簫和梁尚書傷逝作

收初作休。墨改收。五曹初作這番。墨改五曹。

紅娘子正月十三日夜同毛子霞張登子集王湛求方伯齋中

桑落初作渌酒。墨改桑落。膩初作滿。墨改膩。喚薛家車子近前歌初作撥銀箏細唱落梅。墨改此。名倡初作韓娥。墨改名倡。

虞美人寒食太原道中

平蕪作春蕪。又聽餳簫吹入杏花村作茅屋杏花斜映碧峯雲。輸與一雙新燕舊巢飛作夢繞江南煙月一帆飛。

《江湖載酒集》中

賣花聲

背郭鵲初作華不注。墨筆改此。

菩薩蠻原稿小注長山客舍回文六字。

真珠簾寄陸郡守兄李山

四初作七。墨改四。融谷初作方蓬。墨改融谷。

邁陂塘題陳其年填詞圖　原稿邁陂塘作摸魚兒，題上有再字。

角招裂帛湖春游作

作作做。

鵲橋仙原稿入《静志堂詩餘》

東風齊着力延平道中

置酒初作對酒。墨改置酒。

南鄉子游鼓山題靈源洞壁

由初作繇。朱改作由。

百字令和韻送曹子顧學士還南溪

百八作八百。

金縷曲寄譚七郡丞在榆林

最苦作最恨。

河滿子原稿入《静志堂詩餘》

天仙子原稿入《静志堂詩餘》

臨江仙

巷窄作巷小。小篆篆上小字用朱筆抹去，旁作口。

暗香初夏飲何侍御蕤音古藤書屋　原稿初夏下有同吴岷培、湯公牧、施韓友、譚古羽兄，十四字朱筆抹去。

《江湖載酒集》下

江南好原稿無

邁陂塘答沈融谷即送其游皖口　原稿邁陂塘作摸魚子。

摸魚子題李武曾灌園圖　原稿初作邁陂塘，墨改摸魚子。

摸魚子題徐電發楓江漁父圖　原稿摸魚子作邁陂塘。

摸魚子寄龔蘅圃

直待初作直待。墨改直作住，又抹去，仍作直待。

蘭陵王送宋員外牧仲視榷贛州　原稿此詞擬删。

禁街六作曉寒撲。

風入松送沈平萬之新安

歙州初作新安。墨改歙州。

臺城路送張漢瞻題所畫望雲圖

蕭瑟作蕭索。

一枝花原稿作喝馬一枝花。

邁陂塘劉學正禹峯拓石鼓文見貽賦此志謝用姜白石體　原稿邁陂塘作摸魚子，無用姜白石體五字，朱筆添。

松陰作松影。

解珮令送趙秋谷聯詞　原稿無

清平樂齊河客舍　原稿無

清平樂贈歌者陳郎　原稿無

金縷曲題查浦讀書圖　原稿無

滿江紅錢唐觀潮追和曹侍郎韻　原稿無

《静志居琴趣》原稿題作《静志堂詩餘》，編在《茶煙閣體物詞》後。

清平樂

走近作走向。

四和香原稿無

如夢令七夕　原稿七上有辛丑二字。

園初作庭。墨注園字。呆初作纖。墨注呆字。癡初作牽。旁注騃字。

朝中措

合初作好。墨改合。

鵲橋仙十一月八日　原稿初作步蟾宮，墨改鵲橋仙。

一箱書卷至個人如畫　月弦新值至越羅裙衩初作菱湖霜後，蓼洲花外，蘭槳中流潛打。到門烏臼兩三株，有獨木、小橋横跨。凉蟾逗處，風微雲淡，香暖越羅裙衩。全家剛上五湖舟，恰添了、個人如畫。朱筆抹去，墨筆改此。

南歌子原稿無

鵲橋仙原稿無

十六字令

無端初作分明。墨改無端。

摸魚子

花時初作窗紗。墨改此。

金縷曲

風初作風，墨筆旁注香字，又抹去，仍作風。

無悶雨夜

孤初作孤朱改篝，墨仍改作孤。

點絳脣

語初作住，墨改語。

風蝶令

料得燈昏獨上初作還有個人憔悴，墨筆改此。

幔卷紬

莫便作莫更。

憶少年原稿入《江湖載酒集》

臨江仙

幾初作轉，朱改幾。

洞仙歌第三首

鷓鴣初作竹雞，墨改鷓鴣。

又第四首

算良期作量佳期，墨筆旁注一良字。

又第六首

笑初作問，墨改笑。

又第十二首

猶裛初作曾濕，墨改猶裛。

又第十五首

佳初作鏡，墨改佳。染初作點，墨改染。

又第十六首

行初作勞，墨改行。奈初作轉，墨改奈。

又第十七首　原稿無

滿庭芳

低帷初作枕函，朱筆改此。

怨王孫七夕　原稿無

憶少年原稿無

《茶煙閣體物集》上原稿集作詞

無夢令飛花　原稿無

掃花游試茶

逼籬初作繞籬，墨改逼籬。立倦初作立盡，朱改立倦。裊初無。墨筆添。相尋初作都來，墨改相尋。

十二時雲母燈

潛入初作輕入，墨改潛入。

沁園春臂

勝母初作勝曼，墨改勝母。又詞末小注，首楞至羅臂共十八字，墨筆添。

又掌

鞢拓作鞢托。

笛家題趙子固畫水墨水仙　原稿入《江湖載酒集》

金縷曲水仙花禁用湘妃漢女洛神事

料初作任，墨改料。

又前題

香草初作芳草，朱改香草。幽芬初作幽香，朱改幽芬。

又

憔悴矣初作憔悴矣，墨改香草遍。仍抹去，作憔悴矣。留共初作宜共，墨改留伴，再改作留共。

滿江紅西湖荷花　原稿滿江紅初作倦尋芳，墨改此。西湖作都城南，墨筆點去，但留荷花二字。

郭外垂楊，直映到、水仙祠屋。愛十里、花明鏡面，岸沈沙腹初作堂移萬柳，麗草田田，別有金谷。卷就新筒，只少手擎纖玉。墨筆改此。又直映到水仙祠屋句，墨筆初改作映多少斷汀漁屋。再改此。岸沈，墨筆初作水沈，朱筆改岸字。連盤初作依然，墨改連盤。是誰儂、一道撥青蘋，波紋蹙初作石闌斜、看魚吹細浪，扇搖方曲。墨改此。紅衣腿，開還續。碧筒卷，擎相促。繞菱根荇帶初作試添個、江南舴艋，任攬紅衣，不用濡足。更憶西湖十里。墨改此。擘生綃、悔不學丹青，描橫幅初作又争如、陌塵飛馬蹄歸促。墨筆初改又争如作正凝思，飛作昏，再改此。

綺羅香康熙丁丑六月舍南池上紅蓮作並頭花賦以紀異

共二首原稿均無

臨江仙引枯荷

畫橋初作畫橈，墨改畫橋。船初作人，墨改船。永夜初作夜半，墨改永夜。凍住初作住凍，墨改凍住。

臨江仙引詠茄　原稿有同禹平作四字

臺城路芋　原稿初作齊天樂，墨筆傍注即臺城路四字。

瓜田作湖田。區分後初作分薑蔗，墨改此。伴錦里先生初作記錦里先生，墨筆改記作任，又作慣。錦里先生作刨了瓜疇，後抹去，仍作記錦里先生，無伴字。閑櫟釜作齊下箸。

一剪梅 盆梅聯句　原稿無

好事近 題馬湘蘭畫蘭　原稿無

清平樂 題水墨南瓜　原稿無

點絳唇 敬業堂早桂　原稿無

《茶煙閣體物集》下

綺羅香 玉蘭

詎初作未，墨改詎。未應初作幾曾，墨改未應。

玉樓春 繡球　原稿無

減蘭 夾竹桃聯句　原稿無

滿庭芳 佛手柑和嚴蓀友

乍卷作乍揭。

玉樓春 柳

作作做。

瀟瀟雨 落葉

蒼凉初作凄凉，墨改此。茶槍初作風鎗，墨改茶鎗，惟不作槍字。

玉女摇仙佩 白鷳

見月作明月。

臺城路 鷺鷥

慣拳作又拳。綿羽初作煙浦，墨改綿羽。又初作便，墨改又。無數初作別浦，墨改無數。

掃花游 駱駝

戴家初作市門，墨改戴家。又詞末小注初無，墨筆補。

月華清 王阮亭侍讀書齋詠山鷓侍讀詞有妾是桐花郎是桐花鳳之句故六七及之　原稿初無侍讀詞以下，朱筆添。

玉人歌 杭州玉泉寺池中五色魚凡千頭内一種翠藍者最可愛賦之

煗蒼作暖蒼。

桂枝香蟹

脊作螯。都作畫。

《曝書亭集外詞》校勘記

行香子伎席　原稿無

壽樓春

香羅作春山

抛球樂春日儀真江口周儀部舟對雪　原稿舟下有中字。

點絳唇贈曹子正（按應作正子）主事　原稿無

浣溪紗原稿無

好女兒原稿無

鵲橋仙原稿無

臨江仙原稿無

蝶戀花原稿無

垂絲釣題槎度孝廉垂竿圖　原稿槎上有闕字。

朱紱終須佩作終籍經綸寄。

青玉案送程郎中守桂林　原稿無

天香緑牡丹同牧仲分虎賦

襛作濃。

沁園春李孔德出情人如玉别時所留指甲索賦　原稿無

菩薩蠻

單情初作相思，墨改單情。逢初作看，墨改逢。頭初作眸，墨改頭。

倦尋芳都城南荷花　此詞原稿有，墨筆改作滿江紅，字句亦多改易。今集即照墨筆所改，刻入《茶煙閣體物詞》上。

三部樂贈西臣　原稿作題曹侍郎寄愁集。

終是家令終上有也字。托作把。

平湖樂墨梅　原稿無

漁家傲第三體題錢蒓漁舍人垂綸圖　原稿無第三體三字、蒓漁二字。

來作未。且作先。

雪獅兒　和錢葆馚舍人詠猫

氄毛利作褐花霜。困偃紅茵作叱撥呼來。金作薰。尊師作何何。須記取捎鶯撲蝶作還待取金波點染。牆陰作藥苗。無眠起原稿初作繡墩間，墨筆改作窟邊癡。花朵原稿朵下注云：楚州謝陽出猫，有褐花者。靈武有紅叱撥，見《酉陽雜俎》。烏雲雪吴下猫名。何尊師善畫猫，人問其氏族年壽，但云何何；問其鄉里，亦曰何何。華珍李靄之號金波處士，尤善畫猫於藥苗間。粉盤事見《何氏語林》。珠之黄者有猫睛。元好問《猫》詩：窟邊癡坐費工夫。

徵招　紅橋即事　原稿作紅橋書所見。

漁作魚。青鯽紫鱗作紫鱗青鯽。想作會。偏作遥。

白苧　送錢葆馚假歸　原稿無

（按以下尚有《曝書亭删餘詞》校勘記，録《菩薩蠻》一闋，原按云：「按原稿此詞未擬删去，不知今集何以不存。」此闋校勘重見於《集外詞》校勘記，校文亦全同，故不録。）

四　詞評參考資料

曹　溶

其年與錫鬯並負軼世才，同舉博學鴻詞，交又最深，其爲詞亦工力悉敵，《烏絲》、《載酒》，一時未易軒輊也。

《詞苑萃編》卷八引

毛奇齡

夫詞名填詞，則以詞也；然而名倚聲，則又以聲也。往予與華亭蔣生搜討唐詞，謂小詞者實詞所自始。而或曰否。夫詞以具體，第曰詞，則曼體不可少也。夫是故，《花間》、《草堂》，各不相掩。其後迦陵陳君，偏欲取南渡以後，元明以前，與竹垞朱君，作《樂府補遺》諸倡和，而詞體遂變。

《鷄園詞序》

錢芳標

蔚遲杯題《蕃錦集》。秀水朱十集唐人長短句爲詩餘也

奚囊句。想女媧、殘石曾攜去。支機碎剪鮫文，別改天孫鴛杼。鉄衣飄舉。更不道、玉尺縫金縷。訝香紅、萬種難名，總被蜂須偷取。　曉風柳七情緒。偏吟到、黄河遠上佳處。百和然香，五侯合鯖，才稱兩鬟歌紵。從蘭畹金荃休數。且研就、吴綾烏闌譜。倩雙鈎、甄賦羊裙，試擬懷仁書序。《蘭亭後序》乃懷仁集右軍書字。

《湘瑟詞》卷二

李天馥

錫鬯集唐句爲詞，曰《蕃錦集》，不惟調協聲和，又復文心妙合，真傑構也。

《古今詞話·詞評》卷下引

徐　釚

錫鬯天才踔厲，詩文膾炙海内，填詞與柳七、黄九争勝。葉元禮嘗作駢體文序之。綴以絶句云：「鴛鴦湖口推朱十，代北汶西詞客哀。弄墨偶然工小令，人間腸斷賀方回。」

《詞苑萃編》卷八

聶先

世之論詞者，多宗《草堂》一選，先生博搜群集，以輯《詞綜》，盡收唐、宋、金、元妙句，玉峯謂其一洗《草堂》之陋，而倚聲家知所宗矣。《載酒》詞句琢字煉，歸於醇雅，深得白石、梅溪之精髓，學者當洗滌腸胃讀之，以新耳目。

《百名家詞鈔·江湖載酒集》

沈雄

汪晉賢盛稱竹垞新詞，貽我一卷讀之，如夢窗之麗情幽思，不可梯接。但下語用事處，淺人固不易知。

《古今詞話·詞評》卷下

沈皞日

竹垞博搜唐、宋、金、元人集以輯《詞綜》，一洗《草堂》之陋。其詞句琢字煉，歸於醇雅，雖起白石、梅溪諸家爲之，無以過也。

《詞苑萃編》卷八引

江尚質

竹垞檢討每拈一調，務爲精警，奇思妙句，總不猶人，良由夙昔之博洽典籍，以暨平生之周覽山川，復得勝情如此，《載酒》一集，亦尚有未盡者。

《古今詞話·詞評》卷下引

蔣景祁

詞多而工，莫若朱竹垞陳其年兩家，沈大令融谷云：「陽羨陳揚鑣於北，梅里朱抉奥於南，正復工力悉敵。」故集中甄取獨多。

近惟陳檢討其年驚才逸艷，不可以常律拘。而體制精整，必當以白石、玉田諸君子爲法，守此格者，則秀水朱日講竹垞耳。

詞未有不苦吟密詠而工者。向沈融谷曾言竹垞爲詞，輒自閉斗室，終日屹坐，否則繞牀而走，或至竟夜。又愚見其年所爲稿本，多塗乙至不得一字。乃知古人謂：文不加點，當是興會偶爾，未爲極致。

以上《瑶華集》述

焦袁熹

解珮令題《江湖載酒集》後

零珠碎玉，殘膏剩粉，似國風、删後無篇什。謂自金、元以下。宋玉微詞，嘆前輩，風流難及。艷煞人、又生朱十。　　前身歐九，本師柳七，付歌喉、渾無生澀。團扇鍾情，也只是、三生結習。便泥犂、拚去聲將身入。朱自云「玉田差近」者，謙詞耳。

《此木軒詞》卷中

杜　詔

彈指與竹垞、迦陵埒名。迦陵之詞，横放傑出，大都出自蘇、辛，卒非詞家本色。竹垞神明乎姜、史，刻削雋永，本朝作者雖多，莫有過焉者。若彈指則極情之致，出入南北兩宋，而奄有衆長，詞之集大成者也。

《彈指詞序》

樓　儼

明人之選唐、宋、金、元詞者，則有楊慎之《詞林萬選》，陳耀文之《花草粹編》，沈際飛之《草堂詩餘别集》，卓人月之《詞統》。總不若吾師竹垞先生之《詞綜》，不蕪不穢，一開生面。其别裁僞體，可繼周草窗《絶妙好詞》，曾端伯《樂府雅詞》猶遜其高潔矣。

《再與友人論詞書》

田同之

詞始於唐，盛於宋，南北歷二百餘年，畸人代出，分路揚鑣，各有其妙。至南宋諸名家，倍極變化。蓋文章氣運不能不變者，時爲之也，於是竹垞遂有詞至南宋始工之説。惟漁洋先生云：「南北宋止可論正變，未可分工拙。」誠哉斯言，雖千古不易也。

《西圃詞説》

厲　鶚

寂寞湖山爾許時，近來傳唱《六家詞》。偶然燕語人無語，心折小長蘆釣師。朱竹垞檢討《静志居琴趣》中語。

《論詞絶句》

沈　初

羨門彭十老風情，《延露》新詞盛著名。何以長蘆朱太史，無絃情趣有餘聲。

《論詞絶句》

薛廷文

竹垞詞，使人盡讀之不嫌其繁，再讀之不覺其倦。所謂晝星夜月，未可方於富麗；秋水春山，不足比於清秀。内藴四朝，外包兩宋，悲壯清艷，動皆擅場，洵爲本朝詞壇獨步。

《梅里詞緒》

李調元

世所稱《洞仙歌》十七闋與詩集中《風懷百首》，則近似狹斜，不無宋玉登徒子之譏，雖艷麗非余所好也。

《雨村詞話》卷四

焦　循

《詞綜》選張可久《風入松》一首詠九日，首四句云：「哀箏一抹十三絃。飛雁隔秋煙。攜壺莫道登臨晚，雙雙燕、爲我留連。」按《小山樂府》載此作「雙雙爲我留連」，無「燕」字。「雙雙」即指上飛雁，「雁」與「燕」不當雜出，且九日不復有燕矣。蓋「雁」指箏上所有，「雙雙」即此雁也。程易疇先生游盤山，親閱《道宗舍利碑》爲王洙撰，因校朱彝尊

《吉金貞石志録》，此碑文内妄坫一語，詳見《通藝録》。《小山樂府》世不多有，余適有之，乃得校出坫多「燕」字。又《人月圓》一首云：「片時春夢，十年往事，一點詩愁。」彝尊改作「閑愁」。又：「故人何在，前程那裏，心事誰同。」彝尊改作「前路莫問」。又「白家池館，吴宫花草，長似坡詩。可人憐處，啼鳥夜月，猶怨西施。」彝尊改作「可似當時。最憐人處」。以音調之可削圓方竹杖矣。

《雕菰樓詞話》

張其錦

我朝斯道復興，若嚴蓀友、李秋錦、彭羨門、曹升六、李畊客、陳其年、宋牧仲、丁飛濤、沈南淳、徐電發諸公，率皆雅正，上宗南宋。然風氣初開，音律不無小乖，詞意微帶豪艷，不脱《草堂》、前明習染。唯朱竹垞氏專以玉田爲模楷，品在衆人上。至厲太鴻出，而琢句煉字，含宫咀商，净洗鉛華，力除俳鄙，清空絶俗，直欲上摩高史之壘矣。又必以「律調」爲先，「詞藻」次之。

《梅邊吹笛譜序》

郭　麐

本朝詞人以竹垞爲至，一廢《草堂》之陋，首闡白石之風。《詞綜》一書，鑒别精審，殆無遺憾。其所自爲，則才力既富，採擇又精，佐以積學，運以靈思，直欲平視《花間》，奴隸周、柳、姜、張。諸子神韻相同，至下字之典雅，出語之渾成，非其比也。

竹垞才既絶人，又能搜剔唐宋人詩中之字，冷雋艷異者，取以入詞。至於熔鑄自然，令人不覺，直是胸肊間語，尤爲難也。同時諸公，皆非其偶。梁汾時有俗筆，《耒邊》、《錦瑟》苦無動人，惟《飲水》一篇，專學南唐五代，減字偷聲，駸駸乎入《花間》之室。

「詞之爲體，蓋有詩所難言者，委曲倚之於聲。」竹垞之論如此，真能道詞人之能事者也。又言：「世之言詞者，動曰南唐北宋，詞實至南宋而始極其能。」此亦不易之論也。

《草堂詩餘》，玉石雜糅，蕪陋特甚，近皆知厭棄之矣。然竹垞之論未出以前，諸家頗沿其習，故其《詞綜》刻成，喜而作詞曰：「從今不按舊日《草堂》句。」

近見淩仲子論詞云：「詞以南宋爲極，能繼之者竹垞；至厲樊榭則更極其工，後來居上。北曲填詞以關漢卿諸人爲至，猶詞家之有姜、張。後之填詞家如文長、粲花、笠翁，皆非正宗。玉茗詞壇飛將，然能合元人者，惟《牡丹亭·圓駕》一折。近人如洪昉思《長生殿》，乃能直逼元人，其氣韻迥與諸人不類。」其言累數百，余不能盡記，且於此道無深解，不敢强爲之説；然總覺玉茗之才非余子可及。至謂樊榭勝竹垞，鄙意大不謂然。樊榭《論詞絶句》云：「偶然燕語人無語，心折小長蘆釣師。」愚謂：竹垞小令固佳，即長調紆餘宕往中，有藻華艷耀之奇，斯爲極至。即小令中佳者，亦未必惟此語爲可心折也。大抵樊榭之詞專學姜、張，竹垞則兼收衆體也。

以上《靈芬館詞話》

詞之爲道，詩文之小者。而國初之最工者，莫如朱竹垞，沿而工者，莫如厲樊榭。樊榭之詞，其往復自道不及竹垞，清微幽渺，間或過之。白石、玉田之旨，竹垞開之，樊榭浚而深之。故浙之爲詞者，有薄而無浮，有淺而無褻，有意不逮而無塗澤嚻嚻之習，亦樊榭之教然也。

《夢緑庵詞序》

倚聲之學，今莫盛於浙西，亦始衰於浙西，何也？自竹垞諸人標舉清華，别裁浮艷，於是學者莫不知祧《草堂》而宗《雅詞》矣。樊榭從而祖述之，以清空微婉之旨，爲幽眇綿邈之音，其體釐然，一歸於正。乃後之學者，徒彷彿其音節，刻劃其規模，浮游惝怳，貌若玄遠。試爲切而按之，性靈不存，寄托無有。若猿吟於峽，蟬嘒於柳，凄楚抑揚，疑若可聽，問其何語，卒不能明。好異自喜之士，又欲起而矯之，以北宋爲解，而集矢於白石、玉田，以是相勝則可矣。識曲聽真之謂，何善乎竹垞之言曰：「蓋有詩所不能言者，委曲倚之於聲。」所謂「委曲」者，言其所不能言也，而世顧以口吟舌言若夢若囈者當之，反是則滑稽調笑，不亦病乎！余病是久矣。

《梅邊笛譜序》

謝學崇

詞雖小道，騷雅之遺也。家祝姜、張，户尸秦、柳，求其旨趣，戛戛難哉！小長蘆釣師《詞綜》一選，於《花間》、《草堂》後，陶汰浮縟，獨標清婉，故其自許「玉田差近」，若迦陵、西堂，等諸自鄶矣。

《蕉夢詞序》

張載華

選本唯《詞綜》一書。竹垞先生博採唐、宋，迄於金、元，搜羅廣而選擇精，舍是無從入之方也。

《詞綜偶評跋》

周　濟

近人頗知北宋之妙，然終不免有姜、張二字横亘胸中。豈知姜、張在南宋亦非巨擘乎！論詞之人，叔夏晚出，既與碧山同時，又與夢窗别派，是以過尊白石，但主清空。後人不能細研詞中曲折淺深之故，群聚而和之，並爲一談，亦固其所也。

《介存齋論詞雜著》

吴衡照

竹垞詠物，不減南宋諸老。

竹垞自云：「倚新聲、玉田差近。」其實玉田詞疏，竹垞謹嚴；玉田詞淡，竹垞精緻，殊不相類。竊謂小長蘆撮有南宋人之勝，而其圓轉瀏亮，應得力於樂笑翁耳。

鈕玉樵言：「三吴詞家，稱朱、陳兩檢討，陳以蒼雄擅奇，朱以生新標雋，俱以譽高《黄絹》，價重《烏絲》。」

吾浙詞派三家，羨門有才子氣，於北宋中最近小山、少游、耆卿諸公，格韻獨絶。竹垞有名士氣，淵雅深穩，字句密緻，自明季左道言詞，先生標舉準繩，起衰振聾，厥功良偉。樊榭有幽人氣，惟冷故峭，由生得新，當其沈思獨往，逸興遄飛，自成情理之高，無預搜討之末。

詞至南宋始極其工，秀水創此論爲明季人孟浪言詞者示救病刀圭，意非不足。夫北宋也，蘇之大，張之秀，柳之艷，秦之韻，周之圓融，南宋諸老何以尚茲。

曝書亭在梅里勝處，百餘年來，蔗芋閑田，竹梧舊徑，渺不可問矣。儀徵阮雲臺中丞撫浙時，就其址重建曝書亭。舊有《竹垞圖》，曹次岳岳所作也，中丞屬周采巖瓚方蘭坻薰重摹之，追和《百字令》。原詞二闋，相率而和者三十餘人。

以上《蓮子居詞話》

洪亮吉

晚宗北宋幼初唐，不及詞名獨擅場。辛苦謝家雙燕子，一生何事傍門牆。

《更生齋詩卷二・論詩絶句》

孫爾準

姑山句好尚書稱，一代詞家盡服膺。人籟定輸天籟好，長蘆終是遜迦陵。七寶樓臺隸事駢，雪獅幾句詠銜蟬。清空婉約詞家旨，未必新聲近玉田。

《論詞絶句》

王初桐

余觀竹垞之於玉田，惟空闊疏蕩之氣稍不逮焉，而精深或過之。其言情詠物皆工，尤長於登臨弔古。如《嚴子陵釣臺》、《吴大帝廟》、《張子房祠》、《居庸關》、《天龍寺》、《雨花臺》等作，兀傲蒼凉，落落有大家氣。余常稱其爲五百年來第一人。

學問文章與年俱進。竹垞詞初刻有《行香子·仗席》、《垂絲釣·題垂竿圖》、《沁園春·指甲》等作，晚年盡已删去。《十六字令·籠燈去》，舊刻作「覔」，與首句「尋」字複；《一枝春·梅》詞，舊刻少十字，衍二字，晚年悉已改正。惟「虎山橋去」，「橋」字當作去聲，至今未嘗改也。

《静志居琴趣》一卷，與《風懷二百韻》互爲表裏。

《蕃錦集》巧奪天工，阮亭亟稱之。

以上《小嫏嬛詞話》

沈濤

竹垞《風懷詩》二百韻及《洞仙歌》十七首，俱道本事，人皆知之。集中又有《古意》二首，有云：「何用問遺君，約指于闐玉。」又云：「何用問遺君，却月裁胸前。」上首言别時贈以「約指」，下首言别後寄以「抹胸」。蓋即《風懷詩》所謂「約指連環脱，茸綿袙複裝」。亦本事中之瑣事，托爲擬古，初非偶然漫興耳。

《匏廬詩話》卷中

汪孟鋗

落魄江湖載酒行，首低心下玉田生。洞仙歌令平生夢，綺語尤難字字清。秀水汪康古孟鋗品題本朝詞家，以朱竹垞爲第一。竹垞詞名《江湖載酒集》。

《梧門詩話》卷七引

李慈銘

國朝談詞，推朱、陳兩家。迦陵病在熟，竹垞病在陳，顧迦陵勝竹垞者，筆意靈也。

《越縵堂讀書記·文學·納蘭詞》

張鴻卓

有明一代，各家自立門户，不囿於古，不論。我朝詞學丕振，秀水朱氏選《詞綜》，標南宋爲正宗，見解獨高。陽羨萬氏作《詞律》，辨舊譜之傳訛，厥功甚偉。比如繡譜，綫迹斯在，舍此更無可度之金針矣。

《緑雪軒論詞》

袁學瀾

國朝詞家，朱、陳並稱。竹垞詞，清麗芊緜，時露豪爽之氣，自是當代名家。樊榭詞，一味幽淡，毫無情味，不稱其名。《適園論詞》

楊希閔

鄒訏士病北宋諸家，其長篇不足，正如嘉州、右丞，不能爲工部之五七排體，此夢囈也。近體者古詩之靡，長排又近體之靡。嘉州、右丞，古體長歌，如何力量，豈不能爲長排者？風氣未開，則闕之爾。且工部亦非專以此擅場，遺山所謂「少陵自有連城璧，争奈微之識碔砆」也。詞之長調，始於柳永，以前惟小令，見宋翔鳳説。若坡、谷之《水調歌頭》、《念奴嬌》，絶迹飛行，何不能爲長篇之有？彼鄒訏士第知買菜求益耳，詞中微妙，概乎未聞也。國初諸老，才學非不富，大半爲此等瞽説所錮。竹垞、迦陵，猶是坐破蒲團，未證圓覺。《詞綜》一編，局域才人心眼不少。惟衍波、河右、飲水，遠溯握蘭，近挹湘真，元箸超超，斯爲宗乘龍象也。

自康熙至乾隆，爲詞學者，多爲竹垞《詞綜》所錮。

國朝詞家蔚起，梅村、東塘、稗畦，皆工院本，而詞皆中駟。羨門《延露》、園次《藝香》，雖覺入流，亦有利鈍。求其足以名家者，阮亭、西河、容若三子其翹楚也。同時竹垞以玉田爲尚，倡於禾中；迦陵以稼軒爲宗，鳴於陽羨。天下風靡，不出二家，而彼三子者，反爲所掩。鄙人不徇衆趨，獨有偏嗜，以三子爲正軌，而置朱、陳於附録。太史公有云：此可爲知者道，難與俗人言也。

乾嘉以後，詞學雜出。王蘭泉續《詞綜》，意在與竹垞代興，而識擇彌下，途轍淆矣。一二鴻駿之士，侈事徵典，長調累累，略乏性真，徒掉書袋，鈍章笨句，礙人耳目，究厥弊原，要是爲竹垞所錮也。

以上《詞軌》題識

竹垞詞，以南宋玉田輩爲尚，取徑不高，故無超詣。可惜才氣、學力遠出玉田輩上，爲所宥而不覺，古人所以貴於懸解也。

竹垞《蕃錦集》，極才人之能事。

以上《詞軌》卷七附録

毛大瀛

集句詞至竹垞《蕃錦集》工巧極矣。平湖陳太暉朗著《六銖詞》，集古詩爲之，較竹垞集唐尤爲困難見巧。

《戲鷗居詞話》

錢斐仲

迷離惝恍，若近若遠，若隱若現，此善言情者也。若忒煞頭頭尾尾説來，不爲合作，竹垞先生《静志居詞》，未免此病。

吾鄉朱竹垞先生自題其詞集曰：「不師秦七，不師黄九，倚新聲、玉田差近。」余竊以爲未然。玉田詞清高靈變，先生富於典籍，未免堆砌。詠物之作，尤覺故實多而旨趣少。詠物之體，不能不用故實，然須運化無迹，而以虚字呼喚之，方爲妙手。

以上《雨花庵詞話》

丁紹儀

四布衣者：富平李天生因篤，秀水朱竹垞彝尊，吴江潘次耕耒，俱由布衣入翰林。尚有長洲馮方寅勖亦以布衣舉，同授檢討，著述未見，世鮮有稱及者。

（孫）文靖《論詞絶句》中有「人籟定輸天籟好，長蘆終是遜迦陵」語，未免阿好鄉曲。竹垞太史詞不少清空婉約處，若謂飣餖是能，乃學者之過，不得爲太史詬病。

集中言情諸作，羌無故實可知，《風懷詩》亦未必真有所指，乃朱石君相國猶以未删爲恨。翁覃溪學士言：「太史欲删未忍，至繞几回旋，終夜不寐。」想均未細繹前詞耳。

詞至南宋而極工。然如白石、夢窗、草窗、玉田皆胥疏江湖，故語婉篤，去北宋疏越之音遠矣。我朝竹垞太史常言「小令當法五代」，故所作尚不拘一格，逮樊榭老人以南宋爲宗，一時靡然從之，奉爲正鵠。

《春霽》一名《秋霽》，與《送入我門來》二調皆始自胡浩然，夷猶誕漫，自成一格。他詞亦頗可觀，乃《詞綜》及《補遺》均未録……至《草堂詩餘》誤以晁无咎《傳言玉女》詞爲浩然作，所録伎席《滿庭芳》詞，鄙穢已甚，宜爲竹垞太史指摘。

集句始自傅咸集十經詩，明以來遂有專集唐詩、杜詩者，竹垞太史乃效東坡居士集古人語爲詞，《蕃錦》一編，衆皆斂手。

以上《聽秋聲館詞話》

杜文瀾

國初諸老輩，能矯明詞委靡之失，鑄爲偉詞，如朱竹垞、陳迦陵、厲樊榭諸先生，均卓然大雅，自成一家。

《憩園詞話》卷一

劉存仁

少學倚聲，苦無師授，取竹垞《詞綜》讀之，曼聲綽態，囀玉圓珠，使人蕩氣回腸，魂銷而不能已。

《賭棋山莊詞話序》

謝章鋌

國初詞場諸老，藴藉端推竹垞，即紙醉金迷，亦復令人意遠。如《贈女郎細細》、《逢呂二梅》、《寄呂二梅》、《贈伎》、《餅兒》、《蠟兒》、《張綺綺》、《張伴月》、《歌者陳郎》，以及《偶憶》、《感舊》諸作，莫不關注遥深，閑情自永。

詠物詞雖不作可也。别有寄托，如東坡之詠雁；獨寫哀怨，如白石之詠蟋蟀，斯最善矣。至如史邦卿之詠燕、劉龍洲之詠指、足，縱工摹繪，已落言詮。今日則雖欲爲劉、史奴隸，恐二公亦不屑也。彼演膚辭，比徵僻典，夸富矜多，味同嚼蠟。夫詠物之詩，古來汗牛充棟，然佳者亦甚寥寥，况詞之體又微與詩異乎？作之不已，多者百篇，少亦不下廿卅篇，比如詠梅花者，累代不能得數語，而逐臭之夫或百詠、或五十詠，是徒使開府汗顔，逋仙冷齒矣。且竹垞詠猫，武曾詠笋，輒臚故實，亦載鄙諺，偶一爲之，亦才人忍俊不禁之故態。究之《静志居》、《秋錦山房》之聯踪二宋，弁冕六家者，區區在此，諒不其然，顧奈何以侔色揣稱爲能事乎！

國初漁洋、羨門、迦陵、竹垞諸老，南北提唱，一時飆發泉涌，電掣雲屯，倚聲一途，稱爲極盛……近日詞風，浙派盛行，降而愈下，索然無味，詞之真種子，殆將殁於黄葦白茅中矣。

丁雁水與竹垞、電發善，及刻《紫雲詞》，將二公評語刊入，蓋作者既以少而自珍，故見者亦過譽而失實，不知其貽笑於大方也。

興公謂易安未嘗改嫁，以爲易安作《金石録後序》在紹興二年，年五十有二，老矣。清獻公之婦，郡守之妻，必無更嫁之理。持論精審，足爲賢媛洗冤。國朝諸老如竹垞、西堂輩，悉衍其説。

迦陵之豪宕，竹垞之醇雅，羨門之妍秀，攻倚聲者所當鑄金事之，缺一不可。

周篔、賀裳、張綱孫、錢光繡之徒，述庵厠之明末，蓋本於竹垞，以《明詩綜》證之可見，皆遺老也。

竹垞曰：「世人言詞，必稱北宋，然詞至南宋始極其工，至宋季而始極其變。」此爲當時孟浪言詞者發。其實北宋如晏、柳、蘇、秦，可謂之不工乎？且竹垞之與李十九論詞也，亦曰慢詞宜師南宋，而小令宜師北宋矣。蓋明自劉誠意、高季迪諸君而後，師傳既失，鄙風斯煽，誤以編曲爲填詞，故焦弱侯《經籍志》備採百家，下及二氏，而倚聲一道缺焉，蓋以鄙事視詞久矣。升庵、弇州力挽之，於是始知有李唐、五代、宋初諸作者。其後耳食之徒，又專奉《花間》爲準的，一若非《金荃集》、《陽春録》，舉不得謂之詞，並不知尚有辛、劉，姜、史諸法門。於是竹垞大聲疾呼，力闡宗旨，而强作解事之譏，遂不禁集矢於楊、王矣，然二君復古之功正不可没。至今日襲浙西之遺制，鼓秀水之餘波，既鮮深情，又乏高格，蓋自樊榭而外，率多自鄶無譏，而竹垞又不免供人指摘矣。蓋嗣法不精，能累初祖者率如此。

余嘗論國初諸詞家，以詩譬之：竹垞嚴整，其高、岑乎！迦陵矯變，其李、杜乎！容若綿至，其温、李乎！而園次着墨不多，都適人意，殆王、孟歟！然難與刻舟求劍者道也。

宋詞三派：曰婉麗，曰豪宕，曰醇雅。今則又益一派：曰餖飣。宋人詠物，高者摹神，次者賦形，而題中有寄托，題外有感慨，雖詞實無愧於「六義」焉。至國朝小長蘆出，始創爲徵典之作，繼之者樊榭山房。長蘆腹笥浩博，樊榭又熟於説部，無處展布，借此以抒其叢雜，然實一時游戲，不足爲標準也。

《詞綜》一書採摭精富矣，而失載杜樊川之《八六子》。按是詞見顧梧芳《尊前集》，竹垞《凡例》曾列是書，而《曝書亭集》又有一跋，謂得吳文定公手鈔本，詞人之先後，樂章之次第，與顧氏靡有不同，始知是集爲宋初人編輯，非顧氏所撰也。然則此詞必非明人僞作可知，竹垞既見此詞，不解何以勿採。

僕近纂《雅集詞》，或疑其中多骯髒幽咽之章，且引竹垞之言曰：「歡愉之辭工者十九，而言愁苦者十一焉耳。」《紫雲詞序》。余謂情之悲樂，由於境之順逆，苟當其情辭無不工，此非可强而致僞而爲也。且竹垞嘗曰：「《南風》之詩，《五子之歌》，此長短句之所由昉。」《水村琴趣序》。之二篇者，一樂一悲，其可謂虞舜知言而五子爲不足道乎？況昌黎之説，即詞亦何莫不然。昔范希文在塞下嘗填《漁家傲》，有「將軍白髮征夫淚」句，歐陽六一譏爲「窮塞主」；及後送人守邊，乃特矯之曰：「玉杯遥獻南山壽。」然論者謂范公真得東山詩人之意，而六一辭氣涉夸，感人已淺，是真善於品藻矣。夫詞多發於臨遠送歸，故不勝其纏綿悱惻，即當歌對酒而樂極哀來，捫心渺渺，閣淚盈盈，其情最真，其體亦最正矣。他如「詠物」而必多寄托，「懷古」則别有流連，歌者有懷，勞人思息，安能盡如《郊祀》之矜莊，《鐃吹》之揚厲哉！且宋人多稱壽之詞，喜悦諒無過此，然魏華父專工斯作，至今日則徒供覆瓿，何也？其情不屬也。蓋文字之能留於天地間者，皆有精神以貫之，精神之淺深而聲名之久暫因之。聲帨爲工，吾知其無與於斯道矣。善乎竹垞之言曰：「詩所難言者委曲倚之於聲，其辭愈微而其旨益遠。善言詞者，假閨房兒女子之言，通之於《離騷》變雅之義，此尤不得志於時者所宜寄情焉耳！余糊口四方，多與筝人酒徒相狎，情見夫詞，後之覽者，且以爲快意之作，而孰知短衣塵垢棲棲北風雨雪之間，其羈愁潦倒未有甚於今日者耶！」《紅鹽詞序》。嗟乎，此即余之纂詞意也，而奚暇較量於歡愉愁苦之間哉！

余謂竹垞超倫絶群，以匹迦陵，洵無愧色，餘子皆當斂衽。然而李氏武曾、分虎符，《耒邊詞》，沈氏融谷皞日，《柘西精舍詞》，覃九岸登，《黑蝶齋詞》，機、雲競爽，咸藉並稱。竹垞先登，蘅圃龔翔麟，《紅藕莊詞》後勁，浙西風雅，允冠一時。

《清真詞》有曹季中杓注，季中號「一壺居士」，見陳振孫《書録解題》，其注久佚不傳。近宛平查心谷爲仁與錢唐厲樊榭同箋《絶妙好詞》，然搜採佚聞，雖名爲箋，與紀事相類。若李富孫《曝書亭詞注》則數典釋義，允爲注書正例。富孫，秋錦後人，其於是書頗多舉正，如《小紅樓》之《明月引》應爲《江城梅花引》，壽劉編修《六么令》應爲《百字令》。至《薔錦集》中原本只注人名，而李氏並考題目。而《桂殿秋》之「劉寫」應爲「劉駕」，《搗練子》之「顧況」應爲「張祜」，《江神子》之「李賀」應爲「雍陶」，《浣溪沙》之「張蟾」

應爲「張蠙」《全唐詩》無張蟾，《減蘭》之「王勃」應爲「王維」，《采桑子》之「韓偓」應爲「韓翃」，《菩薩蠻》之「李白」應爲「李中」，題畫《河瀆神》之「陳頗」應爲「黄頗」，《鷓鴣天》之「杜甫」應爲「杜牧」《燕臺送陳右源還吳》第一句，「李舒」應爲「樂章」「鬱氛氲」見《昭德皇樂志》，其詞後廟樂章。按《唐書》樂章讓内出，李舒撰《德明興聖皇帝樂章》，並係四言，《河傳》之「劉長卿」應爲「劉禹錫」，《玉樓春》之「張賁」應爲「皮日休」，《臨江仙》之「張謂」應爲「張説」，「錢翊」應爲「杜荀鶴」《懷歸寄周青士繆天自》，《南樓令》之「齊己」應爲「李白」，《十拍子》之「殷文圭」應爲「蘇廣文」，《天仙子》之「皮日休」應爲「陸龜蒙」，《滿庭芳》之「李頎」應爲「李頻」，「王續」應爲「王績」。又「笑拈霜管題詩句」，「雖道今生不再逢」，原注「郎士元」、「韓偓」，檢之本集皆無。蓋竹垞出之腹笥，記憶不無偶疏，校讎諦當，真長水之功臣矣。然落葉之掃，時有未盡。《萬陂塘》下片結句，素無六字，書舟、碧山諸作，盡是刻本傳訛；竹垞别闋亦皆五字，《送展成歸吳》云：「憐取舊時題扇」，「時」字應删原集亦無此字。《多麗》首句三字，次句六字，今以「滿長亭落葉」亦五字斷字，非别本。《江湖載酒集》有《六么令·用趙氏事贈舍人武曾》，《曝書亭集》删去；而劉編修亦全用劉氏事，其體相同，故誤《百字令》爲《六么令》。「酒後狂呼雙耳熱，更彎弧射碎轅門柳」。此暗用《三國志》吕布事，引《北齊·祖珽傳》及《周禮》釋之，亦不甚關涉。羅璧識遺謂《公羊》、《穀梁》皆姜姓，書姜開先詞後《醉太平》闋亦未引及。

《六家詞》刻於蘅圃，蘅圃交竹垞最早，爲倚聲最先，而所得比諸家較淺，綿麗不及竹垞，淡遠不及武曾。

長短調並工者難矣哉！國朝其惟竹垞、迦陵、容若乎？竹垞以學勝，迦陵以才勝，容若以情勝。

竹垞曰：「張翥、楊基皆具夔之一體，基之後，得其門者寡矣。」按翥字仲舉，晉寧人，有《蜕巖樂府》。基字孟載，嘉州人，有《眉庵詞》。張鑒不著於篇，蓋爲宋人立傳，不能攙入元人明人也。然陳允平之後宜列仇山村，山村亦姜派者，仲舉即其門下士。竹垞時，《無絃琴譜》未出，故不得論定，非有意削之也。至孟載詩：「細柳已黄千萬縷，小桃初白兩三花。」「羅幕有香鶯夢暖，綺窗無月雁聲寒。」「芳草漸於歌館緑，落花偏向舞筵多。」此例凡數十句，竹垞謂：「試填入《浣溪沙》皆絶妙好辭也。」《静志居詩話》。按此説本於弇州。學者知此，則詩詞之辨明矣。作詩不求氣體，徒講字句，其不爲《浣溪沙》亦僅矣。

汪晋賢樓曰：「自有詩而長短句即寓焉，《南風》之操，《五子之歌》是已。周之《頌》

三十一篇，長短句居十八，漢《郊祀歌》十九篇，長短句居其五，至短簫《鐃歌》十八篇，篇皆長短句，謂非詞之源乎？迄於六代，《江南》、《采蓮》諸曲，去倚聲不遠，其不即變爲詞者，四聲猶未諧暢也。自古詩變爲近體，而五七言絶句傳於伶官樂部，長短句無所依，則不得不更爲詞。當開元盛日，王之渙、王昌齡詩句流播旗亭，而李白《菩薩蠻》等詞亦被之歌曲。古詩之於樂府，近體之於詞，分鑣並騁，非有先後。謂詩降爲詞，以詞爲詩之餘，殆非通論矣。」《詞綜序》。晋賢與竹垞交好，故其持論相同，真得詞之源流，非膠爲附會以尊詞也。惟云：「五七言絶句傳於伶官樂部，長短句無所依，則不得不更爲詞。」是殆不然。詩人自爲五七言絶句耳，樂部歌之襯字泛聲，遂變成長短句。太白、飛卿即並其襯字泛聲填之，非絶句之外别有長短句也。

竹垞曰：「宣、政而後，士大夫争爲獻壽之詞，連篇累牘，殊無意味。至魏華父則非此不作矣，置之不録也。」按此説本於《花庵》。然華父《鶴山長短句》三卷，雖未臻上乘，亦未嘗全作諛辭，其《水調歌頭・過淩雲和太傅張方韻》（略）亦疏暢可誦。竹垞謂曾覽觀是集，殆未諦審乎？

余讀司寇（王昶）《春融堂集》，亦未能遠過時賢。其選詞專主竹垞之説，以南宋爲歸宿。不知竹垞《詞綜》無美不收，固不若是之拘也。今不問全集之最勝，而只取結體之相同，則竹垞已云：「吾最愛姜、史，君亦厭辛、劉。」而辛、劉之作何以尚留於《詞綜》哉？且不獨備數而已。稼軒三十五首，改之九首，又何以入選如是之多哉？司寇則不然，同時若蔣藏園、洪北江皆有詞名，只以派别不同，蔣第選二首，洪第選一首，皆非其至者。噫，其亦異於竹垞矣。

昔陳大樽以温、李爲宗，自吴梅村以逮王阮亭翕然從之，當其時無人不晚唐。至朱竹垞以姜、史爲的，自李武曾以逮厲樊榭群然和之，當其時亦無人不南宋。迨其後樊榭之説盛行，又得大力者負之以趨，宗風大暢，諸派盡微。而東坡詞詩，稼軒詞論，骯髒激揚之調，尤爲世所詬病。

姚春木椿序《萬竹樓詞》云：「詞之義至南宋而正，至國朝而續，國朝之言詞者尤宗浙西，蓋皆以南宋爲歸也。近人言詞者推西泠厲氏，則又以吴門多才，蓋其淵源派别爲不二矣。」信如此言，則南宋以前詞皆不正乎？浙西派之外皆不足謂之詞乎？其亦誤會竹垞之旨而抑揚太過矣。

余曰：近來詞派悉尊浙西，余筆放其粗，實不足步朱、厲後塵。雖然浙派不足盡人力，亦不足窮詞境。今日者孤枕聞鷄，遥空唳鶴，兵氣漲乎雲霄，刀瘢留於草木，不得已而爲詞，其殆宜導揚盛烈，續《鐃歌》、《鼓吹》之音，抑將慨嘆時艱，本《小雅》怨悱之義，人既有心，詞乃不朽，此亦倚聲家未闢之境也。余方自愧其不逮，又何尋南宋之故步，斤斤奉一先生之言哉！

以上《賭棋山莊詞話》

蔣敦復

浙派詞，竹垞開其端，樊榭振其緒，頻伽暢其風，皆奉石帚、玉田爲圭臬，不肯進入北宋人一步，况唐人乎！

余每恨竹垞翁學問淹博，而《詞綜》一書不無疏漏。至萬氏《詞律》自矜創獲，於宫調全未夢見。

國初盛稱雲間陳、李、三宋詞，一以《花間》爲宗。至王述庵司寇續輯《詞綜》，瓣香竹垞，沿於浙派矣。

以上《芬陀利室詞話》

陳廷焯

學古人詞，貴得其本原，舍本求末，終無是處。其年學稼軒，非稼軒也；竹垞學玉田，非玉田也；樊榭取徑於楚騷，非楚騷也，均不容不辨。

馮正中詞，極沉鬱之致，窮頓挫之妙，纏綿忠厚，與温、韋相伯仲也。《蝶戀花》四章，古今絶構。《詞選》本李易安《詞序》，指「庭院深深」一章爲歐陽公作，他本亦多作永叔詞，惟《詞綜》獨云馮延巳作，竹垞博極群書，必有所據。且細味此闋，與上三章筆墨的是一色，歐公無此手筆。

竹山詞，外强中乾，細看來，尚不及改之。竹垞《詞綜》推爲南宋一家，且謂其源出白石，欺人之論，吾所不取。

以上《白雨齋詞話足本校注》卷一

國初多宗北宋，竹垞獨取南宋，分虎、符（按當作「武」）曾佐之，而風氣一變。然北宋、南宋，不可偏廢。南宋白石、梅溪、夢窗、碧山、玉田輩，固是高絶；北宋如東坡、少游、方回、美成諸公，亦豈易及耶？况周、秦兩家，實爲南宋導其先路，數典忘祖，其謂之何？

昔人謂：「夢窗之密，玉田之疏，必兼之乃工。」就形骸而論，竹垞似能兼之矣。

竹垞《江湖載酒集》灑落有致，《茶煙閣體物集》組織甚工，《蕃錦集》運用成語，别具匠心，然皆無甚大過人處。惟《静志居琴趣》一卷，盡掃陳言，獨出機杼。艷詞有此，匪獨晏、歐所不能，即李後主、牛松卿亦未嘗夢見，真古今絶構也。惜托體未爲大雅。

竹垞艷詞，純以真氣盤旋，情至者文亦至，若董文友則麗而淫矣。

以上《白雨齋詞話足本校注》卷三

國初詞家，斷以迦陵爲巨擘。後人每好揚朱而抑陳，以爲竹垞獨得南宋真脉。嗚呼，彼豈真知南宋哉？庸耳俗目，不值一笑也。

或問：其年、竹垞，一時兩雄，不知置之宋人中，可匹誰氏？余曰：此不可相提並論也。陳、朱才力極富，求之宋名家，亦不多覯，而論其所造，則去宋賢甚遠。宋賢得其正，陳、朱得其偏；宋賢得其精，陳、朱得其粗。自詞有陳、朱，而古意全失矣。

近人懾於陳、朱之名，以爲國朝冠冕。不知陳、朱不過偏至之詣，有志於古者，尚宜取法乎上。《烏絲》、《載酒》，聊存之以備一體可也。乃知讀書不可無才，尤不可無識。

善爲詞者，貴久而愈新，不妨俟知音於千載後。陳、朱之詞，佳處一覽瞭然，不能根柢於《風》、《騷》，局面雖大，規模終隘也。

二李（按指李良年、李符）詞絶相類，大約皆規模南宋，羽翼竹垞者。

大抵其年、錫鬯、太鴻三人，負其才力，皆欲於宋賢外别開天地，而不知宋賢範圍必不可越。陳、朱固非正聲，樊榭亦屬别調。

其年詞最雄麗，竹垞則體麗，樊榭則幽麗，璞函則穠麗，位存則雅麗，皆一代艷才。

其年、竹垞，才力雄矣，而意境未厚。位存、湘雲，韻味苦矣，而氣魄不大。詞之爲道，正未易言也。

以上《白雨齋詞話足本校注》卷四

頻伽艷體，惟《憶少年》結句云：「當時已依約，况夢中尋路。」頗似竹垞手筆，集中不可多得。

蔣鹿潭《水雲樓詞》二卷，深得南宋之妙，於諸家中尤近樂笑翁。竹垞自謂學玉田，恐去鹿潭尚隔一層也。

以上《白雨齋詞話足本校注》卷五

國初《十六家詞》孫默編，獨遺竹垞，殊不可解。其中王士禄、王士禛，於詞一道，並非專長，不知何以列入？又尤侗、董俞、陳世祥、黄永、陸求可、鄒祗謨等詞，根柢既淺，措語又不盡雅訓，尚非分虎、武曾、藕漁之匹，二李一嚴亦未入選。亦何敢與小長蘆抗哉？去取太不當人意。而紀文達公謂：「國初塡詞之家，略約具是。」亦失之不檢也。

迦陵以豪放爲蘇、辛，而失其沉鬱；竹垞以清和爲姜、史，而昧厥旨歸。

以上《白雨齋詞話足本校注》卷七

竹垞謂：「正伯詞，有與坡仙相亂者。」余謂兩人詞，一洪一纖，一深一淺，如冰炭之不相入，無俟辨而可明，何慮其相亂也。

程正伯「掩凄凉黄昏庭院」一篇，後來秀水詞與此種筆路最近。乃竹垞自謂學玉田，未免欺人太甚。

陳（其年）以雄闊勝，可藥纖小之病。朱（竹垞）以雋逸勝，可藥拙滯之病。厲（樊榭）以幽峭勝，可藥陳俗之病。不可謂之正聲，不得不謂之作手。

迦陵雄勁之氣，竹垞清雋之思，樊榭幽艷之筆，得其一節，亦足自豪。若兼有衆長，加以沉鬱，本諸忠厚，便是詞中聖境。

宋詞有不能學者，蘇、辛是也。國朝詞有不能學者，陳、朱是也。然蘇、辛自是正聲，人苦學不到耳，陳、朱則異是矣。

以上《白雨齋詞話足本校注》卷八

杜陵變古之法，不變古之理。故自杜陵變古後，而學詩者不得不從杜陵。縱有復古者，亦不過古調獨彈，無與爲應也。陳、朱變古之理，而並未能盡變古之法，故雖敢於變古，不能必人之中心悦而誠服其詞，且不能禁人之復古。有志爲詞者，宜直溯《風》、《騷》，出入唐、宋，乃可救陳、朱之失，勿爲陳、朱輩所囿也。

作詞難，選詞尤難。以我之才思，發我之性情，猶易也。以我之性情，通古人之性情，則非易矣。竹垞《詞綜》，備而不精；皋文《詞選》，精而未備。然與其不精也，寧失不備。

以上《白雨齋詞話足本校注》卷十

古今詞人衆矣。余以爲聖於詞者有五家：北宋之賀方回、周美成，南宋之姜白石，國朝之朱竹垞、陳其年也。

詞至國初，直追兩宋而等而上之。作者如林，要以竹垞、其年爲冠。朱、陳外，首推太鴻。譬之唐詩，朱、陳猶李、杜，太鴻猶昌黎。作者雖多，無出三家之右。

朱竹垞詞，艷而不浮，疏而不流，工麗芊綿中而筆墨飛舞。其源亦自白石，而絶不相似。蓋白石之妙，正如大江無風，波濤自涌。竹垞之妙，其詠物之作，則杯水可以作波濤，一簣可以成泰山。其感懷弔古諸作，意之所到，筆即隨之，筆之所到，信手拈來，都成異彩，是又泰山不辭土壤，河海不擇細流也。與白石並峙千古，豈有愧與！

竹垞《自題詞集》云：「不師秦七，不師黄九，倚新聲、玉田差近。」此猶謙詞也。其實取法玉田，不過借徑，至其自得之妙，雖玉田亦得避一席。

詞貴疏密相間。昔人謂：「夢窗之密，玉田之疏，必兼之乃工。」然兼之實難。竹垞詞，人知其疏矣，未知其密也。昔人謂：「吴夢窗詞，如七寶樓臺，拆碎下來，不成片段。」余謂張玉田詞，如鏡花水月，萬籟空虚。兼兩家之妙者竹垞也。

竹垞所選《詞綜》，自唐至元，凡三十八卷，一以雅正爲宗，誠千古詞壇之圭臬也。其所自作，濃淡相兼，疏密相間，深得《風》、《雅》之正。除陳其年外，誰敢與之並驅中原哉！

賀方回之韻致，周美成之法度，姜白石之清虚，朱竹垞之氣骨，陳其年之博大，皆詞壇中不可無一不能有二者。

讀諸家後，讀竹垞詞，令人神觀飛越；讀竹垞詞後，讀其年詞，令人拔劍悲歌；讀其年詞後，讀樊榭詞，令人神閑意遠，時作濠、濮上想。國朝有此三絶，所以度越前代歟！

以上見《白雨齋詞話足本校注附録·詞壇叢話》

譚　獻

有明以來，詞家斷推湘真第一，飲水次之，其年、竹垞、樊榭、頻伽尚非上乘。近擬撰《篋中詞》，上自飲水，下至水雲，中間陳、朱、厲、郭、皋文、翰風、枚庵、稚圭、蓮生諸家，千金一冶，殊呻共吟，以表填詞正變，無取刻畫二張，皮傅姜張也。

閲王氏《詞綜》四十八卷，二集八卷。王侍郎去取之旨，本之朱錫鬯，而鮮妍修飾，徒拾南渡之瀋，以石帚、玉田爲極軌，不獨珠玉、六一、淮海、清真皆成絶響，即中仙、夢窗深處，全未窺見。

閲黄燮清韻珊選《詞綜續編》。填詞至嘉慶，俳諧之病已浄，即蔓衍闡緩，貌似南宋之習，明者亦漸知其非。常州派興，雖不無皮傅，而比興漸盛。故以浙派洗明代淫曼之陋，而流爲江湖。以常派挽朱、厲、吴、郭頻迦流寓。佻染飣餖之失，而流爲學術。

（馮煦夢華《蒙香室詞》）單調小令，上不侵詩，下不墮曲，高情遠韻，少許勝多，殘唐北宋後成罕格。夢華有意於此，深入容若、竹垞之室，此不易到。

以上《復堂詞話》

胡薇元

清初詞人，如吴駿公、梁玉立、龔孝升、曹潔躬、陳其年、朱竹垞、嚴蓀友諸家，詞采精善，美不勝收。

倚聲之學，國初爲盛。竹垞、其年、容若，鼎足詞壇。陳天才艷發，辭鋒横溢；朱嚴密精審，超詣高秀；容若《飲水》一卷，《側帽》數章，爲詞家正聲，散壁零璣，字字可寶。

以上《歲寒居詞話》

徐珂

其年未達時，嘗自中州入都，與朱竹垞合刻所著曰《朱陳村詞》，流傳入禁中，曾蒙聖祖賜問褒賞。

彝尊别出新意，集唐人詩成數十闋，名《蕃錦集》，殊有妙思。士禛見之，以爲殆鬼工也。然彝尊詞，一宗姜、張，其弟子李良年、李符輔佐之，而其傳彌廣。康乾之際，言詞者幾莫不以朱、陳爲範圍。惟朱才多，不免於碎，陳氣盛，不免於率，故其末派有俳巧奮末之病。錢唐厲鶚、吴縣過春山，近朱者也；興化鄭燮、鉛山蔣士銓，近陳者也。

以上《近詞叢話》

張德瀛

朱竹垞檢討謂：「遼、金、元文字，雜以國書字體，其詩詞落韻，有出於二百六部之外者。」觀檢討所論，即詞韻一端可判升降，况有泛濫於遼、金、元之外者乎！

集詩句入詞，惟朱竹垞《蕃錦集》篇帙最富。然蘇子瞻、趙介庵均列是體，蓋宋人已有爲之者。其集前人詞句，則石次仲《金谷遺音》載之。

以上《詞徵》

蔣兆蘭

清初諸公，猶不免守《花間》、《草堂》之陋，小令競趨側艷，慢詞多效蘇、辛。竹垞大雅閎達，辭而闢之，詞體爲之一正。

《詞説》

楊壽枏

有清一代，詞家源流升降，頗與唐詩相類。明代詞學中衰，至清而始振。其初皆以南唐、北宋爲宗，猶初唐之沿齊梁餘綺也。竹垞、其年崛起爲兩大宗，猶盛唐之有李、杜也。常州派寄托高遠，浙西派刻煉生新，猶詩之有中唐也。中唐以降，詩分二派：一爲元、白，一爲温、李。清季之詞，亦分二派：一派學玉田，猶詩家之元、白也；一派學夢窗，猶詩家之温、李也。玉田才清而學者易失之平直，夢窗思綺而學者易失之晦澀，必也以玉田之清才兼夢窗之綺思，由此以進窺周、姜，旁通蘇、辛，上追南唐、北宋，斯詞家之能事盡矣。

《微波榭詞選書後》

冒廣生

世傳竹垞《風懷二百韻》爲其妻妹作，其實《静志居琴趣》一卷皆《風懷》注脚也。竹垞年十七娶於馮。馮孺人名福貞，字海媛，少竹垞二歲，馮夫人之妹名壽常，《風懷詩》所謂「巧笑元名壽，妍娥合喚嫦」也。字静志《兩同心》詞所謂「洛神賦，中央小字，只有儂知」也。少竹垞七歲，竹垞生崇禎己巳，而《風懷詩》云「問年愁豕誤」，故知静志生崇禎乙亥，爲少七歲也。曩聞外祖周季貺先生言：十五六年前，曾見太倉某家藏一簪，簪刻「壽常」二字，因悟《洞仙歌》詞云：「金簪二寸短，留結殷勤，鑄就偏名有誰認。」蓋真有本事也。太倉楊雲璈叔温有《鴛水仙緣傳奇》，往嘗於陸彤士民部處見之。《風懷》詩稿，舊藏聊城楊又雲司馬家，後歸沈子培提學，稿凡五紙，「風懷」二字，係後改定，其先亦題爲「静志」也。

《小三吾亭詞話》卷三

郭蟄雲

竹垞舉詞科，授檢討，其入南齋在澹人之後。當被徵入都，道出白下，與沈覃九遇。覃九賦《南浦詞》送之，有云：「身將隱矣，近來不醉旗亭酒。喚起階前猿鶴問，還肯勸君留否。」又云：「東華驢背，軟塵幾許征衫袖。煙雨他時歸記取，添我畫圖攜手。」足覘高致。

然覃九後竟入都，且下榻澹人邸。李分虎有竹垞書來，知沈覃九近寓高舍人宅，簡寄《玉京秋》云：「江上路。芙蓉正零亂，釣篷疏雨。楫師指點，分湖撑去。水宿今宵酒醒，冷丸前、飛墮霜羽。鷗邊覷。東陽消息，竹垞傳語。　黑蝶齋荒苔圃。伴銅駝、高三十五。可更吟、青松紅杏，西山深處。料得多情，戀只戀、一片吴天雲樹。茜衣女。菱唱秋風待譜。」又有《酬澹人·青玉案》云：「驪騎嘶出春明路。正鞭影、寒梅吐。著領緑蓑江介住。落星墩畔，銅駝陌生，從此相思苦。　故人寓直西清暮。付與蒼駒早朝句。虎僕頻揮宫硯雨。披沙題就，來禽書遍，含笑君王顧。」其時澹人雖高居禁近，聲華熏灼，而與舊時詞侣猶殷勤歔欲。世謂竹垞斥退，由其讒構，當不足據，余於《詩乘》中已論及之。分虎詞所云「黑蝶」者，覃九齋名，所作即署爲《黑蝶齋詞》，竹垞奇賞之，謂可嗣音白石。

方竹垞内直，亦賜第西城。斥退後，例奪賜第，乃復徙居宣南。相傳所居「古藤書屋」在海波寺街，即今之「順德邑館」。其先名「丹臺書屋」，何蕤音侍御元英居之，已極文酒之盛。覃九有《題何侍御「古藤書屋」·疏影》詞云：「玉河一曲。記隄沙當日，三徑曾築。留與騷人，簡點圖書，更添多少牙軸。赤欄宛轉連苔砌，總不羨、江梅湘竹。愛捎檐、藤蔓花飛，簾底午陰晴緑。　誰似先生瀟灑，退朝歸繫馬，文酒相逐。便許荆高，擊筑歌呼，夜深燒短紅燭。墨池盡有揮毫興，又早是、鵝兒初熟。倚南牀、紈扇題殘，試染羊欣裙幅。」

想見雅集雍容賓萌簪盍之趣。若蔣府丞景沂集是屋賦《惜黃花慢詞》，則已在竹垞卜居後矣。竹垞本乏宦情，詞中屢申林棲之指，如《題顧茂倫雪灘濯足圖》云：「貧也好。那似我、黃塵六月長安道。」又《贈吴天章》句云：「六街聽倦冬冬鼓，頗厭征衣塵垢。」雖在軒裳，不忘丘壑一廬，人海亦虛舟耳。往者温檗庵同年居此，余屢過吟醉，猶想象流風低徊不已。

以上《清詞玉屑》卷一

竹垞《風懷詩》手稿凡五紙，初藏遼陽楊又雲司馬家，後歸沈乙盦，曹君直嘗見之。初題爲《静志》，次以自題《琴趣》。《洞仙歌》詞蓋取《洛神賦》語意。垞翁《兩同心》詞云：「洛神賦，小字中央，只有儂知。」即指其人，最後定本乃《風懷》二字。君直題以《洞仙歌》云：「萬千劫換，只情絲空裹。墮落人間跕還起。金風亭長，勾上吟箋，親印着、顛倒鴛鴦鈐記。　墜歡重拾取，便説當初，已是相思鑄清淚。何況到而今，二寸金簪，怕蝕損、蕭娘名字。拚買個、蜻蛉訪婁涓，替證釵盟，仙緣鴛水。」《注》謂詩中本事，太倉楊叔温有《鴛水仙緣彈詞》紀之。或謂即其妻妹，馮姓，名壽常，詩中所謂「巧笑元名壽，妍娥合號嫦」也，「静志」其字。竹垞別有《倩人寄静憐札》云：「瓦市塞雲涼。封書遠寄將。小樓前、一樹垂楊。縹緲試聽樓上曲，催短拍，玉娥郎。　雙袖越羅香。人同錦瑟長。愛秋花、慣插釵梁。行四曲中人定識，只莫問，謝三娘。」静憐姓晁，爲竹垞曲中最眷者。集中尚有《別静憐·青門引》、《憶静憐·金縷曲》、《七夕懷静憐·尉遲杯》各詞，自別是一人，然亦以「静」名，後來或有誤及之者。

文道希舊藏竹垞詞鈔本，爲其姬人手寫，南歸航海遇風，行篋盡失，此稿亦爲蛟龍攫去。幸翁澤芝之潤曾録副本，輯刊爲《曝書亭詞補遺》。其《集外詞》多述艷事。

以上《清詞玉屑》卷七

潘德輿

竊論詞莫備於宋，莫高於北宋。詞尊北宋，猶詩崇盛唐，皆直接三百篇、漢魏樂府者也。自竹垞以白石、玉田導人，已殊中聲。迦陵師稼軒，淩厲有餘，未臻虚渾，一代作手悉數不審誰屬。

《養一齋詞自序》

王闓運

朱竹垞亦浙人，而尤自信其詞，既選《詞綜》，又作《詞話》。其詞稿率多點易，再三斟酌，自以爲盡善。然觀其所選，汗漫如黄茅白葦；其所作乃如嚼蠟，浙派之末者也，未爲浙派也。

《湘雨樓詞序》

朱依真

燕語新詞舊所推，中興力挽古風頹。如何拈出清空語，强半吴郎七寶臺。詞至前明，音響殆絶，竹垞復古焉。第嫌其《體物集》不免疊垛耳。

欲起瑯玡仔細論，機鋒拈出付兒孫。禾中選體荆溪律，一代能扶大雅輪。阮亭云：「『無可奈何花落去，似曾相識燕歸來』，必不是香奩詩；『良辰美景奈何天，賞心樂事誰家院』，必不是《草堂》詞。」確論也。

《粤西詞見》

文廷式

詞者，遠繼《風》《騷》，近沿樂府，豈小道歟？自朱竹垞以玉田爲宗，所選《詞綜》，意旨枯寂。後人繼之，尤爲冗漫。以二窗爲祖禰，視辛、劉若仇讎。家法若斯，庸非巨謬。二百年來，不爲籠絆者，蓋亦僅矣。

《雲起軒詞鈔序》

朱祖謀

望江南雜題我朝諸名家詞集後·朱竹垞

江湖老，載酒一年年。體素微妨耽綺語，貪多寧獨是詩篇。宗派浙河先。

《彊村語業》卷三

况周頤

金風亭長《江湖載酒》一集，雖距宋賢堂奥已遠，而氣體尚近沈著，就清初時代論詞，不得不推爲上駟。

《詞學講義》

張爾田

綜而榷之：其年、竹垞、梁汾、容若，皆以淵奥之才，闢徑獨行。

《詞莂序》

陳洵

自元以來，若仇仁近、張仲舉皆宗姜、張者，以至於清竹垞、樊榭，極力推演，而周、吴之緒幾絶矣。竹垞至謂夢窗亦宗白石，尤言之無理者。

《海綃説詞》

王國維

詞家時代之説，盛於國初。竹垞謂：「詞至北宋而大，至南宋而深。」後此詞人，群奉其説。然其中亦非無具眼者。周保緒曰：「南宋下不犯北宋拙率之病，高不到北宋渾涵之詣。」又曰：「北宋詞多就景叙情，故珠圓玉潤，四照玲瓏。至稼軒、白石，一變而爲即事叙景，使深者反淺，曲者反直。」潘四農德輿曰：「詞濫觴於唐，暢於五代，而意格之閎深曲摯，則莫盛於北宋。詞之有北宋，猶詩之有盛唐。至南宋則稍衰矣。」劉融齋熙載曰：「北宋詞用密亦疏，用隱亦亮，用沈亦快，用細亦闊，用精亦渾。南宋則是掉轉過來。」可知此事自有公論。雖止菴詞頗淺薄，潘、劉尤甚，然其推尊北宋，則與明季雲間諸公同一卓識也。

自竹垞痛貶《草堂詩餘》而推《絶妙好詞》，後人群附和之。不知《草堂》雖有褻諢之作，然佳詞恒得十之六七。《絶妙好詞》則除張、范、辛、劉諸家外，十之八九，皆極無聊賴之詞。古人云：「小好小慚，大好大慚」，洵非虚語。

讀《花間》、《尊前》集，令人回想徐陵《玉臺新詠》。讀《草堂詩餘》，令人回想韋縠《才調集》。讀朱竹垞《詞綜》、張皋文董子遠《詞選》，令人回想沈德潛《三朝詩别裁集》。

明季國初諸老之論詞，大似袁簡齋之論詩，其失也，纖小而輕薄。竹垞以降之論詞者，大似沈歸愚，其失也，枯槁而庸陋。

以上《人間詞話删稿》

吴梅

其始沿明季餘習，以花、草爲宗。繼則竹垞獨取南宋，而分虎、符（按應作武）曾佐之，風氣爲之一變，至樊榭而浙中諸子，咸稱彬彬焉。

竹垞以出類之才，平生宗尚，獨在樂笑，《江湖載酒》，盡掃陳言，而一時裙屐，亦知趨武姜、張，叫囂奔放之風，變而爲温柔敦厚之致。

竹垞論分虎詞云：「分虎游屐所向，南朔萬里，詞帙繁富，殆善學北宋者。頃復示我近稿，益精研於南宋諸名家詞，乃變而愈上矣。」斯言也，蓋即爲自己張旗鼓也。是時長調詞學南宋者不多，分虎與竹垞同旨，宜其水乳交融矣。

余嘗謂：竹垞自比玉田，故詞多瀏亮，惟秦七與黄九，不可相提並論。秦之工處，北宋殆無與抗，非黄九所能望其肩背。竹垞不學秦，而學玉田，蓋獨標南宋之幟耳。然而竹垞托體之不能高，即坐此病。知音者當以余言爲然也。近人懾於陳、朱之名，以爲國朝冠冕，不知陳、朱雖足弁冕一朝，究其所詣，尚未絶倫，有志於古者，當宜取法乎上也。

清詞中其年雄麗，竹垞清麗，樊榭幽麗，位存則雅麗，皆一代艷才。

嘉慶以前詞家，大抵爲其年、竹垞所牢籠。

《蕃錦集》運用成語，别具匠心，皆無甚大過人處。

以上《詞學通論·概論》四

陳世宜

竹垞有言：「世人言詞，必稱北宋。然詞至南宋始極其工，至宋季始極其變。」此在竹垞當時，自有兩種道理：一則詞至明季盡成浮響，皆由高談《花間》、《尊前》，鄙南宋而不觀之過，故以此語矯之。二則竹垞專宗樂笑翁，遂開二百年浙西詞派，其得力正在宋季，自言其所致力也。若律以讀詞之眼光，清真包括一切，絕後空前，實奄有南宋各家之長，姜、史、王、張諸人，固皆得清真之一體自名其家，即稼軒之豪邁，亦何嘗不從清真出？則至變者莫如美成。而屯田、子野、東坡，其超脱高渾處，詞境亦在南宋之上；小山、淮海、方回，則工秀絶倫，更不得謂南宋始極其工也。竹垞此語，實爲宗南宋而祧北宋者開其端，然亦由南宋有門徑可尋，學之易至，而南宋之不如北宋愈彰彰矣。喬笙巢曰：「詞至北宋而大，至南宋而深。」予於其論南宋之言，亦未敢以爲愜心貴當也。

有清一代詞學，駕有明之上，且駸駸而入於宋。然究其指歸，則宋末二字足以盡之。何則？清代之詞派，浙西、常州而已。「浙西」倡自竹垞，實衍玉田之緒；「常州」起於茗柯，實宗碧山之作。迭相流衍，垂三百年。世之學者，非朱即張，實則玉田、碧山兩家而已。

余謂：詠物詞亦非不可作，然須以我爲主，不以物爲主。而時序之感，身世之悲，家國之事，一以寄之，則不爲物所束縛，方免於呆板之弊。彼《茶煙閣體物集》全掉書袋，直獺祭耳！

以上《舊時月色齋詞譚》

《詞綜》二十八卷，清初朱彝尊選。體例仿《花庵詞選》，而卷帙殆將倍之。所録之詞，自唐迄元，一以雅正爲鵠。蓋朱氏當有明之後，爲詞專宗玉田，一洗明代纖巧靡曼之習，遂開浙西一派，垂二百年，簡練揣摩，在清代頗占地位。且朱氏搜求佚書不遺餘力，凡明人未見之本，多經朱氏發現，例如專集之《山中白雲》，總集之《絶妙好詞》、元《草堂詩餘》皆是。讀其例言，凡所已見之本及旁求而未獲之本，一一羅列，後人按圖索驥，藉以覓獲久佚之籍，其功爲多。至所録之詞，雖宗玉田，而門户實不過嚴，非如《絶妙好詞》有鰲然之垠堮。或者準諸其詩，以貪多誚之，非篤論也。附録各家評語，應有盡有，較《花庵詞選》爲周備，足資學者之參證。

《聲執》卷下

蔡嵩雲

清詞派别，可分三期：浙西派與陽羨派同時。「浙西派」倡自朱竹垞，曹升六、徐電發等繼之，崇尚姜、張，以雅正爲歸。「陽羨派」倡自陳迦陵，吴園次、萬紅友等繼之，效法蘇、辛，惟才氣是尚。此第一期也。（下略）

《柯亭詞論》

盧前

望江南

姜、張裔，浙派溯先河。《蕃錦》、《茶煙》無足取，《静居》、《載酒》未容訶，朱十總貪多。

《飲虹簃論清詞百家》

南宋詞人有一時期因爲不便（直接可以是不敢）直説出他們中心的苦悶，所以托賦一物以自見，後來失了原意，以詠物爲詞中一體，翻檢類書，堆砌典故，更是味同嚼蠟。如朱彝尊《茶煙閣體物集·沁園春》賦耳、口、鼻，實在無聊之至。

《詞曲研究》

趙叔雍

詠物詞固當言不離物，然字面用意，均當使有情緒之可言，若長以飣餖爲工者，即工緻亦非佳詞，此《茶煙閣》之終非上選也。

《珍重閣詞話》

王　煜

（清）初沿習朱明，未離花草性靈之作。小令多工。長白所成，最爲懿雅，凄婉嫺麗，二主之遺。其年以勝朝世家，不忘故國，雄才盛氣，追步蘇、辛，鏜鎝輝煌，清詞初大。竹垞淳深，獨張南宋，抗顔《烏》、《帽》，詞派始成。樊榭賡徽，彌爲峻潔，挽彼奔放，示人幽奇，風氣所趨，浙詞稱盛。而末流有弊，詭僻餖飣，概與朱碎陳粗，花草靡曼，同爲元明以來詞學之病也。

《清十一家詞鈔自序》

合刊《曝書亭詞》，瀏亮淵雅，追美玉田，南宋徽音，於斯益大。

《清十一家詞鈔・曝書亭詞鈔》

劉永濟

自玉田《詞源》發「詞要清空，不要質實」之論，至秀水朱竹垞氏病清初詞人專奉《草堂》，乃選《詞綜》以詘《草堂》，而崇姜、張，以清空雅正爲主，風氣爲之一變，是曰「浙派」。及毗陵張臯文氏出，復以微婉相高，以求當意内言外之旨。其後周止庵氏益推闡之，退姜、張而進辛、王，尊夢窗而祖美成，風氣又爲之一變，是曰「毗陵派」。然觀玉田之論，特以救一時質實之失，初未自標一派也。而「清空」、「質實」之辨，不出辭、意之間。

「清空」、「質實」之論，發於玉田，其後竹垞宗之，浙中諸子復推闡之。而止庵則謂玉田過尊白石，高語清空，後人不能細研詞中曲折深淺之故，群聚而和之。蕙風則謂東南操觚之士，往往高語清空，而所得者薄；力求新艷，而所得者尖。其見解之不同又如此。學者苟不能觀其會通，不能明其立言之意，則幾何而不成門户之爭？大氐古人立言，多在救時弊。南宋之末，詞尚雕繢，故玉田非之以「質實」。明季詞多浮縟，故竹垞救之以「清空」。浙中諸子之弊也，故有止庵、蕙風之論。

以上《誦帚詞筏》

張伯駒

納蘭容若，清詞中之南唐；朱竹垞，清詞中之北宋。

《叢碧詞話》

夏承燾

明代一般文人詞，大都受《花間集》、《草堂詩餘》的影響，摹仿晚唐人作小令，囿於閨幨兒女、花草閒題，朱彝尊提出「詞至南宋始極其工，至宋季而始極其變」之説，對清代詞的發展是有良好的影響的。但他一意推尊姜夔，汪氏又把西蜀、南唐以及宣和以來詞墮而復興，歸功於姜夔的「句琢字煉，歸於醇雅」，而置蘇、辛一派作家作品於不顧，這無疑是一偏之見。

《詞論八評》

朱、陳艷説好村名，坡老重經百感並。《琴趣》、《茶煙》魂定否？村村野哭過門聲。

皕韻《風懷》係夢思，蒸豚兩廡也涎垂。一心兩手扶皇極，馬、鄭家言秦、柳詞。

《瞿髯論詞絶句》

（一九三一年）四月二十一日　閲董康《東游日記》四卷，一名《書舶庸談》，大東書局印，乃綬金十五年避禍游日本日記，有記詞書數事。朱竹垞詞稿兩册，舊爲漢軍楊幼雲所藏，乃竹垞手迹，中乙抹凡八十餘闋，然多半仍存刻本中，或小朱付梓時未忍割棄也。（下略）

（一九三六年）九月二十日　閲《曝書亭詞》。朱氏倡姜、張，間有似玉田者，但斷非白石。閒情贈妓之作，則是黄九、秦七；體物詞，則學梅溪、龍洲，皆宋人第二流。

九月廿二日　閲《曝書亭詞》完。十二時方寢。李富孫《注》可謂極詳，亦有可補處。浙派僻典之風，朱氏開其端，不始於太鴻。

以上《天風閣學詞日記》

圖書在版編目(CIP)數據

朱彝尊詞集 / (清)朱彝尊著;屈興國,袁李來點校. --杭州:浙江古籍出版社,2011.9(2024.1 重印)
ISBN 978-7-80715-749-6

Ⅰ.朱… Ⅱ.①朱… ②屈… ③袁… Ⅲ.詞(文學)—作品集—中國—清代 Ⅳ.I222.849

中國版本圖書館 CIP 資料核字(2011)第 171144 號

朱彝尊詞集

[清]朱彝尊 著 屈興國 袁李來 點校

出版發行 浙江古籍出版社
(杭州市體育場路 347 號 郵編:310006)
網　　址 http://zjgj.zjcbcm.com
責任編輯 錢偉彊
封面設計 劉　欣
責任校對 余　宏
照　　排 浙江新華圖文製作有限公司
印　　刷 浙江新華數碼印務有限公司
開　　本 710mm×1000mm 1/16
印　　張 36.5
字　　數 400 千
版　　次 2011 年 9 月第 1 版
印　　次 2024 年 1 月第 4 次印刷
書　　號 ISBN 978-7-80715-749-6
定　　價 220.00 圓(精裝)

ISBN 978-7-80715-749-6
9 787807 157496 01>